今村翔吾

Shogo Imamura

〔さいおうのたて〕

塞王の楯

集英社

目次

登場人物表

飛田《とびた》匡介《きょうすけ》……穴太衆飛田屋の副頭
飛田《とびた》源斎《げんさい》……穴太衆飛田屋の頭。「塞王」と呼ばれている
段蔵《だんぞう》……飛田屋・山方小組頭
玲次《れいじ》……飛田屋・荷方小組頭。源斎の親類
花代《かよ》……匡介の妹
国友《くにとも》彦九郎《げんくろう》……国友衆の職人。三落の後継者
国友《くにとも》三落《さんらく》……国友衆の頭。「砲仙」と呼ばれている
行右衛門《ぎょうえもん》……国友衆の職人。彦九郎の補佐役
京極《きょうごく》高次《たかつぐ》……近江国の大名。大津城主
初《はつ》……高次の妻
夏帆《かほ》……初の侍女
多賀《たが》孫左衛門《まござえもん》……高次の家臣。作事奉行を担う
横山《よこやま》久内《くない》……蒲生郡日野横山村の武将

河上《かわかみ》小左衛門《こざえもん》……大津の武将
赤尾《あかお》伊豆守《いずのかみ》……大津の武将
三田村《みたむら》出雲《いずも》……大津の武将
三田村《みたむら》吉助《きちすけ》……大津の武将。出雲の息子
徳三郎《とくさぶろう》……大津の百姓
立花《たちばな》宗茂《むねしげ》……筑後国の大名
十時《とどき》連貞《つれさだ》……立花宗茂の家臣
由布《ゆふ》惟信《これのぶ》……立花宗茂の家臣
小野《おの》鎮幸《しげゆき》……立花宗茂の家臣
毛利《もうり》輝元《てるもと》……安芸国の大名。西軍の総大将を務める
毛利《もうり》元康《もとやす》……毛利輝元の叔父。大津城攻めの大将を務める
小早川《こばやかわ》秀包《ひでかね》……筑後国の大名
筑紫《つくし》広門《ひろかど》……筑後国の大名
石田《いしだ》三成《みつなり》……豊臣秀吉の家臣。治部少輔
鵜飼《うかい》藤助《とうすけ》……甲賀衆の頭

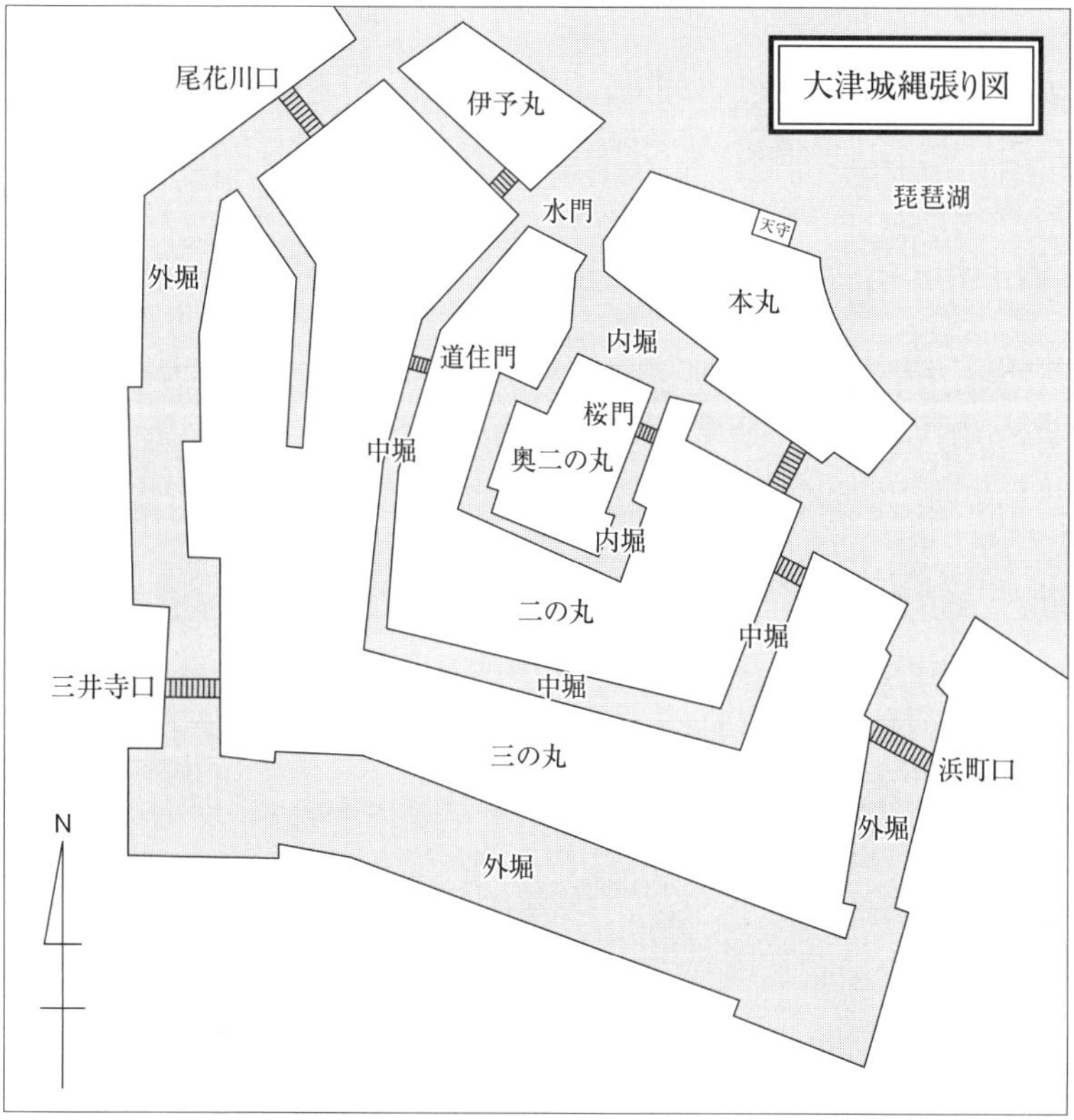
大津城縄張り図
尾花川口
伊予丸
水門
琵琶湖
天守
本丸
外堀
内堀
道住門
桜門
中堀
奥二の丸
内堀
二の丸
中堀
三井寺口
中堀
浜町口
三の丸
外堀
外堀
N

塞王の楯

序

男の嘆き、女の悲鳴が町中を覆っている。まるで町そのものが慟哭《どうこく》しているようであった。

皆が我先にと入り乱れて逃げ惑う。親とはぐれて泣きわめく幼子に見向きもしないなどまだましというもの。老婆を突き飛ばしてその背を踏み越える者、娘を蹴り飛ばして道を開こうとする者。

このような時、人は人であることをやめるらしい。

「諦めては駄目！」

母は骨が砕けんばかりに強く握って手を引く。こうでもしていないと、とっくに恐慌する人々の群れに呑み込まれて離れ離れになっていたに違いない。一乗谷《いちじようだに》にはこれほどの人が暮らしていたのかと驚く。もう秋だというのに人が擦れた熱で、躰《からだ》は激しく火照《ほて》り、息も出来ぬほどに苦しい。

「どこに――」

言いかけた時、追い越した男の肘が頰に当たり、声が途切れた。

「お城に」

母はそれに気付かずに、館の背後に聳《そび》える山城を見上げた。

一乗谷城と呼ばれるこの城が、陥落したことはこれまでない。こう聞けばさしも名城と思いがちだが実際はどうだか判《わか》らない。この城が戦で使われたことは、ただの一度もないだけなのだ。

越前《えちぜん》での朝倉《あさくら》家の威勢は強く、一揆《いっき》程度なら一乗谷に迫るまでに鎮圧されてきた。この地は朝倉家によって、百年の安寧が保たれてきたのである。

そんな一乗谷が騒然となったのは今日の夕刻のこと。朝倉家の当主、義景《よしかげ》は二万の大軍を率いて盟友である浅井《あざい》家の救援に向かっていた。それが這《ほ》う這《ほ》うの体《てい》で戻って来たのだ。兵はどの者も酷《ひど》く窶《やつ》れ、目の下に墨を塗ったような隈《くま》を浮かべ、眼窩《がんか》は窪《くぼ》んで奥に怯《おび》えの色が窺《うかが》えた。躰に矢が刺さったままの者、兜《かぶと》を失って髪を振り乱した者。まるで白昼に幽鬼が現れたかと見間違うほどである。

そして放たれた一言によって、一乗谷は戦慄した。

――間もなく織田《おだ》軍が踏み込んで来る。

浅井家への救援が失敗し、朝倉軍は逆に追撃を受けた。越前の最南端である疋田《ひきた》城で踏《ふ》み止《とど》まろうとしたが、そちらも猛攻を受けて陥落したとの報が入る。義景は行き先を変えて本拠一乗谷への撤退を決めた。

その間も織田軍の追撃はさらに苛烈を極め、重臣忠臣の多くが刀根坂《とねざか》で討ち取られ、ここまで戻った兵の数は五百にも満たないというのだ。

百年の平和というものは、人を弛《ゆる》ませるには十分だった。現実とは思えないのか、初め一乗谷の民はどこか夢の話を聞くような顔をしていた。しかし遠くから鬨《とき》の声や銃声が耳に届く段となり、民もようやく夢から覚めたように慌ただしく動き始めた。家財を纏《まと》める者、着の身着のまま逃げ出す者、まだその段になっても、

――お城があるから心配ない。

と、余裕を見せていた者も少なからずいたのも確かである。

織田軍が踏み込んで来たのはそれから僅か一刻（約二時間）後のこと。兵のみならず民も容赦な

く襲われた。動くものあれば犬さえも撫《な》で斬《ぎ》りにせん勢いに、町は蜂の巣を突いたような騒ぎになった。民は羅刹《らせつ》の如《ごと》く振る舞う織田軍に追われ、北へ北へと逃げ出した。

初めは父母と二つ年下の妹の花代《かよ》の家族四人で逃げていたが、芋を洗うような混雑の中、途中で父と花代とはぐれた。押し合いへし合いする肉の壁の狭間《はざま》から、顔を涙に濡《ぬ》らしながら救いを求めて手を伸ばす花代を見たのが、最後の姿となっている。

「花代は……」

「心配ないから」

振り返ろうとしたが、母は一層強く手を引き人の隙間に、身を捻じ込むように進む。

一乗谷とはその名の通り渓谷の盆地に造られた町。町の外へ出ようと思えば南北二つのどちらかの道を使わねばならない。南の道からは織田軍が肉薄し、さらにそれよりも早く焔《ほむら》が追いかけて来る。皆が北への道に殺到して、牛の歩みほどに滞っている。

「お城を目指せ！　朝倉様が踏み止まって下さる！」

別れ際、人込みの中、姿も見えない父の叫び声が聞こえた。全体から見れば己《おのれ》たちの位置は中ほどだろうか。このままでは逃げるより早く、炎に巻かれてしまうかもしれない。せめて先を進む母と己だけでも行かせようと考えたのだろう。

母はそれに従って城を目指しているのだ。こちらは北への道に比べれば、まだ人の数は少ない。

「館までもうすぐです」

朝倉家代々の当主が住まい、一乗谷の民が「館」と呼ぶ建物が近づいている。当然、中に入ったことはないが、入ることを許された町の長老の話によると、主殿や会所のほかに庭園や花壇まである大層華美な造りであるらしい。己のような子どもだけでなく、大人たちもまるで御伽噺《おとぎばなし》の竜宮城のようなところを想像して、いつか入る栄誉にあずかりたいと胸を膨らませていた。

その館は四尺（約百二十センチメートル）ほどの高さの土塁《どるい》で取り囲まれており、その隅に櫓《やぐら》や門が備えられている。さらにその外側には幅五間《けん》（約九メートル）の堀が巡らされているものの、戦国大名の防備としては心許《こころもと》ない。これは家臣の謀叛《むほん》に備える程度のもので、万が一敵国の侵攻を許した場合は、館の背後にある山城に籠《こも》って戦うのだと幼い頃から聞かされていた。

館の西側の正門に近づいたが、門は貝が蓋《ふた》をしたように閉ざされている。加えてこれほど混雑しているのに、門の前に僅かな空間が出来ている。

館を守る武士が数人刀を抜いて、殺到する人々を近づかせぬように威嚇しているのだ。

「御屋形《おやかた》様はどこに!?」

「織田軍を追い払って下さい！」

「退《さ》がれ、退がれ！」

民から悲痛な声が上がるが、汗に顔を光らせた武士たちが、刀や槍《やり》を向けて追い払おうとする。すぐ後ろに織田軍が迫っているのだ。一刻も早く館に逃げ込み、さらにその後ろの一乗谷城に籠りたい。そうすれば当主義景が守ってくれる。名家朝倉を救わんと各地の大名が救援を送ってくれる。一乗谷の民は耳に胼胝《たこ》が出来るほど聞かされており、この逼迫《ひっぱく》した状況でもそれを信じて疑わない。

「早く！　織田軍が――」

「お城に入れて下さい！」

再び縋《すが》るような声があちこちから起こる。押し問答をしている間は無いと、民の一人が無断で館に踏み込もうとした。若い武士がその襟を摑《つか》んで引き倒し、胸元に刀を翳《かざ》した。

「退《ひ》けと申しておろう！　さもないと……」

倒された民は恐怖に顔を引《ひ》き攣《つ》らせている。その時である。年嵩《としかさ》の武士が刀を素早く腰に納め、諸手《もろて》を突き出して止めに入った。

「やめよ！」

「しかし……」

「この場は儂《わし》に任せよ。皆の者、気を確かに聞いてくれ！」

年嵩の武士は人々に向けて高らかに呼びかける。何が始まるのかと皆が固唾《かたず》を呑んで見守る。一時静かになったせいで、銃声、怒号、悲鳴の入り混じった音が耳朶《じだ》に届いた。

「御屋形様はすでに落ちられた」

年嵩の武士が発した一言に皆が呆気《あっけ》に取られる。衆の中の一人が声を震わせながら尋ねる。

「今……何と？」

「織田軍の追撃が思う以上に早く、ここ一乗谷ではもはや守り切れぬと考え、先刻さらに奥へと退去された。皆の者も銘々落ち延びよ。すまない……」

捲《まく》し立てるように一気に言うと、他の武士に向けて合図を出す。武士たちは一斉に頷《うなず》き、その場を離れ始める。

「俺たちはどうなる!?」

「守ってくれるんじゃなかったのか？」

「今まで年貢を納めていたのに、何てことだ！」

怨嗟《えんさ》の声が渦巻くが、武士たちは見向きもせずに引き揚げていく。ただ先ほどの年嵩の武士だけが心苦しそうな顔でその場を離れようとしている。

「ふ、ふざけるな！」

民の一人が怒りを爆発させて武士に殴りかかった。武士は堪《たま》らぬと刀を抜いて斬り下げる。けたたましい悲鳴が上がる。

「仕方なかったのだ……こんなことをしている場合ではない。早く――」

言い訳をする武士が絶句した。他の民が体当たりして武士の腰の脇差を抜き、そのまま腹に捻じ込んだのである。武士は顎を震わせてその場に頽《くずお》れた。

これで人々の中に残っていた最後の箍《たが》が外れた。背後の織田軍など忘れたかのように、目の色を変えた民は叫びつつ武士に向かって行く。武士も槍や刀で応戦するが、圧倒的な数に押しつぶされ、散々に踏みつけられる。

この地獄絵図のような光景に躰が震えた。昨日まではきっと戦を嫌う温厚な民であったはず。それなのに武士を袋叩《ふくろだた》きにし、人の好さそうなあの年嵩の武士も倒され、血反吐《ちへど》を吐くまで殴打されていた。

次に民たちは塀を乗り越え館に踏み込む。誰かが門《かんぬき》を抜いたのか、門が内側から開かれ、我先にとどっと館に踏み込んだ。館に逃げたところで、織田軍の猛攻を避けられるはずもないことは子どもの己でも解《わか》る。せめて金品を奪って逃げようというのか。

いや何も考えていないのかもしれない。まるで集団が一個の荒れ狂う獣になったかのように館へ迫る。後ろからも人の圧が強まり、指一本動かすにも苦労するほどであった。銃声はさらに近づき、後ろでは悲鳴が連続する。織田軍が追いついて来たのだ。

「山へ……館を回って、山へ逃げなさい」

胸を圧迫されて顔を歪《ゆが》める母は、手を摑んでいるのもやっとという有様《ありさま》であった。館からは山城までの道が整えられているが、そこを通れるのはいつになるか判らない。山肌を駆け上がって行けというのだ。

「でもおっ母《かあ》は！」

「子どもなら足元を潜って抜けられる。早く……後で行くから！」

このような母の形相は見たことが無い。剣幕に気圧《けお》されて頷くと、膝を折って身を揉《も》むようにして屈《かが》んだ。人々の脚が無数に並んで揺れている。その光景はまるで闇を抱えた森の如くに見える。己を突き動かすのは死への恐怖か、生への執着か。懸命に息を吸い込んで生々しい木々を掻き分けていく。

ようやく森を抜けた時、大きく胸を膨らませた。これほど息が出来ることがありがたく感じたことはない。躰は頭から水を被ったほどの汗で濡れている。

「おっ母……」

今しがたまで己がいた、一つの塊となって揺れる集団を見た。しかし母の姿を見つけることは出来ない。黒光りする甲冑《かっちゅう》に身を固めた一団が向かって来る。馬上で指揮を執る将が何かを喚《わめ》くと、ずらりと鉄砲隊が展開した。

「あっ――」

指揮棒が振り下ろされる刹那、踏みつぶされた蛙《かえる》のように地に伏せた。轟音《ごうおん》と絶叫が頭上を乱れ飛んでいく。頭を押さえてがたがたと震えたのも束《つか》の間《ま》、毬《まり》の如く跳ねて走り出した。このままここにいれば必ず死ぬ。躰が己の命を守ろうと足掻いている。

迷いは無かった。間断なく聞こえる銃声、断末魔の声を聞かぬように努め、ただ頂を目指した。

今度は真《まこと》の森。道なき道を駆け上がっていく。途中、腐った葉で足が滑り、斜面に顔を強《したた》かに打った。頰に切り傷が出来たがそれも気に留めず、すぐに脚を前へと動かした。

斜面には土を掘削して作られた畝《うね》、こんもりと積み上げられた土塁が幾つもある。迫る敵を食い止める城の備えである。だが戦があれば、当然いるはずの兵の姿は無い。もしいたならば助けを請うことが出来る反面、誤って殺されたかもしれない。

普段はこれほど冷静に考えることはないだろうが、重大な危機が己の心を無理やり大人に近づけようとしていると感じた。

頂を目指すのだから、ただ駆け上がって行けばよいと思っていた。だが事はそう単純ではないらしい。兵を配するために斜面は平たく削られ、そこからうねるように路《みち》が延びている。そこを走ると登っているつもりだったのに、知らぬ間に下っている。敵を欺くための迷路のようになっているのだ。道なき道を進もうかと思ったが、それを阻むかのように木々が乱立し、時には崖に差し掛かった。これを掻き分けて、よじ登っていくのは難しい。

途方に暮れかけたが、ふと斜面に露《あら》わになった岩肌に目が留まった。

――こっちだ。

目を凝らした。別に声が聞こえた訳ではない。ただ何となくではあるが、岩がそのように言っているように思えたのである。日常が瞬く間に崩壊したことで、己の心もどこかおかしくなったのか。そのようなことを考えたのも束の間、やけになって、岩の語ったほうへと走り出した。

城下に火が放たれたのであろう。ここまで薄《う》っすらと明るい。途中、何度も目を動かした。剝き出しになった岩、転がっている石、全てが語り掛けてくるような気がする。迷った時に目を瞑《つぶ》って声が聞こえぬかと試してみたが、上手《うま》くいかない。刮目《かつもく》すれば再び話しかけてくる。己は何かを見て声を聞きとっている。色か、形か、紋様か、それは己にも解らない。考えても全く解らないし、考える余裕も無い。声のするまま、無我夢中で脚を動かした。

どれほど歩いただろう。四半刻《しはんとき》(約三十分)は過ぎていたかもしれない。森の向こうに山を削ったような平地が見えてきた。そこには複数の武士が慌ただしく動いている。

――助かった……。

森から飛び出すと、近くにいた武士たちはぎょっとして槍を構えた。

「……子ども?」

「助けて下さい! 下でおっ母が……皆が!」

必死に訴えたが、武士たちは曖昧な表情になる。

「もう無理だ。敵の侵攻が速すぎる。城からはもう撤退が始まっている」

一人が苦々しく零《こぼ》した。ようやく気付いたが、武士の背後にある兵糧庫《ひょうろうぐら》らしきものが開け放たれている。そこには大量の米俵が積み上げられており、革袋を手に持った武士が激しく出入りしている。逃げる間に自身が食う分を確保しようとしているのだ。

「そんな……」

昨年の秋の、たわわに実る黄金色の稲穂が、風に揺れる光景が目の前を過《よぎ》った。領民は実入りの半ば以上の年貢を大名に納めている。だからこそ武士は田を耕すことなく生きていける。朝倉の殿様はそれのみならず華美な着物、調度品を揃《そろ》え、京から公家《くげ》を招いて連歌に興じたりしている。その金は全て領民の暮らしから捻出されたものだ。

それでも領民がせっせと働いて年貢を納めるのは、いざという時に武士が民を守ってくれると信じていたから。そのいざという時は今をおいてない。今、守ってくれないならば、父母は、一乗谷の民は、朝倉の領民は、何のために諾々と従ってきたというのか。

「我らも山の裏側より逃げる。小僧も……」

武士が言いかけた時、沸々と腹の底に湧いていた怒りが口から飛び出した。

「ふざけるな……ふざけるな！」

「小僧！　誰に向かって――」

無礼を咎《とが》められてこの場で斬られても仕方ない態度に、武士たちは気色ばんだ。しかし怯《ひる》まない。

己はどうなったとしても、父母を、妹を守りたい。その一心が突き動かす。

「それでも武士か！　ここまで悲鳴が聞こえている。それでも助けないのか！」

悲痛な叫びに武士たちも困惑する。中の一人が苦悶《くもん》の表情を浮かべて零した。

「救えるものならば救いたい……俺の妻と子もあそこだ」

武士の視線の先は阿鼻叫喚《あびきょうかん》が渦巻く一乗谷の城下である。町の外れが茫《ぼう》と明るくなっている。

織田軍が火を放ったのである。歯を食い縛り武士は続けた。

「一乗谷は丸裸だ……織田軍の苛烈な侵攻に逃げる時すらも稼げぬ」

一乗谷の町は、京の都を模して造られている。真の京がそうであるように、極めて攻めやすく、守りにくい地形になっていると聞いたことがある。

「塞王《さいおう》を招聘《しょうへい》して、守りを固めようという矢先に……」

「さいおう……」

聞き慣れぬ言葉。唇が自然と反芻《はんすう》を命じたように動いた。

「お主の家族もきっと逃げ果《おお》せたはずだ」

手を引いて逃げようとした武士の手を払った。武士たちはばつが悪そうに顔を見合わせたが、

「小僧、すまないな……」

と、蚊の鳴くような小声で呟《つぶや》くと、もはや猶予《ゆうよ》は残されていないと見たかその場を離れていく。

「誰か！」

目に入った次の武士に助けを求める。まだ諦めなかった。諦められるはずがない。しかし今度の武士はけんもほろろに話も聞かず走り去っていく。

次、次、次と助けを請うがどの者も手を差し伸べてくれない。酷いものになると、邪魔だと足蹴にして去って行く武士もいた。両手一杯に女物の着物を抱えており、子どもの己にも火事場泥棒を働いていると判った。

やがて周囲を見渡しても人影も無くなってくる。初めからこの城には誰もいなかったと思えるほど、辺りが静寂に包まれる。耳に届くのは城下からの禍々《まがまが》しい音だけ。

恐る恐る崖へと歩を進め、一人で眼下の町を見つめた。先ほど放たれた火が瞬く間に広がっていく。下から吹き上げて来る生温かい風が頬を掠《かす》める。

武士たちは家族も逃げ果せたはずと言った。己もそう信じたいが、眼前に広がる死の渦巻く光景、山にまでうねるように届く慟哭の声を聞けば、子どもの己でも慰めだと解る。

戻れば死ぬることになる。そうなったとしても家族の近くにいたい。そのように思って、来た道を引き返そうとした時、背後から怒鳴り声が飛んで来た。

「何をしている！　早く逃げろ！」

ゆっくりと振り返った。そこに立っていたのは一人の男。歳は三十半ばといったところであろうか。総髪を無造作に束ね、口と顎に紙縒《こよ》りのような髭《ひげ》を蓄えており、川で捕ったことのある泥鰌《どじょう》を彷彿《ほうふつ》とさせる相貌《そうぼう》であった。甲冑はおろか胴丸すら着けていない平装であることから、武士ではないらしい。

逃げるようにと叫んでいた男だが、視線が宙でかち合った時に息を呑んだ顔になる。どうやら己は死人のような顔をしているらしい。

「おっ父……おっ母が……花代が……」

「城下から逃げてきたのか」

男は近くに寄ってくると、そっと手の甲で頬を拭ってくれた。それで滂沱《ぼうだ》たる涙が頬を濡らしていることに気が付いたほどに、心が搔き乱されて己の躰の勝手が判らなくなっている。

「逃げるぞ」

男は先ほどの武士のように手を取った。

「戻る」

ぐっと手を引いたが、男は力を込めて離さない。その鈍い痛みで手を引いてくれた母を思い出し、また胸が詰まった。

「駄目だ。もう助からない」

男はとっくに解っていたことを口に出した。下手な慰めよりも、そちらのほうが余程心に響き、必死に耐えてきた嗚咽《おえつ》が漏れた。

「一緒に……」

必死に絞り出すが、男は手の力をさらに強めて首を横に振った。

「お前が死ねば、家族を知る者はこの世にいなくなる。それでよいのか。それこそ真に死ぬということではないか。家族の誰がお前に共に死んで欲しいと望んでいる」

男は膝を折って顔を覗《のぞ》き込む。何も言い返せず、奥歯を擦れるほど嚙《か》みしめることしか出来ない。歯の隙間からなおも漏れる嗚咽に触れるように、男は残る手を頬に当てて続けた。

「人は元来、自ら死ぬようには出来ていない。生きろ。己の命を守るのだ」

男の懸命な想いが胸に染み、こくりと頷いた。

「山を向こう側に下りる。曲輪《くるわ》沿いに北西に進み、竪堀《たてぼり》にぶつかったところで西の土塁を越える。そこで万が一追いつかれたとしても、伏兵穴があるからそこに身を隠してやり過ごせる」

安堵《あんど》させようとしているのか、男は手を引きながら逃げる道順を語る。平装の男が何故《なにゆえ》ここまで城の造りに詳しいのか。もしかして子攫《さら》いではないか。恐怖がさっと心に広がり、数歩後ずさりした。男はこちらの心の動きを察したかのように、自らの名を名乗った。

「飛田源斎《とびたげんさい》と謂《い》う。この城に……この町に楯《たて》を造るはずだった者だ」

「楯……」

「ああ、こうならぬための……命を守る楯だ」

「そんなこと……」

「出来る」

源斎は凛然《りんぜん》と言って茂みを分けた時、足を止めて振り返った。

昨日まで己が家族と暮らしていた町、幾つもの笑みが行き交っていた町、百年続いた一乗谷の町が、轟々《ごうごう》と渦巻く紅蓮《ぐれん》の炎に包まれている。

もう嗚咽は湧いて来ない。源斎の言う「楯」があれば、変わらぬ今日が訪れていたのか。そのようなことを茫と考えた。

「行こう」

源斎は手をゆっくりと離した。

「うん」

小さく頷き、茂みに足を踏み入れる源斎に続く。もう振り返ることは無い。父が、母が助けてくれたこの命を守り切るつもりになっている。救ってやることが出来なかった妹に、懸命に生きて償うと誓っている。

源斎は迷いなく山を下っていく。町の火灯りが薄くなってきたところで、初めて足を止めて周囲を見渡した。

「少し待て」

「何を……」

「山の形を思い出している」

「こっち……じゃないかな……」

生い茂った木々の隙間の獣道を指差し、ぽつんと零した。

「山に来たことがあるのか？」

源斎は怪訝《けげん》そうな顔を向けるので、頭を横に振る。

「ううん」

「では何故判る」

頭がおかしいと思われるのではないか。そのような考えも一瞬過ったが、何故かこの男は馬鹿にしないという確信があった。

「岩や石が……こっちだと言っているような……」

「何……」

源斎は勢いよく首を振り、近くで剥き出しになった岩を凝視して尋ねた。

「岩の何を見た。色か、形か、目か」

「目？」

「紋様とでも言えばよいか。ともかく何を見てそう思った」

「判らない……ただ、見ていれば声が聞こえるような気がする」

「そうか」

源斎は片眉を上げて苦笑した。源斎は再び岩に目を移し、その後に改めて周囲を確かめる。そして二度、三度頷くと、己の示したほうへと歩を進めた。

さらに暫《しばら》く行ったところで、源斎は草を払いながら口を開いた。

「山の岩というものは、ある場所の高さによって、目が違うものだ」

聞いたことの無い話である。そのようなものかと思って黙って聞いていた。

「恐らくお前はそれを見たのだろう」

「どうかな」

岩の目が高低によって変わることも知らなかった。ただ己に訴えかけてきている声を聞いたに過ぎず、それが正しいかも判らない。このような切羽詰まった状況でなければ、その得体の知れない声に従ったとも思えなかった。

「名は」

斜面を駆け下る源斎が、振り返りもせず短く問うた。

「匡介《きょうすけ》」

「きょうすけ……どのような字だ」

気を紛らわせようとしてくれているのか、源斎は背で話し続けた。

「きょうはコの字の反対に王。すけは介添えの……」

「難しい言葉を知っている。俺より余程学がある」

源斎の声が高くなる。父は越前でも有数の象嵌《ぞうがん》職人であった。品物を納めるやり取りで文《ふみ》も使うことから、読み書きが出来ねばならないと、教え始めてくれていた。

「良い名だ」

目の前に突き出た枝をぱちんと折って源斎は呟いた。己のために道を開いてくれている。

「え……？」

匡介が声を上げると、源斎は半ば振り返った。

「王を守っている」

意味が解らなかった。源斎は片笑むと、再び前を向いて進み始めた。この男に付いていくほか道はないと思い定めている。匡介はそのようなことを頭に浮かべつつ、源斎の背を追いながら鬱蒼《うっそう》と広がる森の斜面を駆け下っていった。

第一章　石工の都

吸い込まれそうなほど高い蒼天《そうてん》に、端が滲《にじ》んだような白雲が西から東へ流れてゆく。

叡山《えいざん》東側の山肌を削って出来た岩壁に臨む匡介からすれば、山が雲を吐き出しているかのように見えた。心地よい風が吹き抜け、周りを取り囲む木々を揺らす。眼前にひらりと舞い落ちた木の葉は、最後の命を燃やそうとしているかのように赤い。季節は秋から冬へと移ろいつつある。

岩肌に向かって十数人の職人が張り付き、突き立てた鑿《のみ》に鉄の鎚《つち》を振っている。これは己たちの間では「石頭《せっとう》」と呼ばれる道具である。

丹田を揺らすような鈍い音、耳朶《じだ》を弾《はじ》くような甲高い音。岩の質、大きさ、打ち所によって音は変わり、一つとて同じものは無い。

手頃な岩に腰を掛け、どこに流れつくとも知れぬ雲を眺めていると、岩肌の前に立つ男が振り返って呼びかけてきた。この男の名を段蔵《だんぞう》と謂う。

「若《わか》、ご覧になっていますか？」

「ああ」

匡介は視線を落としてぞんざいに答えた。

「頼みますよ。若には飛田屋の……いや穴太衆《あのうしゅう》の将来を背負《しょ》って立って貰《もら》わなくちゃなりません」

段蔵は項《うなじ》を掻きながら苦笑する。

今、段蔵が言ったように、匡介は穴太衆と呼ばれる集団に属している。

穴太衆。その名の通り近江国《おうみのくに》穴太に代々根を張り、ある特技をもって天下に名を轟《とどろ》かせていた。

それこそが、

——石垣造り。

であった。世の中には他にも石垣造りを生業とする者たちがいるにはいるが、いずれも細々とやっているのみ。この技術においては穴太衆が突出しており、他の追随を許さないからである。

穴太衆には二十を超える「組」があり、それぞれが屋号を持って独立して動いている。銘々が諸大名や寺院から石垣造りの依頼を受け、その地に赴いて石垣を造る。軽微な修復など一月《ひとつき》足らずで終わるものから、巨城の大石垣など数か年掛かる仕事もあった。

「爺《じじい》がそんなこと思っているかよ」

「頭《かしら》と呼びなされと何度……」

鼻を鳴らすと、段蔵は大きな溜息《ためいき》を零した。

匡介が爺、段蔵が頭と呼ぶ男の名を源斎と謂い、飛田屋の屋号で仕事を受けていることから、世間では飛田源斎と呼ばれている。

源斎は穴太衆千年ともいわれる歴史の中でも出色の天才との呼び声が高く、他の組の頭たちからも一目置かれている存在であった。

「爺がそう呼べと言ったのさ」

「そうでしたな」

段蔵はこめかみを指で搔いて苦笑した。

匡介は飛田屋の副頭《ふくがしら》にして、後継者に指名されている。だが大抵の組の頭が己の血筋の者に跡を継がせるのと異なり、匡介と源斎に血の繋がりは一切無かった。

匡介は越前国一乗谷で、象嵌職人の父の下に生まれた。二十三年前、朝倉家が織田軍の侵攻を受け城下は灰燼《かいじん》と化した。匡介が独りで山城に逃れた折、朝倉家から石垣の仕事を受け、下調べに来ていた源斎と邂逅《かいこう》したのだ。源斎は炎に包まれた一乗谷から、己を連れだして近江穴太の地まで導いた。

源斎は子がいないどころか、妻さえも娶《めと》っていなかった。若い頃には人並みの幸せを考えたこともあったらしいが、ある時を境に石積みに生涯を捧げようと決心したらしい。

配下の者たちもこのままでは跡取りが出来ないと、考えを翻して妻を娶るよう源斎に進言していたが、飄々《ひょうひょう》と受け流すのみであったという。そんな中、一乗谷から連れてきたばかりの己を皆に引き合わせた。源斎は己の頭にぽんと手を乗せ、

「こいつを跡取りに据える」

と、鞣革《なめしがわ》のような頬を綻ばせたものだから、配下の者たちが仰天したのを匡介も幼心に覚えている。

「山方《やまかた》はどうです？」

岩壁での作業が滞りないか、段蔵はちらりと確かめつつ訊《き》いた。

「俺はずっと積方《つみかた》にいたんだぞ。何でいきなり山方に……」

匡介は自身の腰掛ける岩を軽く叩いて零す。

穴太衆の技と聞いて世間は石を積むことだけを連想する。しかし実際はそうではなく、大きく三つの技によって成り立っている。

まず山方。これは石垣の材料となる石を切り出すことを担っている。といっても適当に石を取っ

ている訳ではない。石の大きさは一から十まで大まかに等級分けされており、総頭が欲する数だけそれぞれ用意しなければならないのである。しかも決めた大きさの石を切り出すのは存外難しい。鑿の角度、石頭を振るう強さは勿論《もちろん》、岩には「目」というものがあり、それに沿って打ち込まねば思わぬ形にひびが入ってしまう。その目は熟練の職人でなければ見ることが出来ないのだ。未熟な者がやると、歪《いびつ》な亀裂が入って望んだものと違う形で割れてしまう。まるで石が、下手な者に使われるのを拒絶しているかのようである。

眼前の段蔵は、飛田屋山方の小組頭を務めている。歳は源斎の二つ年下の五十五。匡介がここに来るより前、もう三十年も山方の小組頭を務めており、石を生み出すことに関しては穴太の中でも三本の指に入ると言われていた。

「次は荷方《にかた》に行かれるのでしたな?」

段蔵は眉を開いてみせた。

二つ目は荷方。切り出した石を石積みの現場まで迅速に運ぶ役目である。運ぶだけならば誰にでも出来る。素人はそう言うが、これは石垣造りの三工程の中でも最も過酷とされる。

泰平《たいへい》の世ならば時を掛けてゆっくりと造ることも出来る。しかし戦火の止《や》まない乱世となると話は違う。堅牢《けんろう》なことは当然、迅速に造り上げねば、敵に隙を見せることになる。いくら早く積もうと思っても、その資材となる石が届かねばどうしようも無い。これを左右するのが荷方である。雨が降ろうが雪が降ろうが、敵が攻めてきて矢弾が降ってこようが、綿密に練られた計画通りに石を運搬する。

場合によっては縦横幅二丈《じょう》(約六メートル)を超える巨石を運ばねばならぬこともあり、その時は安全にも相当配慮せねばならない。実際に織田信長《のぶなが》が安土《あづち》城を建てようとした時、坂道を上る途中に縄が切れて百数十人が巻き込まれて死ぬという事故が起こっている。それらの惨事が起きないように配慮しつつ、期日までに何としても石を届けるというのが荷方の役目である。

「ああ」

匡介は小さく舌打ちをする。その意味を段蔵はすぐに察して困り顔になる。

「ほんに嫌そうじゃ。若は玲次《れいじ》と喧嘩《けんか》ばかりしていますからな」

「すぐに突っかかってくるあいつが悪い」

匡介は鼻を鳴らして顔を背けた。

「玲次も色々と思うことがあるのでしょう」

段蔵はしみじみとした口調で言った。

玲次は荷方の小組頭を務める男で、源斎にとって唯一の親類でもある。歳は匡介と全く同じ。飛田屋先代の三男の子であり、現頭である源斎の甥《おい》に当たる。故に玲次は己こそ、正統な飛田屋の後継者と思っていたようで、どこの馬の骨とも知れぬ匡介が跡取りに指名されていることが面白くないのだろう。

「爺は玲次を跡取りにすればよかったんだ」

匡介は半ば投げやりに言った。確かに己が玲次の立場でも不快であろうと思うのだ。ふと視線を戻すと、段蔵の顔から笑みが消え、じっとこちらを見つめている。

「積方はそう甘い考えでは務まらぬこと、よくご存じのはずでは？」

「まあ……うん」

妙に素直で子どもっぽい返事になってしまったのには訳がある。

源斎は石積みについては教えてくれるが、他のことに対しては放ったらかし。その代わりに甲斐《かい》甲斐《がい》しく面倒を見てくれ、時に悪さをすると叱ってくれたのもこの段蔵。段蔵はいわば気の好い叔父のような存在であった。その頃の癖なのか、改まった口調で言われるとそうなってしまうのだ。

「確かに才は親から子に伝わりやすい。故に子が跡を取ることが多いのも事実」

段蔵は嚙んで含めるように続ける。

「しかしより才のある者がいれば、肉親であらずとも継がせる。それほど積方は重要なのです」

飛田屋では積方の小組頭が副頭も兼ね、跡継ぎでもある。つまり匡介はその立場にあった。

積方を極めるには、他の二組以上の時を要する。まず石垣の中に詰める「栗石《ぐりいし》」というものを並べるだけでも、少なくとも十五年は修業しなければならない。

匡介は八つから本格的に修業を始め、すでに齢《よわい》三十。未だ己だけで一度も石垣を組ませて貰っていない。ようやく一通りの修業を終えて、いよいよと意気込んでいた時に、

「匡介、明日から三月《みつき》ほどは山方へ行け」

と、源斎に命じられたのである。しかも次の三月は荷方へ行けとも言う。

「折角、大きな仕事が目の前にあるのに……」

また不満が沸々と湧いてきて、匡介は再び舌を弾いた。

百数十年前より、各地で群雄が割拠して戦が頻発するようになり、この国は乱れに乱れていた。戦というものは技を一気に育む。戦の勝敗に直結する築城、その中で穴太衆の石積みの技は重宝されて発展してきた。匡介も自らの石垣を構築したいという思いで、修業に明け暮れていたのだ。

——しかし全てが変わった。

不世出の英傑、豊臣秀吉《とよとみひでよし》によって天下は悉《ことごと》く統《す》べられたのである。それによって穴太衆への仕事の依頼は激減した。

　それからも御手伝普請《おてつだいぶしん》と称して大型の城が築城されることはあった。朝鮮出兵の拠点、肥前名護屋《ひぜんなごや》城などもそうである。しかし豊臣家の威信を示すための城となれば、半人前の己などではなく、経験も実績も豊かな源斎が受け持たねばならぬ。そのような訳でなかなか自らの石垣を造る機会を得られず、匡介は鬱々としていた。

　だが三月前に機会が訪れた。閏《うるう》七月十三日の夜更けに凄《すさ》まじい地揺れが起こり、伏見《ふしみ》城の天守が倒壊したのである。だが石垣は数か所が軽く崩れただけで無事であった。この石垣も源斎が造ったものである。

　秀吉はこの機会に現在ある指月《しげつ》山から、木幡《こはた》山に伏見城の移築を計画した。このことで石垣も取り壊して、改めて組み直す必要が出て来たのである。次に石垣を組む時はお前がやれと言われていたこともあり、匡介は勇み立っていたのだが、

「これはお前じゃあ無理だ」

と、源斎は前言をいきなり翻した。それだけでなく山方、荷方の仕事ぶりを見て来いと付け加えたのだ。そして今ようやく三月が過ぎ、山方に張り付く期間が終わろうとしている。

「頭には何か思惑があるのでしょう。故にこれまで積方一筋でいた若に、山方、荷方を見させようとしておられる」

「そうだろうな」

　段蔵が言うように、何かしらの意図があるとは思っている。だが己の手で一つの石垣を組みたいという欲求のほうが勝り、苛立《いらだ》ちをなかなか抑えられずにいた。今すぐにでも伏見に走り、源斎に直談判《じかだんぱん》しようかと何度も衝動に駆られている。

　この三月の間、ずっと苛立ちを覚えていたせいで、段蔵はともかく山方の連中はどこか腫物に触

るように己を扱っていることを感じていた。

「焦ることはありません。天下泰平でも城は築かれます。乱世の頃の守る城とは些《いささ》か変わり、見せる城になりましょうが」

段蔵はそのように言うが、それが気に喰わない。城の、その土台たる石垣の美しさとは何か。それは見た目の華美さでもなく、整然さでもない。誰にも打ち破られぬという堅さこそ美しさではないか。匡介はそのように思うのだ。

段蔵は匡介の胸の内を知ってか知らずか、流れる雲に合わせるように鷹揚《おうよう》に語り続けた。

「これからの時代は荷方が重要になります」

「荷方が？」

確かに積方は習得するのにより時が掛かるが、それでも源斎は三組いずれも重要だと常々言っている。泰平になれば荷方が重要になるという意味が解《げ》しかねた。

「ええ。若はどのようなところに城が造られるかお解りか？」

世間が聞けば石積みの副頭に対し、小馬鹿にしたような問いだと思うかもしれない。だが匡介は答えに窮してしまった。これまでは言われた場所に赴いて石垣を積んできたのであって、どこに城を建てるかはこちらの与《あずか》り知らぬところなのである。またこれまでの二十数年の修業は過酷で、そのようなことを考える暇すら無かった。

「それは……守りの要だろう」

当たり障りのない答えに、段蔵は二度三度頷いた。

「それは間違いござらん。しかし乱世の中ではもう一つ考えねばなりません。それがこれです」

段蔵は振り返り、石頭を振り続ける配下の者を掌《てのひら》で指した。

「なるほど。石場か」

「はい。幾ら城を建てたくとも、近くによい石場が無ければ、遠路遥々《はるばる》石を曳《ひ》いていかねばならぬことになる」

それには相当の時と費用が必要になってくる。いつ戦が起こって攻め込まれぬとも限らぬ戦国の世では、そのような悠長な真似《まね》は許されなかった。

「つまり石場のあるところに、城を建てているといっても過言ではないということか……」

「左様。だがそれが、がらりと変わりつつあります」

天下が統一されて世から戦は無くなり、城を建てたいと思った場所に、遠くの石場から時を掛けて石を曳いていくことが可能になった。また御手伝普請は諸大名に人足《にんそく》や資材を負担させて力を削ぐという一面もある。むしろ金が掛かるのも好都合である。

移築に伴う追加の石が必要だが、そもそも伏見城の傍《そば》に適当な石場は無く、こうして近江国から運んでいっている始末である。

「だから荷方の役割が大きくなるということか」

段蔵は頬を緩めてゆっくりと頷いた。

「頭は、変わりゆく世でも若が石積みを続けられるようにと考えているのでしょう。玲次の仕事ぶりを見ておいて損はないかと」

「解った。段蔵、世話になったな」

匡介は軽く会釈して立ち上がった。石を積むことに関しては、源斎に次ぐ腕前になっている。だが、今聞いたような話すら己は知らなかった。他のことを学んでいては極める境地などには辿り着けないということもあるが、そもそも己は石積み以外に興味を示して来なかった。

先ほどのように、この三月の間、段蔵は余計なことは何も言わず、こちらが訊いたことにのみ懇切丁寧に答えてくれた。

そして今日が最後の日。これより大津《おおつ》に向かう。ここには荷方が「流営《りゆうえい》」と呼ばれるものを布《し》いている。これは武士が戦をする際に布く陣のようなもので、それを起点に石の動きを差配していた。

「はい。お役に立てたでしょうか。最後に自ら切り出してみなさるか？」

これまで匡介は見るだけで、一度も切り出す作業をしたことはなかった。段蔵はそれにも小言を零すことなく見守ってくれていたのだ。これがここに来て最初で最後の進言ということになろう。

「ああ」

受け入れるとは思っていなかったようで、段蔵はおっと小さな驚きを見せる。

「誰か、若に石頭――」

「持っているさ」

腰の辺りを軽く叩いた。

「左様でしたな」

失念していたといったふうに、段蔵は自らの額を叩いた。

匡介は鞣した革で太い帯を巻いている。そこに幾つかの穴が開いており、石頭や鏨を常に差し込んで持ち歩いている。まるで武士の二本差しのような恰好《かつこう》である。もっとも武士が左腰に刀を差すのに対し、匡介は道具を右腰に差している。

このようにしているのは飛田屋だけでなく、穴太衆においても匡介ただ一人であった。幼い頃、己の暮らしが一変するようなことを経験したからか、常に持ち歩かねば安心出来なくなっているのかもしれない。

「若……」

匡介が歩み寄ると、山方の皆が手を止めて視線が集まる。

若い者の目には羨望の色が浮かんでいる。これでも己は飛田屋の跡取り。誰が言い出したかは知らぬが、いつかは源斎を超える逸材などと吹聴されており、年下の者には畏敬の念を抱かれている。反面、古株の者の目には恐れの色が浮かんでいた。すでに二十年以上共に暮らしてきているが、碌《ろく》に会話を交わしたことも無い者が殆《ほとん》ど。人と話す何倍もの時を、石との会話に費やしてきた。時に手の内の石に向けて、

――お前はどこへ行きたい。

などと、語り掛けているところを見た者もあり、実力こそ認めてくれてはいるが、

――若はどこかおかしいのではないか。

と、陰口を叩かれていることも知っている。

羨望、恐怖、あるいは入り混じって畏敬。様々な要因はあるかもしれないが、皆は己に微妙な距離を置いていることを感じていた。

匡介としても別にそれをどうこうしようとは思わない。己の目指す極みに上るためには、そのような無駄なことに時を掛ける余裕は無いのだ。

そうしたこともあり、己に気兼ねなく話しかけてくれるのは師である源斎、山方の小組頭で叔父のような存在の段蔵、そして何かにつけて文句ばかり零す荷方の玲次くらいなものであった。

「邪魔をするぞ」

一声掛けただけで、若い山方が目を輝かせて頷いた。

間際で足を止めると、目を細めてじっと岩壁を見つめた。暫《しば》し無言の時が流れる。鏨の音はすっかり途切れ、耳朶に触れるのは鳥の囀《さえず》りと、木々の騒めく音のみである。

――俺を使え。

「ああ」

「何か……？」

山方の若い衆が耳を近づけて訝《いぶか》しんだ。古株はまたかといった気味悪そうな目を向けている。

「いや、何でもない」

匡介は彼らを一瞥《いちべつ》すると、手をひらりと宙で舞わした。いつの間にか段蔵は少し後ろに立ち、腕を組んで匡介と岩壁を交互に見ていた。

腰に右手を伸ばして鏨を取ると、放り投げるようにして左手に持ち替える。投げた時には再び右手を下げており、石頭を抜くと同時に旋回させて構えた。

「いくぞ」

段蔵、もしくは他の若い衆に語り掛けたと思っているだろう。あるいは独り言と思われたかもしれない。だが匡介の呼びかけた相手は確かに別にいた。

女の頰に指を添わすように鏨を岩にそっと当て、軽く石頭を振った。細く高い音が周囲に響く。

「若、もう少し強く打たねば――」

若い衆に呼ばれて振り返る。だがその向こうの段蔵は目を見開いて岩壁を凝視していた。

「下がれ」

「え……」

匡介は若い衆を押して二、三歩下がった。壁面から微かな音が立ち、糸のような細い線が浮かんでくる。やがてその線は少しずつ太くなり、弾けるような音がしたかと思うと、壁からごろりと石が転げ落ちて来た。石は視線を集めつつ斜面を転がっていき、やがて動きを止める。驚愕《きょうがく》の表情を浮かべて固まる若い衆の中、段蔵は呼吸を整えるようにゆっくりと息を吐いた。

「お見事です。この境地に至るまででも十年は掛かりましょう。それを三月で……」

「これまで二十年以上、石積みをしていたからだ」

謙遜ではない。その期間が根底にあったからこそ出来たのであって、一朝一夕でやれるはずはない。これで若い衆が萎縮して貰っては困ると付け加えた。若い衆は爛々《らんらん》とした憧憬《しょうけい》の目で見つめる。古株たちも実力だけは認めてくれているようで、腕を組みながら舌を巻いている。

「それでも流石《さすが》としか言いようはありませんな。若はしっかり石の目が見えているのですな」

何も石を割るのは山方だけではない。積方も場合によっては石を割って適当な形に変える必要がある。力任せでも出来ぬことはないが、無駄な力を使ってしまい、しかも断面が歪になりやすい。石の目と呼ばれるものを読んで割れば、ささやかな力しか要せず、形も綺麗になるのだ。だがその石の目を読むのに、どれほど優れた者でも十年は掛かると言われている。

「いや、目を見たことはない」

「謙遜を」

他の山方は勿論のこと、段蔵でさえそう取った。今まで己がどのようにして石と触れて来たのか、それは師である源斎の他に語ったことは無い。

「聞こえるから」

匡介はぽつんと呟いたが、同時に一陣の風が吹き抜け、木々の騒ぐ音に掻き消された。先ほどまで岩壁に収まっていた石を今一度見た。何百、何千、あるいは何万年もの時から解き放たれ、新たな旅に向かうことに喜び勇んでいる。匡介にはそのように思え、誰にも気付かれぬほど小さく頷いた。

叡山の石場から大津までは目と鼻の先。翌日の早朝に石場を離れ、匡介が飛田屋の流営に辿り着いたのは、秋の優しい陽が中天を少し過ぎた頃であった。

流営の語源は定かではないが、源斎の祖父が、

「祖父の代にはもうそう呼ばれていた」

と言っていたことから、少なくとも百年以上前からの呼称であることは確からしい。

大陸の前漢《ぜんかん》時代、周亜夫《しゅうあふ》と謂う将軍が匈奴《きょうど》征討のために細柳《さいりゅう》という地に陣営を置いた故事から、本邦では幕府のことを「柳営」と呼ぶ。穴太衆の遥か先代がその響きを気に入ったのだろうか、石の差配所を本来の文字から一字変えてそのように呼び始めたのではないか。

源斎と共に細川《ほそかわ》家の田辺《たなべ》城の石垣を増築した時、隠居で古今の故事に詳しい細川幽斎《ゆうさい》が語っていたので、妙に納得したのをよく覚えている。

その流営に行くと、飛田屋荷方の若い衆が慌ただしく動いている。昼間とはいえ肌寒くなってきているのに、どの者も諸肌《もろはだ》を見せて荷造りに追われていた。

「若！」

若い衆の一人がこちらに気が付いて声を上げた。

「おう。玲次はいるか？」

「小組頭は……」

若い衆が向ける視線の先、指を差しつつ差配する男がいた。己は身丈五尺七寸（約百七十二セン

チメートル）と大柄であるが、玲次も決して低くはなく五尺六寸はあるので目立つ。吊《つ》り眉をいからせて、早く縄を掛けろだの、手と足を同時に動かせだのと吼《ほ》えている。

「喜三太《きさんた》、手が止まって――」

別の方向を向いていたはずなのに、余程視野が広いのか、こちらの若い衆の手が止まったことを見逃さない。玲次は言いかけたところで、己の存在に気付いて顔を少し顰《しか》めた。

「匡介、邪魔するな」

地を踏み鳴らすように大袈裟《おおげさ》に歩み、こちらに向かって近づいて来た。飛田屋の中にあって、源斎を除けばこの玲次だけが己を名で呼び捨てる。こちらとしても、無理に副頭や若などと呼ばせようとは思わない。元々同じ釜の飯を食ってきた相弟子である。

「爺から お前の仕事振りを見ろと言われているんだ。文句を言うなら爺に言え」

匡介も負けじと返すと、玲次は渋々といった様子で零す。

「勝手に見て学べ。俺は何も教えねえ」

「爺は解らないことは、玲次に逐一訊けと言ったぞ？」

匡介が片眉を上げると、大袈裟に舌打ちをして玲次は身を翻す。己の後ろについて学べと言いたいのだろう。

「邪魔するなよ」

「俺が来ただけで、仕事に障りがあるのか？」

「口の減らねえ野郎だ」

玲次は項を掻き毟《むし》って吐き捨てた。

「よそう。仕事だ」

いつまでも小競り合いをしていても始まらない。匡介は手をひらりと振って話を転じた。流営には山から切り出されてきた大小の石が大量に集まっている。

陸での石の運び方は様々である。まずは地車《じぐるま》。台に直径三尺ほどの車輪が付いているもので、牛馬が曳いて運搬する。今は人が抱えられるほどの、比較的小さな石が積み上げられて縄を掛けられている。

次に石持棒《いしもちぼう》。これには様々な形がある。井桁のように組んで中央に大きな石を縛りつけ、複数人で運ぶものもあれば、棒一本の両側に籠《かご》を付けて一人で運ぶものもある。後者には拳ほどの大きさの栗石が入れられている。

三つ目は「修羅《しゅら》」と呼ばれる橇《そり》。筏《いかだ》のように丸太を組んだものに縄が付いている。この上に石を置いて大人数で曳くのだ。これには一丈四方ほどの石が積まれている。

最後は「ころ」である。丸太を地に並べ、その名の通り石を転がして移動させる。人の身丈を超えるほどの巨石を運ぶ時はこれを用いる。これで長距離を運ぶのは時が掛かり過ぎるため、このような巨石は石船と呼ばれる船で運ばれた。ころは、石船に載せた巨石を降ろす時に主に用いる。

それらが入り交じって作業が進められている中を、縫うように歩きながら匡介は呟いた。

「凄まじい荷だな」

「御頭からの注文だ」

「石垣を組み替えないのか……」

伏見城は移築されるのだ。これまでの石でもう一度組み直せばよい。今回の地揺れでは、幸いにも火事は起こらなかった。木材はそのまま流用されると聞いている。

「積方のお前が聞かされてないのか？」

玲次の言葉に棘《とげ》を感じた。確かに積方の己が解らねば、荷方の玲次に解るはずが無い。

「縄張りをする前に山方に飛ばされたからな」

「まあ……俺たち荷方が指月山に呼ばれなかったということは、一から積むということだろう」

石垣を移築するならば、指月山から木幡山に石を運ばねばならない。そのためには荷方の力が必要になる。山方にいた時もえらく切り出すなとは感じていたが、それは石垣を大規模に増やすものだと思っていた。

「山から降ろして、山へと運ぶ。これは最も大変だ。覚えておけ」

玲次はこちらを向かずに言った。

「へえ、そうか」

「お前、何年穴太衆にいる。何も知らないのか」

間延びした返事に玲次は嚙みつく。

「仕方ねえ……」

玲次は源斎の言いつけだからと、ぶつくさ言いながらも解説を始めた。玲次は源斎に対して絶大な信頼をおいているのだ。

「そもそも一つとして同じ地はなく、全く同じ石垣は組めない。それは知っているな」

「ああ」

玲次に言われずとも、そのことは積方の己のほうが詳しいだろう。

「いらない石を弾くだろう？」

「だいたい三割ほどは使えなくなる」

地形に合わせて石垣を組むのだから、不要な石も出て来る。時と場合によるが二割から四割は用を成さなくなってしまう。

「石垣を崩す。移す。石を吟味する。足りぬ分を山方は凡《およ》その大きさを聞いて切り出す。荷方がそれを運ぶ。組み替える……やるべきことが六つになるな」

「確かに、そうだ」

「だが一から組むならば……」

「三つ」

「そうだ」

山から切り出す。運ぶ。組む。量こそ多くなるが、それでもこちらのほうが迅速に石垣を組めるという。

匡介は現場に到着した石と格闘することだけを二十余年続けてきた。故に山方、荷方がそれぞれ苦労して石を供給していることは知っていたが、その考え方や方法は全くといっていいほど知らない。別に山方や荷方に興味が無かった訳でなく、

――石と向き合うのに、幾ら時があっても多過ぎるということはない。

と、源斎から耳に胼胝《たこ》が出来るほど聞かされた。現にこの歳になっても、まだ一人で石垣を組むことを許されていない。余事にかまける余裕は無かった。だからこそ今回の山方や荷方へ行けということの訳を汲み取れずにいるのだ。

「急ぐ必要があるということか……何故だ？」

戦国の世ならば、速く造るということも重要なことであった。うかうかしていれば敵が攻めて来るかもしれないからである。だが天下は豊臣家によって保たれており、一揆などを除けば戦は起きていない。穴太衆としてもわざわざ作業を遅くしようとは思わぬが、かといって疾風の如き速さで

組む必要はない。

「知るかよ。御頭に訊け」

玲次はぞんざいに答えた。そもそも速く造るというのも、源斎の意思ではなかろう。穴太衆はあくまで技能を売る集団。依頼主がいてこそ成り立っている。

どのような石垣を構築するかは相談に乗るものの、その普請の期日などは依頼主の意向を優先する。要求されたその期日が短くとも能《あた》うならば受け、能わぬならば断るだけである。

伏見城は豊臣秀吉が隠居のために建てた城。これの移築となれば当然、依頼主は秀吉となる。つまり秀吉が何らかの訳で急いでいるということになる。

「戦が起こるのか……」

一介の石積みの己には天下の情勢は解らない。だがこの突貫での移築はそうとしか考えられない。

「俺たちは石垣を造ればいい……おい、とっとと縄を掛けろ。日が暮れちまうぞ」

玲次は会話の合間にも、縄掛けに手間取っている若い衆に指示を飛ばした。

「後はどうでもいいってか？」

意識した訳ではないが、声が低くなる。

昨今、穴太衆の中には石垣を造り、銭さえ受け取れれば後はその城がどうなってもいいと考えている者も多くいる。訳は簡単で、二度とその城に携わることが無いからである。穴太衆の中では、

――五百年で一人前。三百年で崩れれば恥。百年などは素人仕事。

と、専《もっぱ》ら言われている。穴太衆に身を置くものならば、どれほど下手に組んだとしても百年から二百年は崩れない。つまり軽微な修復はともかく、己が組んだ石垣をもう一度組み直すことは生涯訪れないのだ。

とはいえ、それで手を抜く穴太衆はこれまでいなかった。しかしこれも泰平の弊害か、少しでも多く仕事を取り込もうと、質を捨てても速く造ればいいという不逞《ふてい》の輩《やから》が昨今増え始めている。

「そうは言っていない。俺たちの腕が疑われるからな」

玲次はこちらを向いて凛然と答えた。

飛田屋の中にはそのような輩は一切いない。飛田屋を率いる源斎は、

——千年保つ石垣を造れてようやく半人前だ。

と、穴太衆の常識よりも遥かに高い目標を掲げ、どこの組にも負けぬ丁寧な仕事を心がけてきた。乱世では仕事が溢れ、各組が大車輪のように仕事を取り込もうとした時も、源斎だけは慌てず騒がずに至高のものを目指した。故に多くの仕事を取りこぼし、他の組に飛田屋は悠長だと小馬鹿にされたこともある。

だが戦が鎮まり、天下に静謐《せいひつ》が訪れてからというもの仕事は全体として激減した。当時に多くの仕事を受けていた組は暇となったが、飛田屋は以前と変わらず、いやそれ以上に仕事が舞い込んできている。諸大名が飛田屋の石垣を高く評価しているからである。

「俺に貸せ。よく見て覚えろ」

先ほどの若い衆が未だ手間取っている。玲次は見かねて自ら巨石に縄を回し始めた。

玲次は弛《たゆ》みなく手足を動かしながら、話を戻した。

「しかし、地揺れや、野分《のわき》はともかく……戦となれば、破られることはある。俺たちは最善を尽くせばいい」

「それじゃあ駄目だ」

匡介が言うと、玲次は一瞥して舌打ちした。

「馬鹿。千人で守る城に、十万が攻めかけてみろ。いくら石垣が良くとも、城は落ちるさ」

「それでも守れる石垣を造ってみせる」

玲次は縄を捻《ひね》って輪を作ったり、その間を通したりと流れるように手を動かす。要所では石に足を掛けて締め上げ、それを何度も繰り返して最後に縄を結んだ。

「一朝一夕じゃあ無理だ。また俺がやる時に声を掛けるから見に来い」

玲次はぴしっと石を叩いて、若い衆に向けて言った。

「はい！」

若い衆は頬を紅潮させ頷く。何も怒鳴り散らしているだけではなく、自ら率先して手本も示す。口は悪いのに玲次が配下の者に慕われる一端を見たような気がした。

玲次は片頬を顰めるようにして、こちらに歩を寄せてきた。

「どんな大軍でも撥《は》ね返す石垣を造るってか？」

「ああ、そのつもりだ」

「この話になるといつもそうだ」

玲次は辟易したように、深い溜息を零した。初めて玲次と大喧嘩したのもこの話題だったのだ。以後、似たような話で何度もぶつかってきている。互いに齢三十となった今、摑み合い、罵り合うようなことはないが、未だにその点では折り合いがつかないでいる。

あれは確か十八年前のこと。織田信長配下の将、荒木村重《あらきむらしげ》が摂津有岡城《せっつありおか》に立て籠って反旗を翻した。遡ることさらに三年前、この有岡城の大改修の折、石垣を組んだのが当時三十六歳の源斎であったのだ。

織田家の大軍の前に、有岡城は一年もの長きに亘《わた》って耐え抜いたが、やがて陥落した。城主の荒木村重は落城前に逃走し、残された女房衆百二十二人が鉄砲や刀で殺された。一族郎党五百十二人も四軒の農家に押し込められ、生けるままに火を放たれた。中には齢五つの子どもまでいたという。

――どんなに堅牢でも、破られれば意味が無い。

子どもながらに匡介はそのように口にし、それを源斎への侮辱と取った玲次が激昂《げきこう》して喧嘩に発展したのである。

「穴太衆が如何《いか》に鉄壁の石垣を拵《こしら》えようと、愚将が守れば用を成さない」

湖岸から琵琶の湖へと視線を移しながら玲次は言った。

荒木村重は摂津を自らの手で切り取った実績を持ち、決して凡庸な男ではなかった。しかし謀叛の後の彼の行動は、名将とはかけ離れたものであったことは確か。織田家の大軍の前に腰が引け、全てを捨てて逃げ去った。長い籠城は神経を削り、人を変貌させる。その時の荒木も正気ではなかったのだろう。その証左に、荒木は後に自ら「道糞《どうふん》」という号を名乗った。読んで字の如く、道端の糞という意。妻を捨て、子を見殺しにした己を恥じ、自虐的な号を付けたと思われる。

「それでも有岡城は一年もの間耐え抜いた。御頭の楯が良かったからな」

穴太衆では時に石垣のことを「楯」と呼び、玲次もそれに倣っている。

「楯を生かすも殺すも将次第か……名将とはどんな男なのだろうな」

匡介も遠くを見つめた。煌《きら》めく湖面の先、対岸に近江富士とも呼ばれる三上山《みかみやま》が見える。

「俺には解らないが、殿下が今の世には二人の天下無双がいると仰《おっしゃ》ったと、世間で専らの噂だぜ」

殿下とは、百姓から天下の主にまで上り詰め、今の安寧を作り出した男、太閤《たいこう》秀吉のことである。

玲次は半年ほど前に京を訪れた時、噂話の好きな京雀たちが話しているのを耳にしたらしい。

「一人は本多忠勝《ほんだただかつ》か」

「当たりだ」

かつて織田信長の盟友にして、豊臣秀吉とも天下を争った徳川家康《とくがわいえやす》。後に和議を結んで傘下に入って、今は豊臣政権の五大老筆頭の席に座っている。その家康の配下の猛将である。四十数度の戦に出て一度も傷を負ったことが無く、秀吉と戦った小牧《こまき》・長久手《ながくて》でも豊臣軍を散々に悩ませた。以来、秀吉は本多忠勝を買っており、事あるごとに褒めそやしていると、世事に疎い匡介でも知っていた。

「もう一人は？」

尋ねると、玲次は拳を口に当てて咳払《せきばら》いをして答えた。

「東に本多忠勝と謂う天下無双の大将がいるように、西には立花宗茂《たちばなむねしげ》と謂う天下無双の大将がいる……だとさ」

「立花宗茂……」

名は聞いたことがあるように感じたが、匡介は詳しいことを何も知らなかった。

「筑後《ちくご》十三万石の大名で、鎮西《ちんぜい》一の武将との呼び声が高いらしい。驚くことに歳は三十だとよ」

「俺たちと同年の生まれじゃないか」

少し吃驚《きっきょう》して声が上擦った。齢三十は立派な大人であるが、天下の双璧と語られるには若すぎるといってもよい。何でも島津の九州統一に抗い、齢二十にして抜群の武功を立てたのを皮切りに、この十余年で負けらしい負けは無いらしい。今も唐入《からい》りに従軍して、十倍からなる明《みん》軍を難なく屠《ほふ》ったと伝わってきているという。

「そのような男に石垣を任せれば、鬼に金棒かもしれないな」

玲次の言う通り、いくら穴太衆が堅固な楯を造ろうとも、愚将が扱えば紙の壁のように脆くなる。

反対にそのような名将ならば鋼の如き守りになるのが現実かもしれない。

——だが、それじゃあ駄目だ。

匡介は心中で呟いた。籠城戦が始まれば、城下の民も城に逃げ込む。民が逃散《ちょうさん》することを恐れ、領主が無理やり城に詰め込むことも多々ある。つまり民は領主の勝手で強制的に戦に参加させられ、落城の時には悲惨な目に遭うことになる。そんな馬鹿げた話があってはならないと匡介は思う。だが往々にして城に押し込められるということは、少なからず劣勢を強いられているということ。攻め方の実力が勝っていることのほうが多かった。その差を埋めて敵を撥ね返すことこそ、己たち穴太衆の務めではないか。

「お前は気負い過ぎなんだよ……」

横から玲次がぽつりと零した。

「そんなことは——」

「お前を見ていると、賽《さい》の河原を思い出す」

玲次は苦々しく言うと、身を翻して配下の若い衆の下へと歩んでいった。玲次も匡介の生い立ちは知っている。これまで何度も激しく罵り合ったが、そのことだけには触れてはこなかった。今も直言ではないが、これまでで最も踏み込んだ一言だったかもしれない。

——賽の河原か……。

匡介はそっと屈みこむ。湖畔には豆粒ほどの砂利から、抱えてようやく持ち上がるほどの石までが散乱している。そのような言葉はないが、ここは河原ではなく湖原ということになるだろう。

拳ほどの石を見繕って重ねて置いた。積方ともなれば石の重心を即座に見抜けねばならない。三つ、四つ、五つと、手早く石を積み上げていく。

「くだらない」

七つまで積み上げた時、崩そうとして手を翳した。だが馬鹿馬鹿しいとは思うものの、崩すことに気が引けた。匡介の脳裏に浮かぶのは妹の姿。笑っている顔を沢山見てきたはずなのに、こんな時に思い出すのは、決まって最後に見た己に向かって手を伸ばす必死の形相であった。

穴太衆は道祖神《どうそじん》を信奉している。村の境や、辻、三叉路などに祀《まつ》られる石造りの神で、村を守ってくれると信じられていた。その形状も様々で石像や石碑などが最も多いが、五輪塔のような複雑なもの、大きな石をそのまま据えただけのものもあった。

大陸では古くから祀られていた「道祖」と、この国古来の境界を守り邪悪を撥ね除ける「みちの神」が合わさって今の形になったらしい。

石を駆使して敵を撥ね除ける穴太衆にとって、石の結界を張る道祖神を信仰するのは自然な流れだったのかもしれない。中でも穴太衆が祀っているのは、「塞の神」という神であった。

結界によって悪から守るという点は他の道祖神と共通しているが、その性格は曖昧で時に字が似ているからか、人が死んだ時に訪れるという三途《さんず》の川の河原である「賽の河原」を守る神とも同一視されている。

賽の河原では親に先立って死んだ子が、親不孝の報いを受けて石の塔を積まされるという。これが完成すれば親への供養となり、自らも苦役から解放される。

しかし石が積み上がる間際になると、どこからともなく鬼が来て塔を壊してしまう。何度も同じことが繰り返されることで、子どもたちは一向に解き放たれない。

だがそれでも諦めずに積み続けると、神仏が現れて救ってくれる。これこそ地蔵菩薩《ぼさつ》だと言う者が大半だが、本来、仏教とは関係ないことからもはきとしない。道祖神を祀る穴太衆では、この地蔵菩薩こそが塞の神、あるいは賽の神だと信じられている。

考えれば不思議である。地蔵菩薩にしろ、塞の神にしろ、助ける気があるのに、何故初めから助けてやらないのか。子の多くは早世を望んだわけではない。生きたいと願っていたのに、飢えによって、病によって、あるいは戦によって命を落としたのだ。その無念に鞭《むち》を打つように苦役をさせる意味も解らないし、さっさと救ってやればいいではないか。この疑問にも穴太衆の教義は答えを持っていた。

神々というのは人の祈りを力に変えておられる。人々が社に参るのはそのためだという。塞の神も一刻も早く子を助けたいと願っているが、子らを供養したいと祈る者がなければ、姿を現すことが出来ない。故に穴太衆は、

――賽の河原の子を想い、現《うつつ》で石を積む。

そうすれば塞の神が祈りを聞き届けて下さり、苦しむ子たちに救いの手を差し伸べに現れてくれるというのだ。本当かどうかは判らない。石垣造りという戦に纏《まつ》わるものを商いにしている負い目が、そのような救いの幻想を生み出したのかもしれない。

だが匡介は穴太の地に来て間もなくその話を聞き、そして信じた。妹の最後の表情を夢に見て、毎夜のようにうなされていたから、何か出来ぬかと苦しんでいたためかもしれない。

源斎が仕事で出ている日は、修業は昼過ぎには終わることになる。そんな時は、一人で穴太を流れる四谷川《よつやがわ》の河原にふらりと出かけるようになった。己が石を積めば、妹の花代を助けられるのではないかと思ったのだ。

それこそ源斎が摂津有岡城の石垣造りを差配していた頃、早朝から未《ひつじ》の刻（午後二時頃）までみ

っちり石に触れた後、やはり匡介は河原へと向かった。

歯を食い縛って大きな石を運んで据える。それに一回り小さな石を。次は拳大のもの。さらに蜜《み》柑《かん》ほどの大きさのものと石を重ねていく。下が大きく、上に行くにつれて小さな石を積み上げねば、途中で崩れてしまうのは、何も穴太衆でなくとも判ることである。

「駄目だ……」

三つ、四つまでは上手く積める。だがそれが五つ、六つになると途端に難しくなり、均衡を失って崩れてしまう。幾つ積めば終わりかは知らない。だが少しでも高く積み上げねばならないという衝動に駆られ、匡介はまるで己が賽の河原の囚われ子のように、何度も何度も石を積み上げることを試みた。

傾いた陽が河原の石を薄茜《うすあかね》に染める。日が暮れるまでにもう一度、そう思って石を手にした時、背後から石の擦れる音が近づいて来ることに気付いた。

振り返ると、源斎が顎髭をごしごしとしごきながら近づいて来るのだ。

「父……上」

源斎は己を養子に迎えて、飛田屋の跡取りに据えると宣言した。故に衆目《しゅうもく》がある場では師匠と、無い場では父上と呼ばねばならないと、段蔵から噛んで含めるように言われた。

だが実父も、父であると同時に己に象嵌の技を教えてくれた師匠でもあった。父としては優しく、師匠としては時に厳しく、共に過ごした日々を大切に胸にしまっている。源斎を父や師匠と呼ぶことは、実父への裏切り、共に生きた時を消し去るような気がして躊躇《ため》われていた。

「相変わらず呼びにくそうだ」

源斎は苦笑しながらこめかみを指で搔きつつ言葉を継いだ。

「段蔵の申すことは気にしなくてもいい。爺とでも呼べ」

「それは……」

実父と歳もそう変わらず、源斎はとても爺と呼べるような歳ではない。

「お前は祖父の顔は知らぬと言ったな」

一乗谷から穴太に向かう間、源斎は匡介の身の上について多く問いかけた。それは己という人を、まずは深く知ろうとしているように思えた。故に祖父はすでに亡くなっていることも知っている。祖父は父と異なり、酒浸りで碌に金を家に入れず、父たちは大層苦労したと聞いている。故に匡介は何の感慨も持たぬどころか、会ったことも無いのに淡い憎しみすら抱いていた。

「祖父殿の代わりなら構うまい。恨み言をぶつけられぬ分、俺に当たればよい」

からからと笑いながら、源斎は自らの胸を拳で軽く小突いた。

「何故……ここに？」

源斎は仕事で摂津にいるはずで、帰りはまだ数日後だと聞いていた。

「用済みさ」

源斎は手をふわりと宙に上げ、苦み走った笑みを浮かべた。

「え……」

「荒木様は俺の石垣が気に喰わなんだらしい」

源斎は有岡城に未だ誰も仕込んだことのない石垣を拵えた。戦の中では必ずや役立つものと確信しているが、どうも荒木から見れば見栄えのよくないものだったらしい。

「見栄えなんて……」

「ああ、見栄えなんてな」

匡介が呟くと、源斎は全く同じ言葉でこたえて頬を緩めた。

「いくら綺麗でも、守れなけりゃ意味が無い」

まさしく一乗谷という町が、朝倉という家がそうであった。町は京風に整然と整備され、美しい土塗りの壁、その上には細工の施された瓦が葺《ふ》かれていた。朝倉家は格式を重んじ、公家風の暮しを好み、世間に威をふるっていた。しかし実際それらは戦には何の役にも立たず、一夜にして夢のように霧散した。

「石垣の美しさは堅さ。それに尽きる」

傍らに立つ源斎は、顎髭を撫ぜながら全身で風を受けるように仰《の》け反《ぞ》った。

「堅さ……」

「人が何と言おうが、破られないものが最上。人の命を守るものが醜いはずはないだろう」

全くその通りだと思った。一乗谷に住む全ての者が「醜い」というものでも、父母や花代の命を守ってくれたならば、匡介だけはそれを美しいと言い切っただろう。

「だがそれが難しい。人が造ったものは、人の力で必ず崩せる」

源斎は膝を曲げて屈むと、今しがた匡介が積んだ石の塔をじっと見つめた。確かにこれを指で小突けば、ばらばらと音を立ててすぐに崩れる。

「塞王が積んだものでも……？」

「お前、それをどこで？」

匡介が尋ねると、源斎は意外そうに問い返す。

「皆が話しているのを聞いた」

飛田屋の面々、その他の穴太衆から聞いたことである。

穴太衆は紙に一切の記録を残さない。穴太衆は石垣積みだけでなく、依頼主から縄張りの相談にも乗る。城造りに自信の無い依頼主だった時などは、縄張りを穴太衆に全てまかせることさえあった。それほど穴太衆の技術が高く評価されているという証左である。

城の縄張りは重要な機密であるため、穴太衆は紙に一切の記録を残さず、全て頭の中に図面を引いて行う。そしてそれは同じ穴太衆であっても決して外に漏らさない。

積み方の技術も同様である。一子相伝《いっしそうでん》、しかも全て口伝《くでん》である。こうして穴太衆は技術の漏洩《ろうえい》を防ぎ、依頼主の信用を勝ち取ってきた。

だがその弊害として、穴太衆の起源はよく解らなくなっている。ある組では陸奥《むつ》から流れてきた者が土着したと言い、またある組は蘇我《そが》氏に従って飛鳥《あすか》にいた者が流れたと伝わっている。飛田屋では遥か昔、大陸の一族が九州を経てこの地に至ったと信じられている。だがどの組にも一つだけ共通する伝承がある。

穴太衆の祖は塞の神の加護を受けており、どのような地揺れにも堪え、どのような大軍からも守る石垣を積んだと言われている。故に穴太衆たちはその祖のことを、神に次ぐ者の意として「塞王」と呼んでいる。

そこから転じ、穴太衆の中で当代随一の技を持つ者が塞王の称号を名乗ることになっていた。そして当代の塞王こそ、この飛田源斎なのである。

源斎は苦く笑って口を開いた。

「俺が積んだ石垣も同じ。人の力で崩せる。塞王なんて本当にいたのかは判らないが……いたとしても崩れないなんて話、後の世の誰かが付け加えた嘘じゃあないかと思う。だから神じゃなく、王なのさ」

王も所詮は人。幾ら卓越した技術を持っており、極めて優れた石垣を生み出せたとしても、神とは異なり決して破られないということはない。塞王の呼称には、そのような戒めの意が含まれているような気がすると源斎は言った。

「崩れない石垣を造る者が塞王……はて、そんなものか」

源斎は独り言のように零し、ぞんざいな手付きで拳大の石を拾い上げた。源斎は塞王として持ち合わせる事柄を別に考えているような口振りである。

「他に何が……？」

自らの膝を抱え込むように屈んだまま、匡介は上目遣いに尋ねた。

「ふむ。今のお前に話しても無駄だ。この下手くそめ」

源斎は石の塔を目掛けて顎をしゃくった。

「爺……」

源斎の仕草が何とも憎たらしく、思わず口を衝《つ》いて出てしまった。

「お、呼べるではないか。小僧、よく出来た」

先ほどまでは神妙に話していたくせに、急に話をはぐらかした。子ども相手に大人の取る態度ではなかろう。揶揄《からか》っているのは解るのだが、妙に腹が立ってくる。

「俺は塞王になる。なって爺を引きずり降ろす」

「ふふ……意気はよい。だが下手くそに出来るかな」

「出来る」

「おう、やってみせろ」

源斎は言うや否や、手に持っていた石を石塔の頂点にさっと据えた。匡介はあっと声を上げた。

最も上の石は親指ほどの大きさである。拳大の石など載せれば瞬く間に崩れてしまうと思ったのだ。

「え……」

石塔は崩れない。ぴくりとも揺るいでいなかった。ここしか無いという重心を捉えている。それもまるで地の上に石を置くかのように軽々と、目を疑うほどの速さで源斎はやってのけた。

「下手くそ」

源斎はからりと笑うと、立ち上がってその場を後にした。確かに源斎の言う通りだと認めざるを得ない。たかが河原での石積みであるが、それほど源斎の手際は鮮やかであった。

だがいつかこの男を超えてやるという闘志も、同時に心の中に渦巻く。離れていく源斎の背を見つめていると、その感情が昂《たかぶ》って思わず叫んだ。

「俺はあんたを必ず超える。塞王になってみせる！」

源斎は何も答えずに片手をひょいと上げて遠ざかっていった。

この日、匡介は初めて源斎を意識し、石積み職人として頂点を極めようと心に誓った。川面が今日を名残惜しむ夕陽に煌めき美しい。賽の河原に神が現れたならば、このような心地ではないか。豆粒のように小さくなっても、なおも大きく見える源斎の背を見つめ、そのようなことを茫と考えていたのを今もよく覚えている。


出発当日の朝、玲次は積み荷の最後の確認を行った。縄が緩んでいないか、石の積み方に無理はないか、荷方の頭が自ら調べていくのである。匡介もその横を歩いて共に見廻った。

玲次は一台の荷車の前で足を止めた。縄に指を掛けると、弓の弦を扱うように思い切り弾いた。

「少し緩んでいるな……」

玲次は一度縄を解くと、改めて結び直そうとする。縄に輪を作って捻り、その中に縄を通す。もやい結びといわれる結び方で、これが最も締まる。最後に荷車に足を掛け、思い切り締め上げた。流れるような手捌《てさば》きで、これまで何度もこの作業をしてきたのが一見して判った。

「新米が締めたんだろうよ」

玲次は呟きながら両手を払った。

「荷方は数が多いからな。目配りが大変だろうな」

己と言い争っている時の玲次と違い、この場で見ると無性に頼もしく見え、匡介は素直に感心した。

荷の仕分けが終わり、居並ぶ配下を玲次はゆっくりと見渡す。そして横に立っていた匡介が、耳朶を覆いたくなるほどの大音声《だいおんじょう》で叫んだ。

「目指すは伏見。かねてより打ち合わせた通り行くぞ！」

「応!!」

応じる配下の野太い声が固まりとなって、蒼天を衝くが如く立ち上った。段蔵が率いる山方も威勢がよかったが、玲次の荷方はそれ以上である。

まず数が違う。山方は三十人ほどであった。それに対して荷方は百を超える。いや純粋な数という意味ならば、匡介がいる積方も負けぬほど多い。だがその大部分が近郷から季節で集める人足で、純粋な飛田屋となると源斎と己も含めて八人しかいない。源斎が総指揮を執り、匡介がそれを補佐。残り六人が指示を人足に的確に伝えて積ませていく。荷方はこれとも違い、この百人超全てが飛田屋の職人であった。

匡介は積方として、いつもは現場で彼らを迎える立場である。到着する四半刻（約三十分）前、山間《やまあい》などだと一刻（約二時間）も前から、荷方の活気溢れる声が聞こえてくるのだ。だがこの輪に入って聞く声の熱量は、その時に感じるものよりも遥かに大きい。

持ち場に散って行く配下を見ながら、匡介が呆気に取られていると、

「石船が出るぞ」

と、玲次は湖岸に近づいて行く。

石船には二種類ある。一つは船の構造は他とそう変わらないもの。これには小ぶりの石を積載する。余りに積み過ぎれば転覆の恐れがあるので、喫水線をしっかりと確かめる。

もう一つは巨石を運ぶための船。飛田屋では「潜船《もぐりせん》」と呼ばれている。構造としては大きな筏を並べ、二本の丸太でつなぎ合わせた恰好である。その間に縄で括《くく》った石を沈めて運ぶのだ。浮力を利用するため、巨石でも難なく運び出すことが出来た。目的地近くの川まで来たら、修羅と呼ぶ橇で引き、そこからはころでもって陸に上げるのだ。

出航する船団に向けて玲次は叫んだ。

「明日は空が荒れるかも知れねえ。瀬田川《せたがわ》は一気に抜けろ！　遅れるなよ！」

船の中から配下が手を上げて了承の意を伝える。

琵琶の湖から瀬田川に出て、天ケ瀬《あまがせ》の渓谷を抜ける。そこから徐々に川幅が広がって、その辺りからは宇治川《うじがわ》と呼ばれるようになる。宇治川は今回の目的地である伏見のすぐ傍を流れている。その地点で石を降ろす段取りになっていることだけは聞いていた。船に荷の七割は載せてあるが、他は地車や石持棒に括られたままとなっていることに気づいた。

「船の戻りを待って、残りを積み込むのか？」

匡介が訊くと、玲次は鼻を小さく鳴らした。

「そんな無駄なことをするか。悠長に構えていたら荷方は務まらねえ」

「じゃあ……」

匡介は言葉を詰まらせる。

「走るのさ」

玲次は不敵に片笑み、ことも無げに言い放った。その目の奥に矜持《きょうじ》のようなものが見えた気がし、匡介は暫し茫然《ぼうぜん》と眺めていた。


大津から伏見までは約五里（約二十キロメートル）。並の旅人の脚ならば休みなく歩いて約二刻半ほど。実際には小休止も挟むことになるだろうから三刻。距離だけでいえばそうなるが、大津から京に入るまでには、勾配《こうばい》のある逢坂《おうさか》の関を越えねばならず、今少し時を要するだろう。

しかしこれは身軽に歩いての話。今回は大量の石を携えていくのだから訳が違う。石持棒を担ぐ者は旅荷の何倍もの重さを担うのである。牛馬が曳く地車を誘導する者は一見楽そうに思えるが、速く駆りすぎては潰れてしまい、遅ければ一行から遅れる。飼葉を食わせたり、水を飲ませたりと、とにかく気を使う。

「二刻で行く」

玲次はそう宣言した。石を運びつつ、並の旅人よりも速く走破するということ。一度も休憩を挟まないことは当然、平地では駆け足になる。常人なら当然、他の穴太衆でも驚愕する速さである。

「皆の衆、行くぞ！」

荷方百余名の内二十人は船に乗った。残る八十余名が玲次の号令で、喚声を上げて動き始める。匡介も石持棒を肩に載せ歩を進める。荷方の若い衆たちは、副頭にそのようなことはさせられぬ

と止めた。しかし匡介は、

「俺の好きにさせてくれ」

と、有無を言わさず加わったのである。

源斎が何のために、己を山方や荷方に行かせたのかは解らない。だがここでやれなければ、

——お前も根性がねえな。

などと、白髪交じりの髭を撫ぜつつ、薄ら笑いを浮かべるのが容易に想像出来、それも癪に障る。

匡介は皆と共に駆けた。駆け足程度の速さであるが、石を担いでいるためすぐに息が弾んだ。揺れと共に棒が肩に食い込んで鈍い痛みも走る。

だが他の荷方は平然として担いでいる。武士が槍や刀を長年握って手に胼胝が出来るように、荷方を務める者の肩は瘤《こぶ》のように盛り上がっている。約二里ごとに載せる肩を交換するので、左右どちらもがそうなっており、皆がいかり肩のようになっていた。

「どうだ。痛いだろう？」

玲次は横を並走しながら言った。玲次は気合いをかけながら鼓舞する。そのため担ぎ手には加わっていない。

「心配ない」

匡介は歯を食い縛って答えた。

「やせ我慢はするなよ。苦しくなったらすぐに交代だ」

玲次の他に三人、玲次と同じように手ぶらで走る者がいた。誰か体調に異変があれば、すぐに交代させる。疲れが顕著な者も同じく一度担ぎ手から外して、休ませつつ向かうのだという。その差配も荷方の頭である玲次が行う。そのために常に皆を見渡していた。

「事故を起こさない。それが荷方にとって、もっとも重要なことだ」

　玲次は話している間も、絶え間なく首を振って目配りをしている。

　石の運搬で事故が起こることは珍しくはない。穴太衆全体の中で年に一、二度は起こっている。一人が気を失って倒れ、均衡が崩れて石を地に落とす。足の上に落とせば骨折だけで済まず、切断しなければならないこともある。それでも命があるのはまだましというもの。命を落とすような事故も珍しくはない。

「遅れが生じちまう」

　命を守るためとでも言うのかと思ったが、玲次の思いのほか乾いた物言いに面食らった。それを察したか、玲次はすぐに言葉を継いだ。

「例えば今の体制だと、一人が離脱するまでは何とか埋め合わせられる。だが二人ならば半刻。三人ならば一刻。四人ならば二刻は遅れる。それ以上ならば半日、一日の遅れは避けられねえ」

　玲次は淡々とした調子で続ける。

「荷方は決められた時刻に、決められた分を必ず運ぶ。それが全てだ。いつ敵が攻めて来るか判らない時、石が一日遅れて石垣が造れず、落城したなんて笑い話にもならねえ」

　確かにそれは積方でも同じである。堅い石垣を造るのは当然のこと、一刻でも早く完成させることを肝に銘じている。それで敵が攻めて来なければよい。攻めて来る可能性が残る限り、最速で最高のものを積み上げる。

　他の組の中には、戦国の真っただ中ならいざ知らず、この泰平の世で敵などいないと鼻で嗤《わら》う者もいた。だがいつ何時誰かが謀叛を起こさぬとも限らない。万が一のことがあって、あと一日早く積み上げていればと後悔しても後の祭りである。

「積み上げる一日を稼ぐために、俺たち荷方が全力で運んでいるのを覚えておけ」

「全てを船で運ばないのも……」

「ああ、時が無駄になる」

即座に答えた。全員が乗船したならば、必然的に運べる石はその分だけ少なくなる。出来るだけ多くを積載して川を下らせるほうがよいのだ。

しかし目的地の傍に着けば、船から石を降ろさなければならず、それには多くの人手がいる。故に走って先回りして船を待ち受けるのだ。その際に手ぶらで走らず、三割程度の石を携える。これを先に石積みの現場に送り届け、船着き場まで急いで走って石を迎え入れる。これが今回、もっとも時を無駄にしない方法だと言う。

「これこそが荷方の頭としての重要な務めだ」

このように目的地まで最も早く、効率のよい運搬計画を練る。その際に天候や川の流れにまで気を配る。これさえしっかり考えられれば、荷方の仕事の八割は済んだようなものだと玲次は言う。

匡介もただ漫然と運んでいる訳ではないと思っていたが、ここまで緻密に計算されているとは知らなかった。

だが玲次が幾ら気を配っても、天候が荒れて川が渡れず遅れるようなこともあった。そんな時に匡介は苛立って、

——運ぶくらいとっととしやがれ。

と、腹の内で罵っていたこともある。だが初めて荷方に加わって、ただ運ぶだけだなどとは口が裂けても言えないと思った。運ぶということで、荷方も石垣を造ることに大きく寄与している。

「すまないな」

思わず口から零れ出た。玲次は目を丸くして驚いていたが、ちっと舌を鳴らした。

「気持ち悪いことを言うな。俺たちはきちんと運ぶから、とっとと積みゃあいい」

「しかし何で今更……」

このような苦労があるのならば、早く知る機会があればよかったと素直に思う。だが二十数年もの間、同じ組にいながら山方、荷方の苦労は表面上しか解っていなかった。

「栗石十五年……だろ。積方にそんな余裕はねえ」

玲次は通った鼻筋を指で弾いた。

石垣を造る時、栗石という拳大の石を敷き詰め、その上に大きな石を載せる。そこに「飼石《かいいし》」という石を嚙ませ、巨石と交互に積み上げるのが野面積《のづらづ》みの基本的なやり方である。

その栗石の表裏、向き、配置によりその敷き詰め方は無限にある。その中で最善を見つけねばならない。この作業を覚えるだけでも、最低で十五年の時を要すると言われた。己は人より早く次の工程に進むことを許されたが、それでも十二年目の春であった。

「それで半人前。一人前になるには三十年は掛かる。お前は早いほうだ」

「どういうことだ」

「聞いていないのか？」

玲次は片眉を上げて続けた。

「今から二十八年前。頭も跡を継ぐ前、山方や荷方に回されたんだとよ。段蔵爺が言っていた」

二十八年前から飛田屋にいた者は段蔵一人となっている。玲次も聞くまではそのようなことがあったことを知らなかったらしい。その話を聞いた時に段蔵からは、腹に据えかねることもあろうが、くれぐれも若を頼むと念を押されたのだという。

「そんなことは一言も……」

「まずかったか」

玲次は首を捻って苦い顔になるが、意を決したように続けた。

「間もなく、修業も終わりが近いということだろう」

いつ終わるかも判らぬ修業に二十三年もの間没頭してきた。ある意味それは賽の河原の石を積むのに似ている。そんな日々に終わりが近い。そう聞いてもなかなか実感が湧いてこない。

もう少し喜んだらどうだとでも言いたげに、玲次はまた舌打ちをくれる。荷方の連中の喚声に包まれながら、匡介は長い坂道の先に浮かぶ白い雲を見つめた。


荷方一行は休むことなく駆け続けた。途中、京の東山を抜けた時などは野次馬が集まり、やんやと囃し立てる。玲次は先頭を駆けながら、野次馬に道を開くようにと叫び続け、よくそれで喉が嗄《か》れないものだと感心した。

野次馬の中には、石に向けて両手を合わせて拝むような嫗《おうな》もいる。村々に注連縄《しめなわ》を回した石を置くなど、穴太衆の信仰する道祖神は、民衆の暮らしにも深く根付いているのだ。人の想いが籠った石は強い。迷信かもしれないが玲次はそれを信じているようで、石持棒を担う一組の脚を止めさせ、

「婆さん、もういいかい？」

と、一転優しく話しかけた。己たち積方の下に届くまでに、このようなことを経ているのだということも、恥ずかしながらようやく知った。

棒が肩に擦れ、皮が捲《めく》れて腫れあがる。これを何度も繰り返して硬い皮が張ってようやく荷方と

してものになる。匡介は痛みに耐えつつ、必死に脚を回した。

「よし、もうすぐだ！　気合いを入れろ！」

伏見木幡山の麓《ふもと》に辿り着くと、玲次はさらに気勢を上げた。

ここまで石を担いで休みなく駆け通して、最後の最後で山を登るのだ。常人ならば倒れ込む者が続出するだろうが、荷方の体力には目を瞠《みは》るものがある。

「俺たちは手ぶらなら、日に二十五里も走れますからね」

隣で棒を担ぐ荷方が口元を綻ばせる。名を権六《ごんろく》と謂い、もう四十は超えているはず。汗こそ滝のように流しているが、疲れの色は一切見えない。権六のような初老でもこうなのだ。二十、三十の荷方はけろっとしている。

膝が笑うのを叩いて抑え込み、匡介は最後の力を振り絞って木幡山を登り切った。陽が中天を過ぎた頃である。玲次が初めに見立てたように二刻で走破したことになる。

「おー、来たか。案外早かったな」

石積みの現場にいる積方二人が迎え入れた。

――何を呑気に……。

こちらの苦労に比べ、積方の対応が余りに気楽な調子に思え、怒りが込み上げて来た。

「もう少し、早く送るつもりだったんだが、すまねえな」

玲次は怒るどころか、さらりと詫《わ》びの一言で返した。玲次からすれば慣れたことなのか、いや本心から少しでも早く石を送ってやりたいと思っていたのだろう。

匡介もよく見たやり取りではある。ただ常に己は向こう側、積方のほうにいた。見る側が違えばこうも景色が違うのか。

「お、若！」

石を置いた時、積方の一人、己より二つ年上の番五郎《ばんごろう》がこちらに気付いた。

「玲次、若は荷方を見分《けんぶん》に行っているだけだ。何も担がせることは――」

番五郎が血相を変えて玲次に詰め寄ろうとするのを、匡介は声を荒らげて止めた。

「俺が好きで、やってんだ！」

「若……」

今日、ここに荷方が到着することは積方も承知しており、着き次第、水と飯を配って休ませる。積方の中で最も下の者の役目である。

いつもは飯を配っているのを横目に見ながら、匡介は黙然と石積みを続けていた。その己を荷方の者たちはどんな目で見ていたのだろうか。そのようなことを考えると、無性に己に腹が立つ。

「とっとと、飯の用意をしろ」

匡介が苛立ちを隠さずに言うと、番五郎は弾かれるように走り出して指示を出し始めた。

「へえ……」

玲次が腕を組みつつ眉を開いた。匡介は小さく舌打ちをしてその場を離れ、手頃な木にもたれ掛かってどかりと腰を下ろした。息は一向に静まらず胸を上下させる。肩は傷口に塩を摺《す》り込まれたように痛み、脚は棒になったかと思うほど強張《こわば》っていた。

麦の混じった握り飯が配られ、荷方の連中は旨そうに頬張る。己の下にも運ばれてきたが、匡介は吐き気を堪えるのが精一杯で喉を通りそうになかった。

瞼《まぶた》を持ち上げるのも億劫《おっくう》で薄目で顎を上げた。生い茂る葉の隙間から茜が零れる。風で葉がさざめくと共に影も揺れている。

「ほらよ」

声がして視線を下げると、そこには柄杓《ひしやく》を片手に持った玲次の姿があった。ぶっきらぼうに差し出された柄杓には水が満たされている。

「まずは喉を潤せ。そのあと飯を流し込んでおけ」

口端から零れるのも気にせず、匡介は柄杓に噛みつくように水を流し込んだ。大きな嘆息と共に柄杓を膝の上に落とす。

「きついだろう」

玲次は横に腰を落として言った。

「ああ、思った以上だった」

「この後、川に降りて船の石を陸に引き上げる。そしてまたここに運ぶ。二往復でいける予定だ」

全体の八割の人数で、三割の石を運んできた。石は残り七割。船に乗っていた人員も合流するため、二回で運び終える。人の動きにも一切の無駄が無いように計画されている。しかも先に三割の石が届いたことで、積方は作業に入ることが出来るのだ。

「色々、考えていたんだな……」

握り飯を少し齧《かじ》り何度も咀嚼《そしやく》した。米の仄《ほの》かな甘みがいつもより強く感じられた。

「当たり前だ。俺たちは積方の仕事が少しでも捗《はかど》るよう、支えているつもりだ」

「すまない」

玲次は今一度謝った匡介を一瞥して苦笑する。

「俺もずっと積方にいるつもりだった」

「ああ」

穴太衆の他の組では山方になったら石を切り出すだけ、荷方は石を運ぶだけしか出来ない。だが飛田屋に限っては違う。まずこの道に入った時、三年ほど基本的な石の積み方を覚えさせられるのだ。故に飛田屋の職人は、積方は当然、山方であろうが、荷方であろうが、皆が最低限には石を積むことが出来る。

「いわば石の手習いのようなもんだよな」

玲次は昔のことを思い出しているのだろう。飯を頬張る一等若い荷方を眺めながら言った。まず三年間、石積みの基礎を学んだ後、全員が実力順に甲乙丙の三つに分けられる。最も優れた甲は積方、次点の乙は山方、それ以外の丙は荷方となるのだ。

では玲次は石積みが下手だったのか。それは違う。下手どころか常に己と一、二を競い合うほどの達者であった。

源斎は己を跡取りにするつもりだと宣言したが、やはり必要なのは石積みの技。当初、跡取りと言われていた者を抜き去り、他の者が跡を取った例など、穴太衆には掃いて捨てるほどあった。玲次も諦めずに己の技を磨き続けたのだ。

「だがな……技を磨けば磨くほど、頭がお前を跡取りに指名した訳が、解るようになった。口惜しいがお前は常に俺の一歩前を行っていたからな」

柔らかな風が吹き、耳の前に零れた玲次の髪が揺れる。

匡介は何も言えなかった。玲次がずっと己を意識していることを知っていた。確かにほんの少し、僅か半歩ほどの差だが、己が先を歩いていたのも事実だと認めてもいる。

風に顔を押し込むように天を見上げ、噛みしめるような口調で言葉を継ぎ足す。

「そんな時、頭が荷方へ移る気はないかと言ってくれた。ああ、本当に俺は才が無いのだと諦めがついたんだよ」

職人たちは最初の三年で振り分けられたところで、一生働くことになるが、それぞれの小組頭だけは違う。玲次も途中までは己と共に積方にいたし、山方の小組頭を務める段蔵も遥か昔に積方であったと聞いている。今から九年前の天正《てんしょう》十五年（一五八七年）、二十一歳だった玲次は、源斎の勧めに応じて荷方へと移っていったのである。

「爺はお前を頼りにしている。俺以上にな」

そこで初めて匡介は口を開いた。同年代の者を上手く纏め上げ、下の者から慕われ、年配からも可愛がられる玲次の気質は天性のものだと源斎は言っていた。さらに石積みのいろはを学ぶどころか、積方でも一、二を争う玲次ならば、どの石から順に送れば有効に使えるか判断がつく。飛田屋の長い歴史の中でも、随一の荷方になるだろうと話していたのを覚えている。

「こっちが向いていたんだろうな。初めは腐る心もあったが、二、三年もすればすっかりこっちが性に合っていると思うようになった」

「そうか」

何故か匡介は安堵して息を漏らした。己が源斎に拾われなければ、きっと玲次が飛田屋を継いでいただろう。どこかでその負い目をずっと感じていたのだ。

「飛田屋全員が石積みの基礎を学ぶには意味がある。特に荷方に関してはな。あの地車、素人が積めばあの半分くらいだろう」

玲次は思い出したように視線を下げると、先ほどまで皆で曳いてきて、まだ石を降ろしていない地車を指差す。その高さは地から一丈にもなる。縄を掛けられているとはいえ、素人が見れば車輪が僅かな轍《わだち》に嵌《は》まっても、崩れるように見えるに違いない。確かに適当に積まれたならばそうなるであろう。

だが匡介から見れば、あれは簡素であるが動く石垣のようなもの。大小の石を噛み合わせてしっかりと組まれており、少々の揺れでは崩れることはないと解る。

荷方は如何に効率よく石を運ぶかが肝要。そのために最も良い道のりを検討するのは勿論、一回で少しでも多くの石を運ぶことも考えねばならないと玲次は語った。

「皆が石を積めるというのが、飛田屋の強み。荷方にも活きたって訳だな」

「ああ、お蔭《かげ》で荷方といえども、地侍の屋敷を囲むような、ちょっとした石垣なら朝飯前で積めちまう。他にもう一つ……皆が積めなきゃならねえ訳は解っているな」

「懸《かかり》……だな」

戦国の世、悠長な仕事ばかりではなかった。時には敵がこちらに向けて進軍している最中、石垣の修復を依頼されることもあった。そんな突貫作業の時、飛田屋では「懸」の号令が発せられる。

積方に加え、山方、荷方、総出で石垣を積むのである。そうすれば人足を集める手間も省けるし、何より全員が石に精通している者たち。同じ人数ならば倍以上も早く石を組み上げられる。この突貫の手際の良さも、飛田屋が各地の大名に重宝された理由の一つである。

その懸が最後に発せられたのは十四年前のこと。当時、十六歳であった己や玲次も初めて呼ばれた。それ以降は一度も発せられておらず、つまり己たちに限って言えば最初で最後になっている。

「もうあの時のようなことはないだろうな」

玲次は目を細めてこちらをじっと見つめた。

「心配ない」

匡介が間をおかずに即答した。

「ならいいがな」

玲次は小さく鼻を鳴らし、己を置いて配下の元へとつかつかと歩んでいった。何を言いたいのか解っている。

――もう私怨に囚われることはないだろうな。

と、言いたいのである。

十四年前のことが昨日のことのように思い出された。匡介はこれまで一度だけ源斎に殴られたことがある。それがその時だったのである。

活気溢れる荷方の声が飛び交う中、匡介はそっと頰に手を触れた。記憶を喚《よ》び起こしていると、頰の痛みさえも滲むように蘇《よみがえ》ってきたような気がした。

第二章　懸

十四年前の天正十年（一五八二年）六月二日の払暁《ふつぎょう》、織田信長が滞在していた本能寺《ほんのうじ》が、突如として明智光秀《あけちみつひで》の襲撃を受けた。信長を守っていたのは近習《きんじゅ》など含めて数十名。一方の明智光秀は中国征討への応援に向かう途中であったため、一万三千の大軍を率いている。まともな戦いになるはずもなく、信長は火焔《かえん》の中に没した。

その状況は一乗谷に織田の大軍が乗り込んできた時にも似ている。信長は九年越しに報いを受けた。匡介は拳を握りしめて歓喜に震えたのを覚えている。

信長を討ちとった光秀は、畿内《きない》を制圧しようと全国の大名に味方に付くように膨大な文を出した。近江の諸大名が次々に明智に降《くだ》る中、日野《ひの》の領主である蒲生賢秀《がもうかたひで》、氏郷《うじさと》親子は勧誘を突っぱねた。氏郷の妻女が信長の娘であったことも影響しているだろう。蒲生親子は信長の家族を安土で保護すると、すぐさま自領の日野に引っ込んで抵抗の姿勢を示したのである。

近江でも有数の実力を誇る蒲生家の日野城を落とせば、まだ去就を明らかにしていない者も、恐れて味方につくかもしれない。信長の家族を奪えば、後々の交渉材料にも使える。光秀は日野城の攻略を窺い始めた。

一方、蒲生親子の籠る日野城は改修の最中。明智の大軍に攻められれば一溜《ひとた》まりもない。中国方面の攻略に当たっていたのは今や天下人《てんかびと》である秀吉。北陸方面で戦っていた織田家宿老の柴田勝家《しばたかついえ》などが、光秀に対抗出来る大軍勢を率いているが、とてもではないが戻ってくるまで日野城は持ち堪える見込みは低かった。

蒲生家は近江が本拠であるため、穴太衆《あのうしゅう》のみならず、その中に属する飛田屋のことも熟知していた。賢秀は飛田屋に一縷《いちる》の望みを託したのである。

当時の源斎は四十三。職人として最も脂が乗った頃。己や玲次は齢十六。己は仮にも次代の飛田屋を継がせると宣言されており、玲次も若手の有望株と目されていた。そのようなこともあって、この時に熟練の石工《いしく》たちと共に集められた。

穴太にもすでに本能寺で信長が討たれたという報は届いている。かといって大名たちのように去就を明らかにする必要はない。穴太衆は依頼さえあれば、それがたとえ敵味方に分かれても仕事を遂行する。つまり何らかの仕事が入ったことは想像出来た。

源斎は一同を見渡すと、声を床に這《は》わせるように静かに言った。

「蒲生家から石積みの要請が来た」

座にどよめきが起こる。このような異常な状況での仕事の依頼はただ事ではない。

「それでは……」

このとき、四十一歳の段蔵が真っ先に尋ねた。それに合わせて一座のどよめきも静まる。

「懸《かかり》だ」

源斎が鋭く声を発すると、どっと皆が気勢を上げた。

飛田屋を総動員し、突貫で石積みを行うことを「懸」と呼ぶ。当然そのことは知っていたが、匡介や玲次は一度も経験したことはなかった。ふと横を見ると玲次の顔が真っ青になっている。

石積みは通常、まずは依頼主と縄張りを相談し、何か月、あるいは何年と時を掛けて行われる。

短期間で積み上げる懸が発せられるということはつまり、

――戦が目前に迫っている。

と、いうことを意味する。状況によっては戦が始まっていようとも、石積みを続行しなければならない。それこそが懸なのである。

即ちそれは、穴太衆が命を落とすことも有り得るということ。実際、前回の懸では鉄砲の流れ弾に当たって二人、積んでいるところを矢で狙われて一人、作業の中、誤って石垣から足を滑らして敵中に落ち、膾《なます》のように斬りきざまれた者が一人、計四人が亡くなっていると聞いていた。玲次が戸惑うのも無理はない。

匡介も狼狽《うろた》えていた。だが玲次とは理由《わけ》が違う。

――明智を邪魔立てしたくはない。

と、思ったのである。

織田信長は一乗谷を焼き払い、朝倉家を滅ぼした張本人。父母や花代を殺した仇《かたき》である。その恨みを一日たりとも忘れたことはなかったが、相手は間もなく天下を統べようとする大大名。一介の石積み職人に何か出来るはずもない。

半ば諦めかけていた矢先、明智が討ってくれた。己のためでもないし、祈りが届いた訳でもなかろうが、明智に感謝したのも事実。そんな明智の足を引っ張ることに加担したくはなかった。

皆が火急の支度に入る中、匡介は腰を据えたまま項垂《うなだ》れていた。

「匡介！　早くしろ！」

職人の一人が怒鳴り付けるが、匡介は動かない。普段はいがみ合っている玲次さえも、どうしたのかと肩を揺らすが、それをさっと手で払い除《の》けた。

「おい」

声が聞こえて、匡介は顔を上げた。

源斎がゆっくりと近づいて来る。やがて己の前までくると、源斎は見下ろしながら低く言った。

「何をしている。動け」

「嫌だ……」

匡介の返事があまりに意外だったので、慌ただしく動いていた職人たちもぴたっと足を止めた。

「怖いのか？」

源斎の問いに、匡介は首を横に振った。

「怖くない」

「じゃあ、何だ」

「明智は俺の両親の仇を討ってくれた恩人だ。その敵に利する石積みはしたくない」

源斎の顔に怒気が浮かぶのが解った。それでも匡介は目を逸《そ》らさずにじっと見続ける。剣呑な雰囲気に、段蔵が慌てて走って来る。

「頭、少し待って下さい！　匡介も謝れ――」

源斎がすっと手を上げて間に入ろうとする段蔵を制した。

「穴太衆の掟《おきて》は知っているだろう」

「依頼さえあれば、それが誰であろうと石を積む。悪人であろうと……」

今、世の大半の人々は光秀こそ悪人であると思っているだろう。だが誰が何と言おうと、匡介にとっては信長が悪人。光秀はそれを倒した英傑である。信長の家族を守り、光秀に抗おうとする蒲生親子も、悪人の一味としか思えない。

源斎は眼光鋭く睨《にら》みつけてくる。人並みに恐れを感じて身が震えたが、匡介はそれをぐっと押し殺し、唾を飛ばしながら言い放った。

「悪人に力を貸すのは嫌だ」

「お前――」

源斎は匡介の胸倉を摑み、無理やり立ち上がらせ、思い切り頰を殴り飛ばした。尻もちをついた匡介の元に段蔵が駆け寄り、謝れと連呼するが匡介は意固地に首を振る。

「これまで何を学んできた。お前は何も解っちゃいねえ」

源斎は怒りに声を震わせた。

「悪人を助ければ、また一乗谷みたいな惨劇が起こる……そんなのに力を貸したくねえんだよ！」

「蒲生殿がそのようなことをすると……？」

源斎は静かに問いかけ、匡介は再び俯《うつむ》いた。

蒲生賢秀は気骨のある男で、民を大切にしていると耳にする。またその子の氏郷は、父を遥かに超える大器だとも聞く。確実とはいえないが、一乗谷に信長がしたような真似をするとも思えない。

「爺は蒲生が悪人じゃないと言いたいんだろう……」

匡介は顔を背け、指で口をさっと拭った。唇が切れて血の香りが広がったのだ。

「さあ、どうだろうな」

「え……」

思ったのと違う返答が来たので、匡介は思わず源斎の顔を見つめた。

「蒲生殿は滅多なことはなさらねえだろうが、戦国大名である限り、時と場合によっては苛烈なこともしなくちゃならないかもな。それを悪人というならば、悪人だろうよ」

職人たちは先ほどまでと打って変わり、鳴りを潜めて源斎の言葉に耳を傾けている。

「諸籠《もろごも》りになるかもしれないな」

源斎は下唇を弾くように歯でなぞった。

諸籠りとは籠城《ろうじょう》の戦術の一つで、支城に兵を配さずに本城に全ての兵を集めること。それのみならず女子どもも含めて、領民の全てを城に入れる場合もある。

敵の焼き討ちから民を守るためでもあるが、他領に逃散させないという意図で行うこともある。仮に敵を撥ね退けたとしても、民が逃げてしまって田畑を耕す者がいなくなる恐れもあるのだ。その結果、民も含めて全滅の憂き目に遭うこともあった。

「集められた足軽だって武士じゃなく民だ。本当は戦いたくねえに決まってる。生き残って、かかあや、子を抱きしめたいはず……」

源斎は拳を強く握りしめ、小刻みに震えている。

「織田だ、明智だ、蒲生だなんて民にはどうでもいいことだ。お前はそれを一番解っているはずじゃねえのか!?」

源斎は吼えた。それは悲痛な叫びという表現が相応《ふさわ》しい。刮《か》っと見開いた目の端に光るものすら見える。目の前に一乗谷の悲惨な光景が陽炎《かげろう》のように立ち上り、胸が締め付けられ視界がみるみる曇っていく。

「お前は何を守る」

一転、源斎は穏やかな声で囁《ささや》くように言った。それは一乗谷で出逢った時のように、四谷川の河原で石を積んでいた時のように、優しく慈愛に満ち溢れた語調である。

今、日野の民は、あの日の一乗谷の民と同じように戦々恐々としているだろう。逃げ出せる商人などはまだまし。大半が田畑を捨てれば、明日からの暮らしにも困窮する百姓である。残るも、逃げるも共に死を意味する。

――花代……。

匡介の脳裏に浮かぶ花代は、いつも恐怖に顔を引き攣らせていた。滂沱たる涙に頰を濡らしていた。どうしても幸せだった頃の、笑っていたはずの顔が思い出せないのだ。

「俺は……あの日の花代を守る」

食い縛った歯の隙間から、匡介は声を零した。

源斎は無言で手を差し伸べる。優れた石積みの掌は驚くほど美しい。感覚を研ぎ澄ますため、幼い時より塩で揉んで胼胝《たこ》を作らぬようにしているのだ。

源斎は勢いよく匡介の手を摑むと、思い切り引き上げて立たせた。そして匡介の肩をぴしゃりと叩き、衆を見渡して今日一番の大音声で叫んだ。

「飛田屋が請け負ったからには誰も死なせねえ。いくぞ！」

職人たちの応という声はぴたりと揃い、壁板を震わすほど部屋中に響き渡った。

要請を受けた日の夜半、飛田屋一同、一塊となって穴太から飛び出した。積方《つみかた》十、山方《やまかた》四十、荷方《にかた》百十、総勢百六十の集団である。全員が石を割る鑿、石頭《せっとう》、糒《ほしいい》を入れた革袋を腰に携え、五人に一人が松脂《まつやに》を用いた松明《たいまつ》を掲げて道を照らして駆け抜ける。荷方は地車《じぐるま》や修羅と呼ぶ橇を引く。いずれも石は積んでおらず空である。

「当てはあるか!?」

源斎は駆けながら、山方の頭である段蔵に尋ねた。

「近くに丘はありますが、いい石は取れません。一番近い石場は、東に一里半の雨乞岳《あまごいだけ》です」

他国ならいざ知らず、段蔵は近江の全ての石場を頭に叩き込んでいる。

「遠い！」

源斎は鋭く即答した。

「仰ると思いました。蒲生家は日野城一つに籠るつもりで？」

「今のところ、そう聞いている」

通常は一城に籠ることは滅多にない。周囲の支城にも兵を配し、後詰《ごづ》めとして敵の背後を窺わせるのだ。だがあまりに兵力差がある時は別であった。支城に配された数百の兵に、敵は同数から倍ほどの備えを残し、一気呵成《いっきかせい》に本城を攻めてくることが考えられる。

また城ごとに守るに適した兵数というものがある。足りなければ曲輪《くるわ》の一部を捨てて守らねばならない。蒲生には支城に兵を回す余裕がないこともあるだろう。

「では音羽《おとわ》城から取りましょう」

日野城の南東に音羽城という城がある。応永《おうえい》の頃に築かれたとされ、大永《だいえい》年間の内乱に使われた後、廃城になっている。この城の野晒《のざらし》になっている石垣を崩して用いるという。

「船を借りればより早く運べます」

段蔵はさらに付け加える。音羽城跡の目と鼻の先には日野川が流れており、日野城の裏へと通じる。日野城はこの川を堀代わりにしているため、荷揚げすればもうそこは城下と言ってもよい。

「その頃にこぼした城なら足りねえ」

源斎は脚を回しながら首を横に振った。この頃の城の守りは石垣よりも土塁に頼っているものが多い。石垣で固められているのは、本丸御殿の周りなど、ごく一部である。

「ならば鎌掛城《かいがけ》からも取りましょう」

段蔵は不敵な笑みを浮かべた。山方の一人が血相を変えて口を挟む。

「小組頭、鎌掛城は賢秀様の城ですぜ!?」

「隠居の城をこぼすのは、気が引けますがね」

段蔵は進言する山方を一瞥し、ばつが悪そうに苦く頬を歪めた。

鎌掛城は、息子に家督を譲った蒲生賢秀が隠居後に住んでいる山屋敷と呼ばれる居館と、その後ろの峻嶮《しゆんけん》な尾根に築かれた詰めの城によって構えを成している山城である。山麓の居館は土塁や空堀《からぼり》の他に、石垣でも守られている。他にも石組みの井戸などもある。さらに山頂には「鎌掛の屛風岩」と言われる岩壁があるほど、石材が多く取れる。在り物を崩すだけで足りないならば、そこから突貫で切り出すことも可能らしい。

この城、位置としては日野城の真南にある。日野川の支流である北砂川が程近いところに流れており、音羽城跡と同様、船での石の運搬も能《あた》うという。

「どうです」

段蔵は滔々《とうとう》と述べた結びとして、源斎に向けて低く問うた。

「上等だ。蒲生殿も否とは仰らねえだろう」

源斎は快活に笑うと、続けて段蔵に向けて指示を飛ばす。

「山方十人、荷方三十人で音羽城跡へ。残る三十、八十は鎌掛城だ。俺たち積方は日野城で先に組み始める」

「はい」

段蔵は力強く頷くと、行列の後ろのほうに向かって指示を伝えていく。

一行は夜を徹して走り、草津《くさつ》から石部《いしべ》へと東海筋を進む。途中、三雲《みくも》に差し掛かった時には東の空が明るくなり始めていた。流石に駆け通しで皆の顔に疲れの色も見え始めていたが、それでも士気は頗《すこぶ》る高い。

「厄介なことになりそうだ」

息を弾ませる匡介の横で、源斎が舌打ちを放った。

「何か？」

「あれを見ろ」

南に聳える阿星山《あぼしやま》の麓、無数の篝火《かがりび》が焚《た》かれているのが見える。

「甲賀衆《こうかしゅう》の屋敷の一つがある。相当集まっていやがる」

甲賀衆とは諜報《ちょうほう》や工作を請け負う技能集団で、いわゆる忍びなどとも呼ばれる。不思議なものでこの近江には技能を売りにする者たちが極めて多い。穴太衆もそうであるし、源斎の視線の先に屯《たむろ》する甲賀衆もそう。他にも北近江には、鉄砲の生産にもてる技の全てを注《つ》ぎ込む国友衆《くにともしゅう》もいる。

甲賀は山間であるため田畑がなかなか作れず、技能を売ることで暮らしを支えて来たと聞いたことがある。しかし穴太も国友も、周囲に開けた平野もあり耕作にも苦労しない。近江というのは極めて京に近いということ、幾度となく東海筋を権力が往来したことで、技を磨けば田畑よりも質の良い暮らしが出来ると先人が考えたのかもしれない。

ともかく源斎いわく、甲賀衆の動きが気に掛かるという。

「ありゃあ、日和見だ」

信長が討たれた今、天下の趨勢《すうせい》は読めない。この機に乗じて人の領地を掠め取ろうとする輩も出るだろう。甲賀衆はそれを警戒し、兵を集めてすぐに動けるように支度しているものと思われる。

「それじゃあ、もしかして……」

「ああ、明智の誘いに乗るかもしれねえ。そうなれば残された時はさらに少なくなる」

明智の軍勢が日野に押し寄せるまで、あと五日ほどは掛かると見ていたが、甲賀衆が動けば話は違う。ここから日野城へは半日足らずの距離。明日、明後日にも攻め寄せて来ることは十分に考えられる。

「急ぐぞ！」

源斎はさらに一行を鼓舞した。齢四十を超えているが、誰よりも躰には気力が充実しているのが感じられた。飛田屋一行はさらに進み、水口《みなくち》を抜けて清田《きよた》で二手に分かれた。件《くだん》の鎌掛城への分岐にあたる地である。

日野城に辿り着いたのは出発した翌日の昼。ここでさらに二組に分かれ、一手はさらに東の音羽城跡を目指す。残った積方で船の手配をする間、源斎は日野城の主である蒲生親子に目通りすることになった。

城内にはすでに百姓の姿もある。若い男はとうに足軽として徴兵されたのだろう。年老いた者たちで兵糧を運び、女たちは炊き出しに追われている。

そのような中、蒲生から禄《ろく》を食《は》んでいるであろう家臣たちが、何か笑いながら通り過ぎるのが目に入った。他にも今は英気を養う時とばかり、木陰で項垂れて居眠りをしている者も散見出来る。

匡介はこうして戦間近の城に入るのは初めてのこと。何と言うかもっと、殺伐とした感じだと想像していたが、予想に反していたので些か拍子抜けした。匡介の心を見透かしたかのように、源斎が鼻先を掻きつつ訊いた。

「意外だったか？」

「もっと殺気立っているものと思っていた」

「人はすぐに忘れる生き物よ」

蒲生家が織田家の傘下に加わったのは十余年前のこと。そこから織田家の一員として外征に出ることはあっても、自領に攻め込まれることはなかった。

最後に戦火に巻き込まれたのは、蒲生家が以前従っていた六角《ろっかく》家が、北近江の浅井家と死闘を繰り広げていた頃。今が三十歳の者ならば、当時は十代の半ばで記憶もあるはず。だが僅かそれほどの時が経っただけで、人はその時の恐怖を風化させると源斎は語った。

「まさか。俺は……」

「お前のような者は日野にはいないのさ」

当然ではあるが、今の日野に暮らしている者は戦によって「生き残った者」ということになる。家族を失った者は、己のように忘れてはいないだろう。だがこの十数年で、ある者は死に、ある者は哀しみから逃れるように故郷から離れる。残った者など全体からすれば僅かに違いない。

「これじゃあ、俺たちが幾ら気張っても無駄だな」

「それでも守る石垣を積むのが、俺たちの務めだろう」

「いい機会だから覚えておけ。完全無欠の石垣なんてものはねえ。何としても家族を、この地を守りたいという人の心が、石垣に魂を吹き込む」

「いくら優れたものを造ったとて、守る人の士気が低ければ用を成さないということか？」

訊いたが、源斎は首を捻った。

「ちと、違うなあ……」

「教えてくれよ」

「教えてどうにかなるもんじゃねえよ。まあ、いつかお前にも解る時が来る」

「さっきは覚えとけって言った癖に」

匡介は頰を引き上げてぼやいた。

「あ、確かにな。どちらにせよ人の心に応える、優れた石垣を積まなきゃならねえのは確かだ」

源斎は額を叩いて快活に笑った。昨日のような恐ろしさは微塵《みじん》も感じない。だが源斎は細く息を吐くと、表情を引き締めて言った。

「お前も来い」

源斎は顎をしゃくって、蒲生親子との面会への同行を命じた。

謁見の間に通されると、上座に若い男が鎮座している。眉目秀麗であるが、意志の強そうな目をしている。これが蒲生氏郷であろう。鯰《なまず》のような八の字の髭を生やした男が父の賢秀と見てよい。隠居の身であるから当主の息子を立てて脇に座っている。

両脇に家臣たちが居並ぶ中、源斎はつかつかと畳の上を進む。後に続いた匡介が腰を落とそうとしたが、源斎は一向に座る気配がない。自然、腰を折って上目遣いに窺うような恰好となった。

「飛田源斎でございます」

何と突っ立ったまま頭を下げたのだ。

相手は武家なのだ。不遜と取られても仕方がない。現に両脇の家臣たちは一瞬にして色をなし、中には早くも憤怒《ふんぬ》の唸《うな》りを上げて膝を立てる者もいた。

「これ、座れ」

年嵩の家臣が声を潜めて忠告する。この時も匡介は腰を沈ませかけたが、やはり源斎は座ろうとしない。故にどうしたものかと戸惑った。

「その方《ほう》、無礼であるぞ！」

遂《つい》に家臣が喚く。虎髭を蓄えたいかにも豪傑といった相貌の男である。源斎は横目で睨みつけながら言い返した。

「城を守るため、我らは呼ばれたものと思いましたが？」

「そうだ。それとその不遜な態度の何が関わりある」

「大ありでござる」

源斎はぴしゃりと言い、一座を嘗《な》め回すように見ながら続けた。

「我らはすぐに掛かりとうござる。呑気に座している間などありません」

「だから我らもこうしてお主らを迎えているのだろう！」

先ほどとは別の、肉付きのよい中年の家臣が吼えた。

「無用。城を守るに儀礼など必要ござらぬ。今にも敵が攻めて来るやもしれませぬ。槍の一本でも磨き、矢の一本でも拵えて頂きたい」

匡介は顔を顰めた。源斎の言いざまであると、お主たちは戦であるのに悠長に座っているとも取れる。怒りの炎に油を注ぐようなもの。予想通り家臣たちが口々に叫ぶ。

このような者の力を借りるのは止めよう。己たちだけで守り切ってみせる。それが叶わなければ武士として華々しく散ろうなどと、勇壮なことを口にする者もいた。

「やはりな。そのような根性では、我らはお力添え出来かねる。匡介、帰るぞ」

源斎は踵《きびす》を返して謁見の間から出ようとする。勝ち誇ったような顔つきの家臣たちの顔をなでるように見て、匡介も苦笑して追おうとした。その時である。上座から声が掛かった。

「お待ちあれ」

声の主は蒲生氏郷であった。若さに似合わず程よく錆《さ》びている声だ。戦場ではよく通ることだろう。源斎はくるりと身を翻す。

「はい」

「殿――」

先ほどの虎髭が呼びかけたが、氏郷は手を向けて制した。

「飛田殿の真意をお聞かせ願いたい」

氏郷は慇懃《いんぎん》に頭を下げる。田舎大名とはいえ、織田信長に見とめられて娘婿となった男。一介の職人に取る態度ではない。

「懸では……我らも命を落とすやも知れません。故にたった一つだけ条件を附しております」

「その条件とは」

「何としても生き抜くという覚悟を決めて頂くこと。それさえ約束して頂けるならば、我らも死力を尽くしましょう」

暫し静寂が部屋を支配した。それを破ったのは氏郷の微かに零れ出た吐息である。

「よかろう。我らも些か緩んでいたのやもしれぬな……今すぐここに具足を持て」

氏郷が小姓《こしょう》に命じると、暫くして小姓数人が具足を持って現れた。氏郷は凛然と立ち上がると、皆が呆気に取られる中、それを身に着け始める。

「これより戦が終わるまで脱がぬと約束する。城内の皆にも、親兄弟、子を守りたいならば、一切の油断はせぬように命じる。どうだ？」

源斎は頭《こうべ》をすうと垂れると、畳に視線を落としたまま答えた。

「承りました。これより穴太衆飛田屋、懸に入ります」

「任せる」

源斎はさっと顔を上げて不敵な笑みを見せる。氏郷もまた凜々《りり》しい微笑みで返した。氏郷は何か必要なものがあれば何なりと申せと言い、二人の小姓に常に源斎たちの側にいるように命じた。

源斎は足早に謁見の間を出る。二人のやり取りに見惚《みと》れていた匡介であったが、我に返って源斎の後に続き、氏郷の命を受けた小姓も軽やかな足取りで追う。

「あの御方ならばやれる」

源斎は前を見据えながら低く言った。

「確かに蒲生様は名将の誉れが高いものな」

氏郷は若い頃から戦に出て、若さに似合わぬ老練な采配をすると言われているのだ。ちらりと振り返ると、主君が褒められたことで小姓たちも満足げに頷く。

「いいや。野戦はいざしらず、籠城戦の名将の条件はただ一つ」

「それがさっき言った……」

「生き抜くという覚悟だ」

覚悟だけでどうにかなるものなのか。疑問を感じずにはいられないが、源斎の目には自信が満ち溢れていた。

「匡介、働けよ」

「任せとけ」

小姓たちは唖然としている。なるほど。我らを師弟、あるいは親子、どちらかだと思っているのだ。だが二人のやり取りはどちらにも当て嵌まりそうにない。

源斎も小姓たちの疑問を感じ取ったようで、眉を八の字にしながら振り返った。

「これでも一応、弟子なんだ。口が悪かろう？」

「あんたが言ったんだろうが」

これでも師匠である。幼い頃は努めて敬語で話そうとした。すると源斎は、

——その気持ち悪い話し振りはどうにかならんか。そんなもので石積みが上手くなるなら苦労はない。下手くそ。

と、顎を突き出して嬲《なぶ》るように揶揄ったのだ。いい歳をした大人が、悪童のようなことをするものだから、匡介も売り言葉に買い言葉で返している内、今の口振りになったという経緯がある。

「下手くそ、ちっとは役に立てよ」

「うるせえ、糞爺」

源斎は手を庇《ひさし》のようにして大袈裟に辺りを見渡す真似をする。

「その糞爺の足元に及ばぬ雛《ひな》は……お、いた」

「その内、すぐに抜いてやる」

「期待しておこう」

痛烈な悪態の応酬に、小姓たちはやはり怪訝そうに二人を交互に見比べていた。

源斎は日野城の石垣を見て回ると、早速指示を飛ばした。

「南東の石垣は用を成してねえ。崩して石を取る」

まだ道半ばの身であるが、匡介も同じように見立てていた。日野川が堀代わりになっており、この城は圧倒的に南が堅い。より堅くするためには、川の際一杯に石垣を構築する必要がある。これには少し手の込んだ作業が必要であり、急ぎの仕事をしなければならない今は到底間に合わない。

日野城の南は、川を渡り終え、暫くいったところに申し訳程度の石垣が組まれているが、渡河《とか》を許してしまえば用を成さないほどのもの。水際で食い止めるほうが余程戦い易《やす》い。ならばいっそのこと崩して、弱い場所を固める石材に使ったほうがよいという判断である。

「匡介、どこか判るな」

「北西の守りがやたらと弱い」

匡介は間髪を容《い》れずに答えた。

「まあ、これくらいは判るわな」

そうは言うものの、源斎は満足げに頷く。

日野城の北西。その辺りだけ堀切《ほりきり》、土塁など五十年前の防備と変わらない。織田家の勢力圏に入ったことで戦が止み、ずっと増築が手付かずになっていたのだろう。

「十対七といったところか……」

「いいや、十対八だ」

敵十人を味方何人で抑えられるか。積方ではこのように実戦を脳裏に思い描き数字を弾き出す。最低でも十対五の比率、つまり敵に対して半分の数で抑えられねば安心は出来ない。

北西は道幅十五間（約二十七メートル）と広く、一気に敵が入り込める。これへの対処として道幅を狭めたり、あるいは直角に曲げて勢いを削いだりする方法もある。だが今、道造りをしている猶予は残されていない。道自体を塞ぐように石垣を組むのが上策だろうと匡介は考えた。

「積んで壁を造るか？」

「いや、高いものを造る時はねえ」

石垣の「高さ」を出すためには、それなりの「厚さ」も必要になってくる。基礎の部分ほど幅広くせねば、脆くてすぐに崩れてしまう。地から六尺（約百八十センチメートル）の高さまで組み上げるのが半日で出来るとする。しかしそこからさらに組み上げるには、石垣そのものの厚さを増す必要があり、三尺高くするだけでも同じく半日を要してしまうのだ。しかもそれには卓越した技が必要になってくる。時に余裕があり、石もふんだんに使えるならまだしも、此度《こたび》はどちらも足りな過ぎる。

「それほど高くない石垣を……こうだ」

源斎は周囲を見渡し手頃な棒をひょいと拾うと、屈んで地に何かを描いていく。縦に二本、その間に横に四本、梯子《はしご》状の図面である。

「なるほど」

互いに目を合わせて不敵な笑みを浮かべた。血は繋がっていないが、悪巧みを思いついたようなこの顔は、実の親子のように瓜二《うりふた》つだとよく言われる。

その日の内に南側の用を成さない石垣を崩し始めた。そして、夜には篝火を船先に掲げて、音羽城跡からの石が届いた。源斎は運び上げさせたところで交代で仮眠を取らせた。

「お前も眠れ」

そう言う源斎こそ一昼夜眠っていない。

「そっちこそ」

「石を積むのはあくまで人。頭は配下を休ませることにも気を配らなきゃならねえ」

懸などそう滅多にあるものではない。乱世の真っただ中を生きた源斎ですらこれが六度目。戦乱が収まっていく時代に生まれた匡介ともなると、あと一度か二度あるかないか。この機に教えられることは、全て教えようとしているように思えた。

東の空に再び陽が顔を出す。小休止の時、匡介は木にもたれて四半刻（約三十分）ほど眠ってしまった。はっと身を起こしたが、源斎はやはり一睡もしていないようだ。元からある石垣の上から、

「次はそれだ」

と、小石を投げて巨石に命中させる。上から俯瞰《ふかん》で見れば、次にどの石を組めばよいか見えるという。しかもそれがぴしゃりと嚙み合うのだ。これが出来るのは穴太衆の中でも源斎だけ。先代や先々代の時代にも、このように一瞬で見抜く職人はいなかったと皆が言っている。

この頃になると鎌掛城の石も続々と届くようになっている。念のために蒲生親子に伺いを立てたが、日野城を守るためならば構わないと一も二もなく許してくれた。

「これは……」

匡介は異変に気付いた。城内を甲冑に身を固めた侍、長槍や弓を持った足軽が駆け回っている。己が目を覚ましたのもこの物音だった。

「起きたか。動いたらしい」

石垣の上で胡坐《あぐら》を搔いた源斎が場外の方へ顎をしゃくる。

「明智軍か……」

「いや、甲賀衆だ。次はそれ」

源斎は手首を返すように小石を放つ。ぴしりと乾いた音を立てた巨石を、職人たち数人で持ち上げて滑車の元へと運んでいく。

ここに向かうまでに三雲に結集していた甲賀衆。どうやら明智の要請を受け入れたらしく、日野城を窺う構えを見せていると物見から報告が入った。

織田の重臣たちが畿内に戻って来るまでに、明智にはやらねばならぬことが山積みである。伊賀、

伊勢方面への抑えになるこの日野城を陥落せしめることもその一つ。しかし一度に全ては出来ず、順を追わねばならない。猶予を与えては防備を固められると判断し、甲賀衆をけしかけて膠着《こうちゃく》を図ろうと画策しているのだ。

陽がぐんぐんと中天に向けて昇っていく中、匡介も含めて突貫で石を積んだ。此度、比較的守りの薄い北西を強化するため、源斎が考えたのは、天から見下ろしたとすれば、

――石垣を梯子状に構築する。

というものである。

北西は空堀を渡ってしまえば、土塁が数か所あるだけで暫く幅の広い一本道が続く。幾重もの柵が設置されていたが、ここに兵力の大半をつぎ込まれれば難なく突破されるだろう。

そこでまず道の両側に縦に真っすぐ石垣を構築する。これは梯子に見立てた時は縦木に相当することになる。それに対して直角に石垣を四つ造る。これが梯子の横木に当たるだろう。いずれも高さ八尺ほどに低く造り、これならば石垣の厚みも二間ほどで十分。残された刻限、今ある石だけでも十分に造ることが出来よう。だがこの高さならば敵も越えることはそう難しいことではない。

――初めから上る気なんておこさせなければいいのよ。

源斎は顎髭を撫でながら不敵な笑みを浮かべた。まず八尺という高さに秘密がある。人には乗り越えようとする高さと、諦める高さが存在するという。その境界こそ八尺から九尺だと、源斎は長年の経験により弾き出していた。

「ひと口に軍勢というが、所詮は個の集まりよ。誰しも己だけは死にとうないと考えておる」

確かに八尺は乗り越えられる。しかし石垣の上部に守勢がいれば、真っ先に取りついた二、三人を難なく倒せる高さでもある。上る以外の選択肢がない状況ならまだしも、誰もが自らを犠牲にし

ようとはしない。だが完全に道を塞いでしまえば、大将の叱咤《しった》を受けてやはり上るだろう。

「上りたくなくなるよう、道を開いてやろう」

源斎は何かを摘まむような仕草をして、にかりと笑った。

梯子状とはいったがこの点だけは異なる。敵の進路を塞ぐように横に突き出した石垣を完全に塞ぎ切らず、片方の端を一間半ほどしっかりと空けておくのである。上空から見下ろせば、一枚目は右、二枚目は左、三枚目はまた右、四枚目は左といった具合である。石垣どうしの距離は約十間。こうすることで迷路のような構造となり、敵は蛇行して進まざるを得なくなる。これによって真っすぐ進むときよりも距離を二倍以上に延ばし、しかもその都度石垣の上から矢弾を降り注がせることが出来るのだ。

「そう上手くいくか？」

果たしてその通りに敵が動くのか。少々不安になって匡介は尋ねた。

「ああ、必ずな」

石垣に隙間があるのは、そのような意図があることは敵も判るだろう。先に述べたように人の心を鑑みると、敵の策だと解っていても必ずこちらを選ぶと源斎は断言した。

「石を知るだけでは半人前。石積みを極めるためには、人の心を知らねばならぬ」

源斎はそう静かに結んだのである。こうして源斎の指揮の下、交差石垣が着々と構築されているが、完成目前にして敵が現れたということである。

「もうすぐそこまで来ている！　ここは任せて退いてくれと殿は仰せだ！」

侍大将が甲冑を軋《きし》ませて駆け寄ってくる。敵勢が直近まで迫り、馬の嘶《いなな》きも聞こえてきた。

「まだ仕事は途中だ。俺たちは続ける。次はそれ、その次はそれだ」

源斎は両手を交差するようにし、小石を立て続けに放った。

「矢弾が飛んでくるぞ!?」

侍大将は目をひん剝いて唾を飛ばした。

「ここさえ造り切ればこの城の弱点は消える。受けた限りは最後までやるさ」

源斎は石垣の壁面をするすると降りてきて、匡介の肩をぽんと叩いた。

「前線へ出る。あとは判るな？」

「ああ、まずそれ、次に……」

匡介は地に並べられた石を素早く指差していく。その最後まで見届けず、

「上等だ。任せた」

源斎はふっと口元を緩めて足早に歩き始めた。その時、天が震えるほど轟然《ごうぜん》と音が鳴り響いた。鉄砲の斉射の音。戦が始まったのだ。

「一と二の石垣は出来たな。三はどうだ」

敵の前面のほうから便宜上、一から四と数を当てて呼ぶことにした。

「八割方です」

源斎の問いに段蔵が即座に答える。

「四の石垣が七割方か。匡介、造り上げろ」

「判っている。急げ！　敵が来るぞ！」

匡介は配下を叱咤した。すでに完成した一、二の石垣が突破されるまでに、まだ間に合っていない三、四の石垣を造り終えなければならない。戦はもう始まっているのだ。三の石垣は源斎が陣頭指揮を執っており、匡介は城に最も近く深いところに位置する四の石垣を担当する。

人と銃の声が折り重なり間断なく聞こえて来る。一、二枚目の石垣の上に乗った蒲生の兵が、曲がりながら進んで来る甲賀衆を狙い撃ちにしているのだ。

敵も当然、鉄砲を撃ち返してくる。しかし石垣の前方に一尺五寸（約四十五センチメートル）ほどの深さの窪みがあり、そこに入って身を屈めれば敵の矢弾を躱《かわ》せる構造になっている。木楯《こだて》ならば鉤縄で引き倒されることもあるが、がっちりと嚙み合った石はそう簡単に崩れるものではない。

風の中に硝煙の香りが漂う。戦が始まって一刻（約二時間）。甲賀衆もこの石垣が何を意図するものかはすでに解っているはず。だがそれでも甲賀衆は石垣を越えようとはしていないと連絡が入る。源斎の言った通りのことが現実に起きている。

指揮を執る者もそう思っている。いや仮に時を掛けて一つずつ石垣を潰したほうがよいと考えたとしても、人は弱いものでどうしても安易に見える「隙間」に心を奪われる。それは実際に前線で戦っている甲賀衆も同様。石垣を乗り越えろと指示されても、やはり「隙間」に引き寄せられて士気は上がらない。いわば源斎の考えたこの石垣は、人の心の「隙間」を衝くものといってもよい。

「よし、それを積み上げれば完成だ！」

匡介は残った巨石の中から一つを指差した。それを配下たちが滑車に掛けて持ち上げていく。匡介はそれを横目に見ながら、四の石垣に上った。

「くそっ……三の石垣まで来てやがる」
一、二の石垣の隙間には、敵兵が充満している。石垣の上に取り残された蒲生の兵は懸命に矢を射掛けているが、数を二割ほど減らしている。
そして目と鼻の先の三枚目の石垣の上で、石を積むように指示を飛ばす源斎の姿も見えた。こちらも未完成ではあるが蒲生の足軽が上に乗って、矢を雨あられと射掛けている。

轟音が鳴り響き、屈むのが遅れた蒲生の兵の内数名が倒れた。甲賀衆は鉄砲で応戦しつつ突き進んでくる。こうして一、二の石垣を堅守する蒲生兵も数を減らしているのだ。

道の両側に走った縦の石垣は、武者走りの役割を果たしており、そこを通れば敵の中を行かずして四の石垣まで退ける。これ以上の抵抗は無理として、一の石垣から引き揚げる隊も散見出来た。

「予想以上に多いぞ……」

敵は途絶えない。一の石垣の向こう、わらわらと向かって来るのが見える。当初、千ほどかと思ったが、他の豪族たちも行動を共にする覚悟を決めたようで、刻一刻と敵勢は増え続けている。その数は凡そ二千にも迫ると思われ、黒光りした無数の兜が蠢《うごめ》くのは、どこか油虫を彷彿とさせた。

穴太衆の石垣は最大限の機能を果たしている。しかし甲賀衆の数が思いのほか多い。他国はいざ知らず、近江の趨勢は明らかに明智方に傾いているのだから無理もない。明智本隊が到着するまでに手柄を挙げて褒美に与ろうと、領地を掠め取ろうと、欲に駆られて猛攻撃を加えてくる。

「まずいぞ」

甲賀衆の攻勢はさらに強まり、三枚目の石垣の切れ目を目指して猛進している。だが三枚目は積んでいる途中で、まだ道の両側を縦に走る石垣と結ばれていない。つまりここだけが浮島のような恰好になっており、退却する術《すべ》がなくなっているのだ。

「段蔵！」

積方に交じって手伝っている段蔵に向けて叫んだ。

「若！　危のうござる！」

段蔵は片耳を手で塞ぎ、片目を閉じながら下から呼びかけて来た。直前に甲高い音が度々耳朶《じだ》を揺らした。ここまで飛んで来た流れ弾が石に当たって撥ねる音である。

「このままじゃあ、爺が取り残される！　まだ三と四の間に入られていない内に俺が向かう！」

匡介は敵の殺気が充満する三の石垣を指差しながら吼えた。

「いけません！　万が一、二人とも――」

「爺を見捨てられるか！」

「頭はその覚悟もあって、若に四枚目を託したのです！」

段蔵も譲らない。このような局面を想定し、源斎に言い含められているのだと察した。

穴太衆が行う「懸」は全員総出で「懸かる」ということと、命を「懸けて」守り通すという二つの意から成り立っている。此度の依頼は初めからかなりの劣勢が予想された。それでも源斎は、何人《なん》人《びと》なりとも守り抜くという塞王の矜持に懸け、迷わずに受けたのだ。当然死は覚悟していよう。

「もう誰も死なせねえ……段蔵、ここを任せた！」

匡介は組み上がったばかりの石垣から飛び降りると、三枚目の石垣に向けて猛然と走り始めた。

「若！」

段蔵が止める声が背後から聞こえるが、匡介は振り向かない。三枚目の石垣に取り付くと、井守《いもり》の如く手を動かしてよじ登った。その刹那、こめかみの横を銃弾が掠めていく。

石垣と石垣の距離は十間ほどとそれほど離れている訳ではない。だがここから見る光景は、四枚目からのものとは天と地ほども様相が異なる。眦《まなじり》を吊り上げ、奇声を発した甲賀衆が駆け抜ける。それに蒲生の兵が懸命に矢弾を放って防ごうとする。倒れた骸《むくろ》を乗り越え、気が狂《ふ》れたように殺到する甲賀衆。眼下に広がる光景はまさしく地獄と呼ぶに相応しい。匡介の脳裏を掠めたのは、あの日一乗谷に肉薄する織田軍の姿であった。

「匡介!!」

過去の凄惨な記憶に沈んでいたのも束の間、名を呼ばれてはっと我に返る。

「爺……」

銃が吼え、矢が飛び交う中でも源斎は声を嗄らして、配下になおも石積みを続けさせる。その指示の合間、再びこちらを一瞥して鋭く言い放った。

「何しに来た！」

「あんたを救うためだろうが！」

「お前の手を借りるほど落ちぶれちゃいねえ！　早く四の石垣に戻れ！」

折角助けに来たのにその言いざまはないだろう。匡介は頭に血が上ってさらに言い返す。

「積むのが遅《おせ》えんだよ！　耄碌《もうろく》したか！」

「この様だ。お前ならこの半分も積めてねえだろうな！」

源斎は食を求める餓鬼の如く迫り来る甲賀衆を指差した。

「二人とも、止めて下せえ！」

配下の一人が悲痛な声で叫んだが、直後、抱えていた石に銃弾が当たった衝撃で、尻もちをついてしまった。

「馬鹿野郎……このままじゃ、二人して死んじまうだろうが」

源斎は歯噛みするように零した。

「やはり死ぬつもりだったんじゃねえか」

「懸を受けるということは、死んでも守るってことだ」

同じく造りかけの三の石垣で守る蒲生兵は、敵の銃弾を受けて一人、また一人と倒れていく。兵が前面で戦っていたことで守られていた穴太衆の面々の中にも、まだ死人こそ出ていないが、肩を撃ち抜かれて悶絶する者、石を足の上に取り落として膝を突く者などが後を絶たない。

「四の石垣に退くなら、今が際の際だ」

喊声《かんせい》渦巻く中、匡介は静かに言った。

「いいや。ここで三を投げだせば、四もいずれ破られる。反対に留まって時を稼げれば、今日を乗り越えられる」

「たとえそうでも明日も戦は続く」

「甲賀衆の被害も甚大だ。そうそう今日のようには攻めては来られん。この攻めっぷり……こいつらは端《はな》から初日の今日に勝負をかけてやがる」

つまり今日さえ乗り切れれば、日野城を守り切れる算段は高いと源斎は踏んでいる。匡介はここに来てすぐに気付いたことがある。最早、三の石垣は両側の武者走りと繋げるつもりはない。陸の孤島になると見て、繋ぐための石材をより高くするために使い始めている。自らを捨て石にして明日に繋げようとしているのだ。

「駄目だ」

「城を守るにはそれしかない」

匡介は反対するが、源斎はすかさず首を横に振る。二人の顔の間を高速で矢が飛翔するが、互いに仰け反るどころか、視線すら逸らさない。

——何か守り切る術は……。

改めて周囲を見渡すが、劣勢は覆りそうにない。石垣がなければ即座に二の丸、本丸まで敵は流れ込んでいただろう。戦端が開かれても積み続けた石垣があってこそ、何とか踏み止まっているという形勢である。読み通りこの北西側が激戦となっているが、かといって残る三方でも戦いが繰り広げられている。どこも寡兵で応戦しているはずで、これ以上の増援も見込めない。

「矢が尽きた！　こっちへ回してくれ！」

「こちらももうない！」

蒲生の兵たちが悲鳴を上げる。三の石垣は刻一刻と悲愴感に包まれつつある。

「かくなる上は斬り込むほかない……」

矢の尽きた兵は腰から刀を抜き放った。敵中に石垣から飛び降り、一人でも多く道連れにする勢いである。

「止めろ！　みすみす死ぬだけだ！　穴太衆、礫《つぶて》はないか!?」

別の兵が肩を摑んで制止し、こちら側に向かって言い放つ。

「これを使ってくれ！」

飛田屋の一人が使うことなく積まれている栗石《ぐりいし》を指差した。兵も職人も一丸となって三の石垣を死守していた。

「斬り込む……攻める……礫……」

匡介は一連の流れを目の端に捉え、雷に打たれたように閃《ひらめ》くものがあった。

「爺！」

「何だ!?」

来《きた》る孤立に備え一寸《ちょっと》でも足場を高くするため、源斎はこちらに背を向け再び指示を飛ばしていた。己に呼ばれて源斎は振り返った。

「やれる。三の石垣を守りつつ、甲賀衆を撥ね退けられる」

「だからそれでは守り切れぬと――」

「違う。攻めるんだ」

「何……」

源斎は眉間に深い皺《しわ》を浮かべた。

「今のうちに一度後方に引き下がり……」

匡介はたった今思いついたばかりの策を口早に話した。

「どうだ？」

全て語り終えると、匡介は源斎の意見を求めた。

「駄目だ」

源斎は首を横に振った。

「しかし――」

「お前は戦というものを……人というものを解っちゃいねえ。石垣で守ることで、人を殺《あや》めてしまうことは確かにある。だが自らそれをやろうとすれば、いつか必ずその因果が巡って来るものだ」

「たとえそうだとしても……俺は守りたい」

匡介は絞るように答えた。

何となくではあるが源斎の言うことも理解出来る。だが今の己は、眼前の民を守りたいという思いの方が勝っていた。

源斎は深く息を吐くと、己を納得させるように二度、三度頷いた。

「解った」

「いいのか……？」

たとえこのような時であろうが、源斎は自らの矜持に関わることは、一切曲げない。故に意外だったのだ。

「お前が言い出したんだろうが」

源斎は苦笑すると、迫る甲賀衆のほうへと視線を移す。そして小さく呟いた。

「その時は俺が背負うさ」

「え……？」

「こっちのことだ」

源斎は、匡介へ向き直ると、先ほどとは打って変わって精悍《せいかん》な笑みを浮かべて続けた。

「やるか」

「ああ」

源斎とは普段は言い争うことも多い。だがこんな時の二人はいつも同じ顔をしており、やはり師弟だと段蔵などは呆《あき》れながらに言う。

「もう用を成してねえな」

源斎は敵の向こうの一の石垣を見た。最前線の一の石垣はすでに敵の侵食を許し、人っ子一人残っていない。二の石垣は半分まで数を減らし、三の石垣で踏み止まっているという状況である。

源斎は三の石垣の上にいる者に向け、大音声で呼びかけた。

「形勢をひっくり返すために俺はここを離れる。それまで何とか耐えてくれ！」

飛田屋の連中は即座に応と声を上げる。蒲生の兵たちも銘々、頼むといったように返した。職人風情に何が出来ると侮る者はいない。金で雇われたとはいえ、穴太衆もまた命懸けで戦っていることはすでに伝わっている。

「匡介、付いて来い！」

源斎は言うや否や石垣から飛び降りた。三と四の石垣にはまだ敵は入っていない。だが端の隙間には敵の骸が転がっている。一人、二人の侵入は許したが、水際で食い止めているに過ぎない。まもなくここも敵で充満することになるだろう。

「段蔵！　動ける職人を四人！」

源斎が短く言うと、段蔵はその意図も訊かずにすぐに手配を始める。長年に亘って補佐してきた段蔵は、源斎のことを信頼しきっている。

「筈六《はずろく》、又市《またいち》、喜十郎《きじゅうろう》、あと一人は……」

いずれも二十後半から三十の脂が乗った職人たちを指名していく。

「段蔵さん、俺が行く！」

あと一人で迷っていた段蔵に向け、凜然と手を挙げて玲次が一歩踏み出す。

「よし……玲次。頼む」

源斎は続けて、一と二から引き揚げて来た蒲生の兵たちの下へと近づいた。怪我《けが》を手当てしてもらっている者、桶の中に顔を突っ込んで喉を潤す者、塀にもたれ掛かって息を整える者、銘々が来る四の石垣の攻防に備えている。

「石の回廊に入った敵を殲滅《せんめつ》し、士気を挫《くじ》こうと思います。我らと共に取って返して頂きたい」

源斎の一言に皆が一様に息を呑む。そのようなことが出来るはずがない。日野城は耐え忍ぶしか道は残されていないのだと顔にありありと浮かんでいる。

三の石垣で別れた蒲生の兵とは異なり、こちらは憤懣《ふんまん》の声が巻き起こった。戦の素人である穴太衆が差し出がましい、戦況を読めていないなどと口々に言う。酷い者になると、穴太衆の石垣が間に合わなかったせいだと、難題を押し付けておいて、責任を転嫁する者もいる。

「我らは何も蒲生様や、貴殿らのために引き受けた訳ではない」

源斎が静かに、それでいてはきとした声で言い、蒲生の兵たちを睨みつけた。その言いざまに兵たちの顔に怒気が走った時、源斎は続けて捲し立てるように叫んだ。

「織田家の家族を救った時点で、明智にとって蒲生は敵。畿内でまともに抗おうとするのは蒲生一家《いっけ》。負ければ日野の民は鏖《みなごろし》になる……そう頼まれたから引き受けたのだ！」

源斎の一喝に当てられ、蒲生の兵が拳を握る。源斎はなおも口の動きを止めない。

「それに三の石垣では貴殿らの同輩が戦っている。このまま見殺しにするつもりか！」

「真にどうにかなるのか」

大柄の男が水を飲んでいた椀《わん》を放り出し、槍を杖のようにして立ち上がる。その肩には数本の矢が突き立ったままである。

「貴殿は……？」

「蒲生郡日野横山村の住人、横山久内《よこやまくない》。若い頃、宇佐山《うさやま》城の戦いでお主を見た」

織田信長が各地の諸勢力に包囲網を敷かれた時、浅井・朝倉連合軍が湖西を通って京に攻め上るということがあった。信長は他方で手一杯で、配下を京に程近い宇佐山城に送った。この時にも飛田屋に「懸」の依頼があり、源斎は戦時に石垣を積み続け、落城を免れたのだ。

「あの時におられたか……」

一度でも懸を見たならば、飛田屋が城を守ることに命を懸けていることを知っているはず。横山がいち早く得心した理由が解った。

「で……如何にすれば勝てる」

横山は野獣の如き目を向ける。勝てると語を発した時に目の輝きが増した気がする。元来はただ守るような戦には向かぬ性質の男なのかもしれない。

「一と二の石垣に再度乗り込み、合図と同時に一斉に攻撃を仕掛けて頂きたい」

「解った」

横山は仔細《しさい》を聞くでもなく応じる。自らの配下らしく、横山が手を振ると二、三十の武士が集まった。それを発端とし、他の隊の者も武具を取って再び立ち上がる。総勢二百数十ほどである。

「行くか」

横山は精悍に日焼けした頬を、気合いを入れるようにして諸手で挟む。

「守り切りましょうぞ」

皆で四の石垣によじ登ると、そこで衆を二手に分けるように宣言した。飛田屋の面々も二手に分かれ、一方を源斎が、残る一方を匡介が率いる。玲次は匡介の下に付くように源斎は命じた。

「匡介、お前は二の石垣を。俺は一をやる」

源斎は顎をしゃくりながら言った。

「先に……だな」

「ああ、俺が直後に続く」

多くを語らずとも二人の中では話が付いている。互いに頷き合うと、じゃれ合っていた蝶がぱっと離れるかのようにして駆け出した。道の両側にある武者走りの石垣を分かれて進むのである。

匡介に続くは玲次を含めた飛田屋の二人。そして横山久内が自ら率いる百の軍勢である。それが僅か幅二間足らずの狭い縦の石垣の上を走る。二人横に並ぶのがせいぜいである。百余の甲冑が擦れる物々しい音の中、肩を寄せ合うように走る玲次が尋ねてきた。

「一体どうするんだ」

「石垣で攻める」

「なんだと……」

玲次の顔には皆目意味が解らぬと書いてある。

「回廊に出来るだけ多くの敵を引き付ける」

敵にも城方《しろかた》がぎりぎりのところで踏み止まっていることは判っているだろう。すでに誰が手柄を挙げるのかという思惑に切り替わっているかもしれない。

そんなところに一、二の石垣に兵を増派すればどうなるか。戦を知らぬ素人ならば敵はまだ戦うつもりかと怯むかもしれない。だが甲賀衆を率いる男は、石垣の構築が終わる前の緒戦が肝と見抜いて猛攻を掛けて来た。兵たちが満身創痍《まんしんそうい》であり、城方が余程追い詰められていると見抜くはず。ここが潮目だとさらに兵を送り込むだろう。

「まずは二の石垣、次いで一の石垣と崩す。退路を塞ぎつつ礫を浴びせる」

玲次は唖然とした様子である。穴太衆は石垣を積むことを生業とし、それで名を馳《は》せた集団。だが匡介が考えたのは全く逆の発想であったからだ。

「まさか要石《かなめいし》が判るのか」

石垣には「要石」があると言われており、それを抜くと一気に崩落するという。だがそれがどの石なのか、見抜いた職人はまだ誰一人としていない。それは源斎であっても同様である。初代の塞王は看破したというが、伝説の域を出ず、要石の存在すら眉唾なのだ。

「いや、そんなものはないだろう」

「じゃあ……」

「だから纏めて……こうな」

匡介は握った拳をぱっと開いて見せた。

「そのための火薬か」

玲次は如何にするか察しがついたようだ。鉄砲に用いていた火薬の詰まった樽《たる》を、横山久内に頼んで持ってきて貰っている。流れ弾が当たれば大爆発を引き起こすため、まかり間違っても前線に持ってきてはならないものである。これを用いて石垣を崩すのだ。

「石垣の際に置いて鉄砲を撃ちかければよいのだな？」

話を聞いていたのだろう。少し後ろを走っている横山が割り込んだ。匡介が答えるより早く、玲次がそれに応答する。

「いや、我らの石垣はその程度ではびくともしません」

穴太衆の組んだ石垣は大筒《おおづつ》の一発や二発、正面から受けてもびくともしない。中でも飛田屋が組んだものとなれば連射を受けたとしても持ち堪える自信がある。それには訳があるのだが、今、横山に説明している暇もなければ、したところで即座に理解出来ないだろう。

「では如何に……」

横山の声に不安の色が浮かぶ。匡介は玲次から再び話を引き取った。

「石垣は外からには滅法強いが、内からは難なく崩れます。掘って穴を作り、そこに火薬を仕込んで……どんと」

匡介は前を見据えながら、拳を掌に打ち付けた。

「おいおい、土ではなく石垣なのだぞ!?」

「掘れます。厳密に言えば外すのです」

昨今では様々な積み方も考えられている。だが穴太衆といえば野面積《のづらづ》み。これが最も古風にして、最も高い強度を誇るためである。ぴしりと石が嚙み合っていたほうがよいと考えるのは素人。野面積みには多くの隙間がある。これが「遊び」となり、正面からの衝撃を緩和する。より強度を高めるためにこの遊びの幅、位置まで計算し尽くして積むのだ。故に石垣の最上部、天端石《てんばいし》から外していく隙間もある。難しいのは外す順番を間違えば、均衡が崩れて、ぎゅっと遊び部分が詰まってしまい、次の石を抜き取れなくなってしまうこと。積むのと同様、いや間違えてはそう容易《たやす》くやり直しがきかないことを考えれば、それ以上の職人技が必要となる。

「横山様！」

「解っている！　楯を！」

敵が縦の石垣を駆け抜けるこちらを認め、矢を番《つが》えて射掛けて来た。配下の足軽が楯を掲げて矢を防ぎつつ走る。玲次も横からすぐ後ろに移り、足軽の楯に守られながら走っている。

「あっ――」

楯の間をすり抜けた矢が、匡介の眼前を通って、とっさに大きく仰け反る。

「匡介！」

踊るように体勢を崩す匡介の背を、後ろから玲次が支えた。

「危なかった……」

「落ちたら膾のように斬り刻まれるぞ」

石垣の下には眦を吊り上げた兵が満ち溢れ、野獣のような荒い吐息が渦巻いている。すぐに再び走り出して、二の石垣で鋭角に折れる。対岸を走る源斎がこちらを見て頷くのを目の端に捉えた。

「石を外す箇所を探す」

匡介は配下の職人に向けて言った。すでに二の石垣の裏にまで兵が雪崩《なだ》れ込んでいる。敵もこちらが何かを仕掛けようとしているのは察知したようで、矢を射掛ける素振りを見せた。横山は職人たちを挟むように両面に木楯を並べさせた。その幅は五間、無用にこちらから応射することなく、二枚貝が殻を閉ざしたかのように職人たちを守ってくれる。

匡介は目を細め躰の動きを止めた。

「匡介！　急げ！」

悠長にしていると思い、玲次が吼える。

「解っている」

ぽつんと答えて匡介は細く息を吐いた。

——声を聞かせてくれ。

目に見えぬ風で紙縒りを作る感覚。神経を研ぎ澄ますと、絶え間なく聞こえる喊声、銃の叫び、弦の嘆きが少しずつ遠のいてゆく。実際に聞こえている訳ではないことは己でも解っている。目に映せばその声が脳裏に湧き上がるのだ。

「お前か……玲次、あれだ！」

天端石の一つを指差し、自身もそれに駆け寄った。二人掛かりで石に手を掛けて持ち上げる。誤った石だと嚙み合って幾ら力を込めても動かないが、すうと僅かな抵抗で抜けた。二つ目、三つ目も同じく抵抗はない。四つ目になると玲次に脚を支えて貰い、出来たばかりの穴に上半身を入れる。四つ、五つとその都度躰を引き上げて抜き取った。

「まだか!?」

「もうすぐだ！」

横山の叫び声が聞こえた。応じた己の声は穴の中で反響し、石の隙間に吸われていった。六つ目を抜き取ったところで敷き詰められた栗石が見えた。穴から抜け出すと、すぐに火薬を樽ごとぶちまけさせた。

「よし、行ける。火縄を！」

「匡介、頭は!?」

二の石垣を崩した直後、一の石垣を崩す段取りだが、向こうでも楯が並べられており、こちらから様子を窺うことが出来ない。これはもとより解っていること。分かれる前に源斎が、

――出来次第仕掛けろ。俺は必ず間に合わせる。

と、力強く言い切っていたのだ。

「爺なら必ずやる」

五寸ほどの火縄の先を穴の中に入れ、反対側に火を点《つ》けた。横山の号令で楯を掲げたまま二の石垣から退避して、武者走りの縦の石垣へ移る。

「来い」

燻《くすぶ》った火が穴の中に吸い込まれていくのを見届け、匡介は低く呟いた。

次の瞬間、丹田に響くような低い轟音が響き渡り、眼前の景色が歪む。二の石垣の中央が弾け飛び、石が大筒の弾のように飛散する。悲鳴が巻き起こり、目に見えぬ大きな手になぞられたかの如く石垣は両端に向けて崩壊していく。

「よし！　一の石垣は――」

匡介の叫び声は中途で掻き消された。予定と寸分違わずに一の石垣の中頃が飛散したのである。これも同様、凄まじい音を発して崩れていく。転がる石をまともに受けて吹き飛ばされる者、下敷きになる者は数知れず、続けて湧くように立ち上った砂煙により前後不覚となっている。

一の石垣が崩壊したことで、後続の兵は遮られた。石の回廊は牢獄《ろうごく》と化し、中にいた者は退くことが出来ずに右往左往している。

「放て！」

横山が飾らぬ武骨な采配を振るう。すでに蒲生兵は楯を放り出し、鉄砲、弓矢を支度し終えている。筒から鋭い火焔が噴き出したかと思うと、恐慌する甲賀衆から絶叫が上がった。

源斎らを護衛していた蒲生兵も、一の石垣があった場所の脇に逃れ、一斉に射撃を加えた。崩れた石を乗り越えて逃げようとする者の背を矢が貫き、ばたばたと倒れていく。

さらに進んで三の石垣に差し掛かっていた敵も、異変を察知して潰走したから堪らない。城方もこれを好機と見て、武者走りを疾駆しつつ休むことなく矢を射掛けた。

「武器を捨てて降れ!!」

横山の雷鳴の如き咆哮《ほうこう》が発された。人の心とはおかしなもので、先ほどまで鬼気迫る攻勢を見せていたにも拘《かか》わらず、一人が槍を放り投げると、次々にそれは伝播《でんぱ》していく。これで勝負があった。

援軍を送り込むことが出来ず歯嚙みする甲賀衆に対し、城方はどんどん増えていく。

この規模の戦で一気に数百が死んだり、捕虜になったりすることは稀《まれ》である。甲賀衆の士気は目に見えて下がっており、反対に蒲生の兵は地獄から蘇ったように揚々としている。

腕を組んでその様子を見る源斎の元へ、匡介は走り寄った。

「上手くいったな」

一の石垣のほうがより敵の攻撃が激しく、遠くにあったため仕込みを終えるまでの時も少ない。それでもやってのけるのが流石に塞王と呼ばれる所以《ゆえん》であろう。持ち場が逆であったとすれば、己ならば間に合わなかったと断言出来る。

「ああ」

源斎の表情が曇っている。

「これで和議が結べるかもしれない」

見たところ、引き立てられていく中に、一軍の将と思《おぼ》しき甲冑の者も多い。攻め手は土豪の連合体である。安易に見捨てては後々まで遺恨を引きずりかねない。捕虜の解放を条件に退かせることが出来るかもしれない。そうなれば日野城は少なくとも明智軍の来襲までは守られたことになる。

「人は愚かだな」

「え……」

「戦が悲劇を生むと知りながら、何度でも繰り返す。俺たちがいなければ、とっくに天下は治まっているのかもしれねえ」

穴太衆が鉄壁の石垣を造る。そのことで戦がより長引く。その連鎖によって一年で終わる争乱が、十年、百年延ばしになったのではないか。源斎は常々そう考えていたらしい。

「そんなこと……」

そうは言うものの、匡介も一理あるのではないかと考えてしまった。

「あいつらにも家族があるはずだ」

源斎が顎をしゃくった先。降る前に矢弾を射掛けられて果てた、敵方の骸が折り重なるように横たわっていた。

「敵方は覚悟の上さ。俺たちはただ巻き込まれただけの百姓を守っただろう？」

「ああ、そうだな……」

源斎は静かに言って頬の辺りをつるりと撫でた。

先ほどまでの激戦は嘘のように止み、甲賀衆はじりじりと陣を下げる。

「ありゃあ、俺の存在に気付いたな」

源斎は苦々しく頰を歪めた。距離はあっても敵方の憎しみの目が、源斎に集まっていることが判った。天下に名の知れた塞王である。共に近江に根を張り、諜報に長《た》けた甲賀衆ならば知らぬほうがおかしい。

源斎の横顔は、息を吞むほど哀しげに見えた。先ほど珍しく苦悩を吐露したように、こうして怨嗟の連鎖を生んでいく無常を感じているのか。

「一つだけ確かなことがある。あんたは俺を守ってくれた」

匡介は凜然と言い切る。あの日、あの時、源斎がいなければ己はここに立ってもいない。もし一乗谷の石垣を積み終えた後ならば、父母も妹の花代も死なずに済んだかもしれないのだ。間違っているなどあろうはずがない。

「ありがとうよ」

一瞥した源斎がふっと口元を緩めた時、戦場を鎮めるかのように一陣の風が吹き抜けた。源斎の鬢《びん》から零れた脂の浮いた重い髪が微かに揺れている。やはりどこか儚さが浮かぶ源斎の顔を、匡介は暫しの間じっと見つめていた。


十四年前の激戦に想いを馳せると、今でもあの過酷さが蘇ってきて思わず溜息が零れる。石垣を崩して甲賀衆の先陣を崩壊させて間もなく、蒲生氏郷が捕虜を人質に和議の交渉を進めた。

敵方は数十の土豪の寄り合いで、それぞれが複雑に婚姻を重ねて縁を結んでいる。その内、三人の土豪が捕虜となったことで、姻戚にある土豪たちも助けるように訴えた。こうなっては一枚岩で戦いを続行することも出来ず、敵方も一気に傾いて和議が成った。十分に明智に恩を売ったと判断したということもあろう。
　結局、明智軍本隊は日野城に姿を見せなかった。中国筋から流星の如き速さで取って返した、羽《は》
柴《しば》秀吉に山城国《やましろのくに》山崎で大敗したのである。
　そのまま羽柴秀吉は破竹の勢いで天下を統一し、今は朝廷から下賜《かし》された豊臣の姓を名乗ってい
る。つまり日野城での戦い以降、「懸」は一度も発されていない。
「いずれお前が飛田屋の頭になる。俺たちは相手が誰でも、頼まれれば最高の石垣を積む。昔のよ
うに世迷い言を言うなら、俺はすぐに辞めて他の組に移ってやる」
　玲次は鼻を鳴らすと、手頃な小石を取って放り投げた。
「俺たちは大名に頼まれて積む……だがそれは、戦と関わりのない民を守ることだ」
「解っているならいい。俺たちは戦で散る命を一つでも少なくするだけだ」
　玲次は細く息を吐き、零れた髪を掻き上げた。
「それだけでは足りない」
　匡介が低く言うと、玲次は眉を顰めて顔を覗き込んできた。
　あの日野城の攻防以降、匡介はずっと考え続けていたことがある。今は天下も治まっているが、
古来、人は戦いを繰り返してきた。またいつの日か泰平が破られることもあろう。そうなればまた
悲劇が繰り返される。いくら鉄壁の石垣を積んで被害を軽減させようとも、度重なる戦火で一人、
また一人と無辜《むこ》の民が死んでいくだけである。それで真に命を守っていると言えるのか。幾度も自
問自答して、ようやく己が目指すべき、一つの答えを導き出した。
「その先、何を守るものがある」

玲次の問いに、匡介は木漏れ日に顔を埋めるように天を見上げ、悠然とした調子で言った。

「泰平を」

「泰平だと……？」

鸚鵡返《おうむがえ》しに訊き返す玲次の声は、一層怪訝そうである。

「世の戦を絶えさせたい」

「そのようなこと……」

玲次が呆れたように言うが、匡介は想いを吐露するように続けた。

「何度攻めても、兵を損じるだけならばどうなる」

「それは……もう攻めようとしないだろうな」

玲次は納得しかけたかに思えたが、すぐに自らの言を打ち消すように言葉を継いだ。

「だがそれで戦は絶えない。敵が消耗したと見るや、今度は城側が逆襲に出る。いくら堅牢な石垣を積もうとも、一手の大名に利するだけだ」

「反対も同じならどうだ」

「何……お前……」

「両陣営が決して落ちない城を持てば、互いに手出しが出来ない。そして世の全ての城がそうなれば……」

匡介はそこで言葉を区切り、ゆっくりと顎を下げて玲次の顔を覗き込んだ。

「戦は絶える」

また何か反論が飛んでくるかと思いきや、玲次は啞然としてこちらを見つめている。その顔に浮かんだ、揺れる影を眺めながら匡介は小さく頷いた。

第三章　矛楯の業

新たに伏見城の移る木幡山は小高い丘になっている。頂上に置かれる本丸は南北に約三町（約三百二十七メートル）、東西に約二町に及ぶ。決して小さくはないのだが、大坂城を始めとする秀吉の城に比すれば特別大きいという訳ではない。

だが本丸の規模だけで城の堅さを計るのは素人考えというもの。本丸西側には二の丸、北東に松の丸、東に名護屋丸、南東に山里《やまざと》丸、南に四の丸が置かれ、北は松の丸から続くように四つの曲輪《くるわ》が設けられる。加えて二の丸から南西に三の丸が延び、そこから北西に治部少《じぶのしょう》丸へと続く。さらにやや守りに不安の残る南には堀と土塁を造るという徹底ぶり。全てが複雑に絡み合って、丘陵全体を余すところなく要塞化させる予定であった。

秀吉から築城の奉行に任命されたのは片桐且元《かたぎりかつもと》。かの有名な賤ケ岳《しずがたけ》七本槍の一人であるが、以降は目立った武勲はなく、専ら後方の兵站《へいたん》を担っていた男である。だがその人の好さは折り紙付きで、且元を悪く言う者は誰もいないと諸将は語っている。

且元は築城に関してもそれほど得意という訳ではないが、ここには秀吉の思惑があった。

——塞王に縄張りを引かせよ。

新伏見城の縄張りを源斎に引くよう命じたのである。

飛田屋に限らず、穴太衆《あのうしゅう》はこれまでも奉行の相談に乗り、二人三脚で城の縄張りを引いて来た。

だが今回に限っては源斎に全てを任せるという。これは極めて珍しいことであった。

だが当世最高の称号である塞王の名で呼ばれる源斎とて、一介の石積み職人にすぎない。築城を命じられた諸大名の中には反発する者もいよう。

そこで際立った才こそないものの、人の間を如才なく取り持つことに優れた且元を奉行に任じ、軋轢《あつれき》を全て取り除いて源斎の思うままに城を築かせようとしたのだ。

匡介が木幡山に石を送り届けた時、源斎は且元との協議の最中で現場にはいなかった。だが源斎は配下の積方《つみかた》に、己と玲次宛ての文を託していた。

――新たな仕事が来た。

と、いうのである。といっても築城の依頼ではなく、石垣の修復である。

源斎は暫く伏見から離れられないため、それを己に任せる。現場を見て必要な石の量を見極め、山方《やまかた》に指示を出せ。そこから玲次と図って石を運んで、早急に仕事に取り掛かれというのだ。

「場所はどこだ?」

横から玲次が覗き込んだ。

「大津城だ」

「目と鼻の先だ。流営をそのまま使えるな」

山方が切り出した石を集めておく流営は、築城する場所によってどこに置くか当然変わって来る。今回伏見城のために置いた流営は大津なので、そのまま流用出来る。

「そのまま運び込んでしまったらどうです?」

近くで話を聞いていた荷方《にかた》の一人が首を捻った。

「駄目だ」

匡介と玲次の声がぴたりと重なり、荷方の若い衆は驚いて少し仰け反るような恰好となった。

「何も考えなしに現場に運び込んだら、場所ばかり取って作業が進まない。その調整を荷方がしてくれているから、積方は余計な心配をせずに積めるんだ」

石積みというものは存外場所を取る。中でも滑車である。三本の丸太を合わせて中央に滑車を付ける。巨石を上に積む時は必要不可欠のものであるが、積む場所によって何度も解体しては組み立てなければならない。しかも一つの石を上げるのに、滑車は一つとは限らないのだ。あまりに石が大きい場合は、二つ、三つの滑車を絡めて持ち上げねばならない。石が散乱していれば設置はおろか、移動すら儘《まま》ならないことになってしまう。

「一年も荷方にいるなら、いい加減に覚えろ。積方に教えられやがって」

玲次は忌々《いまいま》しそうに舌を鳴らすと、項を掻きながら話を戻した。

「このまま大津城へ行くんだな」

別に大津城に敵が向かってきている訳ではない。二、三日の内に誰かが戦を起こすことも、まず考えられないだろう。だが皆無と断定することも出来ない。髪の毛一本程の可能性が残されているからこそ、穴太衆は仕事において神速を尊ぶ。それを玲次もよく理解している。

「ああ、途中で放り出してすまないな」

「十分だ。御頭がまだ足りねえと言うなら、修復が終わった後にみっちりしごいてやる」

この数年、積方として玲次の荷方仕事を見て来た。未だ血気盛んな割にそつがないという印象だった。だがそのそつがないというのが、いかに難しいのかをたった数日ではあるが感じ、玲次に敬意の念さえ湧いてきている。

「ところで、大津城の主といえば……」

玲次はこめかみを指で掻きつつ言葉を濁す。穴太の里から目と鼻の先の大津城である。当然、二人とも知っている。だがこの大名はある誇らしくないことで、日《ひ》ノ本《もと》でも有名である。

「蛍さ」

匡介は頰を苦く引き攣らせた。それが大津城主の渾名《あだな》で、世間では凡将だと噂されている。

「苦労しそうだな」

城主が凡庸だと、何かと口を出されて思うままに仕事が出来ないことがある。玲次が言うのはそういう意味であった。

「まあ、何とかやるさ」

「もう行け」

玲次は興を失ったように言うと、追い立てるが如く手を払った。匡介は片笑んで頷いた。

匡介は独り木幡山を駆け下りていく。当然であるが手ぶらであるため、足取りは軽やかである。だが訳はそれだけではないだろう。たとえ修復といえども、己の手で石を積めるということに心が躍っているのだ。

山肌に転がっている大小様々な石が目に映り、流れていく。どれもが俺を使えと呼び掛けているように思え、匡介は心の中で、悪い急いでいると詫びる。このようなことを考えるあたり、やはり己で石の差配が出来るとあって、心が少々浮ついているらしい。匡介は自嘲気味に息を漏らすと、陽炎を揺らめかせる山肌を軽やかに下っていった。

大津城主の名を京極高次《きようごくたかつぐ》と謂う。京極家は宇多源氏《うだげんじ》の流れを汲《く》む近江源氏、佐々木《ささき》氏から分かれた近江きっての名家である。元は北近江の守護大名であったが、家臣の浅井氏に下克上を受け、高次の父、高吉《たかよし》の時代にその地位を失った。

高吉は南近江を領していた六角氏、次いで足利《あしかが》将軍家の庇護《ひご》を受けて、何とか命脈を保った。やがて織田信長が上洛《じょうらく》すると、織田家と足利家の間が険悪となる。高吉は足利家への義理を感じたか自らは隠居し、一方で子を織田家に人質として差し出した。この人質こそ高次であった。

織田家の庇護の下、高次は足利家と戦った功績により、近江国奥島に五千石を与えられた。しかし高次はこの頃から凡庸であると世間で噂された。以降、目立った功も上げられず、新たに領地も得ることはなかった。先の五千石も、信長が近江統治に名家である京極家の名は使えると判断し、捨扶持《すてぶち》として与えたものであろうと口々に話していたのだ。

その京極家をさらなる悲運が襲った。本能寺で織田信長が明智光秀に討たれたのだ。それだけならば他の織田家の諸将も同じである。まずかったのは謀叛を起こした明智方に与《くみ》し、秀吉の居城である長浜《ながはま》城を攻めてしまったことである。匡介も会ったことのある蒲生氏郷とは、正反対の行動を取ったことになる。蒲生氏郷が若くして名将の誉れが高かったのに対し、高次は先見の明がないと言われたのも、この辺りのことが原因といえよう。

光秀が滅ぼされた後、高々五千石の京極家だけで秀吉に立ち向かえるはずはない。高次は領地、領民を放り出し、家族と僅かな家臣だけを引き連れて逃げた。まず逃げたのが何の縁もなく、旗幟《きし》を鮮明にしていない大名が多い美濃国《みののくに》だというから、余程前後不覚だったのだろう。これもまた高次の汚名を上塗りした。

次に妹の竜子《たつこ》が嫁いでいた武田元明《たけだもとあき》の治める若狭国《わかさのくに》へ身を移す。元明も明智方に同心しており、高次が辿り着いた時には、責を負って自害して果てていた。当主が自害して家臣領民を守ろうとしているのに、全てを捨てて無様に生きようとする高次を、武田家臣団は快く思うはずもない。

高次は若狭国からも逃げるようにして、秀吉と対立の構えを見せていた越前の柴田勝家の元へと奔《はし》った。だがその勝家も賤ケ岳の戦いで秀吉に敗れ、高次はいよいよ万事休すということになった。

――もう終わりだ。

世間の誰もがそう思ったに違いない。通常ならば敗将として引っ立てられ、斬られることになる。だが高次はそうはならなかった。それどころか、これまでの罪の一切を赦《ゆる》されたのである。

表向きには高次の謹慎の姿勢が健気《けなげ》であっただの、秀吉が名家を滅ぼすに忍びないとの温情を掛けただのと喧伝《けんでん》された。しかし実際の訳が異なることは皆が知っている。

寡婦となった高次の妹の竜子は絶世の美女と名高い。高次の赦免がなされるのと前後して、その竜子が秀吉の側室となったのである。これで高次の世間での評判は、妹を差し出して命を救われた空前絶後の愚将として決定づけられた。

さらに高次は一命を救われただけでなく、近江国高島《たかしま》に二千五百石で召し抱えられた。その後、五千石に復帰、九州平定がなった時にはその功の名目で大溝《おおみぞ》城と一万石の領地を得て、遂に大名にまで返り咲いたのである。

高次は運にも恵まれていた。天正十五年（一五八七年）、京極家の旧臣である浅井長政《ながまさ》の娘である初《はつ》を正室に迎えることになった。高次と初は従兄妹の間柄でもある。

これの何が幸運かというと、初の姉で、類まれなる美貌を持った茶々《ちゃちゃ》を秀吉は側室に迎えたのである。秀吉は数多くいる側室の中でも、茶々と竜子の二人を特に愛でた。その二人と関係の近しい高次の覚えがめでたくないはずがない。

天正十八年（一五九〇年）、秀吉が小田原《おだわら》の北条《ほうじょう》氏を滅ぼして天下が統べられると、高次は近江八幡山城二万八千石を与えられ、翌年には従五位下《じゅごいげ》侍従《じじゅう》に任ぜられる。

そして昨年、文禄《ぶんろく》四年（一五九五年）には、大した訳も示されずに六万石に加増された。この時に与えられた城こそ、これより匡介が修復に入る大津城なのだ。高次は羽柴の苗字を許され、加えて豊臣姓まで下賜された。今年に入って従三位《じゆさんみ》参議にまで任じられるという厚遇ぶりである。

この凄まじいまでの挽回劇を、世の人は高次の実力だとは思っていない。妹の竜子、妻の初、二人の閨閥《けいばつ》の力によるものだと見ている。

下品ではあるが、言い換えれば閨閥という尻の光による出世。そのことから同じく尻の光る生き物の名を隠語とし、

——蛍大名。

と、諸将のみならず民たちからも陰口を叩かれている始末である。

「不思議なものだ」

大津の流営までの帰路、匡介は茫と考え、思わず口から零れた。

京極家は家臣の浅井家に凌《しの》がれて没落。その浅井家は朝倉家と共に織田家に反旗を翻して滅亡した。この時に朝倉家も織田家によって消滅し、己はその渦中で父母と妹を失ったのだ。

京極高次の妻である初は浅井長政の娘。身分こそ雲泥の差だが、己と同時期に幼くして故郷を追われたという共通点がある。初はその後も柴田勝家に母が再縁したことで、二度目の落城の憂き目に遭っている。

この度の大津城の修復も本来ならば源斎が請け負っていただろう。しかし丁度、伏見城の移築のせいで匡介が出張ることとなった。世が余りに狭すぎるのか。はたまた何か奇妙な縁でもあるのか。

逢坂の関を越えると、眼下に雄大な琵琶の湖が広がる。傾いた陽に照らされた湖面が、まるで薄紅色の鱗《うろこ》を撒いたが如く煌めいて美しい。その景色に暫し見惚れたいと思い、余計な雑念を頭から

打ち消し、近江に向けて一歩ずつ歩を進めた。

その日の内に匡介は大津の流営に帰った。予定ではまだ帰って来ることはない。僅かに残された荷方の若い衆は、何か問題が出来《しゅったい》したのではないかと色を失って出迎えた。

「心配ない。新たに仕事が入った」

皆の顔に安堵が浮かぶ。それだけで石の運搬には事故が付きものだということが解る。

「まず俺が下見に行く」

段蔵に石の量を伝えるのもそれから。その頃には玲次が戻っており、山方に石を取りに行って貰おうと考えている。

流石に己一人で石垣を積むことは出来ない。伏見の現場はまだ終わらないだろうから、この時点で積方の中から何人かを回して貰うことになるだろう。

石積みの現場において積方は小頭というべき存在で、実際に積む者はその時々に雇う百姓たちである。中でも分家しても、猫の額ほどの田畑しかない次男三男が主であった。彼らにとっても日銭を稼ぐことは、暮らしの助けになる。収穫など余程の繁忙期でない限りすぐに集まった。

また百姓らが石積みを覚えることは、自らの本業にも役立つ。山の斜面など田を作るには向かない土地に、石を積み上げて棚田を作り上げるのだ。故に城が一つ建つと、その周辺で飛躍的に棚田が増えるということが起きる。

その地その地で雇われる百姓ですらそうなのだから、頻繁に雇われる穴太の百姓ともなれば、

——これはこちらでいいですね？

などと言って、城の石垣を朧気ながら理解してくる者もいるほどであった。

「明朝、大津城に向かう」

流営に建てられた茅舎《ぼうしや》で湯漬けを掻き込み、すぐに床に就くつもりである。だがもう少し湖を眺めていたいと思った。

ここに来るまでに感じた奇妙な縁が、今も何故か心をさざめかせている。それを鎮めたかった。己に限らず近江に住まう者の殆どが、この雄大な湖に心を溶かしたことが一度はあるに違いない。

日中は湖から風が吹き寄せるが、日没に伴って陸からの風に変わる。それを背に受けながら、大津の湊《みなと》に向けて匡介は軽く両手を広げた。

信長は比叡山を焼き討ちにした後、監視のためにも山の麓である坂本《さかもと》に城を置いていた。しかしその後継たる秀吉は反対に保護する政策を打ち出した。このことで近江の世情は安定に傾き、坂本に城を置く必要性が薄れることになった。

また大坂城を拠点にしたこともあり、北国《ほっこく》との流通の中継地として大津の湊が注目された。この二つの理由によって坂本城は廃城となり、大津城が築かれることになったのである。

初代の大津城主は、秀吉の親戚筋で奉行の一人でもある浅野長吉。この長吉が大津には船が少ないことから、湖のあちこちの湊から船を集め「大津百艘船《ひやくそうぶね》」という組合を結成させ、大津の湊からの荷、旅人は、この百艘の船以外には乗せてはならないという特権を組合に与えた。故に大津の湊は大いに賑《にぎ》わうようになったのである。

ただ幾つかの例外があり、事前に奉行の許しを得た船はそこから除かれる。穴太衆もその許しを得ているため、石の運搬に限っては許されているのだ。

「あの船は？」

大津の湊に数隻の船が停泊しており、何やらその周りで慌ただしく人が動いているのが見えた。

大津百艘船は、この時分には荷の積み下ろしはしない。飛田屋が用いた船は全て今頃宇治川に泊まっているはず。新たに石を運ぶ用が出来たというのか。それとも別の穴太衆の組の船であろうかと考えた。

「あれはうちじゃありませんよ」

留守をしていた年嵩の一人が答えた。その様子に違和を覚えた。敢《あ》えて興味のないような返事をしているように聞こえたのである。

「別の組か？」

「さあ、穴太衆でもないでしょう」

そもそも大津の湊は別に穴太衆だけが使う訳ではない。武家が移動のために使うこともあるし、商人も上方《かみがた》への拠点として使うこともある。ただ豊臣家が天下を獲ってからというもの、事前に奉行衆の許しを得ねばならないことにはなっている。

「あれは国友の連中の船でしょう？」

よかれと思ったのだろう。少し離れたところにいた若い荷方が近づいて来た。

「馬鹿……」

年嵩の方は眉間を摘まむ。

「何です？」

若い方は首を捻ったが、匡介の顔を見て小さく声を上げる。恐らく今の己の顔は余程険しいものになっているのだろう。

「国友衆か」

「はい……」

年嵩の荷方はばつが悪そうに返事をする。匡介が彼《か》の者たちを快く思っていないことを知っているのだ。だが何も己だけではないだろう。大抵の穴太衆が国友衆のことを嫌っているといってもよい。

訳は単純明快。穴太衆がこの乱世で最強の「楯」を生み出すと自他ともに認めているのに対し、国友衆は至高の「矛《ほこ》」を作り出すと専ら世間で語られている。相容《あいい》れる関係であるはずがない。では国友衆が作る矛とは何を指すかといえば、

——鉄砲。

のことである。

国友衆の名の元ともなった北近江の国友村は、古くから鍛冶《かじ》の村として知られていた。天文《てんぶん》十二年（一五四三年）、大隅種子島《おおすみたねがしま》に漂着した明船にポルトガル人が乗っていた。彼らから買った二丁の鉄砲から全ては始まった。

そのうちの一丁は室町幕府十二代将軍、足利義晴《よしはる》に献上された。義晴はこの鉄砲を作れぬかと、管領《かんれい》、細川晴元《ほそかわはるもと》へ。晴元は当時北近江の守護であった京極家に相談した。

京極家は領内の国友村に腕のよい鍛冶がいるとのことで、翌天文十三年に鉄砲の模造を命じた。そういった意味では京極家も鉄砲の製造に深く関わっているのである。

国友村の鍛冶たちは鉄砲をばらばらに分解してみたが、砲筒《ほうとう》の尾栓《びせん》に酷く苦労したという。尾栓はこれまでこの国になかった捻子《ねじ》を用いていたからである。だが鍛冶たちは諦めずにこれを真似、半年後にはこの国初の鉄砲を作ってみせたというのだから、その腕前が解るというものだろう。

以後、国友村はこの国随一の生産量を誇る鉄砲の産地となった。織田信長が長篠《ながしの》において武田家を屠った大量の鉄砲の中にも、国友衆の手で作られたものが多く含まれていた。

今や天下人となった秀吉も、信長の下で初めて城を持ったのは長浜であった。その時に国友衆の保護をしているので、その関係は穴太衆よりも長い。それが国友村の繁栄に拍車を掛け、今では七十を超える鍛冶屋と、五百人を超える職人が腕を振るうほどになっていた。

「若……」

若いほうの荷方が恐る恐るといったように呼ぶ。

「何だ？」

「差し出がましいことですが……何故、国友を目の仇にされているので？」

年嵩の荷方がおいと止めるが、若さ故の怖いもの知らずか、それでも踏み込んで訊いて来る。

「だって鉄砲の産地なら、堺《さかい》や根来《ねごろ》、近江にも日野があるじゃないですか」

「どれも好いちゃいねえよ」

匡介は小さく鼻を鳴らした。

「でも国友を一等嫌ってなさるようなんで……」

匡介は細く息を吐いた。

「あいつらは人を殺すことだけしか考えてねえ」

鉄砲の巨大産地であった根来が、秀吉に攻められ壊滅して以降、この国の鉄砲の生産量は三位に日野、二位に堺、一位に国友となっている。

日野の鉄砲は三つの中で最も廉価であったが、一方で、

——日野の鉄砲うどん張り。

などと揶揄《やゆ》されている。他の鉄砲に比べて暴発しやすいというのだ。もっともうどんは明らかに言い過ぎで、普通に使っている分にはさほど差異はない。ただ連続して撃っていると、確かに暴発

するということがあった。それで誰かがそのように言い出し、悪評が駆け巡ったものと推測出来る。

次に二位の堺の鉄砲は、豪奢《ごうしゃ》な装飾や象嵌が施され、工芸品としての側面を持つ。家格の高い武士が刀と同様に美しい鉄砲を求めるならば、この産地のものを選ぶ傾向にある。

それに対し国友は質実剛健。いかに早く、いかに遠く、そして容易く敵を仕留められるかということを追い求めた。機能美を追求し続けたといえば聞こえはいいが、鉄砲の本来の用途が人殺しである以上、殺傷を究めようとしたと言っても過言ではない。

国友村の各鍛冶屋はこぞって技を研鑽《けんさん》し、日々その性能は向上している。命を奪うことと、命を守ること、目的は正反対ではあるが、その点において穴太衆と酷似している。

鉄砲の登場以降、山城の戦略価値は大きく下がり、それに伴って石垣が重宝されるようになった。鉄砲と石垣の技は、奇《く》しくも戦の表裏として競い合うようにして磨かれたのである。

しかも日ノ本には六十余州もあるにもかかわらず、最強の楯と至高の矛、それらを生み出す職人集団が、同じ近江国に同居しているというのも不思議な話である。

「誰だ」

匡介が短く訊いた。敵を知らねばそれに対処も出来ない。国友衆にも屋号を掲げた鍛冶屋が七十以上あるが、その全てと主だった鍛冶師を匡介は諳《そら》んじていた。

もう隠し立ては出来ぬと思ったか、年嵩が溜息を零して答える。

「国友彦九郎《げんくろう》です……」

「なるほどな」

幾ら国友衆を好いていないとはいえ、いきなり喧嘩を吹っ掛ける訳ではない。その名が出たことで、何故隠し立てしようとしたのか悟った。

国友彦九郎。歳は匡介の一つ上の三十一。国友衆始まって以来の鬼才と呼び声が高い男である。匡介は何かとこの男と比べられることが多い。

訳としては、一つには共に次代の穴太と国友を担うとの評判が立っているということ。もう一つは互いの師匠が稀代の才の持ち主として、これまで幾度となく鎬《しのぎ》を削ってきた関係なのだ。

彦九郎の師は国友三落《さんらく》と謂う。その号は一日で三つの城を難なく落とせるほど、優れた鉄砲を作るということに由来する。三落は穴太衆で当代最も優れた者が呼ばれる「塞王」のように、国友随一の者が呼称される「砲仙《ほうせん》」の名で畏敬の念を集めている。

三落はこれまで次々と新作の鉄砲を生み出し、源斎はそれに対抗する石垣を造ってきた。この二人で国友、穴太の技は百年進んだと言われるほど。世間では好敵手のように言われているが、因縁の間柄と呼んだほうがしっくりくる。現に源斎はそのことを言われた時、

――互いに命に纏わる物作り。蹴鞠《けまり》の勝負とは違う。

と、険しい顔で答えていたのを覚えている。

匡介と彦九郎は共にそのような名工の弟子という間柄。だが世間での認知には雲泥の差がある。彦九郎はすでに自らの手で次々と新しい鉄砲を生み出している。昨今では野戦での取り回しが利かぬことから、積極的に開発が進んでいなかった大筒《おおづつ》の研究に取り組み、飛距離を日に日に伸ばしている。その大筒は秀吉の目にも留まり、唐入りにも採用されているほど。己の生み出した物が海を渡ったのだ。彦九郎は得意満面であったろう。

一方の己はというと、これから大津城で行うような修繕などには携わるものの、未だ己一人の手で石垣を完成させたことすらない。すっかり水をあけられているという恰好である。

「あいつ……」

一町ほど先、すらりと背の高い男がこちらを見つめている。相貌こそはきとは見えないが、国友彦九郎だとすぐに判った。遠くであるが視線がかち合う。向こうもこちらの存在に気付いている。これまでに彦九郎と面識はあった。いやそれだけではなく一度だけ対峙《たいじ》しているのだ。当然だが拳で殴り合ったなどではない。互いの生み出した矛と楯が交わったのである。

今から四年前、九州の肥後国《ひごのくに》で一揆が起こった。世に謂う梅北《うめきた》一揆である。豊臣秀吉の一回目の唐入りの際、梅北国兼《くにかね》と謂う国人《こくじん》上がりの武将が突如、佐敷《さしき》城を占拠した。梅北の領土では前年に米が穫れず、百姓にも多くの餓死者が出た。その中で唐入りが決まり、さらに米を徴発せねばならない。梅北はそんな百姓の苦悩を見かねて立ち上がったのだ。

もっとも天下の大軍を相手に、梅北も勝てるなどとは思っていなかっただろう。少しでも長く抵抗することで、秀吉に唐入りを思いとどまらせようとしたのである。

何故そのようなことを知っているのか。真偽はともかくそのような噂が日ノ本を駆け抜けたのである。唐入りに不満を持っていたのは何も梅北だけではない。恐らく梅北と同じ想いの者が、その真意を流布することで、秀吉に考えを改めさせようとしたのではないか。

「若……」

心配そうに年嵩の荷方が声を掛ける。

「ああ」

匡介はゆっくりと目を瞑った。脳裏に思い描くのは、梅北が奪った佐敷城の石垣である。

実は天正十八年に、二十四歳だった己が修復を担ったのである。これが初めての修復であった。

もともと佐敷城はその二年前の天正十六年（一五八八年）に、肥後半国の領主となった加藤清正《かとうきよまさ》に請われ、穴太衆の別の組が石垣を築いた。穴太衆は請われれば陸奥から薩摩《さつま》まで行くので、珍しいことではない。

その後、縄張りを広げたいとの要請があった。二年前に積んだ職人が引退しており、跡継ぎもおらず組も畳んでいた。故に飛田屋に声が掛かったのである。

あいにく源斎は別の仕事に掛かっていた。元ある石垣の拡張ならばと、源斎は己を送り出してくれたのである。あくまで加藤清正の支城の一つを修復するつもりである。この時は佐敷城が梅北に奪取されることなど、考えもしていなかった。

梅北は命を懸けて反旗を翻してこの佐敷城を奪った。折角天下に静謐が訪れたのに、未だ戦を続けようとする秀吉には匡介も憤っていた。己が修復を担った城が、その切実なる訴えに使われたことで、内心では声援を送っていたのである。

佐敷城に籠った数は二千。攻め手は時を追うごとに増えて三万にも達したが、己が修復した石垣は討伐軍を悉く撥ね退けた。その期間は実に十五日という。時には梅北勢は余力を駆って、佐敷の北の八代《やつしろ》城を攻めるほどの気勢を上げた。

――だが潮目が変わった。

攻め手は主に薩摩の島津軍。初めて鉄砲が伝来した種子島を領内に有していることから、鉄砲の生産も盛んである。しかし早かったが故か、旧来の鉄砲で満足して性能は伝来当初と殆ど変わらなかった。それを危惧した島津家は国友衆に最新の鉄砲を発注し、それを真似て国産の鉄砲の品質向上を図っていた。島津軍はそれを佐敷城攻めに投入した。その鉄砲こそ国友彦九郎が開発した、

――中筒《なかづつ》。

と呼ばれる種類の鉄砲であった。

小筒とは俗に一匁《もんめ》（約三・七五グラム）から三匁の弾を放つものを指す。非常に取り回し易く、

鉄砲足軽とはこれを持っている者をいう。

一方、大筒は三十匁から大きいものだと一貫目（約三・七五キログラム）の弾を放つ。凄まじい威力を誇り、人を殺傷するためというよりは城郭の破壊に用いられる。その大きさから人の手で持ち運ぶことは出来ず、地に備え付けて放たねばならない。そのため野戦においては使い辛く、攻城戦でも敵が打って出てくれば、すぐに退却することも儘ならないという欠点があった。

では中筒はどうか。小筒と大筒の中間、四匁から十匁の弾を放つものを指し、長大筒とも呼称されることがあった。

以前から中筒という種類の鉄砲はあった。だが彦九郎が生み出したものは、その長さに特徴がある。通常の中筒は銃身が四尺（約百二十センチメートル）程度に対し、彦九郎の中筒は六尺。城に備え付けて寄せ手を屠る、狭間《さま》筒と呼ばれる鉄砲ほど長い。

長いということは弾がよく飛ぶということと同義。しかもその中筒には照星《しょうせい》と呼ばれる、狙いを定める照準が付いており、かなり正確な射撃を行うことが出来た。威力も小筒とは比べ物にならず、侍の甲冑を貫くどころか、その後ろに立っていた者さえも仕留めたと耳にしている。

だが、彦九郎の中筒の特筆すべきことは他にある。そのような射程と威力のものを作れば、通常は取り回しに苦労するほど重くなる。だからといって軽くするために筒の鉄を薄くすれば、火薬の力に銃身が耐えきれずに爆《は》ぜてしまう。

どのようにして作ったのか、その道の素人の匡介には与り知らぬが、とにかく重量が軽く、その上強靱《きょうじん》な銃身を誇っていたのである。

この「彦九郎中筒」によって、佐敷城は遠方から主だった侍衆が撃ち抜かれ、その隙をついて寄せ手が雪崩れ込んで制圧した。匡介の修復した「楯」は破れたのである。

「来やがった」

匡介がぼそりと呟いた。船の様子を見ていた彦九郎がこちらに向けてゆっくりと歩を進めて来るのだ。

源斎から揉め事はないようにしろと常々厳命されている。脇にいた荷方は慌てて退がるように言い、挙げ句の果てには腕を引くが、匡介は土に根が張ったように足を動かさなかった。

「誰かと思えば、飛田の倅《せがれ》か」

彦九郎は軽く手を上げる。知らぬ者には友好的に見えるだろうが、その目は一切笑っていない。

「お前も国友の倅だろうが」

匡介は腕を組んで顔を顰めた。歳は一つしか変わらないし、彦九郎もまだ跡を継いだ訳ではない。己と同じ立場であるはずであった。

「いや、俺はもう違う」

「何？」

「義父《おやじ》は隠居した」

彦九郎が義父と呼ぶのは、国友随一の腕前で知られている国友三落。彦九郎もまた己のように実の子ではない。その出自こそ知らないが、幼い頃に孤児《みなしご》として引き取られたとは聞き及んでいた。

彦九郎はひょいと上げた手で、己の目を指差して続けた。

「歳のせいで目が弱り、もはや精巧な細工は出来ないということで……先月な」

「そうか」

知らぬことであった。匡介だけでなく、まだ他の穴太衆もそうであろう。つまり、すでに国友三落の工房は、この彦九郎が引き継いで当主となったらしい。

「義父は無念だと、憚《はばか》らず口に出していた」

「遂に爺に勝てなかったからか」

匡介が鼻を鳴らすと、彦九郎は眼光鋭く睨みつけて来た。

近江国に同時期に生まれた二人の天才。一方は鉄壁の石垣を積み上げることから「塞王」の名で崇敬を集め、片や数々の新しい優れた銃を生み出し「砲仙」の名を轟かせた。両者は水と油、光と闇、表裏の存在とも言える。そんな二人が生きたのは、この国の長い歴史において、最も戦が頻発した時代である。二人が生み出した矛と楯は、これまで幾度となく交わって来た。

片やどんな城でも打ち破る至高の矛。片やどんな攻めも撥ね返す最強の楯。矛楯という言葉がこれほどしっくり当て嵌まることも少なかろう。

だがこの世に矛楯は存在しない。必ずどちらかに軍配が上がるのである。ある時は三落の作った矛が城を屠り、またある時は源斎の積んだ楯が退けた。兵の数、兵糧、軍を率いる者の将器、様々な要因が複雑に絡み合うのは確か。だが結果としては源斎のやや勝ち越しで終わっている。

「率いる将が悪かっただけよ」

彦九郎は奥歯を鳴らすように言った。

「俺たちがそれを言っちゃおしまいだろう？」

己の生み出した石垣を、名将に託したいという想いは確かにある。例えば玲次と話した、西国無双と謳《うた》われる立花宗茂のような男に扱って貰えれば、その性能を遺憾なく発揮してくれるだろう。

だが職人である以上、それを扱うのが何者であろうとも言い訳は出来ない。穴太衆はいかに愚将であろうが守りきる石垣を目指しているし、また国友衆も相手がいかに名将であろうとも突き崩す銃を作り出さんとするものではないか。

「お前との戦いは俺の勝ちだ」

彦九郎は佐敷城の戦いのことを指していると解った。

天下の後押しを受けた数万に対し、梅北の兵はたった二千の劣勢。さらに佐敷城は元々別の組が積んだ石垣である。己でももっとこうしたほうがよいと思える箇所は幾つかあったが、己の仕事は修復と僅かな拡張だけで、それを補おうとすれば一から石垣を組みなおさねばならなかった。

そのように言い訳の一つでも吐きたくなるが、それを口に出しては職人として終わりである。匡介は地を見つめて糸を吐くように溜息を零すと、ゆっくりと顔を擡《もた》げた。

「ああ、俺の負けさ」

彦九郎は勝ち誇るかと思ったが、忌々しげに舌打ちをする。

「だがあれはお前が組んだ石垣じゃない」

「最後に触ったのは俺。だから俺の責だ」

「俺は完膚なきまでに、お前を叩き潰したいんだよ」

「そんな機会はもうないさ」

匡介は視線を外して湖面を眺めた。山の後ろに間もなく陽が沈む。今日を名残惜しむかのように茜の光を強く放ち、それが水面に一本の光の筋を生み出している。

人という生き物がこの世にある限り戦は起こる。今の泰平も仮初《かりそめ》で、いつかはまた戦乱が来るかもしれない。だがそれは五十年後かもしれないし、百年後かもしれない。その時に己は生きてはいないだろう。己の石垣で二度と戦の起こらない真の泰平を生み出したいという夢はあるが、生まれた時が悪かったと思わざるを得ない。だからといって戦のない今を恨む訳にはいかない。せめて今の時代だけでも、己のような者が生まれないというだけでよいことではないか。

匡介が心中でそのように己に言い聞かせていると、彦九郎が小馬鹿にするように笑う。

「穴太は気楽なことだな」

「何……」

己を馬鹿にされるだけならまだしも、穴太衆を侮られて匡介は気色ばんだ。

「この泰平がいつまでも続くかよ」

「誰か叛《そむ》くとでも言うのか」

豊臣家の天下は盤石。梅北のようにこれまで何度か反旗を翻した者はいた。だがその全てが悉く滅ぼされている。まかり間違ってももう叛こうとする者は現れないだろう。

「いいや。だが秀吉はもう歳だ。死ねばまた世は乱れる」

「どうだかな」

秀吉には秀頼《ひでより》と謂う嫡子がいる。まだ幼いとはいえ、成人するまで家臣が守り立てるだろう。しかも秀頼には大坂城もある。この城ほど玄人の己から見ても、

――難攻不落。

という言葉が似合う城はない。この大坂城の石垣もまた、源斎が指揮をして組み上げた。仮に豊臣家の天下を脅かそうとする者がいようとも、大坂城のことを思えば腰が引けるに違いない。

「俺も戦を望んでいる訳じゃあない」

「よく言う」

彦九郎の言葉が意外で、匡介は眉を顰めた。

「本当さ。二度と戦が起こらない世を作りたい。そう思っているから俺は作るのよ」

「馬鹿な」

国友衆が作るのは殺しの道具。それで天下安寧を築き上げるなど出来るはずがない。匡介が睨みつけるのも意に介さず、彦九郎は湖面に走る光の筋を見つめ、そこをすうと指でなぞるような素振りをしつつ言った。

「どんな城でもあっという間に落とす砲。使えば一日で万……いや十万、百万が死ぬ砲。そんなものがあればどうなると思う?」

「何……」

彦九郎はふっと頬を緩めて改めて尋ねた。

「どうだ?」

「そんなものが使われたら、どれだけ多くの者が――」

「使わないさ。もし使えば、すぐにやり返されるからな」

こちらが最後まで言い切る前に、彦九郎は遮った。

「そういうことか……」

そんな化物のような砲が仮に生み出せたとして、彦九郎はそれを両陣営に売るつもりでいる。いや日ノ本全土に隈なく行き渡らせようとしているのだ。

「それを使うほど人は馬鹿じゃねえ。泰平を生み出すのは、決して使われない砲よ」

確かに彦九郎の言うことには一理ある。そのような砲があったとして、もし使おうものならば、明日はその砲が己へ向く報いを受ける。そうなれば無限の報復の連鎖が起き、両者とも消滅するまで止むことはないかもしれない。仮に全滅の憂き目を逃れたとして、相当に弱っていることには違いない。第三の勢力がその隙を衝いて襲ってくることも考えられる。

そのような砲を手にした人は、互いに牽制《けんせい》だけし合い、確かに使われることはないのかもしれず、その先にあるのもまた一つの泰平の形かもしれないと考えてしまった。

だが彦九郎の話で、たった一つ解せぬことがあった。

「どうやってそれを示す」

彦九郎の構想は、いわば匡介と正反対の手法で泰平を生むというもの。己は決して破れぬ城を、日ノ本中に布いて誰も手の出せぬ状況を作り出す。それは戦乱の中に一つ、一つ、無双の城を築いていくことで、やがて人々はそれが決して破れぬ城と知っていくだろう。

だが彦九郎が言うように究極の砲が出来たとして、人々はそれをどうやって、絶望するほど危険なものだと知ることが出来るというのか。

「やはりお前は気付いたか」

彦九郎は目を松葉の如く細めた。

「お前……」

「使うのさ。そうすれば皆が知ることになる」

「人が死ぬのだぞ」

怒気を抑えきれずに声が上擦った。

「だが一度だ。こちらがどれだけ優れたものを作ろうと、お前ら穴太衆はそれに対抗するものを造ろうとする……一体、どちらが戦を長引かせたのだろうな」

ひやりとするほど冷たい目を向けられ、匡介の胸が高鳴った。

彦九郎の師である三落は、凄まじい速さで鉄砲を成長させた。だが源斎はその度にそれを無に帰するような石垣の積み方、縄張りを造り出してきた。もし対抗する術がなければ、彦九郎の言うように乱世はもっと早く終息していたかもしれないという論理である。

「それは……」

あの日の日野城での光景が瞬時に脳裏に蘇った。源斎もまた同じことを考え、思い悩んでいた。あの時はそうではないと否定したものの、匡介も心のどこかで、

――もしかしたらそうかもしれない。

そう思い続けていたからである。

確かに彦九郎の言葉の通りならば、己の家族も死なずに済んだかもしれない。現に朝倉家は、織田家が自家よりも大量の鉄砲を抱えていると知って慄《おのの》いていた。そこで朝倉家は旧来の守りを捨て、鉄砲に対抗する城を構築しようと源斎を招いた。ようやく着手という矢先、織田家に攻め込まれて滅ぼされたのだ。

もし穴太衆の存在がこの世になければどうか。織田家は当時すでに国友、堺、日野の鉄砲三大産地を押さえていた。朝倉家が対抗して鉄砲を集めようとしても、もはや手遅れ。十を用意する間に、織田家は百、千と備えていき、その差は開く一方。そうなれば戦っても無駄だと悟り、朝倉家は降伏の道を選んだかもしれない。そうなったならば、まさしく織田家の鉄砲は、彦九郎が言うところの「使わない砲」ということになっただろう。

「だが、力の差が解る賢《さか》しい者ばかりじゃない」

匡介は精一杯の反論を述べた。全ては希望的な見方に過ぎない。朝倉義景は凡愚であったと噂されている。その力の差にも気付かず、いや気付いたとしても武家につきものの誇りとやらを振りかざし、戦うことを選んだかもしれないのだ。

「だからこそ赤子でも恐ろしさが解るほどの砲を作る」

「そんなもの……出来るはずがない」

根拠がある訳ではない。だが一日にして数千、数万の命を消し飛ばす砲など、想像も出来ないことは確かである。彦九郎は気が昂ったか、なおも饒舌《じょうぜつ》に語った。

「俺の生きているうちにはそのような砲には辿り着けぬかもしれぬ……だがいつの日か人はそこに辿り着く。俺の技がその礎になっても構わない。それに……望まぬやり方だが、暫くの泰平を生む方法は他にもある」

「一家に渡すか……」

匡介が呻《うめ》くように零すと、彦九郎は些か驚いた顔になった。

「お前は俺に似ている」

彦九郎は薄ら笑いを浮かべ、人差し指を立てて言葉を継いだ。

「義父と俺はこの仮初の泰平の内に、新たな鉄砲を幾つも生み出した。次に世が乱れれば、全て一家に託し、あっという間に終わらせてやる。その猛威に少なくとも百年は刃向かう者はいまい」

匡介は背筋が冷たくなり、同時に生唾を呑んだ。

――まずい……。

矛と楯。互いに研鑽し、同じように成長してきたと考えている者が大半であるが、実際は違う。先に矛が生み出され、そこからようやくそれに対抗する楯が考案される。性質上、いつも楯が後手に回らざるを得ないのである。それでも次々に生み出される新しい鉄砲に対抗出来たのは、ひとえに源斎の卓越した才によるところが大きい。

次の戦が何年後になるかは判らない。その間に生み出される新しい鉄砲は誰も見たことがないのだ。対抗する楯を生み出すのにも時は掛かってしまう。その新しい砲がもしあれば、彦九郎の言うようにすぐに天下は定まるかもしれない。だがその前には死屍累々《ししるいるい》。また多くの犠牲が出てしまうことは間違いない。

「爺がいる……」

匡介は絞り出すように言った。飛田源斎の実力を誰よりも己は知っている。きっとその時も源斎がすかさず対抗出来る石垣を構築するはず。

「お前がやるとは言わないのだな」

彦九郎の口元に嘲りが浮かび、匡介はあっと小さく声を漏らした。挑発に押され、何か言い返すのに必死だったということもある。だがそのような時に出た言葉こそ本心ではないか。源斎を信頼していると言えば聞こえはいいが、

――そんな事態になれば、俺には防げない。

と、己の本能が察知しているからであろう。戦う前から負けを認めてしまった形である。匡介はそんな無様な己に腸《はらわた》が煮えくり返り、歯を食い縛りながら視線を落とした。

「賢明な判断だ。だが、飛田源斎でも俺の砲は防げないさ」

彦九郎は哀れむような目を向けると、踵を返してその場を後にした。匡介は何も言い返すことが出来ずに拳を握りしめた。

この泰平の間に国友衆は新たな鉄砲を次々に生み出している。彦九郎の口振りに自信が滲み出ていた。中には梅北一揆で使われた「彦九郎中筒」のようなものもあるが、世間の目に触れていないものもあるはず。安寧が破られた時、それらが一挙に姿を見せて戦場に躍り出てくるというのは、考えただけでも恐ろしいことである。

「指を咥《くわ》えて見ているのだな」

何も言い返せずに拳を握りしめていると、彦九郎は背を向けたまま付け加えて歩んで行く。

背後から襲い掛かって首を絞め上げて彦九郎を殺せば、多くの命を救えるのだろうか。咄嗟《とっさ》に恐ろしい考えが過った。だがそれも意味をなさないだろう。すでに彦九郎の技は国友に周知されているであろうし、仮に死んだとしても新たな鉄砲を生み出す者が必ず現れる。人の技というものは、そのようにして連綿と受け継がれていく。

それが時として自らの命を縮めることになろうとも、人は研鑽の道を歩むことを止めない。そう考えれば人が技を生み出しているのではなく、技という得体の知れぬものが、自らが世に出るために人に憑依《ひょうい》して操っているかのようにも思える。

夕闇が迫る中、彦九郎は暗い波を立てる琵琶の湖に向けて歩む。その輪郭が朧気になった時、人ならぬ何かに見えたような気がして、匡介は強く下唇を噛み締めた。

流営に戻った翌朝、匡介は大津城へ向かった。城下は多くの人々が行き交っており、活気に溢れている。この賑わいも大津百艘船の影響が大きい。匡介が子どもの頃はこれほどではなかった。それまでのこの辺りの重要拠点といえば坂本城。あの明智光秀の居城である。

光秀が山崎の戦いで秀吉に敗れた後、坂本城の必要性が薄れて廃城となった。その坂本城の石垣や、建材を利用して大津城は築かれている。

織田信長の安土城に次いで壮麗とも言われた坂本城の建材である。瓦の一枚一枚まで精巧な細工が施され、京極という名家の城に相応しい豪奢な造りになっている。

――いつ見ても美しいものだ。

丸い溜息を漏らした。通常、城の豪華さに目を奪われるが、匡介が見るところは違う。縄張りそのものの機能美に感嘆するのである。この縄張りもまた、師である源斎が引いたものであった。

大津城は世にも珍しい水城《みずじろ》である。水城と呼ばれるものはただでさえ少ないが、中でもこの城ほどその名が相応しいものは未だ見たことがない。

三重の堀が巡らされて、真に琵琶の湖に浮かんでいるように見える。

最も北に位置する本丸は湖に向けて北東に突き出しており、その四方を湖水に囲まれている。これはもう湖そのものといっても差し支えないのだが、この城ではこれを「内堀」と称していた。

二の丸は凹《おう》の字状で、その端から本丸と一本の橋で結ばれている。三の丸は二の丸を包み込むようなさらに大きな凹の字状。二の丸とは二本の橋で繋がっており、その間の中堀にも湖の水が引き込まれていた。

さらに三の丸の周りを外堀が囲んで湖と繋がっている。陸に近づくほど高くなっているため、湖に近い場所には水を引き込めるが、全てを満たすことは出来ず、城の正面である南側は空堀となっていた。外堀には三本の橋が架かって城下と結ばれ、それぞれ尾花川《おばながわ》口、三井寺《みいでら》口、浜町《はまちょう》口と名が付けられていた。

これだけでも守りは堅いのだが、この城にはさらに奇想が施されている。

——伊予丸《いよまる》と奥二の丸の秀逸さよ。

匡介は手庇《てびさし》で朝日を除けながら城を見つめた。

伊予丸は戦の際に橋を落とせば独立して湖に浮かぶ曲輪である。本丸の北西に位置し、三の丸の凹の字状の先端の向こうにある。これによって三の丸に侵入した敵に対して側面から攻撃を加え、本丸にまで迫られたとしても、それを援護することが出来る、出城のような構造となっている。

奥二の丸も同じく独立でき、二の丸の凹の字状の中央に位置する。二の丸に入った敵をどこからでも狙えるというもの。水を最大限に利用した考え抜かれた縄張りである。

「さて……」

雑踏の中、匡介は呟いた。源斎の文によると、今回の京極家の依頼を一言でいえば、

――この城をさらに堅くして欲しい。

というもの。その方法は全て任すとも書かれていた。平城《ひらじろ》としては極めて堅牢なこの城の力を、これ以上いかにして高めればよいのか。伏見から大津に戻るまでずっと考えており、一応の腹案は用意している。この場に訪れてやはりそれしかないという確信も得ていた。

それにしても崩れた石垣の補修などならば理解できるが、何のためにこの時期に改修を行うのか。彦九郎が言ったように、知らぬところで乱世が忍び寄っているということなのかもしれない。

「穴太衆、飛田匡介と申します。京極様のご依頼を受け罷《まか》り越しました」

考えながら歩いているうちに浜町口に辿り着いて、門番に姓名を告げた。穴太衆はこれまでの功績を認められ、秀吉から郷士のような待遇を受けている。これまで屋号として用いていた「飛田」を、姓として名乗ることが出来ているのもこのためである。

「お待ちしておりました」

すぐに取次ぎの武士が現れ、本丸へと案内される。その途中も匡介は城内を見渡しながら歩く。よく考え抜かれた縄張りだが、泰平であるがゆえの大きな弱点がある。

「これ、全部知られているんだよな……」

口元を苦く緩め、思わずぼそりと呟いてしまった。

「何か？」

案内の武士が怪訝そうに眉を寄せる。

「いや、申し訳ない」

適当にはぐらかして再び黙考する。泰平における城の弱み。それは縄張りがすでに世間に知られているということである。

元来、城の構造は秘匿されるべきもの。縄張りを知っているのと知らぬのでは、攻める側の難易度が大きく異なる。故に攻める側は間者《かんじゃ》を放って縄張りを知ろうとするし、守る側は知られぬように最大限の配慮をする。

これは泰平でも原則はそうなのだが、実際のところ既に知られてしまっていると見てよい。

まずその理由の一つとして国替《くにがえ》がある。大名が領地を代わるように命じられると、そこには新たな領主が入ってきて、居城を引き継ぐことになる。つまりその城の縄張りは、大規模な改修でも加えぬ限り前領主には筒抜けということになる。

例えば岐阜《ぎふ》城。織田信長が名付けた天下に名高き山城であるが、信長が安土に移ってからは、嫡男信忠《ちゃくなんのぶただ》が城主となっている。本能寺の変で信忠が死んだ後は三男の信孝《のぶたか》が入り、秀吉との戦いで滅ぼされた後は池田元助《いけだもとすけ》、次いで弟の輝政《てるまさ》の城となった。さらに輝政は国替を命じられて豊臣秀《ひで》勝《かつ》の手に移り、秀勝が没すると信長の嫡孫である秀信《ひでのぶ》の手に戻った。信長以降もすでに六人の城主を経ており、その家臣たちは岐阜城の構造を知り尽くしていることになる。さらに岐阜城の前身である稲葉山《いなばやま》城時代も含めれば、城を知る者の数はさらに膨大となろう。

二つ目は、そもそも天下を握る豊臣家は大名が謀叛した時に備え、全ての城の構造を把握していること。人の口に戸は立てられぬもの。どの城も凡その縄張りは知られているものといってよい。

まだ見ぬ新たな武器が生み出されるというのに、泰平が続けば続くほど、城はどんどん脆弱になっていく。これも攻め手を圧倒的有利にさせていく要因の一つである。

「お尋ねしたい。奉行の御名は?」

今度は匡介が眉を顰めた。通常、改修の奉行とやり取りをするのがほとんど。どこかの屋敷で打ち合わせするものと思っていたが、案内はずんずんと本丸に近づいて行く。

「殿が自らお会いになりたいそうで」

「えっ……」

吃驚して声を詰まらせた。いくら郷士の待遇を受けているとはいえ、懸《かかり》のような非常時を除き、一介の職人に大名自ら会うなど極めて異例のことである。

本丸に入ると、ひと際大きな御殿へと向かう。百姓などの中には、大名は天守閣で寝起きしていると思っている者もいるが、実際はこのような御殿で居住している。戦時だけ天守に移って指揮を執るのである。大広間に通されるとそこで待つように言われた。案内の家臣はそのまま陪席《ばいせき》するようで部屋の隅に腰を下ろした。

——これは、まずい。

礼節の何たるかも知らぬ己である。しかも相手はどこの馬の骨とも知れぬぽっと出の大名ではなく、宇多源氏の流れを汲む近江源氏、佐々木氏から分かれた名家。いかに振る舞うべきかと考えていると、額からじわりと脂汗が滲み出て来た。

何か気を紛らわせる方法はないかと考え、広間の畳を数えだす。乗算を使えばすぐに答えが出るが、それでは本末転倒である。心の中で数を繰るのに没頭し、四十を超えた時、廊下を歩いて来る複数の跫音《あしおと》が聞こえた。

うろ覚えであるが確かこのようにしていなければならないと、慌てて頭を垂れて待った。

「すまぬ。お待たせ致した！」

匡介は畳の目を見つめながら口を窄《すぼ》めた。聞いていた話と違う。このような場合、大名は複数の

供に囲まれて現れる。そして高座にゆっくりと着くと、陪席の家臣がいかなる者かを告げたところで初めて、

――大儀である。面《おもて》を上げよ。

などと、大名が大仰に宣《のたま》う。しかし、それでもこちらはすぐに頭を上げてはいけないはず。二度目に言われた時、遠慮がちに顔を上げればよいのではなかったか。それなのにまだ跫音が聞こえている最中から、頭上を声が駆け抜けている。

声の主は供の家臣なのだろうか。京極家は一度滅亡同然になってしまったため、先祖累代の家臣の大半はその過程で他家に流れてしまった。そこから一気に出世を重ねたので、身分を問わずにさまざまな者を召し抱えたという。礼儀作法を知らぬ者も交じっていたということかもしれない。

「また……」

陪席の家臣が微かに零すのが聞こえた。頭を下げているので表情は判らないが、呆れている雰囲気を感じ取った。それにしても「また」とは如何なることだろう。余程おかしな家臣が交じっており、このようなことが度々繰り返されているということであろうか。

「丁度、着替えをしておって――あっ！」

素っ頓狂な大声が聞こえ、思わず匡介は顔を上げてしまった。

「なっ……」

匡介の両眼に映ったのは有り得ぬ光景。小袖に身を包んだ小太りの男が宙を舞っているというものであった。

「ぎゃっ！」

見事に顔から着地し、男は踏みつぶされた蛙の如き声を上げる。

「お、お怪我は！」

匡介が腰を浮かせた時、後ろに続いていた小姓らしき若侍が男に駆け寄る。

「す、すまぬ。袴《はかま》を踏んで足を滑らせてしもうた……」

男は介添えを受けつつ身を起こし、掌をこちらに向けた。肉付きのよい、絵に描いたような丸顔である。はっきりとした二重瞼の目、太い眉はやや離れており、その中央に大きな鼻が収まっている。そのすぐ下に薄い唇のちょこんとした口。何とも愛嬌《あいきょう》のある顔で武張《ぶば》ったところは微塵も感じない。

ふと脇を見ると、陪席していた家臣は額を押さえ、首を横に振りながら溜息を漏らした。

「殿……」

「まさか――」

茫然としたのも束の間、匡介は畳を突くように勢いよく頭を下げた。鈍い音が部屋に響く。

――嘘だろう……。

あまりに滑稽な登場であったため、にわかには信じがたかった。これがまことに六万石の領主にして、従三位参議の官位を受けて公卿《くぎょう》に列する男なのか。

「派手に転んだだけじゃ。怪我はない故、心配するな」

柔和で優しい調子は、庄屋《しょうや》の若隠居のようにさえ思える。

「お慌てになるから」

頭の上を家臣の呆れた声が越えていった。先刻の「また」とは、供の家臣ではなく主人に向けられていたのだと察した。それにこの家臣の口の利き方は何だ。まるで段蔵が己を諭す時のような口振りである。よいしょと爺むさい声が聞こえた後、男はようやく口を開いた。

「面を上げなされ」

「はっ……」

うろ覚えではあったが、顔を上げるのを躊躇う素振りをする。

「礼儀は無用じゃ。すでに一度顔を上げておろう」

くすりと息の漏れる音が聞こえ、匡介は恐る恐る顔を擡げた。

「飛田匡介であるな。大津宰相《さいしょう》、京極高次じゃ」

失態を見せてしまったからであろう。高次は少し照れ臭そうにはにかむ。脇に侍《はべ》る二人の小姓たちは必死に笑みを堪え、案内してくれた武士は憚ることなく大きな嘆息を漏らす。

――これが蛍大名……。

思い描いていたのとはあまりに掛け離れた邂逅に、匡介は人の好さそうな丸顔を、暫し茫然となって見つめていた。


「これなるは飛田源斎の倅で……」

陪席した家臣が一頻《ひとしき》り己の素性を語っていく。先刻の衝撃があまりに強すぎたせいで、匡介は未だ信じられぬ思いで高座の丸顔を見つめる。高次は途中までは大人しく聞いていたが、途中で遮るように手を上げた。

「もうよい。よく知っている。塞王の跡を継ぐ者であろう」

とくんと胸が鳴った。まさか公卿に名を連ねる大名が、己のことを知っているとは思ってもみなかった。匡介が身を縮めるように畏《かしこ》まる。

「そなたのような若い者が育っていること、同じ近江の生まれとして誇りに思う」

高次は満足げに二度三度丸顔を縦に動かした。近江の生まれだと勘違いしている。このような時は正してもよいものか、適当に相槌《あいづち》を打っていればよいのか判らない。後に違うと知れて気分を害されても困る。匡介は思い切ってひりつく喉を開いた。

「申し訳ございません。私は近江の生まれではないのです……」

「穴太衆は皆が近江の生まれなのではないのか？」

高次は身を乗り出し、二重瞼をぱたぱたと瞬かせた。

「確かに近江出身の者が多うございます。わが師、飛田源斎もその一人。しかし石工《いしく》を志して穴太に来る者も少なからずおります」

そうして近江に一生留まる者もいれば、故郷に帰って石工として独立する者もいる。世間の人々の中には、石積みの技は門外不出だと思っている者もいるがそうではない。石積みの技が全国遍《あまね》く広がり、庶民の暮らしを守る楯となればよいというのが穴太衆共通の考えである。

ただし二つだけ条件がある。一つは五年に一度は必ず穴太の地を訪れ、自らの師匠、あるいはその後継者に自らの技を見せること。石積みの技は一日怠ければ、三日分後退する。命に直に関わる仕事である。弟子が技の水準を保っているかを見極めねばならない。

もう一つは決して技を書き残さぬこと。穴太衆の技は口伝のみによって受け継がれる。もっとも書き残したものを見たとて、強固な石垣など造りえない。五尺以上に積み上げることすら儘ならぬだろう。「栗石《ぐりいし》十五年」の地道な修業を経た者だけが、研ぎ澄まされた感覚で習得しえるのだ。

さらにそれぞれの組には兵法者でいうところの奥義のようなものがあり、中でもそれは次代を継ぐ者にのみ伝えられる。匡介は跡取りに指名されているものの、源斎から最後の教えはまだ聞いていなかった。

「なるほど。為になる。で、飛田殿はどこの生まれぞ」

高次は艶のよい顎に手を添え、独り言を交えながら尋ねた。高貴な血筋の者は皆こうなのか。それとも高次の性質か。好奇心が豊かな人であるらしい。

「越前、一乗谷の生まれでございます」

「何……歳の頃からすると……」

「はい。朝倉家滅亡の折に父母と妹は……辛うじて城に逃れた私は、下見に訪れていた師に助け出されました」

「左様か。それは大変だったの……」

高次は目尻を下げて唇を噛み締める。それが匡介には意外だった。全ての大名が血も涙もない者とは思わないが、その言葉が心の底から出たものに感じられたからである。

「我が妻も落城の憂き目に遭っている」

続けて高次が言ったことで、真に思ってくれている訳が判った。

高次の妻、お初は朝倉家の盟友、浅井家の出身である。織田家は朝倉家を滅ぼした後、すぐに浅井家の領地に侵攻した。居城である小谷《おだに》城は大軍に取り囲まれて陥落し、父の長政は自害することとなったのだ。長政が落ち延びることを強く勧めたことと、信長の妹であったこともあり、母のお市《いち》の方は三人の娘と共に城から落ち延びた。その内の一人こそお初の方である。他に兄もいたがこれは男子であることを理由に、まだ幼いにもかかわらず無残に殺された。

「しかも二度……な」

細く息を吐くように言って、高次は視線を落とした。

「存じ上げております」

お市の方は後に織田家の宿老、柴田勝家のもとへ再び嫁ぐことになった。しかし今の天下人である秀吉と近江賤ケ岳で合戦に及んで敗れ、本城である越前北ノ庄《きたしょう》城も落ちた。義父勝家は切腹し、この時は母のお市の方もそれに殉じた。三姉妹だけが命を永らえ、その後にお初は京極家へ嫁ぐこととなったのである。

高次は左右を確かめるとひょいと手招きをする。近づいてもよいものかと戸惑いながら脇を見ると、家臣が小さく頷くのが見えた。匡介は膝をにじらせながら前に進んだところで、高次は口に手を添えて囁くように言った。

「お初は快活で賢い。男に生まれたならば、儂など足元にも及ばぬ武将になっただろう。何といってもあの総見院《そうけんいん》様の姪《めい》よ」

総見院とは織田信長の諡《おくりな》である。

悪戯《いたずら》っぽく笑う高次を、家臣が咳払いで制する。お初を語ったことではなく、自らを貶めるような発言をしたからであろう。しかし高次は意に介さず、いかにお初が優れた妻であるかを滔々と語っていく。そしてその最後に、

「まことに陽だまりのような女だ」

と、結んだ。匡介は己の口が綻んでいることに気付いた。妻のことを話す高次の表情は何とも優しげで、慈愛に満ち溢れていた。これまでも作事《さくじ》の現場で大名を見かけたことは何度かあった。だがこのような顔をする者は終《つい》ぞ見たことがない。

「皆の者、下がれ」

高次は小姓と陪席の家臣に命じる。

「しかし……」

「心配はない。儂が強いのを知っておろう」

目を細めて片方の肩をずいと出した。凡庸との評が駆け巡っているが仮にも大名。武芸を身につけているのだろう。

「恐れながら、殿は弓馬刀槍全て苦手とされているはず」

家臣が冷静な口調で言い放ったので、匡介は素っ頓狂な声を上げそうになる。

「軽口じゃ。真に受けるな。二人で話したいだけじゃ」

「そこまで仰せならば」

家臣は小姓たちを促して部屋から出て行った。広い部屋に二人きりとなった。ただ匡介に先ほどまでのような緊張はない。この男の纏う朗らかな雰囲気には居心地の良ささえ感じるのだ。

跫音が離れたのを確かめると、高次は静かに口を開いた。

「そのような妻でも未だに悪夢に魘《うな》されておる」

「は……」

匡介は曖昧に相槌を打った。人払いした訳は、そのことを家臣には知らせないようにしているためか。匡介も今でもあの日のことを夢に見る。周囲に余計な心配を掛けたくない気持ちは痛いほど解った。

「城が落ちるということはそれほど恐ろしいということよ」

「はい。全てが消え去ります」

自らが命を落とすのは言うまでもないこと。仮に生き残ったとしても家族を失い、故郷を奪われ、思い出の籠った柱の一本まで灰燼と化す。戦とは間違いなく、人災の最たるものであろう。

「儂は見知った者が死ぬのが辛くてな……これまで、出来るだけ戦うことを避けて来た」

静かに言葉を継ぐ高次の経歴がそれを物語っている。

明智光秀が謀叛を起こした時には、すぐにその幕下《ばっか》に入ることを表明した。蒲生家のように抵抗を示したならば、地理的に真っ先に攻撃を受けていただろう。そうなれば兵力差からして、あっという間に擂《す》りつぶされていたに違いない。さらに秀吉がその光秀を打ち倒した後は、高次は家族と僅かな家臣だけを連れ、城と領地を捨てて遁走《とんそう》した。

「戦っても勝てるはずなく、降ったところで殺されるのは目に見えている……民にとっては誰が領主でも構わないのだ」

確かに言われてみればその通りかもしれない。世の戦は全て武士の都合で行われているといってもよい。事実、高次が逃げたことで戦は起こらず、当時の領民は誰一人死なずに済んだ。あの日、朝倉家も同じようにしていれば、己も家族を失わなかったかもしれないと、ふと脳裏を過った。

「家臣も領地を失う儂なぞより、他家に仕えたほうがよい。歳を食って仕官の叶いそうにない者だけは連れていったがの」

秀吉が光秀を撃破したという報が届くと、高次は夜を徹して家臣への感状を書き続けた。感状はその者の功績を主君が称えた証であり、他家に仕官するときには推薦状のように大いに役立つ。

高次は糸を吐くように息を漏らすと、こちらを真っすぐ見据えて言い切った。

「皆にも生きて欲しい。儂も死にたくない。大切な者と共に生きたいのだ。たとえ愚将の誹《そし》りを受けようとも」

匡介は愕然《がくぜん》とした。それだけを聞けば、凡そ戦国武将の発言とは思えない軟弱なものとも取れる。しかし匡介はまだ出逢って間もないが、高次と謂う人のことを朧気に解り始めていた。武士に生まれ落ちたのが間違いと思えるほど、優しい心の持ち主なのだ。

「もっとも、儂はまことに自他共に認める戦下手だが」

高次は気恥ずかしそうに言って、こめかみを指でぽりぽりと掻いた。

「一つ……お尋ねしてもよろしいでしょうか」

「ああ、構わぬ」

「そのような殿が何故、城を堅くしようと」

家族、家臣、領民の命を守るためならば、全てを捨て去る覚悟のある人なのだ。仮にまた乱世が訪れても、巨大勢力に屈することも、再び逃げ出すことも厭《いと》わぬだろう。流石にまた逃げるのだろうとは言えず、匡介はそのように言葉を濁した。

「儂が浅はかだったのだ……」

高次はあの時、流石に秀吉が天下を獲るとまでは見通せなかったものの、明智の天下が長続きするとは思っていなかったという。信長の次男信雄《のぶかつ》、三男信孝などの織田家の子息。秀吉も含め、柴田、丹羽《にわ》、滝川《たきがわ》などの宿老。あるいは盟友の徳川家康などが、四方八方から光秀を攻め立てる。これを凌ぐのは容易なことではないと、武士でない匡介も考えていたのを覚えている。

高次が不運だったのは、その猫の額ほどの領地が、光秀の領地と隣り合わせだったこと。もしその条件だったならば、あの蒲生家すら抵抗を諦めたかもしれない。京極家の家臣たちは感状を与えられたものの、

——戦う前に逃げた者たち。

と後ろ指をさされ、思うように仕官が叶わなかったという。流浪の中で家族が病を発して死んだ者もいれば、失意の中で腹を切った者もいたらしい。

高次は京極家が再び大名に取り立てられると、逼塞《ひっそく》していた旧臣たちを呼び寄せた。戻ってきた

家臣たちに、高次への恨み言を発する者はいなかった。それどころか、

「あの時は仕方なかったではありませんか」

などと、口々に慰めの言葉を掛けてくれたという。

それでも高次は戦っていたほうが、むしろ死ぬ者は少なかったのではないかと後悔が晴れることはないらしい。せめて形だけでも一戦に及んで逃げていれば、武士としての誇りを失う事態は避けられただろうと言う。

「よく解りました」

匡介は力強く頷いた。

「後に蒲生殿から聞いた。飛田屋の力がなければ、日野城も危うかったと……故に貴殿らに頼みたいと思ったのだ」

蒲生氏郷はあの後、何度かの転封《てんぽう》を経て陸奥会津《あいづ》九十二万石の太守となったが、病を発して一年前の文禄四年に没しすでにこの世にはない。本能寺の変前後の進退を称賛される度、

——あの時、私には最強の楯が付いていてくれていましたので。

と自らの武勇を誇ることなく、方々に飛田屋のことを褒めてくれていたらしい。

それだけが要因ではないだろうが、同じ近江に領地を持っていながら京極家と蒲生家の命運が分かれたのは事実。同じような事態が出来した時、もう二度と過ちを繰り返さないと決意し、高次はこの話を心に強く留めていたという。

「文度が整い次第、改修に入ります」

「貴殿もすでに気付いているように……」

「宰相様」

高次が言いかけるのを、匡介は思わず制してしまった。先程からそうだが、一介の職人に対する口振りではない。気遣いは無用であると告げると、高次は首を捻って少し考え込んだ後、掌をぽんと合わせて微笑んだ。

「飛田ではややこしい故、やはり匡介と呼ぼう」

「何なりと」

「では、匡介。すでに気付いているように儂は戦に疎い。縄張りは任せる。何か良い案はあるか」

「この大津城は、わが師が縄張りを引いた世にも珍しき水城。今でも相当に堅固にございます」

京極家が大津に入る前に、大津城は縄張りが引かれている。それも改修にあたり再び飛田屋に依頼した理由の一つだろう。

「では、もう触れないと申すか」

匡介はゆっくりと首を横に振った。以前から一か所だけ改修の余地があると思っていた。今回、改めて訪れて可能であると確信している。

「外堀全てに水を引き入れます」

「だがそれには莫大な金と時が掛かると聞いているぞ……？」

大津城天守は湖畔に建っており、外堀に近づくにつれて陸が高くなる。故に外堀の両脇途中までは水が来るものの、最も長い正面は空堀になっている。これに水を引き入れるとなれば、正面側の土を大量に掘り出して低くする必要がある。

さらに掘り進めるということは、石垣下の土の部分がより露呈するということ。これには特有の処置を施さねばならず、かなりの労力、金、時が掛かってくるだろう。

「正面中央部分のみを掘削し、擂《す》り鉢《ばち》状に造り替えます。これだと掘るのも、組むのも最小限で済むかと」

「確かにそうだが……水は高きから低きに流れるもの。それでは水は来ないのでは？」

高次が疑問に思うのも無理はない。それでは結局、水が高いところを乗り越えられず、擂り鉢状の正面に流れ込むことはない。まさか人力をもって水を汲んで移す訳にもいかない。仮にそれが出来ても新たな水の供給がない以上、時を追うごとに干上がってしまうだろう。

「反対に、低きから高きに送ります」

「何……そのようなことが……」

「出来ます」

断言すると、高次は信じられぬといったように目を見開いた。暫しの無言の時が流れる中、匡介は深く息を吸い込むと凛然と言い放った。

「これにて大津城は完全なる水城となります」


高次との面会の後、匡介は一度流営に戻って筆を執った。

己の考えている構想には追加の石が必要であるため、段蔵に申し送って山方に切り出して貰わねばならない。次に伏見から戻った荷方に、それを大津城まで運んで貰う必要がある。さらに源斎が率いている積方を分けて貰う必要もあった。そのために三人に向けて文を認《したた》めたのである。

書面には己が大津城の外堀全てに水を引くことを書き添えてある。ただしその具体的な方法に関しては触れていない。これは決して珍しいことではなく、城という機密の塊を扱う穴太衆にとっては当然のことであった。

堀を掘削する人夫は京極家のほうで、領内の次男三男などを集めてもらう手筈《てはず》を整えてもらった。

あとは石と人員が揃うのを待つだけである。一月《ひとつき》と少し、年の瀬も迫る頃には支度を始められるだろうと踏んでいた。

三日後に穴太の里にいる段蔵、五日後に伏見から帰ろうとしていた玲次、六日後に未だ築城の差配を続ける源斎から返信があった。段蔵と玲次からの文には多くの文字が並んでいたが、その内容は大まかにいえば同じことが書かれていた。

――外堀に水を入れるのは無理だと考える。まずは流営に向かう。

と、いったものである。熟練の二人でも、大津城の完全水城化は不可能と考えているらしい。ただ源斎の文面だけが違うものであった。高次との面会への労い。何にしても職人に怪我をさせぬように細心の注意を払うことなどが軽く触れられていた他は、

――面白い。やってみろ。

といったような言葉で短く締め括られていた。己の考えを見抜いているのかとも思ったが違う。もし気付いていたとすれば、築城の時に行っていたはず。つまり源斎さえも手法については考え及んでいないが、己を信じて託してくれているということだろう。

「任せとけ」

源斎の走らせた文字を目でなぞり、匡介は不敵に笑った。

段蔵と玲次が流営を訪れたのは、それから三日後のことであった。

「お前、馬鹿か。本気で外堀を水で満たそうなんて考えてるんじゃねえだろうな」

玲次は会うなり語気荒く捲し立てた。

「本気だ」

匡介が真顔で返すと、玲次は額に手を当てて大層な溜息を零す。また喧嘩になりかねないと見て

取ったか、段蔵が二人の間に入った。

「口を慎め。しかし若……玲次が申すこともまっともかと。確かに外堀正面にまで水を入れることは出来るかもしれません。しかしそのためにはこれほどの土を掻き出さねばならないのですぞ」

初めから思いとどまらせるつもりだったのだろう。段蔵は懐から紙を取り出した。そこには実際にどれほどの土を掘り出さねばならないか、事細かに計算したものが書かれていた。

外堀のある札の辻あたりは、湖畔よりも約三丈六尺（約十・八メートル）も高い。空堀としてすでに二丈は掘られているが、あと一丈六尺掘らねばならない。

外堀正面の距離は実に四町（約四百四十メートル）にも及び、幅は平均すると十五丈（約四十五メートル）。これに水が満ちるように全て掻き出したとすれば、その土の量は何と五十二万七千石（約九万五千四十立方メートル）にも上る。これは百人の人夫を使っても二年、三年は掛かる。時はともかく、莫大な銭が必要となってきて、京極家から聞かされている予算を大幅に上回ってしまう。

匡介は段蔵の渡した紙にさっと目を通して返した。

「そもそも湖面より低くなるほど掘るつもりはない」

「どういうことだ」

玲次は顰めるように片目を細めた。

「今ある外堀を擂り鉢状にするだけさ」

「だから、それじゃ水が入らねえだろう……」

「いや、方法がある」

呆れ顔になった玲次に対し、匡介は短く言い切った。

石垣を積むに当たって、最も気を付けなければならないことが「水捌《みずは》け」である。穴太衆にとって時に敵以上に恐ろしいのが、この水の存在であった。組み方を誤ると石垣の下に水が溜まってしまう。そうなれば土が膨張して崩れてしまうのだ。そのため水が綺麗に抜けるように考えて栗石を積み、排水を心掛けねばならない。

土塁だと雨風で徐々に崩れていき、定期的に直す必要がある。そもそも石垣が造られるようになったのは、一説にはこの手間を省くためと言われている。故に穴太衆には、石と同じくらい水への知識も必要となってくるのだ。

「どのように……?」

段蔵は目を細めて覗き込んできた。

「外堀に沿うようにして暗渠《あんきよ》を造る」

渠とはいわゆる溝のこと。外堀の正面から湖に向け、堀に沿うようにして長い水路を造っていくのだ。湖に到達するとなれば、長さはざっと三町ほどにもなろう。深さは地表から約二尺。徐々に勾配が付いているので、深さを均等にすれば水路にも自ずと傾斜が付くことになる。これだけでは当然ながら水は上がらない。

「掘った渠に木枠を埋め、その上から土を覆いかぶせる」

つまりこれで地中に長大な空洞が出来ることになる。この手法のことを段蔵も知っているようで、顎に手を添えて唸った。

「なるほど……棚田ですな」

山間で耕作地が広くとれない地では、山を削り取って段々に田を作る。従来は山からの湧き水を、上の田から、下の田へ順々に送っていって水を張る。水は高きところから低きところへ流れるのが当然である。だがごく稀に高いところに水源がない棚田も存在するのだ。その時にこの手法が採られることがあるのだが、今回やろうとしていることはその数十倍の規模になる。

「ああ、そうだ」

空洞の中に水が満たされた時、水は下から上へと逆流する。何故このようなことが起こるのか、誰も詳《つまび》らかに解説は出来ない。だが人の知恵とはえてしてこのようなもので、原理は解らずとも暮らしの中で役立てられている。もっとも匡介は水の圧に関係しているのではないかと考えていた。

「ちょっと待て。確かにそんな棚田はあるが水源は池程度だ……どうやって湖の中に空洞を持っていく」

玲次は手で制しながら言った。水路の起点を水中に没さなければこの逆流現象は起きない。池程度なら板などで区切って堰《せ》き止め、水路を造れるが、今回は何といっても日ノ本一の湖なのだ。

「それこそ俺たちの本職さ」

「何……」

「水の中に石垣を組む」

水中に、囲むように石垣を組んで水を堰き止める。余程細かく丹念に組まねばならないが、それでも当然水は隙間から入ってくる。

「石垣で胴木《どうぎ》を挟むのさ」

「なるほど」

世間には馴染《なじ》みのない言葉だが石工なら当然知っており、二人の声が重なった。水堀の際に石垣が組まれている構造は今では珍しくもないが、水中がどうなっているか知っている者は意外と少ない。下にまで石垣が積まれているが、当然底の部分は土である。

だがそれでは土が溶け出してしまうことになる。そこで安定させるために杭《くい》を均等に打ち、そこに板を張り付けるように並べていく。この木材のことを「胴木」という。杭や胴木の材質は松が多い。松は水の中にさえあれば、百年経とうとも、五百年経とうとも腐ることはない。ただし一度水から上げてしまえば、半月もしないうちに朽ち果ててしまうという性質がある。

石、胴木、さらにその隙間には粘土を詰めていき隙間を無くす。その上で水を抜き、湖畔に干潟を造る。その干潟に外堀から続く水路を延ばして木枠を埋め、最後に石垣を崩せば、

「水は逆さに流れる」

匡介が言い切ると、二人は無言で暫く思案していた。初めに口を開いたのは段蔵である。

「全ての支度を終えるのに暫く掛かるかと。木枠は腕のよい大工に頼んだほうがよいでしょう」

「それに間もなく冬の盛り。造っている途中に、水が凍ってしまえば厄介だろう」

玲次の言う通りである。暗渠を造り終えれば凍っても問題ないが、その途中だとその都度作業が止まってしまうことになる。

「それにしても……」

「水の中に石垣か」

段蔵と玲次は苦笑しつつ顔を見合わせた。

「やれる……と思う」

些か不安になって言葉を濁すと、玲次は肩を軽く小突いた。

「やると言いきれ。馬鹿」

「いいのか？」

「面白そうだ」

玲次は鼻を鳴らして腕を組んだ。

「改修は来春からということでよろしいですな」

段蔵は口辺に皺を浮かべて話を纏めかけた。

「二人とも頼む」

匡介が力強く言うと、段蔵はゆっくりと頷き、玲次は自らの二の腕をぴしゃりと手で叩く。こうして大津城の改修は慶長《けいちょう》二年（一五九七年）の春からと決まり、伏見の現場と掛け持つ飛田屋は、年の瀬も慌ただしく用意に奔走することとなった。

第四章　湖上の城

日ノ本六十余州の中で、雪の降る国は多くある。代表的な国を挙げろと言われれば、まず真っ先に出て来るのが陸奥国や、かつて越《こし》の国と一括りに言われていた越後《えちご》、越中《えっちゅう》、匡介の生まれ故郷でもある越前ではないだろうか。他にも信濃《しなの》、飛騨《ひだ》などの山深い地、西では中国地方の因幡《いなば》、石見《いわみ》、出雲《いずも》などがある。これらの国では特別暖かい年を除いては、必ず雪を見ることが出来る。

しかしその点において、近江という国は少し変わっていた。大津、草津などの南の地ではほとんど雪は降ることがなく、降ったとしても滅多に積もりはしない。一方、北のほうでは別の国に来たかと思うほど豪雪に見舞われる。秀吉が柴田勝家を破った賤ケ岳、余呉《よご》湖の辺りでは高さ一丈（約三メートル）にまで降り積もることも珍しくはない。一つの国の中でここまで冬景色が変わるのは極めて珍しいことである。

また、琵琶の湖を挟んで東西でも様相がまったく異なる。西側は比叡山、比良山《ひらさん》から吹き降ろす冷たい風のせいか、東岸で全く雪が降っておらずとも吹雪が吹き荒れることもしばしば。かつて京極家が領地を得ていた近江高島の辺りなども、白銀を撒き散らしたような景色となる。

穴太衆《あのうしゅう》の本拠である穴太、坂本は、琵琶湖の西側でやや南。降ったり、降らなかったり、積もっても脛《すね》の辺りまでとどちら付かずの地である。

しかし今年の冬は少し様子が違った。年が暮れる前に一度、大雪が降って坂本はすっぽりと白一色に包まれた。だがそこからは雪が降る日はなくなり、十日もせぬうちにほとんどが解けていった。それを見て近江の生まれである段蔵は、

「今年はようけ降りますぞ」

と、予言した。この時期に一度積もれば、年が明けた頃に凄まじい寒波を呼び込む。つまり次に降る雪こそが本命だというのだ。

源斎は正月こそ一度穴太に戻ったものの、すぐに伏見城へと戻っていった。ここよりはましであろうが、伏見もそれなりに降るだろうと予想される。雪は綿のように軽いものだが、それが塊となれば恐ろしいほどの重さになる。造りかけの石垣は上からの重みを分散出来ず、雪のせいで崩れることも間々あるためである。

「大津城のことだが」

源斎が発《た》つ間際、匡介は切り出した。源斎は蓑《みの》に身を固めており、大きめの菅笠《すげがさ》をひょいと上げながら訊き返してきた。

「何かまずいことがあったか?」

「いや……だが本当にやってもいいのかとな」

大津城の外堀に水を引くということ。源斎からは如何にするのかと尋ねられていない。段蔵や玲次から聞き及んでいるのかもしれないが、少なくとも二人の間でその話はなかった。

「やれるんだろう?」

「ああ」

「じゃあ、いいさ」

源斎は口辺に皺を浮かべて片笑んだ。玲次が言った通り、己を巣立たせようとしているのだろう。

これが一人前になるための、実地での試練のつもりなのかもしれない。

こうして源斎が穴太を発って十日後、果たして段蔵の言う通りとなった。五日五晩しんしんと雪が降り続いたのだ。放って置けば家からの出入りも出来なくなるため、雪が降っている最中でも掻き出さねばならない。源斎に付いていった者を除き、職人総出で雪掻きを行う。

「まるで越前だな」

匡介も皆と共に鋤《すき》を動かしながら零した。誰に向けて言った訳ではないのだが、近くで箕《み》で雪をさらっていた玲次が口を開いた。

「よく降るのか？」

玲次は視線を落としたまま作業を止めない。その頭に薄っすらと雪が被っている。

「毎年のように軽く一丈を超える」

「雪国は損だな。そうでない地の倍は手間が掛かる」

玲次は源斎の甥であるため坂本の生まれ。それでも紀伊《きい》や土佐《とさ》、薩摩のような温暖な地に比べれば雪に悩まされているほうである。

「確かにな」

匡介は額の汗を拭い、再び雪に鋤を突き刺した。息も真っ白になるほどの寒さにも拘わらず、躰は火照っている。雪掻きはそれほどの重労働である。これを損といえば損になる。

「何故、人はそんな寒いところに留まるんだろうな」

冬が来る前、群れながら南へ飛んでいく鳥を見たことがある。きっと冬の間は、少しでも暖かいところで過ごそうとしているのだろう。それに比べて人は同じところに留まり、同じところで生き、そして死んでいく者が圧倒的に多い。

「色々、断ち切れないもんがあるからだろ」

先祖累代の地だからという場合もあるだろう。だがそれ以上に人の繋がりや、そこでの思い出を守ろうとしているのかもしれない。だが時に幾ら守ろうとしても、己のように無理やり引き剝がされることもある。

「だからこそ……」

玲次は箕の中の雪を遠くへと放り投げる。

「俺たちが守るんだ」

一面の雪景色の中に大津城の縄張りをずっと思い描いている。この間、寝ても覚めてもそのことばかりを考えていた。本当に出来るのか。そんな不安を払拭するように、匡介は鋤を強く雪へと踏み入れた。


雪が多いということは、春が訪れても解けるのに時を要するということ。梅の花が咲き誇っても、根雪はしっかりと残っていた。

解けたとしても雪は水へと変わり大地を緩める。そんな弱くなった大地を掘れば、染み出した水によってすぐに崩れてしまう。乾き切るまで辛抱強く待たねばならず、匡介たち穴太衆がようやく大津城の作事に入ったのは、卯月《うづき》の初めのことであった。

「皆、力を貸してくれ」

初めに今回の改修に携わる山方《やまかた》、荷方《にかた》、そして積方《つみかた》の全ての者に向けて匡介は言った。

「お任せ下さい」

当初は反対していた段蔵だったが、今ではこの方法ならば適《かな》うと信じてくれている。

「しおらしいこと言いやがって。お前に言われるまでもねえ」

玲次は悪態をついたが、その口は僅かに綻んでいた。

京極高次に頼んで領民の中から人夫を募ってもらっている。積方の職人が小頭になってその者たちを使い、まず水の入っていない外堀の掘削から始めた。水を逆流させるので湖面より低くなるほど掘る必要はなく、しかも擂り鉢状にすることで労力を極力抑えている。

「鎌で丹念に掻くんだ」

匡介は皆を見廻りながら、しつこいほど繰り返した。土というものは石より、それこそ雪に似ている。ある程度まで掘り進めると、壁面が形を留められずに崩れてくる。故に真っすぐに掘り進めず、なだらかな傾斜をつけねばならない。だがそれだけでは一雨来ようものならばやはり崩れる。

そのため、鎌でもって丁寧に壁面を削り取るのである。そうすることで土の崩落を防ぐことが出来る。さらにそこに湿らせた網代《あじろ》を張り付ければ、鉄砲水でも来ない限り耐えうる強度になるのだ。

「その都度、鋤を水に濡らせ。もう少しで底だ」

大地は幾重もの層で構成されている。その断面を注視すれば様々なことが判る。例えば細やかな土の層に挟まれるようにして、礫の層があったとすれば、

——洪水があった。

という証である。それが何時頃の話かというのも、凡その見当はつけられる。掘っていれば多くの土器が出て来る。人の営みの遺物といえよう。土器は年代によって微妙に形状が異なり、礫を挟む層の中に混じるものを見ることによって当たりをつけられるのだ。

他にも鉄の錆びた薄い層があれば、そこが水田であった証。時には柱の跡、小川が流れていた跡、人が作った流路の跡なども見つかる。これらを総合することで、ここが城造りに向いているのかど

うかを見極める助けにもなるのである。

人が紙に残した歴史には書いた者の思惑が介在するが、土は、石は、大地は何も隠さずに事実を告げてくれる。これらのことを教えてくれたのもまた源斎であった。

「出たな。ここからはその都度、鋤を水に浸せ」

掘り進めると、青みがかった灰色の粘土質が出た。鋤に絡みついて掘るのが難しい土である。掘っている者の足にも纏わりつき、まるで団子のようになってしまう。関東では赤土が出るが、畿内ではほとんど見ないといったように、その土地ごとに出る土の層は変わる。

この辺りではこの粘土が出れば、間もなく底が近いということである。厳密に言えば大地に「底」などないのかもしれない。だがこれは各地でほぼ共通しており、掘り進めていけば、硬い礫の層が出て鋤や鍬《くわ》が入らぬようになる。これを穴太衆では底と呼んでいるのだ。

幾ら外堀の全てを深くする訳ではないとはいえ、相当な時と労力が掛かる。掘削を始めて一月ほど経っても、まだ目標の三、四割といったところであった。

「腕だけじゃ歯が立たないぞ。腰を入れるんだ」

匡介は若い人夫に向けて指示を出す。どこかの百姓の倅なのだろう。鋤鍬の扱いに長けている百姓といえども、これほど深く掘ることがないため勝手が違うらしい。

「はい！　このように——」

若い人夫は鋤を突き立てるが、どうも上手くいかない。

「駄目だ。見ていろ」

斜面を滑るようにして空堀の中に入り、人夫に鋤を渡すように言った。粘っこい土に鋤を刺すと、躰の重みの全てを掛けるようにして踏みつける。

「さらにこうすると……出やすい」

地に四角を描くようにして踏み入れていく。そして鍬を梃子《てこ》のようにすると、ぼこりと塊になって土が地から剝がれた。

「ありがとうございます」

「もう一度見せよう。覚えてくれよ」

優しく語り掛けつつ、もう一度手本を示し始めた。注視して見守る若者に向け、匡介は手を動かしながら尋ねた。

「近郷の百姓か？」

「はい。徳三郎《とくさぶろう》といいます」

その名からも察しがつくように、百姓の三男坊で歳は十七。次男までは何とか田を分け与えて分家ができたらしいが、三男ともなれば厳しく、長兄の元で世話になっているらしい。長兄が出稼ぎの口、つまりはこの大津城改修の人夫を募っていると聞きつけ、徳三郎に行くように命じたという。

「そうか。大変だな……」

愛想ではなく心からそう思った。己は故郷を焼かれ、家族を失うという不幸に見舞われた。それに比べれば徳三郎はましとも思う者がほとんどだろう。だが反面、故郷があり、家族がいたとしても、徳三郎は肩身の狭い思いをしている。田も分けて貰えぬとあれば嫁に来てくれる者もいない。生涯、兄の元で小作をし、こうしてたまに出稼ぎをするだけの一生を送ることになるのだ。

「御奉行、御手ずから申し訳ございません」

徳三郎は頰についた泥を拭って頭を下げた。

郷士の待遇を受けている飛田の家は刀を差すことを許されている。たとえ監督とはいえ作業をする時は邪魔になるため抜いているが、大津宰相の仕事を請け負うとあって、作事場に通う時には両刀を腰に携えていた。故に己を奉行と勘違いしているらしい。

「俺は奉行ではないさ」

「申し訳ありません」

　また謝られたので匡介は首を捻った。

　だが少し考えてその真意が解った。徳三郎には上だの下だのの判断はつかないだろう。それでも奉行より格上の士分だった場合を考え、咄嗟に詫びたのだろう。百姓の哀しき性《さが》といってもよい。

「名目の奉行はいるが、俺はその全てを請け負っているだけ。刀を差しちゃいるが俺は職人さ」

　雇われた人夫は細かいことを知らされていないのだから当然であろう。人夫の中には日銭が欲しいだけで、大津城の城主が誰かも知らない者すらいるかもしれない。

「穴太衆を知っているか？」

　すでに手本はもう一度示したが、話を続けている中でまた掘ってみせた。

「はい。存じ上げています」

「それさ」

「あっ……おっ母が言っていました」

「何と？」

「私の命は塞王に守ってもらったと」

　聞けば徳三郎は、宇佐山城に程近い村の生まれらしい。織田信長を滅ぼすべく浅井・朝倉連合軍は京に向けて琵琶湖の西を進軍した。その時に信長は配下をこの宇佐山城に入れて阻止しようとしたのである。連合軍は長途であるため常に兵糧に気を配らねばならない。進む各地で徴発、略奪をされては敵《かな》わぬと、織田軍は近隣の百姓も含めて宇佐山城に諸籠《もろごも》りを命じた。徳三郎の母はその時、宇佐山城内にいたということである。

「あの時は『懸《かかり》』だったからな」

織田家の依頼を受け、飛田屋も宇佐山城に駆け付けたのである。そして矢弾が飛び交う中、石垣を造り、崩されても修復し続けた。そして遂に信長の援軍が到着するまで持ち堪えたのである。もっとも朝倉家が健在ということは、匡介はまだ幼く、越前で暮らしていた頃。将来、石積み職人になるなど思いもしていなかった。全ては段蔵から話を聞かされたに過ぎない。

「母様《かか》は？」

「昨年……」

「そうか」

徳三郎の母が宇佐山城に籠った時は、今の徳三郎より少し上の十八、九歳くらいの頃だったらしい。それから足掛け二十八年。四十半ばで亡くなったことになる。

「もし塞王が守ってくれなかったら、あんたはいなかったんだよと……耳に胼胝《たこ》が出来るほど聞かされました」

「え……」

徳三郎は満面の笑みを見せ、匡介は小さく吃驚の声を上げた。

母が宇佐山城に籠った時、すでに次兄は生まれており赤子であった。歳の離れた徳三郎だけが影も形もなかった。もちろん穴太衆だけの働きではないが、源斎があの時に懸を受けなければ、徳三郎はこうして今ここに存在していなかったかもしれないのだ。そして何より母は徳三郎を始め、三人の息子に看取られて穏やかな一生を終えたという。

こうして知らぬ間に、間接的かもしれないが、穴太衆が紡いだ命がここにあるのだ。

「手ほどき……ありがとうございました」

徳三郎が申し訳なさそうに言う。

「ああ、頼む」

匡介は泥まみれになった鋤を手渡した。徳三郎は屈託のない笑みを見せて頷き、再び己が手本を示したように土を掘り始める。匡介はその姿を暫し見つめながら、

——俺もやらねばならない。

と、改めて決意して泥で滑る拳を強く握りしめた。


外堀に人を集中させると、肩がぶつかり合うほど狭くなって仕事の効率が却《かえ》って落ちることとなる。人夫の一部を割き、同時に外堀から湖へと続く暗渠を掘り進めていく。こちらの深さは木枠が入る程度の僅か二尺（約六十センチメートル）とはいえ、長さは三町（約三百二十七メートル）とかなり長いものである。ここに嵌める木枠は、段蔵が大工に頼んで手配をしてくれている。一方の玲次率いる荷方は、当面運ぶものがなくなったことで、掘削の作業に合流することとなった。

「そろそろ飯を運ばせるか？」

匡介は自ら堀の中に入り、泥に塗れて指示を飛ばしている。すると、上から玲次が声を掛けてきた。朝夕の日に二食というのが普通だが、穴太衆は仕事の時は昼にも飯を食うようにしている。単純に重労働で腹が減って力が出なくなるからである。

どのように昼飯を用意するかは作事場によってまちまちだが、このような城の改修では依頼主に事前に頼むことがほとんどである。城主である京極高次は、

——それは腹が減るだろう。儂なら五度は食べねばへたってしまいそうだ。

と、肉付きのよい頬を綻ばせて快く了承してくれた。こうして城内で炊き出しが行われ、それを毎日、穴太衆が受け取りに行くという流れがすでに出来ていた。

「そうだな。そろそろ……」

匡介が手庇《てびさし》をしながら見上げた時、堀の外から己を呼ぶ声が聞こえた。しわがれたこの声には聞き覚えがある。玲次が振り返り、身振りで堀の中にいる旨を伝えた。

「飛田殿！」

顔を見せたのはこの改修の名目の奉行になっている、多賀孫左衛門《たがまござえもん》と謂う男。北近江の犬上《いぬかみ》郡多賀の豪族で、京極家が守護を務めていた頃からの譜代の家臣である。当年六十三歳。その髪は黒と白が入り混じった加減で、灰色に見える。

本能寺の変によって流浪することとなった時、高次は他家に仕えるように勧めたのだが、

——儂は倅もいませんので、どこまでも殿に付いて行きますわい。

と退けて、ずっと行動を共にしてきたと聞いた。

厳密には孫左衛門に倅はいた。しかも三人も。しかしそのいずれもが戦乱の中で父より早く散った。一人娘も他家に嫁いでいる。多賀姓を名乗る分家筋は他にもいるため、己の血はここで絶えてもよいと考えているという。

最も下の子息は、生きていれば己や玲次ほどの歳で、どこか重なるところがあるらしい。孫左衛門はそのような辛い過去まで語ってくれた。

孫左衛門は職人に対しても見下すようなところは皆無で、それどころか一種の尊敬すら抱いてくれているのも感じられる。故にこちらに全てを任せて、自身は京極家との折衝にだけ奔走してくれ

ている。

「いかがなさいました？」

匡介は眉間に皺を寄せて尋ねた。こちらから何か願うことをしない限り、孫左衛門がこうして来ることはこれまでなかったからである。

「上がってきてくれぬか」

孫左衛門は困り顔で手招きをする。匡介は竹梯子を使って堀から上がった。

「何か悪いことでも出来しましたか」

顔を寄せて匡介は尋ねた。

「決して悪いことではないのだが……耳には入れておかねばなるまいとな。検分に来られる」

「宰相様ですか？」

この間、高次は三度ほど作事場にふらりと現れた。初めは職人たちも恐縮したものだが、

――気にせず続けてくれ。

と軽く手を振って鷹揚に言う。とはいえ見られていては意識をしてしまう。しかも高次は掘る時のこつはあるのか、何歳くらいから職人は修業に入るのか、石はどこから運ぶのかなど、様々な問いを投げかけて来る。仕事に口を出すというのではなく、純粋な興味から来ているらしく、こちらが答えることに一々感心の声を上げた。口にするのは憚られるが、正直なところ作業の、

――邪魔。

なのだ。それは京極家の家臣たちも汲み取ってくれて、この孫左衛門などは正面から職人や人夫が気を使うのでほどほどにしましょうと窘《たしな》める。高次は納得して引き揚げるが、遊ぶのを止められた子どものような残念そうな顔になるので、匡介のみならず皆が苦笑しつつも、その姿に愛嬌を感

じていたのも事実であった。

「殿はおられぬ」

高次は秀吉に呼ばれ、昨日に大津を発っている。作業に没頭していたためすっかり失念していた。

「ではどなたが？」

「御方様《おかたさま》よ」

孫左衛門は困り顔で溜息を零した。

「げ……」

横で聞かぬ振りをしていた玲次は思わず声を漏らし、慌てて口を押さえている。匡介も顔には出さぬものの内心で驚いているのは変わらない。

御方様とは、つまりお初の方のことである。高次の妻というだけではない。浅井長政の娘、織田信長の姪、秀吉の嫡子である秀頼の叔母、五大老筆頭徳川家康の嫡子秀忠《ひでただ》の義姉と、戦乱を彩った数々の英雄との繋がりを持つ人である。そのお初が私も作事を見てみたいといきなり言い出したというのだ。

「では、皆でお迎え致しましょう」

「いや、そのまま続けてくれと仰っている」

孫左衛門いわく、皆が作業をしているありのままの姿が見たいと仰せらしい。

「左様ですか。解りました」

「お二人とも困ったものだ」

孫左衛門は灰色の鬢を掻いて顔を歪めた。

暫くすると数人の女たちがこちらに近付いてくるのが見えた。金糸で刺繍《ししゅう》の施された一等美しい着物に身を包んでいるのがお初の方であろう。他に侍女が五、六人というところである。

「玲次」

「おう」

少なくともこの場を預かる己は出迎えねばなるまい。玲次に作業の指図を一任し、匡介は頭を垂れて待った。衣擦《きぬず》れの音が近づいて来る。高次の時にはそうはならなかったが、今度こそやがて己のところで止まり、

――大儀。

などと声が掛けられるのだろうと考えていた。

だがこの京極という家には、常識というものが通じないらしい。衣擦れの音が速くなり、やがて己の脇を通り抜けていったのである。

「まあ」

背後から丸い声が上がり、匡介は身を翻した。お初の方と思しき人が外堀の中を覗き込んでいるではないか。

「御方様、危のうございます！　足を滑らせでもすれば大事です」

孫左衛門が諸手を突き出して止めに入る。やはりこれがお初の方で間違いない。真ならば仰天するところだろう。だが高次との出逢いがあまりに衝撃であったため、どこか慣れ始めている己に苦笑した。

急に走り出したのだろう。遅れた侍女たちも、慌ててお初の元に駆け寄って下がらせようとする。

「これくらい離れていれば、心配いらないでしょう？」

お初はちょんと後ろに軽く飛び下がり、身を乗り出して再び覗き込んだ。

孫左衛門は額に手を添え、地にまで届きそうな深い溜息をついた。そして匡介が苦く頰を歪めているのに気付いたようで、お初に向けて改まった口調で話しかけた。

「御方様、こちらが此度の改修を請け負っている者です」

はっとしてお初は振り返り、黒々とした髪が風に靡《なび》いた。抜けるような白い肌、通った鼻筋、切れ長の眼に長い睫毛《まつげ》が乗っている。当年二十八歳らしいが、匡介には七、八歳は若く見えた。

「気付かずに、ごめんなさい」

高次と同様、己のような一介の職人に対し、お初は申し訳なさそうに頭を下げた。

「いえ、こちらこそ名乗り遅れました……飛田匡介と申します」

「初です」

お初は名乗るとにこりと微笑んだ。その屈託のない笑みに匡介は息を呑んでしまった。

お初の母であるお市の方は絶世の美女と名高かった。その長女で秀吉の側室である淀殿《よどどの》は、母の生き写しなどと言われる。だが人によっては、

――お初様こそ、そっくり。

だと語る。お市の方はその笑み顔が人々の心を惹きつけて止まなかったが、その点、淀殿は滅多に笑うことがないらしい。反対にお初の方はどんな時も笑みを絶やさず、その顔が瓜二つだという。

「ご覧になりますか？」

「是非」

匡介が尋ねると、お初は弾けるように頷いた。

「御足元にお気をつけて下さい」

万が一、足を滑らせてもすぐに支えられるよう、匡介はお初の傍にぴったりと付き添った。

「大変そうですね……」

お初はそう言うと、唇をきゅっと結ぶ。

「はい。掘れば掘るほど難しくなるものです」

「でも……泥んこで楽しそうです」

「そうですかね」

そのようなことを考えたこともなかったので、匡介は相槌がやや適当なものになってしまった。

「どうやって降りるのですか？」

「ああ……その梯子で――」

「御方様!!」

匡介が竹梯子を指差した次の時、孫左衛門と侍女たちの声がぴたりと重なった。何とお初は身を翻して梯子に足を掛けたのである。その状態から無理に引き上げようとすると却って危ない。竹梯子を握ってぐっと支えるのが精一杯であった。

「御方様、危のうございます。お止め下さい」

努めて冷静に言うが、緊張で声が上擦った。

「ゆっくり降りますので心配いりませんよ」

お初はまったく意に介さず手と足を交互に動かそうとする。

「そういうことではございません。御着物も汚れます」

「それも心配いりません」

――この夫婦はおかしいのではないか。

高次もかなりなものだと思ったが、それに輪をかけたお初の大胆さに愕然とした。玲次を始めとする周りの職人、人夫たちも信じられないといったように茫然としている。

怪我をさせる訳にはいかず、どうにか止めねばならない。匡介は細く息を吐くと覚悟を決め、一段ずつ足を降ろしていくお初に向け、上から静かに言った。

「御方様、邪魔になります」

あっと声を上げたのは、職人や人夫だけではない。孫左衛門や侍女たちも同じである。お初は手を止め、じっと此方を見上げた。その眼が一瞬の内に潤んだように見えた。

「判っています……」

お初はか細い声で答える。

「では……」

「一言だけ。この城のために力を貸してくれている皆様に、一言だけ申し上げたいのです」

その時に匡介の脳裏に浮かんだのは、故郷一乗谷で最後に見た母の姿。決して酔狂で言っているのではなく、訴えるお初の眼に浮かぶ強い意志を感じ、思わず下の配下に向けて命じてしまった。

「忠五郎《ちゆうごろう》、下で備えろ」

「へい」

積方の配下に匡介は命じると、一人は下で梯子を支え、もう一人は諸手を広げて万が一の時には受け止める体勢になった。玲次は正気かと言うように片眉を上げる。

匡介は両手でしかと梯子を摑むと、なおもじっと見上げるお初に向けて穏やかに言った。

「ゆっくりお降り下さい」

「ありがとう」

お初は口元を綻ばせて頷き、一段、また一段と梯子を降りてゆく。

「裾を踏まぬように、焦らず……」

「母上も昔は馬で野駆けをして叱られたそうです」

だから私もこれくらいは出来るというのか、それともこれくらいは珍しくないというのか。あるいは両方なのかもしれない。確かに天下が統べられた今でこそ、大名の妻など畏まったものになっているが、乱世の間は自らが薙刀《なぎなた》を手に戦うことも間々あった。これくらいのことをしてのける女は沢山いたのかもしれない。

お初は遂にぬかるんだ地に降り立った。当然、美しい着物の裾はすぐに泥に汚れる。心配そうにする配下や、人夫たちが、まるで花に吸い寄せられる蜂の如く自然と集まった。

「大丈夫なのか？」

玲次が横から不安げに尋ねた。

「多分……な」

先ほどの様子から職人や人夫を叱責するという訳ではないらしい。だが何を話すのかまでは全く見当がつかなかった。先程までの活気が嘘のように作事場は静まり返り、鳥の鳴き声、風の音までが耳朶《じだ》に届いている。

「皆様……どうぞこの城を……」

お初はそこで一度言葉を途切らせ、泥に塗れた衆をゆっくりと見渡して続けた。

「大津の城をよろしくお願い致します」

お初は手を膝前で合わせ、深々とお辞儀をする。

一介の職人に、領民に、流れ者の人夫にである。これまで数多くの城に携わってきた飛田屋であったが、このような光景はただの一度も見たことがない。穴太衆の他の組も同様に違いなく、今日

の話をしたところで、

——そんなことがあるかよ。

と、一笑に付すに違いない。

「お、お任せ下さい！」

真っ先に声を上げたのはあの徳三郎である。若い故に感極まって思わず口を衝いて出たという様子であった。

「ありがとうございます」

お初が嬉しそうに微笑んだのが遠目に見ても判った。

「疲れが吹っ飛びました」

「気合いを入れてやります」

「末代まで語り継ぎます」

などと皆が口々に言うのに対し、それはよかった、無理はしないようにして下さい、そのような大袈裟な、と、お初は笑みを絶やさずに応じる。

「これは仕事が捗るな」

玲次はぼそりと呟いた。

幾ら銭を貰っているとはいえ過酷な仕事である。長く続けていれば倦《う》む時期も来る。そうならぬように努めるのも頭の重要な仕事であり、玲次はそれをよく解っている。お初の言葉によって、見るからに皆の士気が高まっているのが見て取れた。

「うちの頭は次の塞王ですからご安心下さい」

普段は無口な者の多い配下の職人まで口を開く。高次もそうであったように、お初もまた場を温かくする何かがある。天性それを持ち合わせた二人が夫婦になったというより、夫婦になって育んできたもののような気がした。

「塞王……」

「ええ」

職人がこちらに目を向けると、お初も振り返ってこちらを見上げた。

匡介は眉を開いて軽く会釈をすると、お初はやはり、注ぎ込む陽の光を集めたような笑みを返した。その頰に撥ねた泥の粒が付いているのに気付き、匡介も思わず頰を緩めてしまった。この些か他家とは趣の異なる京極という家に、匡介も少しずつ惹かれ始めているのを感じた。


お初が作事場に来てから変わったことが二つあった。

まず一つ目は、作事場の士気が頗る高くなったことである。お初は邪魔にならぬ程度にまた見に来ると言った。その時までにはしっかり進めておこうと、職人たちまで口に出すほどである。

「気張り過ぎてへばるなよ」

匡介は一応声を掛けていくものの、さほど心配はしていない。かつてないほどに作事場の雰囲気が良く、このような時は却って怪我も少ないことを経験から知っている。

三日後に相談に現れた段蔵などは、作事場が見違えるように活発になったことに瞠目《どうもく》していた。そして皆がお初のことばかり話すので、

「儂もお会いしとうございました」

と、眉間を摘まんで悔しがっていた。

二つ目は、城から昼餉《ひるげ》が運ばれて来るようになったことであった。毎度、こちらから城の炊事場

まで足を運んで取りにいっていたのだが、

「何故、運ぶくらいしないのです」

と、お初は腰に手を添えて多賀孫左衛門を叱った。その時の頰を膨らませる姿がまた何とも可愛げがあり、皆が思わず噴き出したものである。

今回は名目の奉行とあって、孫左衛門は取次ぎだけを担っている。他の家臣にも銘々お役目があり、動かす手がないと説明した。

「では私たちでやりましょう」

お初は事情を知ると、侍女たちに向けてそう言った。一度、二度は固辞したものの、お初は早速てきぱきと采配を振るって段取りを決めていった。

毎度ではないものの、お初自身も炊事場に立てるだけ立つと言うものだから皆が仰天した。だが皆、恐縮はするもののやはり嬉しそうにしていたのも確かであった。

「そろそろ……」

匡介が中天に昇る陽を見て独り言を零すと、暫くして昼餉を運んで来る侍女たちが姿を見せた。

「飛田様、お持ち致しました」

そう言って声を掛けて来たのは、お初の侍女で昼餉運びの采配を任されている夏帆《かほ》と謂う女である。二重瞼の円《つぶ》らな目。決して高くはないが丸く整った鼻筋。唇はやや厚く、上唇だけがほんの少しだけ捲れあがっており、どこか仔犬や仔狸を彷彿とさせる愛嬌のある相貌をしている。

齢二十六であると小耳に挟んだが、こちらもお初に負けず劣らず若やいで見え、たとえ二十歳と聞かされても通用するだろう。玲次などはそれを聞いて、匡介に向かって、

——京極家は不老の仙薬でも持っているんじゃねえか。

などと、ふざけて言っていたほどである。

「何か……？」

夏帆が首を捻った。

「い、いえ」

間が空いてしまい、匡介は慌てて慇懃に礼を述べた。

「ありがとうございます」

皆に休息を命じた。

泥や土で汚れ切った手を井戸で洗い、女たちから握り飯と漬物を受け取る。皿の代わりに竹の皮を使い、食い終わったらまた集めて洗うのだ。

皆が木陰に集まり、握り飯を頬張り、水で喉を潤している。どの者の顔にも失われかけていた活力が、みるみる戻って来るのが見て取れた。

「飛田様も」

「ええ」

皆に行き渡ったのを確かめた後、匡介はいつも最後に受け取る。竹皮を受け取り、盥《たらい》の中から握り飯を三つ取り出し載せた。次に漬物をと思ったところ、壺《つぼ》の中は空になっている。人夫の顔ぶれは日によって少しずつ入れ替わるので、決まりを知らぬ誰かが誤って多く取ったのかもしれない。

「夏帆様」

漬物を配っていた侍女が、菜箸を手に顔を強張らせた。

「すぐに用意を」

「大袈裟な」

まるで戦の最中に矢弾が尽きたように深刻に言うので、匡介は苦笑してしまった。

「大袈裟ではありません。皆様の昼餉の手配は私どもが請け負ったのです。ご無礼をお許し下さい」

夏帆が慇懃に頭を下げるので、反対に申し訳なくなって恐縮してしまった。

「たかが香の物です。それも私の一人分だ」

「私は石垣には詳しくありません」

夏帆が唐突に話を変えたので、匡介は首を捻った。

「そうでしょうな」

「もし石が一つ足りなければどうなります？」

「場所によるが即座に崩れるという訳ではありません。しかしそれは完成とは言えぬでしょう。百年、二百年後に崩れる遠因になりかねない」

「そういうことです」

「そういうこと？」

匡介は言わんとするところが解らず、口を尖《とが》らせて鸚鵡返しに問い返した。

「私たちも誇りをもってお世話しています。たかが香の物一人分、されど香の物一人分。まことに申し訳ございません」

夏帆は改めて深々と頭を下げた。小さな旋毛《つむじ》を見つめながら、匡介はふっと微笑んだ。責任をもって仕事を全うしようとする姿を好ましく思ったのである。

「では、頂きましょう」

匡介は先に握り飯だけを貰うと、皆から離れた木陰に腰を下ろした。飯の時などは互いの関係が顕著に出るもの。誰と誰の仲が良いのか。反対に孤立している者はいないか。こうして皆を見渡すのも積方の頭の役目である。職人や人夫の関係を円滑に保つことで、事故も少なくなり、仕事も早くなると源斎に教えられた。

「飛田様、お待たせ致しました」

握り飯を頬張っていると、夏帆が壺を持って歩み寄って来た。

「ありがとうございます」

菜箸で漬物を取り分けてくれる夏帆に会釈をした。

「では、ごゆっくり」

「夏帆殿もどうです?」

匡介は立ち去ろうとする夏帆を思わず呼び止めた。

「私は後で頂きますので……」

振り返った夏帆は、少々戸惑ったような顔を見せた。誤解を与えたかと、匡介は慌てて続けた。

「他意はないのです。宰相様や御方様、京極家のお話でも聞かせて頂ければと思ったのです」

「それならば」

夏帆は引き返して来ると、壺を手に持ったまま目の前に立った。座っては失礼に当たると考えたようだが、このまま話すのもおかしなものだ。しっかりしてはいるが、何処《どこ》か抜けたところもあるようで、匡介は思わず苦笑してしまった。

「それじゃあ、飯が喉を通らない。お座り下さい」

「はい」

夏帆は無用に逆らうこともなく、匡介の横に腰を下ろした。職人や人夫たちの楽しげな声が聞こえる。匡介は握り飯を一つ平らげて切り出した。

「京極家には驚かされてばかりです」

高次も並の大名とは違うが、その妻のお初もまた稀有《けう》な存在である。家中の者もこの二人のことを心の底から好いているのが感じられ、他家には決して見られない朗らかな雰囲気が流れているのを感じていた。

「なるほど」

「珍しいことではありません。殿も、御方様も、いつもあのように」

匡介は手に付いた米粒をねぶって答えた。取って付けた行動でないことは一目瞭然であった。

「お堀は上手くいきますか？」

夏帆は首を捻ってこちらを見つめながら尋ねた。

「ええ、やり遂げてみせます。これで完全な水城になるでしょう」

「では、落ちることはありませんね」

夏帆はほっと安堵したように、艶のある唇を綻ばせた。

「いや……それはどうでしょうな」

「え……」

匡介が言うと、夏帆は一瞬で表情を曇らせた。不安を煽《あお》らぬために適当に答えることも出来たが、石垣という命を守るものを手掛ける以上、嘘をつきたくはなかった。

「今のままでも堅固な城です。外堀正面に水が入れば、さらに堅くなるのは間違いありません。しかし必ず落ちぬかといえば、それは違うのです」

塞王が石垣を積んだ城は如何なる敵も弾くと言われ、反対に国友衆随一の職人の称号である砲仙《ほうせん》が造った砲で攻めればどんな城も落とすと語られる。故に両者がぶつかった時には大いなる矛楯が生じることになる。

　実際にこれまで幾度となく対決することになり、結果はほぼ五分の勝敗となっている。そういった意味では両者ともが誤りともいえよう。

　しかしそこに時の概念を持ち込めば話はさらに変わってくる。攻め手の兵糧が切れず、片や援軍もいない場合、ずっと攻め続けられたならば、如何なる強固な城とていつかは陥落する。

　難攻不落を謳われた北条家の小田原城が、豊臣秀吉の大軍による長期の包囲で落ちたのが良い例であろう。この点でも守り手のほうが余程不利なのだ。

「と、いうことです」

　それらのことを匡介は滔々と説明した。

「確かに考えれば解ることですね……」

　夏帆は目を伏せて細い声で呟くように言った。匡介は夏帆の横顔に翳《かげ》のようなものを感じた。それは水面に映る己の顔に滲むものに似ている気がする。

「もしや……」

　ある考えが頭を過った。夏帆は反応を敏感に察したようで、些か迷いながら頷く。

「幼い頃に落城に立ち会ったことがあります」

　匡介の胸が小さく鳴った。夏帆は二十六歳と聞いている。その夏帆が幼子の時ならば、ある城のことが思い出された。

「小谷……でしょうか」

「はい」

夏帆は訥々《とつとつ》と己の来《こ》し方《かた》を話し始めた。夏帆の父は浅井家の足軽大将で、母はお市の方に仕える侍女であったという。その二人の間に生まれた一人娘ということらしい。

匡介の故郷を治める朝倉家と浅井家は盟友の間柄で、共に織田信長と戦った。だが姉川《あねがわ》の戦いで織田家に大敗を喫した後、朝倉家の本拠である一乗谷城が落ちた。即ちそれは匡介が父母や妹の花代と生き別れ、源斎と出逢った日のことである。

織田軍は一乗谷城を落とした後、返す刀で小谷城に兵を移して猛攻を加えた。そして朝倉家が滅んだ直後、小谷城も陥落して浅井家は滅亡したのだ。

夏帆の父はこの戦いの最中に討ち死にしたという。城に籠っていた母は流れ矢を受けて重傷を負った。城から落ち延びることになったお市の方に、母は幼い夏帆を託したということらしい。

「その時のことはほとんど覚えていません。ただ城が紅蓮に染まっていたことだけは……今も夢に見ます」

恐らくは城から落ち延びた時の記憶であろう。小谷ほどの城が炎に包まれるのは、地獄絵さながらである。そのあまりに鮮烈な光景は、幼くとも眼に焼き付いたに違いない。

その後、お市の方やお初を含む三人の娘、侍女と僅かな家臣と共に夏帆は織田家に引き取られた。父母の仇である織田家の米を食って育ったのだ。今の主であるお初の方は織田信長の姪に当たるので、なかなか口には出来ないだろうが、語る夏帆の顔を見ていても、複雑な心境であることが垣間《かいま》見《み》えた。

その頃から夏帆はお初の方付きの侍女になるように育てられた。夏帆はお初の二つ年下で、馬が合っているのをお市の方が見てそうしたのだという。

これが夏帆とお初の方の縁の始まりである。もしその時に長女の茶々付きになっていても、三女のお江《ごう》付きになっていても、ここにはいなかったことになる。

「その後は北ノ庄に」

「では……夏帆殿も二度」

夏帆は深く頷いた。本能寺の変で織田家が瓦解した後、お市の方は柴田勝家と再縁した。三人の娘たちも伴われ、お初の方付きの夏帆もまた同行することになったという。

だが柴田勝家は賤ケ岳の戦いで秀吉に敗れ、居城の北ノ庄城もまた、あの日の小谷城のように炎の中に沈んだ。

その時の夏帆は十二歳。まだ幼かった一度目の落城の折と異なり、天を衝くような喊声、狼狽《ろうばい》して右往左往する城内の者の表情、鼻が曲がるような煙の臭いまで克明に覚えているという。今思い出しても身の毛がよだつが、不思議と夢に見るのは、決まって一度目の落城だという。両親の記憶はまったくないものの、その戦で亡くしたという悲哀がそうさせるのかもしれない。

「私もです」

「と、申しますと……?」

「私は一乗谷の出です。父母や妹をそこで亡くしました。夏帆殿と同じように、今でも度々その時の夢を見ます」

朝倉家滅亡から、源斎に拾われて今に至るまで、匡介は己の生い立ちを掻い摘まんで話した。出逢って間もない者にこのような話をしたことは一度もなかった。あまりに夏帆と己の身の上が似ていたから、話さずにはいられなかった。

こうして思い起こすのも辛いことは、匡介には痛いほど解る。城が落ちれば多くの命が散るが、生き延びたとて心に深い傷を負う。己や夏帆にとっての「落城」は、その刹那だけでなく、今も途切れることなく続いているのである。

「無限に時を掛ければ、落ちぬ城はありません。しかし……安心して下さい」

京極家の兵力は三千ほどである。城攻めには三倍の兵力が必要などと語られ、この場合は九千弱を相手にする計算となる。だが大津城を完全な水城にしてしまえば、並の城とは比べ物にならぬほどの堅さとなる。五倍以上の敵、一万五千くらいまでならば耐えきれると匡介は見ている。そこまで説明した時、夏帆はまた不安げな顔で尋ねて来た。

「それ以上の敵が来ればどうなるのです」

「大津という地では、それはほぼ有り得ないでしょう」

大津は京と目と鼻の先にある。現在、源斎が移築を行っている伏見城とも極めて近い。さらに豊臣家の本拠である大坂からも、一昼夜休まずに歩み続ければ辿り着くほどの距離。豊臣家のお膝元といってもよい。そのような場所で一万五千もの兵を率いて謀叛出来る者は皆無といってもよい。

「万が一……明智様のような例《ためし》もあるかもしれないのでは？」

秀吉の旧主、織田信長を討った明智光秀は天下の大悪人と流布されている。そのような世にあって夏帆は敬称を付けて呼んだ。普段は周囲を慮《おもんぱか》ってそのようなことはないのかもしれないが、話に熱中して思わず本心が漏れ出てしまったのだろう。やはり己と同様、家族を殺した信長のことを快く思っていないらしい。

そのようなことが一瞬頭を過ったが、匡介はすぐに話を戻した。

「仮にそうしたことが起こっても、謀叛人は大津を狙うとは思えません」

匡介は首を横に振った。別に卓越した戦略眼を持っている訳でもなく、一介の職人に過ぎないがそれくらいは判る。

畿内で謀叛が起きたならば、真っ先に狙うのは伏見城か、大坂城であろう。もっともどちらもたかだか一万五千の兵力で易々と落ちるような城ではない。内通者でもいない限り難しい。攻めあぐねている間に畿内の豊臣軍が駆け付け、謀叛人は虫けらのように揺りつぶされるだろう。百歩、いや千歩譲って、謀叛人が標的を大津城に定めたとする。それでも大津城はどれだけ少なく見積もっても十日は耐えられる。そうなれば結果は同じで、豊臣軍が僅か一日で背後を衝いて敵は総崩れになる。十日どころか、たった一日耐えれば大津城は守られるのだ。

「安堵致しました」

夏帆は胸に手を添えてほっと息をついた。

「それでも念には念を入れ、今まさに大津城の守りを厚くしているのです。これで万が一にも起こり得ません」

人が今の夏帆を見れば些か心配し過ぎと思うかもしれないが、無理もないことである。落城の体験は人を悲観的にさせる。しかも二度も蒙《こうむ》っているのだから猶更《なおさら》であろう。

己の場合は、それが結果として石積みに活かされている。

——どこかに穴はないか。

と、目を皿のようにして何度も繰り返し確かめる。百度敵を退けても、一度落とされれば意味がない。穴太衆は臆病なくらいで丁度よいのだ。

「それでも……もし、畿内が全て敵に回ればどうなります」

「え……」

そのようなことは有り得ない。そう断じようとした時、

——秀吉はもう歳だ。死ねばまた世は乱れる。

という、過日の彦九郎の一言が頭を過った。

あの時には秀吉には秀頼と謂う嫡子がおり、難攻不落の大坂城があるから心配ないと考えたが、果たして本当にそうなのか。明智光秀の謀叛も、誰も予期しなかったからこそ成功したのではないか。世の中に絶対はないという証左であろう。謀叛でなくとも、秀吉の死によってまた乱世が戻ってくれれば、大津城とて無関係という訳にはいかないかもしれない。

「万が一、そのようなことがあった時は……」

己が守る。そう喉元まで出たが呑み込んだ。己は穴太衆である。依頼がなければ城に入ることも出来ないのだ。

「少々、話が飛びすぎましたね。飛田様の仰いますように有り得ないのでしょう」

夏帆は頰を緩めて詫びた。匡介が口籠ってしまったことで、意地悪な問いになってしまったと考えたのだろう。だが不安が払拭されていない証拠に、夏帆は無理して笑っているように見えた。

「いえ……はい」

「お食事の邪魔をして申し訳ありません。そろそろ食べ終わられた方もおられるようですので、私は片付けに参りますね」

曖昧な返事をすると、夏帆は軽く会釈をして他の侍女たちの元へと戻っていった。

「絶対はないか……」

それを見送って暫く経った後、匡介は先ほど頭で考えたことを反芻した。

夏帆の言う通り四方八方が敵に囲まれたら。一万五千を超える大軍が押し寄せてきて、しかも援軍の見込みがなかったら。どうなればそのような状態に陥るのかは判らないが、世の中は時に人の脆弱な考えの及ばぬ、不可思議な動きをするものである。大津城が幾ら堅牢であろうとも、後詰めのない籠城戦に勝ち目などない。

「いや、一つだけ」

道はある。南蛮唐天竺《なんばんからてんじく》はいざ知らず、少なくともこの国の籠城の歴史にはない。籠城の考え方を根底から覆す方法である。

——守りながらに攻める。

つまり本能寺の変の折、日野城攻防戦でやったあれである。守ることをつきつめ、攻めることなど考えないのが穴太衆である。

——あれでよかったのか。

と、今も考えることがある。だが、あの時も周囲は敵ばかりで、援軍はすぐに駆け付ける見込みはなかった。加えて甲賀衆《こうかしゅう》の兵糧も本拠から近いこともあり十分。普通に守っていれば敵も被害を見ながら、力加減を変えていつか城は陥落する。こちらから攻めて敵に甚大な被害を与えるほかなかった。もっともあの時の甲賀衆は、被害は大きかったがまだ戦いを続けられる余力は残っていた。だが甲賀衆は明智光秀に依頼されて恩を売ろうとしていただけで、あれ以上戦いを続けても利はないから退いていっただけである。

たとえ如何なる被害に遭おうとも城を抜こうとする敵だったならば、あれでは十分とはいえない。

「どうすればいい……」

匡介は小声で漏らした。答えは未だに見つかっていない。いかなる攻撃も撥ね除ける城。己が生きている内にその境地に辿り着くであろうか、そのようなことを考えながら、匡介は一口齧った最後の握り飯を見つめた。

外堀の掘削は順調に進んでいき、五月の半ばには終えることが出来た。これは当初の見込みよりも半月ほど早い。次にその外堀から湖まで続く暗渠を完成させていく。一所に人が密集して動きにくい外堀の掘削に比べ、こちらのほうがより手際よく作業を進めていける。

その掘った溝には木枠を埋めていき、地中に水路を通すのが次の手順である。

「如何でしょうか？」

外堀を掘り出して間もなくの頃、腕の良い大工を手配していた段蔵が木枠の見本を手渡した。樋《とい》のようなものを二つ組み合わせると筒状になる。水路は微妙に曲げたり、勾配を付けたりしなければならないため、あまり長いものになっては上手く嵌まらない。そのため長さは二尺五寸（約七十五センチメートル）ほどである。これを横に繋げていくのだ。

「いい塩梅《あんばい》だ」

この木枠には釘《くぎ》が一本も使われていない。いわゆる木組みという工法で、寺社の他に城の天守などでもよく使われる。

「見込みよりも早い。間に合うか？」

「はい。普段している仕事に比べれば、容易いとのことです」

寺の本堂や山門、寺社の本殿、あるいは天守や門を造ろうと思えば、極めて複雑な木組みを用いねばならない。それに比べればこの木枠の構造など基本も基本。弟子たちのよい訓練になると大工たちは笑っていたという。

こうして数日おきに大量の木枠が流営に送られてきて、品検《しなあらた》めを経て大津城に運ばれて来た。掘った暗渠に木枠を入れて、嵌め込むようにして横に繋いでいく。完成したところから土を掛けていくのだが、この時にしっかりと押し固めていく。そうしなければ水が漏れて流れが止まってしまう。

「今日の分だ」

流営から木枠を満載した台車を運んできた玲次が声を掛けて来た。

「助かった。丁度、切れかけていたところだ」

「さらに早くなったんじゃあないか」

玲次は作業を見渡しながら唸った。

「皆、気合いが入っているからな。よく働いてくれている」

「お前もだろう？」

「ああ、御方様があそこまでして下さったんだ。気合いを入れざるを……」

「いや、お前は別にもあるだろう」

「うん？」

玲次は片眉を上げ悪童のような笑みを見せたので、匡介は首を捻った。

「あの侍女さ。何て言ったか……夏帆殿だっけな」

「何を」

匡介は鼻を鳴らした。あの漬物騒動の時、二人で座って話していたのを玲次は目敏《めざと》く見ていた。

「その後も食事を運んで来た時、度々話し込んでいるだろう？」

玲次は揶揄うような軽妙な調子で言った。

「人夫の数は日によって増減する。飯が無駄にならぬように打ち合わせているのさ」

「それだけであんなに長く話し込むかねえ……」

玲次は首の後ろで手を組んで笑った。

「夏帆殿は御方様の最も信頼の篤《あつ》い侍女だ。次に御方様や宰相様がいついらっしゃるか、我らの働きは城内でいかに見られているのか、その辺りのことを話していたに過ぎねえよ」

「まあ、大切なことだな」

造った石垣が向こうの思い描いているものと違っていたり、途中から前もっての見込みが変わって費えを減らされたりと、依頼主と揉めるということは少なからずある。そうはならぬように良好な関係を保つのも、作事場を取り仕切る者の大切な役目なのである。

だがそうは言いつつ、半ば言い訳であることを匡介は自覚している。陽が中天に差し掛かる少し前になると、

――そろそろだな。

などと、何処か心待ちにしている己を感じていた。

夜眠る時にもふと夏帆のことを思い出すようなことがあった。己と同じ境遇だからか、自身の役目に懸命だからか、あるいはたまに見せる屈託のない笑みが眩《まぶ》しいからか、少しずつ惹かれ始めていると感じていた。

「なあ……お前はどうだったんだ？」

唐突に尋ねられた意味が解らず、玲次は首を傾《かし》げた。

「何がだ」

「お前のかみさんだよ」

玲次は今から六年ほど前に妻を娶り、男と女一人ずつの子宝にも恵まれている。妻は穴太の百姓の娘だということは知っていたが、その馴《な》れ初《そ》めなどは訊いたことがなかった。

「そういうことか。まだ駆け出しだった頃は、城の石積みなんてやらせて貰えねえだろ？」

「ああ」

「穴太の田を仕切る石垣を造る時に知り合った。そっからは何となくか……」

己も含めて職人たちは若い頃から修業に没頭する日々を送る。作事場に出られるようになった頃には、すでに二十二、三歳になっている。その辺りになって近隣からの縁談が持ち込まれ、夫婦になるという場合が殆どである。玲次のような例は珍しい部類に入るだろう。

「あ、お前。やっぱり……」

玲次は嬉しそうに、にんまりと笑った。

「違うよ」

匡介は手を宙で横に振ってすぐに答えた。

「お前も三十一だ。身を固めろよ。飛田屋の跡取りがな……」

「飛田屋は血筋じゃねえだろう」

「そりゃあ、そうだが」

「血筋って言うなら、お前の子が継げばいいさ」

玲次は源斎の甥である。他に源斎の近しい親族はおらず、血筋ならそちらのほうが正統になる。

「無理だ」

「そんなこと判らねえだろう」

玲次が断じたので、匡介は眉を顰めた。玲次の息子はまだ三歳のはず。石積みの才があるかないかなど、流石に判らないではないか。

「……生まれた時に腕が曲がっていてな」

匡介は上の娘は見たことがあったが、そういえば息子には会ったことがない。玲次の話によると、右手が肘の辺りから曲がって生まれて来たという。まだはきとは言えないが、どうも手の感覚も劣っているように思えるという。これは玲次と妻を除けば、源斎の他はほんの一部の身内しか知らないとのことであった。

「そうか……」

「でも関係ねえさ。近頃は俺を父《とと》と呼んで、膝にしがみついてくる。それが可愛くてな」

玲次はまた項に手を重ねるようにして、天を仰ぎつつ続けた。

「百姓も務まらねえかもしれねえ。商人なんかがいいのかもな。どちらにせよ、あいつが笑って暮らせる泰平が続くことを祈っている」

積方から外れて腐っていた頃もあった玲次だが、ここ数年は特に仕事に打ち込んでいた。恐らくその息子が生まれたことで、人を守る、泰平を守る石積みという業、それを支える荷方としての自覚がさらに強くなったのだろう。

「お前は強いな」

匡介は思ったことを素直に口にした。人を守るには強さがいるが、その源流には優しさがある。今の玲次を見ていて改めてそう思った。

「どっちでもいいがよ。夏帆殿も含め、皆を守る城を造ろうや」

玲次は少し照れ臭そうに笑った。匡介が荷方に赴いて仕事ぶりを学んで以降、玲次は少しずつ己を信頼してくれているのを感じている。匡介もまた玲次を頼りに思うようになっている。

「ああ、そうだな」

「造るといえば……出来たらしいぜ」

「何がだ」

「伏見城さ」

今日ここに来る直前、新しい伏見城の天守閣と殿舎が落成したという報が流宮に入ったらしい。

「遂にか」

「十二の曲輪《くるわ》も順次出来ている。あとは長屋や茶亭も造られて、神無月《かんなづき》頃には全てが終わる見込みだ」

今月の四日には秀吉も天守へ登った。その日は大雨であったのだが、石垣の隙間から幾本もの細い滝のように水が流れ出ているのを見て、

——流石だな。

と、源斎に満足げに声を掛けたという。秀吉は若い頃から土木に才を見せ、多くの城を築いてきた。そこらの穴太衆の職人などより余程目が肥えている。水捌けが石垣の重要な要素であることをよく知っている。今後、秀吉は大坂城と行き来することになるが、徐々に伏見城にいる時を長くしていくつもりらしい。天下人の両の城を手掛けた源斎は、やはり塞王の名に相応しいだろう。

「こっちは長月《ながつき》までに終わらせるぞ」

別に競い合っている訳ではない。伏見城を丸ごと造り直すのと、大津城の改修では規模が違い過ぎる。しかしそれくらいの意気でないと、源斎には生涯追いつけぬだろう。

「この調子だと出来そうだ。でもいいのかよ」

「何がだ？」

「本当はもう少しゆっくりやりたいんじゃ……」

「馬鹿」

再び口元を緩めつつある玲次を、匡介は一蹴した。夏帆に惹かれているのは確かである。だが匡

介は妻を娶るつもりはなかった。その気ならば三十一になる今日まで独り身ではいまい。

「さて、やるか」

「もうすぐ昼だし、いいところ見せないとな」

いつまでも軽口を叩く玲次を残し、匡介は作業を続ける皆のもとへと歩み出した。群雲《むらくも》が瓦の黒光りする天守を越え、燦然《さんぜん》と輝く湖上の空へと流れていく。その下には多くの商い船が行き交っている。この美しい景色を見ていると、匡介にはやはり泰平がそう容易く破られるようにはどうしても思えなかった。


外堀正面の土をひたすら掻き出し、同時に暗渠を造って木枠を埋める。石積みを生業にしている穴太衆にとっては、少しばかり物足りなさも感じる地道な作業が続いた。

梅雨の季節ということもあり、雨が降る日も多かった。そうなればいくら鍬で壁面を掻いて整えているとはいえ、水を含んだ土が崩落してくるし、底がぬかるんで作業は難航する。それでも人夫たちは、こちらが指示をする前に声を掛け合って復旧させようとするなど士気は頗る高かった。

当主の高次、お初は空模様に関係なく、だいたい五日おきに作事場に視察に出て来た。やはりそれがよい影響を与えているのだ。相変わらずお初の人気ぶりは凄まじく、遠目に誰かが姿を認めるだけで、

「御方様だ！」

などと弾んだ声を上げ、皆がこぞって迎えようとする。

それに対してお初も飛び跳ねるように、いや実際に兎《うさぎ》のように飛び跳ねて大きく手をふるものだから、皆がどっと沸き返るのだ。

高次も負けておらず一々励ましの声を掛けていき、皆も感激して鍬鋤を握る手にも力が籠るようである。もっとも高次は邪魔をすることも多い。奉行の多賀孫左衛門が止めるのも意に介さず、

「儂も手伝おう！」

などと鼻息荒く意気込んで、掻き出した泥の入った箕を運ぼうとし、蹌踉《よろ》めいてぶちまけたりするのだ。

初めは笑ってはならぬと、必死に口を噤《つぐ》んでいた人夫たちだったが、誰かが思わず噴き出したのを拍子に作事場は笑いの渦に包まれた。高次は気恥ずかしそうに頬の泥を拭って笑みで応じる。その様子がまた大名と思えぬほど愛嬌がたっぷりで、

――この殿様のために気張らねば。

という気になるらしく、さらに仕事に身が入るようになっている。このように大津城の改修にあたる職人から人夫まで、皆すっかり京極の夫婦を好きになっていた。

季節はさらに巡り、油照りの続く水無月《みなづき》となった頃である。遂に水の中に石垣を積み、隙間を胴木で仕切って囲いを造る作業に着手した。湖の水量が少なくなる夏を待っていたのである。

匡介は背後に職人、人夫を従えつつ琵琶の湖畔に臨んだ。己の助手を務める数人の石積み職人以外は、皆が石を抱えている。一人で持てるほどの大きさのもの、二人掛かりでようやく持ち上がるものと大きさはまちまちである。

茹《う》だるほどの炎天下である。湖に踏み入れた足をひやりと心地よい感触が包んだ。風に煽られて波が起こり、水面に何本も筋を引いたような波紋が浮かんでいる。

「さあ、始めようか」

匡介を先頭に数十の男たちが湖に駆け込んだ。飛び散った水飛沫《みずしぶき》が陽の光を受けて煌めき、宙に

薄っすらと小さな虹が見えた。

「別に走る必要はねえだろうよ」

玲次は湖岸で腕を組みながら苦笑した。

石を積ませても、玲次は積方の職人に負けていない。久々にやるかと尋ねたが玲次は断った。己が荷方のことを知らなかったように、玲次も近頃の己の石積みを見ていない。この機会に見ておきたいというところであろう。

「験担ぎみたいなもんさ」

腿《もも》のあたりまで水に浸かっていた匡介は振り返って片笑んだ。

気だるくのそっと始めるより、気合いを入れたほうが上手くいくような気がする。別にこの仕事に限ったことではあるまい。

「お手並み拝見といくか」

片笑む玲次に対して軽く頷き、匡介は深く息を吸い込むと湖面を指差した。

「まずはその石をここだ！」

用意した全ての石の検分を終え、すでに頭の中では完成の形が浮かんでいる。湖の底の凹凸も足の裏で確認済みで、積み上げる順番まで全て記憶していた。

「右にそれ、左にそれ」

石、湖面、石、湖面の順に指差していく。指差された人夫はそこまで運び、いざ置く時は職人が手を貸す。適当に置けばよいというものではないからである。

渡した人夫たちは、次の石を求めて岸へと戻る。使う順にしっかりと並べてある。それを取ってまた浅瀬へ戻ってくるという流れである。匡介は石の順番を示すと共に、

「吉次《きちじ》、それは上下逆様《さかさま》だ。それくらいしっかり見ろ」

などと誤りを正させたり、

「金四郎《きんしろう》、それは突き出たところをしっかりと噛ませろよ」

と、注意を促したりするのも同時に行った。

迷うことは一切なかった。岸でこそ順に並べているが、ここまで持ってくるうちに人夫は入り乱れる。それでも匡介には石の聲が聴こえている。

——次は俺だ。

と、石が呼びかけてくるのだ。厳密には呼びかけてくるような気がするのである。実際に石が声を発する訳がないことは解っている。これは子どもの頃からそうであった。源斎に言わせるとこれは、優れた耳を持っているのではなく、特殊な眼を持っていることに起因しているという。

「お前は知らぬうちに三つのものを同時に見ている」

幼い頃、源斎が匡介の力を詳しく解説してくれたことがあった。源斎は指を一本立てながら続けた。

「一つ目は石の『今』の顔だ。よく似た石を百個の中に混ぜても、お前はすぐこれと見抜くだろう?」

「うん。でもそんなの簡単じゃあ……」

「馬鹿いえ。それが出来るまで並の職人なら十年は掛かる。生涯懸けても出来ねえ奴もいるんだぞ」

「へえ……」

匡介はそう言われてもぴんと来なかった。人の顔が違っているように、明らかに一つ一つの石が違って見える。むしろ同じものに見えると言う者の感覚が解らない。人は兄弟で瓜二つの者が稀におり、そちらのほうが見分けるのが難しいのではないかとすら思うのだ。

「二つ目は石の『昔』だ。どのようにして今に至ったのか、お前には見当が付いている」

石の成り立ちとも言い換えられる。石は太古の昔よりそこに存在している。子どもの頃に上に乗って戯れていた石を、大人になって撫でながら、

——何も変わっていないな。

などと感慨深く思う者もいるだろう。

だがその数十年の間に、ごく僅かだが形は変わっている。百年、千年の時を掛けて、水の滴りによって穴を穿《うが》たれることもあれば、さらに途方もない時を要し、風が撫でる柔らかな力で表面を削られたりもしている。あまりにゆっくり変わっていくため、人がその生涯で気付かぬだけなのだ。

源斎と出逢って一乗谷城から逃れる時、匡介が、

——こっちだと思う。

と、言ったのは石から吹き上げる風の流れを感じ取っていたものではないか。源斎はそう言った。

「そうかな」

それも自分では判らず、当時十歳ほどの匡介は首を捻った。

「自分でもよく判ってねえのが、お前の凄いところさ」

源斎はまだ潤いのあった頬を苦く緩めながら続けた。

「石の成り立ちが判ると、他に大事なことが見えてくる」

「石の目……」

匡介が呟くように言うと、源斎は唸りながら頷いた。

一口に石といっても様々な種類がある。この大地が生まれた時からそこにあったとしか思えぬものや、ある時に山が噴火し、零れ出た溶岩が固まったようなものもある。その石の歴史を紐解《ひもと》けば、それぞれの石の「目」が見えてくる。それに沿って力を加えることで労力少なく、最も相応しい形へと加工することが出来るのだ。

「ここまでに二十年といったところか。到達出来る者はさらに少なくなる」

源斎は三本目の指を立て、少し間をおいて言葉を継いだ。

「そして三つ目……これは俺の知っている限り、見えるようになった者は俺だけだ」

源斎の表情には確固たる自信と、微かな戸惑いの色が見えた。その若かりし頃の源斎の顔が、水飛沫の中に消えていく。現実に引き戻され、人夫たちの活気溢れる掛け声、水の揺れる音が耳朶に戻ってくる中、匡介は囁くように呟いた。

「石の『先』……」

造りたい石垣のためにはどれほどの石が必要か、あるいは手持ちの石の中から如何なる石垣が造れるのか。それを見抜く力である。

何故、己にこのような力があるのかと尋ねたが、源斎はそこに訳を求めても仕方ないと首を横に振った。例えば武士にも刀槍の扱いに長けた者、弓を引けば百発百中の者、どんな悪路も走破する馬術に優れたる者がいる。それらは大なり小なり「武士」には役立つ才である。

だが中には武士でありながら、商いに才を発揮する者もいれば、田畑を耕しよりよい作物を育てる才を持つ者もいる。そんな者にとっては武士であるよりも、商人や百姓になっていたほうが、豊かな一生を送ることが出来るかもしれない。

源斎いわく、人はそれぞれ何かしら才を持って生まれ落ちる。だが人の生涯の中で、己の才が何かということに気付く者は少ないし、たとえ気付いたとしてもそれを活かさぬまま一生を終える者が大半である、と。

　己の石積みの才など、普通に暮らしていれば活かす場に巡り合うことはなかったであろう。だがこうして巡り合ったのは僥倖《ぎようこう》であると共に、天が己に何かの使命を与えているのだと源斎は語った。

「次はそれ、その次はその二人で持っている石だ！」

　今日、この日、今のこの作業にも何か意味がある。そう信じて匡介は弛まずに指示を出し続けた。石を水の中に沈めると当然見えなくなる。普通は手探りでやらねばならないため時を要するが、それも匡介にははきと見えている。故に作業は全く滞ることなく流れるように続いた。

「ええと……」

　並べてはあるものの順が判らなくなったようで、岸に石を取りに戻った人夫が戸惑いを見せる。

「違う。そっちだ」

　玲次はそちらを一瞥することもなく指で石を指し示す。その間も真剣な眼差《まなざ》しでこちらを見据えていることに気付いていた。

「水面に石の先が見えてきた。このまま一気にいくぞ！」

「おお！」

　匡介が鼓舞すると、皆が声を揃えて応える。

「玲次！　そろそろ……」

「ああ。今、段蔵さんに報《しら》せる」

　玲次はそう言うと、荷方の若い者を使いに走らせた。

囲いに用いる胴木のことである。土台が出来たところに差し込み、挟み込むようにさらに石を積むのだ。大量の石を広げているため、胴木を置く場所がなく、半分を積んだところで岸辺に運んでくる手筈となっているのだ。

「おお、早いですな」

胴木を運ぶ者たちを率いて段蔵が現れた。思いのほか早く組み上がりつつあるので、目を見開いて驚いている。

「あいつにとっちゃ、水の中も何も関係ねえらしい。あっという間さ」

玲次は手庇をしながら一笑した。まだ陽が東の空にあるということである。胴木を使うのは正午頃だという打ち合わせになっていたが、見込みよりも早く作業が進んでいるのだ。

「胴木、いくぞ！」

匡介は岸に向けて招くように大きく手を振った。

「段蔵さん、俺たちも手伝ったほうがよさそうだ」

「そのようじゃな」

胴木の据え付けは素人には難しいのだ。二人も加わって作業はさらに捗りを見せた。胴木はやや湾曲させて作ってあり、それを横に並べて囲いを造っていく。大きな桶を造るような恰好である。とはいえこれではどうしても僅かな隙間が出来てしまう。二枚の胴木の内側にもう一枚、胴木を張り付けるように立てて水漏れを防ぐのである。

立てた胴木を次々に石垣で挟んでいく。大津百艘船の一隻が通り掛かり、あれは何をしているのだと船縁《ふなべり》から身を乗り出して見ている。

「湖の水は冷たいさかい、そんな岩風呂は誰も入らんぞ」

などと、からからと笑いながら呼びかけて来る者もいる。確かに知らぬ者にはそのように見えるのかもしれない。匡介が鼻を鳴らすと同時に、皆が反対にどっと笑ったので船乗りたちは訝しそうに首を捻っていた。

「きりのいいところまでいくぞ。次はその石。違う隣の――」

言いかけたところで、岸辺に夏帆が立っているのが目に飛び込んで来た。いつからそこに立っていたのか。気が付かなかったが、すでに陽は高くなっている。

昼餉の用意が出来たのだろうが、夏帆は声を掛けてはこなかった。己たちがいつになく作業に没頭しているのを見て取り、一段落するまで見守るつもりだったのだろう。その気遣いを思うと、ふっと口元が綻んだ。

「もう少し……」

だけ待ってくれ。そう声を掛けようとするより早く、夏帆は遠目にも判るように頷いて見せた。匡介も頷き返すと、ぐるりと皆を見渡して声を張り上げた。

「あと胴木二枚で丁度半ばだ。昼餉にするぞ！」

銘々、気合いの入った声で応じる。再び指示を出しながらも、匡介は目の端に夏帆を捉えていた。水の爆ぜる音と、囂《かまびす》しいほどの蟬の声が入り混じる中、夏帆は燦々《さんさん》と降り注ぐ陽の光を受けて立っている。まさしく名をそのまま現したような姿に、匡介は美しさと眩しさを感じていた。

湖中の石垣が完成したのはその翌日のことである。すぐさま手桶《ておけ》を用いて、囲われた中から水を抜く作業へと移る。果たして外から水は入って来ないのかと、些か緊張しながら皆が手を動かした。

「おぉ……」

感嘆の声が上がる。桶で水を掻き出す度に水位が下がっている。つまり囲いは上手くいったということである。

「矢弾を止める飛田屋の仕事だ。水を止めるなんて……」

玲次は自身も手桶で水を汲みながら、胴木の隙間を確かめている己を見て片笑んだ。

「ああ、当然だ」

そうはいうものの、何事もやってみねば判らない。正直、胸を撫でおろしていたところである。だがまだこれでも道半ば。ここから水を吸い上げ、外堀正面に流し込む仕掛けを造らねばならない。そこが上手くいかねば、ここまで使った時、労力、銭が水泡に帰すことになる。

水を抜き切ると湖底が見えて来た。砂の多い海と異なり、藻の絡んだ礫《こいし》ばかり。次はこの礫を取り除く作業に追われた。ようやく砂地が見えたところで、掘り進めてきた暗渠をさらに延ばす。そこに木枠を嵌め込んで埋めていくのは同じで、もはや日雇いの人夫たちも慣れたものであった。

全ての作業が終わったのは、水を抜いてからさらに十日後のこと。外堀正面の掘削はすでに終えているので、あとは石垣を崩して再び水を流し込む。木枠の中を水が逆流するかどうか、そしてそれが外堀にまで届くかどうかである。

この日、いよいよこの作業を行うということを、奉行の多賀孫左衛門が高次に告げたので大変である。高次とお初が見物に現れた。夫婦揃って姿を見せるのはこれが初めてである。見物者はそれだけで止まらなかった。

――皆の者、飛田屋の仕事を見届けようぞ！

と、まるで出陣するかの勢いで高次が言ったので、多くの家臣たち女中たちもぞろぞろと姿を見せた。中には夏帆の姿もあることにすぐに気付いた。作業に当たっていた職人、人夫たちと合わせると、その数は実に千近くに上った。

「多賀様……」

匡介は顔を歪めながら呟いた。孫左衛門はばつが悪そうな顔で、片手で拝むようにして詫びた。

「すまない。このような騒ぎになるとはな」

「あの宰相様ですよ。察しがつきそうなもの……」

「うむ。よく考えればそうだ」

孫左衛門もどこか抜けたところがある。この京極家の絶妙に寛容な雰囲気を好ましく思っているが、此度ばかりは困ったものである。

――上手くいくのか。

と、未だに不安を払拭出来ないでいるのだ。

今までの経験からして、石垣と胴木で水を堰き止めることは何とか出来ると踏んでいた。だがここからは未知の領分である。穴太衆の歴史の中でも聞いたことがない。

常ならば、失敗してもまたやり直せばよい。そうして技術というものは研鑽されていく。だが流石にこの大人数の前で、高次やお初の見ている所でしくじるのは気まずかった。

「失敗してもいいじゃねえか。腹を切らされるだけだ」

白い歯を覗かせる玲次に対し、匡介は溜息で返した。

高次はそのような類の男でなく、たとえ失敗したとしても咎めることはないだろう。玲次もそれを重々知っていながら揶揄っているのだ。

「匡介、支度は出来たぞ」

高次が手を大きく左右に振りながら呼びかけてきた。すっかり見物人が集まるのを待たされてしまった形になっており、匡介も苦笑しつつ頷いて見せた。

「承知しました」

湖中の石垣を崩す支度に移らせた時、高次がゆっくりと近づいて来た。

「此度は苦労を掛けた」

「まだ成功した訳では……」

「儂は城をこのように触るのは初めてだ」

これまで高次は転封を繰り返してきたが、そこにはすでに城があった。僅かな塀の破れ、石垣の崩れを修復させた程度で、一から城を建てることは疎《おろ》か、大規模な改修すらしたことがないという。

職人たちが行き交うのを見つめながら高次は言った。

「頭では解っていたつもりだった。だがこの眼で見ると違うものだ」

「と……おっしゃいますと？」

「人が安んじて生きる場所を造るのがいかに大変か。職人たちがどれほど腐心しているのか……京極家の皆の分まで礼を言う」

噛み締めるように語った後、高次が頭を下げたものだから、匡介は慌ててそれを止めた。通常なら有り得ない光景であるし、家臣たちも主君の威厳を保とうとして制止するに違いない。だが高次の人となりを知っている京極家の者たちは、温かな眼を向けて微笑んでいる。

「宰相様、先刻も申しましたようにまだ成功した訳では――」

「それでも懸命に働いてくれたのは同じこと。しくじればまたやり直せばよい」

ありふれた言葉なのかもしれない。だがこれまで何度も滅亡の危機に瀕し、それでもまた大名へと返り咲いた高次が語ると重みを感じた。その一言で心がふわりと軽くなった。

「ではやります」

大津城外堀正面から湖までは約三町の距離がある。湖の中でその時を待つ職人たちに合図を出すため、大きな白布を棒に括りつけた簡易な旗を用意してある。

「崩せ！」

匡介が高らかに叫ぶと同時、白旗が掲げられて左右に大きく振られる。

暫くすると湖の中にいた職人の一人が駆けてきて報じた。

上から石を取り除いていき、遂に胴木が抜かれた。初めは一か所から岩清水の如くちょろちょろと流れていただけだが、やがて一気に囲いの中を満たしていくという。それは枠の中に水が流れ込んだということを示しているのだ。

――来い。

外堀から突き出た木枠をじっと見つめながら心で念じた。見物人たちの騒めきもいつの間にか止み、皆が固唾を呑んで見守っている。煙草を一服、二服するほどの時が過ぎた。

――駄目だったか……。

諦めかけたその時である。木枠から一滴の雫《しずく》が落ちた。それはほんの息を呑むほどの間のことで、次の瞬間には塊が弾けるように水が噴き出した。まるで大雨の日の樋を見ているかのような水量である。

「やった」

匡介が拳を握った時、皆の衆がわっと歓声を上げた。京極家の家臣は感嘆しながら木枠を指差し、女中たちは掌を合わせて娘のように跳ねる。職人と人夫の境なく皆で肩を叩き合って喜んでいる。家臣たちの輪に飛び込んで歓喜する高次、職人たちに労いの言葉を掛けていくお初の姿もある。

「匡介！」

玲次が歓喜しながら肩を小突いた。

「上手くいったな」

玲次の肩越し、まだ興奮冷めやらぬ衆の中、子どものように無邪気に喜び合う夏帆が見えた。夏帆もこちらに気付き、頰を紅潮させながら見つめ返す。匡介が会釈をすると、夏帆もまた微笑みながら会釈を返す。

玲次は首を傾げて振り返ったが、すぐに会釈の答えを見つけてにんまりと笑った。何か言われる前に、匡介は先手を打って話を引き戻した。

「十日ほどで堀に水が満ちるだろう」

水は止まることなく、外堀正面につけた傾斜を流れていく。不具合が出ないか暫く経過を見なければならないが、この分だと大きな問題は起こりそうにない。

「まあ、俺も終わっちまうのは寂しいさ」

玲次は茶化すのを止め、目を細めて賑わう衆を見つめた。

「ああ……そうだな」

一つの仕事を終える度、一抹の寂しさを感じる。それは祭りの後のもの悲しさと何処か似ているものである。

穴太衆の石垣は五百年保ってようやく一人前と言われるため、生涯で二度同じ作事場に立つことは稀である。恐らく己が大津城に関わることはもうないのだ。

しかも今回は京極家の気持ちよい人々に囲まれ、今までのどの仕事よりも充実した日々を過ごさせて貰った。そのため寂しさも一入《ひとしお》である。

「でもこれで大津城は完全な水城だ。鉄壁といっていいだろう」

玲次は誇らしげに言った。

「いや……」

「ん？」

玲次が訝しげに首を捻った。

――これは鉄壁じゃあない。

かつて夏帆と話したことが、匡介の頭の片隅にずっとある。確かにこれで大津城は一段階守りが堅くなったことは間違いない。だが次にこの城が戦に巻き込まれる時、見たこともない武器や、新しい戦術が生み出されているかもしれないのだ。それに対応出来るか否かは、その時を迎えねば誰にも判らないのである。

故に鉄壁の城など有り得ない。ずっとそう思っていた。だがこの作事の間で、匡介は一つだけその問題を乗り越え得る道を思いついていた。しかしそれは実際に行うには難しい方法だと解っていた。

「匡介、よくやってくれた」

高次が嬉々としながら近づいて来た。

「本当に水を引き上げるなど驚きました」

お初も一緒である。その後ろには夏帆も寄り添っている。

「ありがとうございます」

「これで皆も安堵するであろう」

高次はお初と顔を見合わせて頷いた。皆もというのは嘘ではないが、中でもお初や夏帆、二度の落城を経験している者たちを一番に想っているだろう。

「宰相様……」

匡介が消え入るような声を発した。

「どうした？」

高次はふくよかな頬を緩めた。

「おい」

玲次が肩を鷲《わし》掴《づか》みにした。

先程は言葉の綾で鉄壁などと言ったが、玲次もまた完全無欠の城などないと知っている。それほど穴太衆の中では常識なのだ。だが徒《いたずら》に不安を煽るため、それを依頼主に告げることは決してしないのである。今の己は余程深刻な顔をしているに違いない。玲次はそれを口にしようとしていることを察している。

――この人たちには教えたい。

落城の恐ろしさを知っている彼らだからこそ、これで安心など軽々しく言ってよいのかという葛藤があった。玲次は首を振る訳にもいかず、右手に力を込めて軽く前後に揺らした。

「いえ……何も」

「そうか。ご苦労だったな」

高次はひょいと首を捻ったが、すぐに元の笑顔を取り戻して再び労いの言葉をくれた。

教えたところで何になるのだ。高次は己を戦下手というが、京極家も武門の家である。どんな城でも完全でないことは解っているはず。そう己に言い聞かせ、匡介は口を真一文字に結んだ。

慶長二年長月、大津城の改修工事は完了し、飛田屋は大津の地を去ることとなった。高次やお初、京極家の家臣や女中までもが繰り出した大層な見送りに、こちらが恐縮してしまった。勿論、その中には夏帆の姿もある。

「いいのか？」

玲次が耳元で囁くように尋ねた。

「ああ」

もはや想いを認めぬつもりはなかった。己は確かに夏帆に惹かれている。

だがそれは似た境遇を歩んだという同情が発端だったように思うし、己は源斎のように生涯妻を娶らず石積みの業を極めるつもりでいる。匡介は夏帆に向けて深々と頭を下げると、身を翻してその場を後にした。

翌月には源斎が伏見城の移築を完全に終えたとの報も入り、石や道具の差配所である流営も取り払うこととなった。当分は城の石垣の点検や、寺社の石垣の補修などがあるのみで、大きな仕事はないのである。

低きところから、高きところに水を運び、大津城の外堀正面を水堀と化したということは、たちまち評判を呼んだ。豊臣秀吉でさえも噂を聞きつけて、源斎に、

——お主に負けぬほどの息子らしいな。

と、声を掛けたと後に聞いたほどである。

天下人に功績を知られたとなれば、多くの穴太衆は飛び上がって喜ぶだろう。だが匡介はそれを聞いても何も思わず、むしろ不安が強くなるだけであった。

秀吉の耳に届くほどということは、天下に遍く知られたといっても過言ではない。構造を知られ

れば知られるほど、守りにくくなる。生まれたその瞬間だけが完全で、時と共に弱くなり始めるのが城というものなのだ。

作事に奔走して多忙であった年が暮れ、翌年になると大津城の水堀を一目見ようと、他国からも見物人が訪れていると聞いた。城をこのようにまじまじと見ることが出来るのも、泰平ならではのことである。

「若、よろしいか」

段蔵が耳に入れたいことがあると、話しかけてきたのもその頃のことである。

「知り合いの百艘船の船頭から聞いたのですが……国友彦九郎が大津城を検分していたようです」

段蔵は忌々しそうに口を歪めた。

「そうか……」

匡介は深い溜息を零した。

覚悟していたことではある。戦が起こっている訳でもないのだ。彦九郎を咎める訳にもいかないし、己にそのような権勢がある訳でもない。国友衆という戦国を荒らしまわった「矛」は、こうして泰平の間も「楯」を検分して、さらなる磨きをかけているのである。

どうもその泰平の雲行きが怪しい。秀吉が今年になって急速に衰え始めており、臥所《ふしど》で寝込む日も度々あるという。跡継ぎの秀頼がいれば豊臣家は安泰と思っていたが、彦九郎がかつて言い放ったように、もしかすると一波乱あるかもしれない。

規模の小さな仕事を請け負い、近江を歩き回っているのだが、どうもここのところ行き交う武士たちの顔が強張っているのだ。己が子どもの頃に見ていた、戦に明け暮れる武士の顔である。

——戦に巻き込まれなければよいが……。

匡介は近江八幡の寺の石垣を直している最中、大津城のある南西の空を眺めた。今日もまたあの朗らかな会話が繰り広げられているのだろう。浜風で鬢から零れる髪を手で押さえつけながら、匡介は茫とそのようなことを考えた。

慶長三年（一五九八年）の桜が舞い散る季節のことである。

第五章　泰平揺る

昨年も相当だと思ったが、今年の夏はそれ以上の暑さであった。手拭いで拭った額にまた汗が噴き出す。どの職人の背にも汗が紋様のように浮かび、露わとなった褐色の胸元が照っている。

「次はそれ、その次はあれだ」

匡介は並べた石の合間を縫うように歩きながら、てきぱきと指示を飛ばしていく。

「若はすっかり頭に似てこられた」

古株の職人が作業に当たりながら呵々《かか》と笑った。最近ではそう言われることが特に多い。もっとも己の石積みの技は、まだ源斎の半分ほどだと思っている。いや石積みの技はほとんど吸収出来ているのかもしれない。だが圧倒的に場数を踏み足りず、経験の点において遥かに源斎に劣っている。もっと経験を積みたいと思うのだが、如何《いかん》せん、

――仕事がない。

のである。源斎が己くらいの歳の頃は、世は戦乱の真っただ中であり、掃いて捨てるほど多く仕事の依頼が来た。豊臣家によって世が泰平となってからも、戦で崩れた石垣を見栄えよく改修するだの、領民に権威を示すために新たに城を造るだのと、まだ仕事はそれなりにあった。だがそれも年々数を減らしていき、今ではそのような城の仕事は殆どなくなっている。

今、行っている仕事は南山城《みなみやましろ》の童仙房《どうせんぼう》一帯を治める土豪、野殿《のどの》家の砦《とりで》の石垣を組むといったも

のであった。野殿家の砦は山の上にある。砦だけでなく集落も山の上にあるという珍しい形で、領主の名と同じく野殿と呼ばれている。恐らくは地名のほうが早く、後からそこを治めていることで領主が姓を変えたのだろう。

砦と言ってはいるが、庄屋の屋敷に毛が生えたようなもので、伏見城や大津城などとは比べ物にならない。急がずにゆるりと作業をしても一月も掛からない程度である。先々まで入っている仕事は、このような小さな規模のものばかりなのだ。それでも源斎は二つ同時に仕事を請け負うと、

――こっちにはお前が行け。

と、より大きいほうを己に任せてくれる。少しでも経験を積ませようとしてくれているのだ。

だが、今回だけは常と異なり源斎のほうが大きな仕事を取った。この砦の三倍はあろうかという寺の石垣を造るというものである。その訳を匡介は解っていた。

「越前か……」

匡介は小声で呟くと、山に遮られた北の空を見つめた。同時に進められている大きな仕事というのは、己の故郷である越前のものなのだ。

朝倉家滅亡の折に近江に逃げてからというもの、匡介は一度も越前の土を踏んでいない。それどころか皆の前で口にすることすらしてこなかった。源斎は慮ったのであろう。匡介もまた何も言わず諾々と従った。

やはり越前に行くとなると様々な想いが湧く。仕事にとってそれは雑念になるだろう。そうでなくとも今なお、仲睦《なかむつ》まじげな家族を見た時など、父や母、妹の花代の顔が眼前をちらつくのだ。

「若、支度が出来ました」

職人の一人が声を掛けてきて、匡介ははっと我に返った。

「飯にしようか」

昼餉の支度が出来たのである。この暑さでは飯も中々喉を通らない。炊いた飯に水をぶっかけて腹に流し込む程度のものである。大津城の改修の時とは異なり、これらの支度も全て己たちで行う。大津城が異例だったのである。飯の支度を始めとして京極家の者たちは、共に城を造っているという気持ちでいてくれた。故に最後には家中、職人、人夫の別なく、言葉に尽くせぬ一体感が生まれていた。あのような現場にはもう生涯巡り合えぬかもしれない。たった一年前のことなのに、匡介は懐かしみながら飯を掻きこんだ。

「何だ？」

匡介は箸を止めて眉を顰めた。この山に延びる一本道を駆け上って来る者が目に留まったのだ。風体を見るにどうも野殿家の者ではない。近づいて来るとそれが玲次だということに気が付いた。此度の普請でも初めは山方《やまかた》の段蔵、荷方《にかた》の玲次と共に入った。石は現地で調達するのが原則である。まず段蔵が童仙房によい石場を見つけて切り出す。それを終えると段蔵は一度近江へと戻り、次に越前へと向かった。

流営を築いて待っていた玲次は、切り出した石をこの野殿の砦まで運ぶ。一昨日に全ての石を運び終え、昨日には流営の始末をつけており、今日には一足先に近江に帰る段取りになっていたのだ。そのはずがここに向かってくる。しかも顔が見えてくると、玲次の様子がただ事ではないと感じ、匡介は椀を置いて立ち上がった。

「玲次！」

呼びかけるが玲次は頷くのみで何も答えない。野殿家の者、あるいは他の職人にも聞かれてはまずいことなのだと察した。玲次は己のすぐ傍まで駆けこむと、息を弾ませながら目配せで場を移すように訴える。二人で端に移動すると、匡介は堪らずにすぐ訊いた。

「何があった」

「落ち着いて聞け……太閤が死んだぞ」

「何……」

ここのところ病床に臥すことが多かったが、春先より小康を得て政《まつりごと》も執り始めたと聞いていたのだ。だがそれは事実ではなく、日々衰えていたというのが実際のところらしい。そして五日前の八月十八日、息を引き取ったというのだ。

「知るのが早くないか」

秀吉の嫡子である秀頼はまだ幼い。成長を待つためにも少しでも長く生きていたいと秀吉は望んでいただろう。そうであればその死も、出来るだけ長く秘匿したいはず。一介の職人である己たちのもとに報せてくるはずもない。故に誤りではないかと疑ったのだ。

「八月十九日、太閤の使者が穴太に来た」

玲次は一層声を落として話し始めた。秀吉の死の翌日のことである。源斎は越前に赴いており、ちょうど戻った段蔵が応対をした。その使者は秀吉から己の言葉を一言一句違えずに源斎に伝えろと言われていたらしい。その内容というのが、

——伏見を何としても落ちぬ城に。儂はもう死ぬるがそちに頼む。

と、いうものであったという。

天下人にとっては些細《ささい》なことである。ましてや人は死の間際でもそのようなことを考えるものか。いや、死の間際だからこそ細かいことにも未練が残るのだろう。治部少丸の虎口《こぐち》はもう少し狭くしたほうがよかった、名護屋丸に続く上り石垣の勾配は緩すぎぬか、松の丸の石垣をあと二尺高くす

べきだったなどと、秀吉は譫言《うわごと》で繰り返していたというのだ。そして思い極まって、己の死を告げてでも源斎に伏見城をより堅くするよう頼むと使者を発たせた。

「使者は段蔵に話したのか？」

「やはり渋ったらしい。だが段蔵さんがな」

天下人の死ともなれば秘事中の秘事。飛田屋の当主である源斎以外に告げるのは、危険が大きいと考えるはず。渋る使者に対して段蔵は、

——これまで穴太《あのう》衆《しゆう》が縄張りを漏らしたことがありましょうや。たとえ殺されても口を割りませぬ。

と、凜然と言い放ったという。それで使者もようやく納得し、源斎の名代《みようだい》として段蔵に事の次第を話したという流れである。

「だが結局無駄だ。早くも太閤が死んだという噂が流れている」

段蔵がこちらに報せるために走らせた者の話によると、草津宿あたりでもすでに太閤の死去を口にする旅人が散見出来たという。人の口に戸は立てられぬというが、これほど重大な話ならば伝わる速さも凄まじいらしい。

「爺には？」

「ああ、越前にも人を走らせている」

「太閤も最後に余計なことを……」

「ああ。面倒なことにならなきゃいいがな」

匡介が苦々しく零すと、玲次も頬を歪めつつ返した。秀吉が死ぬ間際の言葉のことである。夢現も定かではない時の譫言であり、当人としてはもう一度城を点検してほしいといった程度の思いだ

ったのかもしれない。相手の人柄を慮る余裕もなかったのだろう。結果的に秀吉が発したのは、

――伏見を何としても落ちぬ城に。

と、いうものになった。ただの気の迷いの一言として流してしまえばよい。だが周囲が秀吉の遺言の一つとして、真にそのような仕事の依頼をするならば厄介である。そもそも匡介も常々考えているように、絶対に落ちない城などあり得ない。己たちは限られた費えの中で、限りなく落ちにくいものを造っているに過ぎないのだ。そして依頼主が満足したところで仕事は終わる。

だが、すでに依頼主はこの世にいない。つまりどこまでいっても依頼主が満足したかどうかは判らない。ただ「何としても落ちぬ城」という依頼だけが独り歩きし、造っても造っても際限がなくなるのだ。

「仮に再び伏見城に携わることになったとしても、奉行がある程度のところで止めるだろう」

匡介は自らに言い聞かせながら話した。

「どうだろうな。船頭が沢山出て来て、ああしろ、こうしろと口煩《くちうるさ》くなるかもしれねえぞ」

すでに没しているにも拘わらず、秀吉に忖度《そんたく》して徹底的に伏見城の守りを堅くしようとする者。豊臣家の財政に響かぬように適当なところで収めようとする者。あるいはまた移築すべしなどと宣う者も現れるかもしれない。とにかく死んだ人間の依頼など受けるべきではない。

とはいえ天下の豊臣家に、しかも秀吉の遺言として仕事を命じられれば、飛田屋も易々と断ることも出来ない。ただ何事もなく、皆が忘れることを祈るしかなかろう。

「わざわざすまなかったな。とにかく話は判った。まずはここの仕事を終わらせる」

雨が降ろうが槍が降ろうが、まず目先の仕事に向かう。それが穴太衆の流儀である。たとえ天下人の死であろうがそこに介在する余地はなく、ただ淡々とこなせばよい。それは源斎とて同じこと

である。越前の源斎は今から石を切り出すため、少なくともあと四、五か月は近江に戻らない。その間に伏見城のことなどすっかり忘れてくれれば儲けものである。

「じゃあ、俺は穴太に戻る」

玲次はそう言うと身を翻した。この後、今度は玲次が越前に向かい、段蔵が切り出した石を運ぶのである。このように時間差で山方、荷方の頭を動かして二つの現場をこなしているのだ。

「玲次……」

匡介の脳裏をふっと過るものがあり、去ろうとするのを呼び止めた。

「何だ？」

玲次は振り返って訊き返した。

「段蔵爺はあと一月で石を切り出して穴太に戻ることになる」

「ああ、そうだな」

「穴太で石を切り出してほしいと、伝えてくれないか」

「お前らしくもねえ。どの程度の大きさを幾つだ。それだけじゃ判らねえよ。だいたい……次に近くで仕事があったか？」

玲次は話していて気付いたようで、怪訝そうな顔つきで首を捻った。

「いや、次は美濃は大垣《おおがき》の寺だ」

確かに言う通りで暫くは近隣での仕事はない。近江以外で二、三、寺社の石垣の修復が入っているだけで、その後の仕事も絶えている。

「そうだろう。じゃあ、何で……」

「こんなことになったんだ。仕事が沢山舞い込むかもしれない。近くはその石で対応出来る」

すぐにではないかもしれないが、秀吉が死んだことで世上に不安が広がるだろう。行き先が見えない中、大名たちは我が身を守ろうとするだろう。その時に真っ先に考えるのが、城の守りを厚くすることである。

「なるほど。そういうことか。伝えておくよ」

「ああ、頼む」

玲次は軽く手を上げて山を下って行った。世が乱れれば修復だけでなく、新たに城を建てようとする大名は必ず現れる。特に豊臣家は畿内の諸城の守りに気を配るだろうから、近江で石を切り出しておいて損はない。だが匡介の頭にあるのはただ一つの城である。あの城が戦火に巻き込まれる見込みは限りなく低い。

「何事もなければいいんだ」

匡介は独り言《ひとりご》ちた。石はあまりに多く切り出せば置き場に困るものの、腐るといったような代物ではない。使わないに越したことはない。だが、妙な胸騒ぎが止まらない。それを紛らわすように首を横に振ると、匡介は努めて平静を装って皆が休息する作事場へと戻った。

南山城の野殿砦の修復を終えたのは、九月の末のことである。匡介は仕事を終えると、配下の積方《つみかた》の職人に後を任せて穴太へと帰った。段蔵は越前での石の切り出しを終え、玲次と入れ替わりで戻っており、己の指示通り石を切り出し始めているという。

匡介は久しぶりに石切り場へと足を向けた。穴太衆が石頭《せっとう》と呼ぶ鉄の鎚で、石を叩く高い音が遠くまで鳴り響いている。

「段蔵、先ほど帰った」

「若、お久しぶりです。野殿の砦は如何に」

「上手く終えた。野殿殿もお喜びだった」

「それは祝着《しゅうちゃく》ですな」

段蔵は深い皺を浮かべて相好を崩した。

「やってくれているんだな。頭は何か言っていたか？」

匡介が尋ねると、段蔵は少し間をおいて答えた。

「いえ……匡介の言う通り、これから仕事が増えるかもしれない。切り出しておいて損はねえだろうと……」

「どうした？」

段蔵が訝しむように口を窄めるので、匡介は石切り場に目を逸らしつつ訊いた。

「今、若が頭とお呼びになったので」

「普段からそう呼べと言っているだろう」

「そうなんですがね。一向に聞き届けて下さらなかったのが、これはどうしたことかと」

「呼び間違っただけさ」

未だ不審そうに首を捻る段蔵を一瞥し、匡介は短く言い放った、源斎は己の魂胆に気付いているのか。それが気に掛かっており、己でも知らぬうちに気が張っていたらしい。

「それならよいのですが。いや、よくありませんな。きちんと頭と……」

「また始まった」

匡介は苦く頰を緩めて歩み出すと、石場で励んでいる山方の職人たちに労いの言葉を掛けていく。どの職人も嬉しそうに顔を綻ばせた。

「どんな具合だ」

切り出された石の隙間を縫うように歩きながら、匡介は訊いた。

「はい。七等級までの大きさに切り分けてますが、よろしいですかな？」

「十分だ」

石垣には多様な積み方がある。穴太衆が主として行うのは、そのうち最古の手法である野面積《のづらづ》みである。野面積みは積む場所の地形に合わせて、様々な大きさの石を組み合わせて積んでゆく。それは切り出したものではなく、その辺りに転がっている石でもよい。とにかく石を選ばないのである。とはいえ積む場所が未だ決まっておらず、予め石を用意するならば、様々な種類の大きさを用意しておくのが最適である。

「三番石は控えの長いものを集めています」

段蔵は石切り場を歩きながら説明を続けた。石材の奥行のことを穴太衆では「控え」と呼ぶ。細長い石材を間に挟むことによって、より強く、より高く積むことが出来るのだ。

「ちと短すぎやしないか？」

匡介は眉間を寄せた。

「頭はこれで十分。若も今の腕ならば問題はないかと」

「まあ……な」

控えの短い石材を用いて石垣を積むのは、かなり高度な技術が必要とされる。転ずれば腕の悪い者は使える石材の幅が狭まり、腕の良い者ほどいかなる石材も用いることが出来るのだ。

「こちら五番石は、打ち込み用です」

段蔵が掌で指し示した先には、一尺（約三十センチメートル）四方ほどの石材が並んでいる。こちらは「打込接《うちこみはぎ》」と呼ばれる工法に使う。積み石の合端《あいば》、つまりは接合部分を加工し、石同士の接着面を増やしてより隙間をなくす手法である。そのため、打込接で造った石垣は上りにくいという特徴がある。このような技術があるのならば、何故なおも野面積みを行うのかと疑問に思う者も多い。実際に大名や奉行でも知らず、

――手を抜いているのではないか。

と、疑心の言葉を掛けられることも多々あった。

だが打込接で造った石垣には、目に見えぬ大きな弱点がある。石垣は外からの圧には強いものの、内からの圧には存外脆い。石が詰まっているということは水捌けが悪いということを意味し、長雨で中に水を孕《はら》んで中から爆ぜるように崩れることがあるのだ。天候に左右されずに数百年もたせようとするならば野面積みのほうが良い。

さらに外からは強いといっても、そちらでも野面積みのほうに軍配が上がる。一見すると隙間の多い野面積みのほうが弱いと思う者も多いが、計算された隙間は衝撃を緩和させる。

昔ならばそこまで外圧に気を配る必要はなかったが、乱世の末期になってくると大筒《おおづつ》が戦に投入されるようになった。大筒を撃ち込まれて打込接の石垣が粉砕されるということも出て来た。だが野面積みならばたとえ大筒の弾であろうともびくともしないのだ。

「近頃は切込接《きりこみはぎ》を勧めようとする馬鹿もいるらしいな」

「口が過ぎますぞ」

匡介が鼻を鳴らすと、段蔵はしっと鋭く息を吐いた。

切込接とは打込接から一歩進んだ工法ともいえる積み方で、石の接着面を徹底的に削って密着させ、隙間を全くなくすというものである。人は疎か、鼠であろうとも足を掛ける隙間がない。何よ

り見栄えが良い。だが打込接が持っている弱点もより顕著になり、内外ともに何とも崩れやすい。もっとも通常ならばいきなり崩れるということはないのだが、こと戦においては危険極まりないものといえる。場所さえ見極めれば、大筒といわず、大きな焙烙玉《ほうろくだま》でも外から崩すことが出来るだろう。

まだ切込接の石垣のみで造られた城は存在しないが、技術としてはとっくに定まっている。幾らこの十年大きな戦が絶えているからといって、いつ何時世が乱れぬとも限らない。それなのに「見せる石垣」を安穏と推奨して回っている穴太衆がいることを、匡介は内心苦々しく思っていた。

「あいつらは『見せる』なんて毛頭考えちゃいねえ。たとえ泰平が来てもな」

匡介は忌々しい顔を思い出して舌を打った。

「国友衆ですか……」

「ああ。国友の連中は、いかに無駄なく殺せるかだけを念頭に置く。だからこそ手強い」

もうすぐ彦九郎と相見《あいまみ》えるのではないか。ここのところ、そのような予感がずっとしているのだ。

「他に何かお望みのものは？」

段蔵《ぬのづ》は溜息を零して尋ねた。

「布積みに適した石がもう少しあれば、どんなところでも造れる」

「承りました」

野面、打込接、切込接というのはいわば石の加工の仕方であり、積み方そのものを指す訳ではない。積み方としては「乱積み《らんづ》」と「布積み」の二つに大別される。

乱積みは大小、不規則な石を積み上げるもの。一見すると雑然と組んでいるように思えるが、上下左右の石を上手く嚙み合わせなければならず、極めて高い技術が要求される。

もう一方の布積みは石を一段ずつ横に並べて据え、横目地を通す積み方である。同じような高さの石を選んで積まねばならないが、技術的にはこちらのほうが易しい。二つの積み方の見分け方は横目地が並んでいれば布積み、揃っていなければ乱積みということになる。つまり野面の乱積みもあれば布積みもあり、打込接の布積みもあれば乱積みもあるのだ。

では穴太衆が得意とする積み方は何か。それは乱積みであり、布積みであり、あるいはその両方の中間ともいえる。基本は野面であるが、時と場合によっては打込接も使う。いかに城の守りを厚くするかということだけに焦点を絞り、臨機応変に行うのである。これを人によっては、

――穴太積み。

などと呼ぶ者もいるが、穴太衆にとってはこれが普通であり、別段そのように名付けてはいない。

――型のないのが穴太の型よ。

石積みを学び始めた頃の匡介に、源斎が不敵に笑ってそう語ったのをよく覚えている。敢えて一つだけ特徴を挙げるとすれば、石垣の隅は交互に石を嚙み合わせて鈍角を造ることくらいか。これは「鎬隅《しのぎすみ》」といい、力を分散させるのに欠かせない穴太衆特有の積み方であった。

「しかし、いつかは我らの積み方も廃れるのかもしれませんな」

先程話していた見栄えの美しい石垣のことを思い出したのだろう。段蔵は遠くを見ながら呟いた。

「そんなことはないさ」

「それは再び乱世が来ると？」

段蔵は険しい顔つきで尋ねた。

「確かにそれもある……だが泰平の世にこそ俺たちの強い石垣が必要なんだ」

再び世が乱れたとしても、いずれまた誰かの手によって鎮まる。その時こそ穴太衆の真の出番と

いえる。天下に堅い石垣を造ることによって、永劫《えいごう》の泰平を築くというのが匡介の夢である。

「そうかもしれませぬな。しかし、その頃には儂はもう生きてはおらぬでしょうなあ……」

段蔵はひたひたと乾いた頬を叩きながら苦笑した。段蔵は源斎より二つ若いものの、今年で五十七歳である。五十まで生きれば御《おん》の字という世にあっては、そう思うのも無理はないかもしれない。

「そう言っておきながら、段蔵のことだから百まで生きるかもしれぬぞ」

「ふふ……儂はよいのです。若が見る世の礎となれば」

互いに支え合って一つのものを造るということ、目立った功績の裏には目立たずとも礎となる者がいること、ふと石垣と人は似ているのかもしれないと思った。段蔵が白い片眉を上げ、上手く言ってやったとばかりに口角を上げて匡介の顔を覗き込む。

「また恰好を付けて」

匡介は茶化したが、段蔵は何も答えずに石頭を振るう若い職人たちのほうへと目をやる。その目尻には深い皺が浮かんでおり、穏やかに微笑みながら二度、三度頷いていた。


次の作事場である大垣の寺の石垣に取り掛かったのが昨年の十一月のこと。これは改修の類ではなく、小規模ながら新たに石垣を積まねばならず少々時を要することになる。一方、越前の源斎は仕事を終えて年の瀬には戻ったという報告を受けた。しかし匡介は当初より、

——年を越えて仕事を続ける。

と、言い残していた。日に日に世間に流れる不穏の色が濃くなるのを感じている。どのような形でかは判らないが暴発するのではないかと匡介も感じ始めている。その時がいつ訪れてもいいように、今抱えている仕事を終えておきたかった。

そうして慶長四年（一五九九年）の正月を、匡介は美濃大垣で迎えることとなり、ようやく穴太に戻ったのは閏三月の半ばのことであった。街道は商人の往来が激しく慌ただしい。世が乱れて商いが出来なくなる前に、今のうちに少しでも稼いでおこうというのだろうか。時折、米を満載した荷駄の行列ともすれ違った。米を蓄えておこうとする大名の考えであろう。庶民から大名まで、皆が見えぬ先に不安を感じているのが判る。

「おう。戻ったか」

帰ったことを報告しに行くと、源斎は軽い調子で応じて自室へと招き入れた。二人で別々の現場に赴くようになっていたため、こうしてゆっくり顔を突き合わせるのは久しぶりのことであった。

「大垣は上首尾だ」

匡介は腰を下ろすなりそう言った。

「そうか。よかった」

昔ならばさらに詳しく報告を求められたが、最近では特に踏み込んで訊こうとはしない。大津城の改修以降は特にそうである。己を信頼して仕事を任せてくれているのが判った。

「今後のことについて訊いておきたい」

暫し間をおいた後、匡介は重々しく切り出した。

秀吉の死後、その家臣団が真っ二つに割れて対立している。争いの一方は戦場で軍を率いて戦ってきた者たち。加藤清正、福島正則《ふくしままさのり》、黒田長政《くろだながまさ》、加藤嘉明《かとうよしあき》、細川忠興《ほそかわただおき》らで、武断派《ぶだんは》などと呼ばれている。

もう一方は政の中枢を担っていた吏僚《りりょう》で、戦においても兵糧の運搬など後方支援をしてきた者たちである。石田三成《いしだみつなり》を筆頭に、増田長盛《ましたながもり》、前田玄以《まえだげんい》、長束正家《なつかまさいえ》などで、こちらは文治派《ぶんちは》と呼称されている。

名を挙げた者たちだけではなく、その血縁にあたる者、それぞれに利害関係の深い者も両派閥に分かれている。さらに武断派には秀吉の正室の北政所《きたのまんどころ》が、文治派には側室で嫡子秀頼の母である淀殿が近しいようで、その閨閥にまで争いは及んでいるのだ。このような話が一介の職人である己の耳に入るほどなのだから、両派閥の対立がいかに激しいかを物語っている。

「ああ、戦の臭いがしてきた」

腕を組むと、源斎は鼻孔で深呼吸をした。比喩という訳ではない。源斎は常から戦は特有の臭いを発すると言っていた。

「加賀大納言も死んだしな……」

匡介はまだ真新しい報せを口にした。加賀大納言とは豊臣秀吉の朋友《ほうゆう》にして、五大老次席を務めた前田利家《まえだとしいえ》のこと。その利家が死んだのはつい先日、閏三月三日のことであった。この利家が両派閥に睨みを利かせていたのだが、今後はその抑止もなくなることになるのだ。

「さらに内府殿も動き出したようだ」

源斎は唸るように言うと、顎を傾けて天井を見た。内府とは内大臣のこと。この官職に就いているのは、五大老の筆頭にして、関八州《かんはっしゅう》二百四十万石の太守である徳川家康のことである。この家康と武断派大名には以前から交流があったが、利家の死後から目に見えて行き来が盛んになっているらしい。

「俺たちはどうする?」

匡介は声を落として訊いた。大名と異なり己たちは戦に出る訳ではない。とはいえ抗争が激化すれば、城を固めようとして依頼を出してくる者もいるだろう。そうなれば己たちも無視を決め込む訳にはいかない。

「依頼があれば……仕事をすりゃあいい」

源斎からそう答えが返ってくるであろうことは、匡介もまた解っていた。穴太衆は誰の味方をするでもなく、ただ請け負った仕事を粛々とこなす。穴太衆黎明《れいめい》の頃からずっとそうしてきたのである。だが今回だけは少々事情が変わってきている。

「後藤《ごとう》屋の木工兵衛《もくべえ》みたいな奴が、これからどんどん出て来るぞ」

匡介は怒りを押し殺しながら低く言った。

穴太衆は幾つもの職人集団に分かれており、飛田屋がそうであるようにそれぞれに屋号がある。後藤屋もその中の一つで、頭の名を木工兵衛と謂う。木工兵衛は今年に入ってすぐ、

——加賀前田家に仕える。

と、他の穴太衆たちに表明したのである。それはつまり前田家専属の石工《いしく》になるということでもあるし、自身が武士になるということでもある。

「穴太衆の風上にも置けねえ」

匡介は吐き捨てた。これは特定の者の仕事を受けない穴太衆への裏切りである。しかも木工兵衛が前田家から食むのは百石ほどと多い訳ではなく、その石高ならば三、四人ほどしか養えない。だが後藤屋には三十人を超す職人がおり、二十数人の職人たちを見捨てたということなのだ。

「他の連中もふざけやがって……」

匡介は胡坐を掻いた膝の上で拳を強く握りしめて続けた。大垣でこのことを聞いてからというもの、ずっと憤慨している。だが会合の場で木工兵衛から知らされた他の穴太衆は、己のように怒るどころか、俯いて考え込む者が続出したという。恐らくは後藤屋のような身の振り方を考えている

のだろう。その中にあって源斎だけが木工兵衛を見据え、

――穴太衆であることをやめるのか？

と、静かに問いただしたと聞いた。木工兵衛は苦悶の表情を浮かべていたが、やがて居たたまれなくなったのか席を立ったらしい。

「次にくる泰平は長くなりそうだ。木工兵衛はこれが最後の機会と考えたのだろうな」

源斎は怒ってはいないようであった。ただどこか哀しげな眼をして深い溜息を零した。

この十年、戦がないことで穴太衆の仕事は激減していた。百あった仕事が十にも満たぬほどである。わずかに残った仕事は腕の良い職人に先んじて依頼されることになる。故に飛田屋は仕事が切れなかったが、後藤屋は収入が減って抱えている職人を食わすのにも苦労していた。次の泰平が百年続けば、後藤屋は完全に干上がってしまう。大乱の気配が漂って、己たちの価値が上がっている今のうちに、他家に仕えてしまおうと考えたのだろう。

「そんなこと――」

言いかける匡介を手で制し、源斎は大きく頷く。

「判っている。言い訳だってんだろ」

穴太衆が一つの勢力に与しない理由の一つは、自らを守るためということもある。もし力を与え続けた勢力が滅べば、穴太衆が根絶やしにされてしまうからである。

だがそれ以上に大きな訳は、穴太衆そのものが戦の火種にならぬため。優れた技術が一所に集まると、人はそれを独占しようとし、また奪わんとする。塞の神を信仰し、人々の命を守ることを掲げる穴太衆にとって、それはあってはならないことであった。

「だが……穴太衆も変わる時が来たのかもしれねえ」

源斎は神妙な顔つきで言葉を継いだ。それが木工兵衛のように主に仕えて武士となることなのか。あるいは切込接に代表されるような見せる石垣を造り、絵師や塗師のようになることなのか。畔《あぜ》の石垣を造るような小さな仕事しかなく、貧しくなろうともあくまでこれまでの流儀を貫くのか。どの姿が次代の穴太衆の姿か。誰もが模索し、迷い、決めねばならない段階に来ているといってよい。

「俺たちはどうする？」

匡介は先ほどと寸分違わぬ問いを投げかけた。だがさっきは戦が起これば俺たちはどうするとの意であるのに対し、今度は来る泰平にどのような生き方を採るかと訊いたつもりである。

「さあ、どうだろうな。その時には答えを出す」

源斎は曖昧に濁したが、匡介にはすでに何かしら腹が決まっているように思えた。宙の一点を見つめるその眼に、一切の曇りがないように見えたからである。

世上が目まぐるしく動き始めた。

まず源斎と二人で話をしていた時にはまだ伝わって来ていなかったのだが、利家の死後間もなく、文治派の筆頭である石田三成を、武断派の武将たちが襲撃しようとしたのである。

三成は常陸《ひたち》の太守である佐竹義宣《さたけよしのぶ》、五大老の一角である宇喜多秀家《うきたひでいえ》の家老に頼み、伏見城治部少丸にある自身の屋敷にまで送り届けて貰った。二家ともに三成と関係が深いとされている大名である。

三成が屋敷に立て籠ったところで、家康が仲裁に乗り出した。このままでは自身に悪い裁定が下されると、三成は他の五大老である毛利輝元《もうりてるもと》、上杉景勝《うえすぎかげかつ》にも仲裁を依頼したが、さらに秀吉の正室で家康派の北政所までが仲裁に現れた。両派閥入り乱れての暗闘が繰り広げられたのである。結果、三成は奉行職を解かれ居城の佐和山《さわやま》城に蟄居《ちっきょ》となった。

これで一度は小康を得たものの、九月になってまた事件が勃発する。大坂城の秀頼に挨拶に現れた家康を、暗殺しようとする計画が露見したのである。首謀者は父利家の跡を継いで五大老になっていた前田利長《としなが》であったので、誰もが耳を疑った。事実、家康はそれを糾弾しているものの、大坂城の淀殿などはでっちあげであると捲し立てているらしい。このことを耳にした源斎は、

「こうなったら何が真か判らねえ。戦が始まる時ってのはこんなもんだ。ここからまた色々と起こるぞ」

と、苦々しく言い放っていた。その言葉通り、さらに事態は急速に進展していくことになる。

家康は首謀者と断じた前田利長を征伐するべく軍を起こす。前田家は無実であると弁明の使者を送るが、家康はならば人質を送るようにと返答した。実質、決戦か降伏かの二択を迫ったということになる。結果、利長は生母である芳春院《ほうしゅんいん》を始め、重臣の子どもたちを送って家康に従うこととなったのである。

「若……少しいいですか」

そのような時、元後藤屋の職人が声を掛けて来た。木工兵衛が前田家の士《さむらい》となったことで、放逐された職人たちは路頭に迷っていた。他の穴太衆を頼ったのだが、他の組も明日の仕事があるかどうかも判らないという身。新規で抱えるのは難しいと断られたらしい。そんな時に源斎が、

——うちに来いと言え。

と、抱える考えを示したため、後藤屋の職人の大半が飛田屋に抱えられることになった。その職人たちが風の噂で聞いたことを伝えてきたのだ。匡介は源斎のもとに赴くと、聞いたままに話した。

「木工兵衛が謹慎を命じられたらしい」

前田家が最近になって穴太衆を抱えたという話は世間に知られている。人質を送るまでして戦いを避けようとしたのだ。前田家としては抗う姿勢がないことを見せねばならない。そのため召し抱えたばかりの木工兵衛を謹慎に処し、城を触るつもりはないことを示したのである。

「そうか……木工兵衛も災難だったな」

源斎は同情の言葉を零しただけで、それ以外は何も言うことはなかった。

年が変わって慶長五年（一六〇〇年）、今度は会津の上杉家が謀叛を企んでいるという噂が流れた。武具を揃え、浪人を雇い、城を改修しているのは事実らしい。

四月になって、家康は謀叛でないならば上洛して釈明をしろと上杉家に求めた。しかし上杉家は前田家とは異なり、

――武家ならば当然の倣いである。

という反論に加え、逆に謀叛を企んでいるのは家康のほうだと糾弾したのである。これに対して家康は激怒し、六月上杉討伐の軍を起こすと、東北の諸大名にも命を発しながら会津へと軍を進めたのである。今の段階でも戦は避けられないものとなっていたが、日ノ本中にさらなる衝撃が走ったのはその翌月のことであった。

「匡介、すぐに頭に！」

丁度、玲次は前回仕事をした大垣の寺の残金を受け取りに向かっていた。その玲次が思いのほか早く、血相を変えて戻って来た。

「何があった!?」

「北近江で軍勢が止められている」

北近江に急造の関所のようなものが出来ており、西国から遅れて上杉討伐に向かう軍勢が足止め

をくらっている。それだけでなく商人や旅人の往来まで堰き止めているらしいのだ。　故に玲次も東に向かうことが出来ず、これはただ事ではないと引き返してきたということらしい。

「それは……」

「五大老の毛利中納言、宇喜多中納言を担いで、石田治部少輔が挙兵した」

もう何が起こっても不思議ではない情勢ではあったが、流石にこれは想像を超えており匡介は息を吞んだ。

関所で止められた軍勢は望んでか、あるいは止むをえずか、ともかく続々と石田方に加わっているらしい。このままだと日ノ本中の大名が東西に分かれて戦うことになる。

「大変なことになった」

己の意思に拘わらず声が震え、奥歯が擦れて音を立てた。

匡介はすぐに源斎のもとに駆け付け、飛田屋の主だった者で会合の場を持つこととなった。

玲次が改めて次第をつぶさに説明していくと、皆の顔色がみるみる悪くなっていく。人は経験したことのないものには激しい恐れを抱くものである。このような規模の戦は誰も経験したことがないどころか、古今未曾有といってもよいのだから無理もない。

ただその中にあって、源斎だけが瞑目《めいもく》して黙然と話を聞き続けている。その微動だにしない態度に、匡介は言い知れぬ胸騒ぎを感じ始めていた。

「新たに依頼は来ているか？」

源斎は話を聞き終えると、すっと眼を開いて尋ねる。

「いえ、何も」

段蔵がすかさず答えた。己たちより早くこの異変に気付いた大名が、事態を告げずに依頼をしてくる場合も考えられる。しかしこの数日、新しい依頼は入っていないし、相談もなかった。

「今後はどうなるのでしょう……」

　玲次が身を乗り出して訊いた。

「俺は戦の玄人じゃあねえが、ある程度のことは見通せる」

　源斎はそう前置きして語り始めた。ある程度とは言っているが、石垣に活かすために実際の戦場で行われる戦術を、時には戦局をずっと見て研究を続けて来た。生半可な武将よりもずっと戦を見る眼があると知っている。

「内府殿はこちらに帰って来る」

　源斎は顎に手を添えつつ言った。家康がこのまま上杉と戦えば、三成ら上方勢はその間に畿内を制圧し、江戸に向けて進軍するだろう。そうなれば家康は挟み撃ちを受けてしまう。これを打破するために家康が採れる唯一の方策は、上杉への抑えを残し、こちらに向けて取って返すということである。

「上方勢はそうなれば、急いで畿内周辺を抑えなきゃならねえ……」

　劣勢に立たされるとはいえ、上方においても家康に味方する大名家が現れるかもしれない。そうなれば三成たちは、家康が戻る前に盤石にしようと、それら大名家を討ち滅ぼさんとするだろう。

「それは……」

　玲次が声を漏らした時、先のことが見えて来た皆も唾を呑み込む。暫し流れた静寂を破り、匡介が口を開いた。

「懸《かかり》の頼みが来るかもしれねえと」

「ああ」

源斎が深く頷いたところで、匡介はさらに訊いた。

「来たらどうする。今までとは訳が違う」

そもそも懸の例はそれほど多くないし、匡介もこれまで日野城の一回しか経験していない。だがあの時とは稼がねばならぬ時の長さも、相手にする敵の数も規模が違い過ぎることになろう。穴太衆とてどんな仕事でも受ける訳ではない。無理だと思えば断ることも出来るのだ。

「それはお前が決めろ」

「え……」

「今日よりお前が飛田屋の当主だ」

このような局面で継承が行われるとは誰も思わず、一座にどよめきが起こった。ただ匡介だけがじっと源斎を見つめる。その真意は他にある。そう直感しているのだ。

「爺……頭はどうするんだ」

匡介の問いに、源斎は悪戯が露見した子どものように苦笑を浮かべた。

「判っちまったか」

「ああ」

「俺は頭として、最後の仕事をしなきゃならねえ」

皆が意味を解しかねて眉を顰める。が、匡介だけはすでに真意を察して声を上げた。

「駄目だ。あれは仕事じゃねえ！」

「いいや」

源斎は穏やかに首を横に振る。

「銭が貰える訳じゃねえだろう……」

「もう貰っている」

「内府から依頼を受けた訳じゃねえだろうが！」

二人を除き、この場の誰もが何を話しているのか解っていないようで困惑している。

「もう判っているだろう？　依頼主は内府殿じゃあない」

「それは……」

「俺の仕事はまだ終わっていない。依頼主が満足してねえんだからな」

その一言でようやく段蔵と玲次は察しがついたらしい。段蔵は抱え込むように両手で鬢を撫で、
玲次は口を掌で押さえ込んで俯く。

「あんなの呆《ぼ》けた老人の譫言だ……」

「かもな」

源斎はふっと頰を緩めた。

「じゃあ――」

「それでも……手掛けた仕事は最後までやり通す。それが穴太衆ってもんだ」

ここに来てようやく皆も全て察したようで、あっと声を上げる者、天を見上げて細く息を吐く者、
首を振って眼で訴える者、反応は様々であった。

源斎は拳を震わせる匡介に向けて片笑むと、ぐるりと一座を見渡して凜然と言い放った。

「亡き太閤殿下の依頼を受け、俺は伏見城に入る」

日の出と共に匡介は屋敷を出た。鉛色の雲が天を覆っており、篠突《しのつ》く雨が大地を濡らしていた。

向かった先は四谷川の河原である。

幼い頃によくここで石を積んでいた。子どものうちに死んだ者は賽の河原で石積みをさせられ、それが終わるまで成仏することが出来ないと言われている。あと少しで積み上がるという矢先、鬼がやって来て積んだ石を崩してしまう。これを救ってくれるのが穴太衆の信仰する「塞の神」である。現で誰かが石を積んでやることで、三途の川に塞の神が現れるのだと言い伝えられている。妹の供養のため、匡介は石積みを行っていたのだ。

「くそ」

匡介は濡れた頬を手で拭った。こんな日に雨だというのが忌々しい。

だが今日はそのために河原に出た訳ではない。ただどうしても屋敷にいたくなかったというだけである。本日、源斎が伏見に向けて発つのだ。

あの日、匡介はなおも源斎に食い下がった。秀吉が死の床で発したという言葉は、依頼などではない。遺言ですらなく、ただの妄言だと匡介は痛烈に言い放った。

源斎は目を瞑って何も答えなかった。匡介はまるで物言わぬ古木に向かって、説得しているような思いに襲われた。思えば源斎は歳を取った。出逢った頃は髪や髭は黒々としていたものである。だが今はすっかり白いものが交じっている。何より随分と痩せた。

——どこか躰が悪いのではないですか。

と、段蔵も常々心配しているが、当人はそんなことあるものかと笑い飛ばしている。思えば職人にしては陽気な男である。それ故に歳をあまり感じさせないのだが、そのように黙っているとやはり老けたと思わずにはいられない。

「匡介、一生の願いだ。これだけは俺の勝手にさせてくれ」

己の猛烈な反対を全て受けとめた後、源斎は床に這うが如く静かに言った。そこまで言われてしまえば、流石にもう匡介も口を噤むほかなかった。

源斎は一人で伏見に入ると言い張った。だがこれだけは認めない。これは匡介だけでなく、段蔵や玲次などの主だった職人も同じであった。此度は十八年ぶりの「懸」である。幾ら塞王と呼ばれる源斎であろうとも、一人では何も出来るはずがないのだ。

それでも源斎は伏見城の人手を借りると言った。だがそもそも一兵でも欲しい中、借りられるという保証もない。たとえ叶ったとしても素人ばかりではまともな働きも出来るはずがないだろう。

「解った。それは聞くこととする」

皆の反対を受けてようやく源斎は聞き入れた。だがその職人を選ぶにあたり、源斎は二つ条件を付けさせて欲しいと言った。

「懸がかなり危険であることは皆も知っているだろう。俺に付いて来ようと思ってくれる者に限りたい」

「皆が望むところです」

間を空けずに玲次が応えた。

「ありがたい。だが今一つ。年嵩の者に絞りたいのだ」

「何故です。我らが役に立たぬとでも」

玲次が迫ると、源斎は首を横に振った。

「伏見は戦いの始まりに過ぎぬだろう。この後、各地で狂乱するかのように戦がしきりに起こる。必ずや他にも依頼をしてくる大名があるはずだ」

匡介は畳に目を落としながら耳を傾けた。源斎の言っていることは大いにあり得ると感じている。

「それが陸奥からであったらどうする。薩摩であったらどうする。穴太衆は場所を選ばぬ。そこまで駆けて行かねばならぬとなれば、これぱかりは若い者のほうがよい」

「確かに……」

玲次は納得したような声を上げた。

「故に若い者は取って置きたいのだ。幸いにも伏見は近い。年嵩の者だけで十分だ」

「我らに行かせて貰えぬでしょうか」

手を挙げたのは最近飛田屋に加わったばかりの、元後藤屋の職人の一人である。頭の木工兵衛が前田家に仕えたことで、配下の職人は職を失うことになった。それでも特に若い数人はまだ雇い先があった。全く受け入れ先がなかったのは歳を食った者たち。結果、源斎は大半を受け入れたため、元後藤屋の年嵩の職人は全て飛田屋にいる。その元後藤屋の者が十一人、元々飛田屋であった者が四人、計十五人が源斎と行動を共にすることになった。

それから出立という今日まで、匡介はほとんど源斎と言葉を交わしていない。屋敷の中ですれ違うこともあったが、匡介が会釈をし、源斎もまた同じようにするだけである。

——伏見は危な過ぎるだろうよ。

匡介は小ぶりの石を拾い上げた。雨に濡れて色が黒く変じている。

誰が呼び始めたか、五大老の一人徳川家康に与する者たちを東軍、石田三成に味方する者を西軍と呼ぶようになっている。この間、飛田屋からも琵琶湖対岸の近江草津、あるいは逢坂の関を越えて山科《やましな》あたりに人を出し、情勢を探り続けているが、どちらが優勢なのかは判らない。

近江で引き留めた諸将を取り込む西軍の圧勝だと言う者もいれば、東北で東軍が膨張しており、そちらが優勢だと口にする者もいた。真偽のほどは確かではない。ただでさえ戦は蓋を開けてみなければ判らないことが多く、此度は日ノ本全てを巻き込んだ大乱なのだから全貌が見えなくて当然である。

ただ少なくとも、畿内とその周辺に関しては西軍有利なのは間違いない。その数は軽く見積もっても五万を超えるだろう。それがまず伏見城を落とさんとして向かって来る。

一方の伏見城には、家康が家臣の鳥居元忠《とりいもとただ》らを残している。その数ははきとしないが二千前後だと思われた。家康が戻って来るまで耐えきるのは至難であった。

「やはりここか」

背後から声が聞こえて、匡介は振り返った。そこには笠をかぶり、蓑を羽織った旅装の源斎の姿があった。他には誰もいない。

「来たか」

「えらい言いようだ。見送りにも来ねえで」

笠の縁を持ち上げると、源斎の苦笑が覗き見えた。いつもより若やいで見えるのは気のせいか。

「いつもの仕事だろう？」

日頃は匡介も忙《せわ》しなく自らの仕事に追われており、わざわざ見送ることのほうが少ない。今回もまた数多くある仕事の中の一つに過ぎない。そう己は思っているという意味である。

「ああ、そうだな」

源斎は横まで歩いて来ると、微かな雨音に溶かすように答えた。二人で暫し川面を眺めていた。その無言に堪え兼ね、先に匡介が口を開いた。

「いつ帰る」

「お前は解っているだろう」

懸を行うということは即ち、敵が退くか、城が落ちるまでやりきることを意味する。伏見城に関していえば、いかに源斎が入ろうとも、十中八九後者となるだろう。

「無茶はするなよ」

「もうそんな歳じゃねえさ」

穴太衆は職人であって武士ではない。東西どちらに付こうという思惑はなく、あくまで銭で雇われて仕事をしているだけのことである。たとえ城が落ちようとも、敗将のように首を斬られることはない。これは戦国を通じてそうであった。つまり戦の最中で死ぬような無茶さえしなければ、負け戦でも帰ってくることが出来るのだ。

「今からでも遅くねえ。止めちまえよ」

「そうはいかねえよ」

匡介が吐き捨てると、源斎は溜息交じりに言った。

「天下人の頼みだからか」

「別に誰でも一緒だ。天下人だから断るとなれば、反対に差別することになる。仕事の相手は選ばねえのが穴太衆ってもんよ」

源斎は自らに言い聞かせるように頷くと、ゆっくりと言葉を継いだ。

「だいたい太閤殿下って持ち上げられては来たが、きっと頼んだ時は尾張《おわり》の百姓の気持ちだっただろうよ。あの時のお前とさして変わらねえ」

「そうかよ」

匡介は曖昧に返事をした。

「なあ、匡介。俺はこの仕事を最後にするつもりだ」

「だろうな」

このところ、源斎は二つの普請場が重複しない限り、己に任せることが増えて来ていた。そして先日の当主を譲るという言葉で、そうではないかと薄々思っていたのだ。

「これからの時代に俺の居場所はねえ」

石垣を積む技とは、突き詰めれば人を守る技。さらに飛躍させれば泰平を築く技だと、かつて源斎が言っていた。長い泰平が訪れればその技を振るう機会も失われる。つまり穴太衆の職人とは、

——自らがいらない世を、自らの手で築こうとする。

という矛楯した存在であるともいえる。

「泰平でも仕事はある。見せる石垣ってやつが流行《はや》るだろうよ」

切込接に代表される整った石垣のことである。源斎はより実用的な野面積みに拘りを持つが、何もそれらの石垣が出来ない訳ではない。むしろ生半可な職人よりも美しいものを造り上げるだろう。

「俺の石垣は戦でこそ活きる。性に合わねえよ。俺の技は戦国に置いて来る」

「それは俺も同じさ」

「いやお前は違う。乱世と泰平を繋ぐ石垣だ」

「乱世と泰平を……？」

匡介が横を向いて問い返す。源斎は無数の波紋を描く川面を見つめたままである。

「ああ、俺はそう信じている。だからお前に託すのよ」

その一言でぴんと来るものがあった。何故、ここまで源斎が伏見城に拘るのかという理由である。

「全部、吐き出させるつもりか」

「気付いちまったか」

この十年の泰平で、鉄砲はさらなる進化を遂げた。十年とは短いようだが、戦国の余韻を残した

仮初の泰平の中では十分過ぎる時である。

一方、後手である石垣の技は、鉄砲がどのような発展を遂げているのか見ていないためあまり変わっていない。むしろ匡介が言った「見せる石垣」のほうへと進化の舵《かじ》を切りつつある。

源斎は目を細めてこちらを見つつ続けた。

「俺のは時代遅れの技だが、出来る限り出させてやるつもりだ」

伏見城はこの大乱における最も初めの攻城戦の舞台となる。つまり十年間磨かれた「攻め」の技、最新の鉄砲が一斉に蔵出しされることになるのだ。それを源斎は全て受け止め、発展した鉄砲の技を余すところなく出させようとしているのだ。

「だが万が一……死んだらどうするんだ」

ずっと考えていたことである。この戦、かつてない猛攻が予想される。陣頭で石垣の補修、改築の指揮を執って、開城まで無事でいられる見込みのほうが少ない。

「だからお前を残しているんだ。何とかして伝える」

「それじゃあ逆だ。俺が伏見で相手の技を出させて伝える。それを爺が――」

「無理だ。対抗出来る技を、石垣を生み出すには時が足りねえ」

「馬鹿な。あんたが出来ねえってのなら誰も出来ねえだろう」

「いいや、お前なら出来る」

源斎は断言したが、匡介にはどうしてもそう思えない。確かに己でも腕を上げたとは思う。他の組の一番職人にも劣っていないという自信もある。だが己の師は、源斎は、当代穴太衆の最高の職人である「塞王」なのだ。

「久々にやってみるか」

源斎は頬を緩めると屈んで見せた。蓑の擦れる音に合わせるように、匡介は眉間に皺を寄せた。

「何を……」

「適当に渡せ」

源斎はすっと手を差し伸べた。己が幼い頃にやっていた石積みである。いや、昔よりも回数は減ったものの月命日には今も続けているのだ。

「何も今……」

「いいから早く渡せ」

掌に雨が打ち付けている。静かではあるが威厳のようなものを感じ、匡介は適当な石を渡した。源斎は大振りの石の上に据えると、また手を差し伸べた。

「次」

源斎は二段、三段と積み上げていく。いずれもここしかないという一点を、瞬時に見抜いた流石の技である。一段積むごとにその難しさの度合は飛躍的に高くなる。素人ならば四段いければよいほう。優れた石積み職人でも六段までで、余程よい形の石が揃わぬ限り七段目は積めない。だが源斎はすでにその七段目を積み終えている。八つ目の石を渡した時、源斎の手が止まった。

「無理だな」

「だろうな」

匡介も無理だと思っていた。今、手渡した石ならばどう積んでも崩れてしまうのだ。

「積めそうな石を探してくれないか？」

源斎は石の塔を見ながらふわりとした調子で言った。薄墨を撒いたような河原を見渡した。幾十、幾百、幾千の石の囁きの中から、匡介はこれはというものを見つけて拾ってきた。

「どうだ?」

「やってくれ」

匡介は神経を研ぎ澄まし、手に持った石、台となる石の聲に耳を傾けた。前者はあそこに行かせてくれと、後者はここに来いと呼びかけているような気がする。匡介は声に導かれるまま、石を摘まむようにして据えた。塔はぴくりとも揺れることなく、立ち続けている。

「これでいいか」

「ああ……やはりな」

「何がだ」

「お前はすでに俺を超えている」

「それはない」

謙遜ではない。己の実力は己が一番解っている。

「言い方を変える。少なくともある一点ではすでにお前が上だ」

源斎はよいしょと声を上げて膝を伸ばすと、腰を軽く叩きながら続けた。

「俺は条件さえ揃えば、八段目だけでなく九段目も積めるだろう。だが八段目に相応しい石を見つけるのに丸一日は掛かる。九段目ともなれば一月掛けても見つけ出せるかは運次第だ」

笠を上げて河原を見渡し、源斎はなおも言葉を継ぐ。

「敵の新たな技に合わせ、こちらの技を編む。時には新たな積み方も考えねばなるまい……その速さはお前のほうが確実に上だ」

「伏見城で国友衆の技を見られたとして、次の戦まで一月もないかもしれねえ。いや、今の情勢ならそれより短いことも考えられるぞ……」

「そうだな」

互いにこれまで口には出さなかったものの、すでに敵は国友衆であると見定めている。この十年、鉄砲の注文を受けた数は国友衆が他の鉄砲鍛冶の里に比べて飛びぬけている。それこそこれまでの戦乱を二度、三度繰り返せるほどの数である。

「そんなこと――」

「やるんだ」

源斎は遮るように言った。

「此度の戦、懸を受けねえという道もある。何でそこまで……」

大名の家臣のように命じられれば必ず戦に出る訳ではなく、何も必ず仕事を受けなくてはならないということはない。此方が無理だと判断すれば断ってもよいのだ。

「この大乱の後、また戦があるかもしれねえが、それは一方にかたよったものとなるだろう」

この戦での勝利者がどちらであったとしても、次に起こる戦は天下の総仕上げのようなもの。桁違いな物量でもって追い込まれた者に止めを刺すような戦になることが予想される。五分と五分の戦は恐らくこれが最後になると思われた。

「その最後の戦……矛と楯のいずれが勝つかで泰平の質が変わるだろう」

もし矛が勝った場合、数少ない兵力でも良質な武器さえ集めれば天下を覆せると考える者が現れるだろう。だが楯が勝った場合は、よしんば兵を集められても、城一つ容易に落とせないと踏み止まる者も出て来る。泰平に繋がる最後の戦、つまり此度の戦は泰平の形を決めることになると源斎は語った。

「それにもし助けて欲しいと縋る者が現れたら、お前はそれを放っておけるのか？」

「それは……」

頭を過ったのは高次、お初、京極家の者たち、そして夏帆の顔である。

畿内の大半は西軍に味方している。京極家も望む望まないにかかわらず、御多分に漏れずに西軍に味方すると表明している。故に大津城が戦場になることは考えにくい。だが彼らにもし頼られたら、いや彼らでなくとも必死に助けを請われたら、己は放っておけないと思うに違いない。

「そうだろう。これは役割分担だ。俺が相手の技を引き出す。お前が手立てを考える。それに何も死ぬつもりはない。城が落ちると決まれば、両軍に話を付けて出させて貰う」

最悪、西軍に拘束されることはあり得るかもしれないが、降るとなった一介の職人を殺すなどということはないだろう。それに西軍としても源斎の技を自軍に引き入れたいと思うに違いない。

「奥義の件だ」

当主のみに口伝されるものである。源斎が第一線を退くなら、今こそ聞く時なのだろう。

「教えてくれ」

匡介は静かに言った。

「実はもう伝えている」

「何……？　聞いちゃいねえぞ」

「いいや、教えた。そもそも技じゃねえ」

「どういうことだ……」

「爺の小言みたいな奥義だが……先代たちはずっとそれを胸に石を積み続けた。言葉で伝えても意味がねえ。もうすぐお前にもきっと解るはずだ」

源斎はそこで言葉を区切ると、にかりと笑って続けた。

「俺の言ったこと……共に生きた日々をよく思い出せ」

「爺が戻らなきゃ、答えを合わせられねえじゃねえか……」

匡介が言うと、源斎は戯《おど》けた顔を作った。

「まず伏見城が落ちると思うか？」

「西軍は五万を超えるかもしれないぞ」

「十万でも撥ね除ける」

「城に籠るは二千ほどとか」

「千で十分だ」

源斎は呵々と笑い飛ばした。

「えらい自信だ」

「誰が縄張りを引き、誰が積んだと思っている。塞王だぞ」

自らの胸を軽く叩き、源斎は不敵に片笑んだ。

「てっきり死ぬつもりだと思っていたが、心配して損した」

「お……だから見送りたくないと拗《す》ねていたか。大人になったと思ったが案外……」

「あー、うるせえ。とっとと行きやがれ。爺」

匡介は手をひらひらと宙に舞わせながら、ぞんざいに言った。

「おう。行くとする」

「ああ、頼むぜ」

「またな、匡介」

名を呼ぶ源斎の声はいつもより若やいで聞こえた。一乗谷で初めて会った時を彷彿とさせるほどに。匡介は去り行く源斎の背を見つめていた。

幾分緩くなったものの雨はまだ降り続いている。ただ雲間には光が差し込んでいる。豆粒ほどの大きさとなった源斎もそれに気付いたようで、笠を持ち上げて空を眺めていた。


国友彦九郎はゆっくりと歩を進めながら、周囲を隈なく見渡していた。義父から引き継いだこの工房は広い。鍛冶場だけでも十人ほどが同時に働いており、仕切られた隣の間では木を加工する職人が働いている。その者たちの仕事ぶりを見て、必要とあれば指示を与えるのだ。

「若……いや、頭。これで如何でしょうか」

職人の一人が声を掛けてきたので、彦九郎はそちらに向かった。頭の地位を引き継いで四年近く経つが、まだ呼び間違うのも無理はない。先代の存在がまだまだ強いのだ。

「見せてくれ」

受け取ったのは筒、それも鉄の部分だけのものである。彦九郎は様々な角度から、時に片目を瞑って、まじまじと見つめた。

「巣口《すぐち》をあと少しだけ狭く出来ないか？」

弾が飛び出す口のことである。それをあとほんの少し狭くしたいと思った。

「これ以上狭くすると、弾も小さくなり、風を受けて狙いも定まらぬかと」

「先目当《さきめあて》の調節に気を配るように言っておく」

先目当とは筒の先に付いた狙いを定める部位のこと。これを付けるのは別の職人が受け持っている。

火縄銃は一人で全てを作る訳ではない。それぞれに専門の職人がいて分業で製作する。全ての塩梅を見て統括することこそ、頭たる己の役目である。

「解りました。如何ほど狭く致しましょう」

「針一本分……いや、髪三本を目安にしてくれ」

これほどの微調整になると、長さの単位ではもはや表し難い。このような例えを用いて、職人の勘でやらせたほうがよいのだ。

「承りました」

「頼む」

彦九郎はそう言うと、木材を加工している間へと足を運んだ。ここでは火縄銃の木で出来た部位、台木と呼ばれるものを主に製作している。主にというのは己の工房では、大筒も扱っており、近頃ではその台座を作るという仕事も増えてきている。

「どうだ？」

彦九郎は一人の職人のもとへ行き、今度はこちらから声を掛けた。

「はい。頭に言われたように」

曲がった木製の取っ手のようなもの。これまでの火縄銃にはこのような部位は存在しない。彦九郎が考案した新型火縄銃に付けるものである。これまでも何度か試作したが短すぎては用を成さず、長すぎては扱いづらい。太さもそうである。多少荒々しく使う部位であるため、細ければすぐに折れてしまう。かといってこれも太くしてしまえば、重くて持ち歩くことも儘ならない。

ある程度の長さは保ちつつ、根本は太く、手で扱う先は細く、木を加工して最も適したところを目指していた。

「よい具合だ。明日にでも取り付けて試してみよう」

「ありがとうございます。しかし、こんなことを言っては何ですが派手派手しい銃になりますな」

職人は遠慮がちに言っているが、形として美しくないというのだろう。

「もっと良い形を思いついてはいるのだがな。鍛冶が難しくて時が掛かりそうだ」

この木製の取っ手は、火縄銃の側面の「外」に飛び出る恰好となる。南蛮時計に使われている平《ひら》発条《ばね》を用いれば、銃の「内」に収めることが出来ると想像は出来ている。だが複雑な構造になるため細工に時が掛かる上、中途半端だと弾が発射しない恐れもある。

「なるほど。まずは……ということですな」

「ああ、武器は時との戦いでもある」

いかに優れた武器を作ろうとも、実戦に間に合わさねば意味がない。実用まで漕ぎつける早さが肝要である。そして実戦に用いれば新たな気付きがあるものだ。それを取り込み、武器はさらなる進化を遂げる。

反対に時代を席捲《せっけん》するような武器でも、いつかは廃れていくものである。人が手にした初めての飛び道具は恐らく礫《つぶて》ではないか。つまり石である。

やがて弓が生まれ、その亜流として弩《いしゆみ》が生まれた。弓が時代の寵児《ちょうじ》であった時期は長かった。だがそこに火縄銃が世に現れた。今でも弓は使われているし、時には礫すら用いられる。だがやはり今は銃の時代である。これから銃はさらに幅を利かせ、亜流として大筒なども登場しており、当分の間は主役の座を譲ることはなかろう。

「銃の優れたところは何だと思う」

彦九郎は部品を職人に返しながら尋ねた。木の加工が上手いことで、昨年の夏に美濃から連れて来た若い職人で、これまで武器に携わることがなかった。この機に少し話しておこうと考えたのだ。

「やはり、遠くの敵を倒せることでしょうか？」

「それは銃に限ったことではない。礫の時代に弓が現れた時も同じことを思っただろう。だが礫や弓と異なり、銃にだけ秘められている優れたところがある」

「銃にだけですか……見当もつきません」

「礫は投げる人間の力の強さに影響を受ける。加えて命中させる技も必要だ」

単純に躰の大きさだけではないが、肩の力はそれに比例する場合がほとんどである。身の丈五尺に満たぬ者と、六尺を超える大男では、威力、飛距離共に段違いの差が出る。

「力の差を極力埋めるため弓は生まれた。だが技は依然として求められる。いや、むしろより必要となった」

力の強い者はより強い弦を引けるため、やはり差は出るものである。しかし礫の時よりは確実に縮まっている。たとえ子どもの弓であろうとも、人を殺せるほどの威力があるのだ。

だがより技が必要となった。たった五間（約九メートル）の距離でも下手な者は外すし、極めし者ならば二十間離れた場所の鼠一匹をも射貫《いぬ》く。つまり弓とは力の差を、技で埋める武器とも言い換えられる。そして、その技を身に付けるためには、時を掛けた修練が必要である。

「銃に力はいらない。引き金を引く指と、放つのに耐えられるほどの足に、ほんの少しの力があればいい」

彦九郎は宙で指を動かしながら続けた。

「技の差はやはり出る。巧みな者だと三十間、四十間先でも当てる。だが下手な者でも……初めて握った者でも十間先の敵を撃つのはそう難しいことではない。銃は技の差も大いに埋めたのだ」

弓を初めて扱う者だと矢羽を弦に番えることすら難しい。さらに矢が落ちずに前へ飛ばせる者は半分、初めから十間先の敵を射貫ける者は皆無だろう。

銃にも撃つまでに弾込めなどの手順があるのは事実だが、特別な技がいる訳ではない。正確に一つずつこなせば誰でも撃てる。そして十間先の敵を撃てればそれはもう「武器」といってよかろう。

「初めての者でも二十間、三十間と、弾込めをより簡単に幼子でも出来るように……持ち手が技の習得に必要な『時』を、極力削り取って肩代わりする。それが我ら国友衆の目指すところだ」

彦九郎が滔々と語ると、職人は喉を鳴らした。

「幼子が武器を手にする必要があるのでしょうか……」

「ある」

彦九郎は即座に言い返すと、作業に没頭する職人たちを見渡しながら続けた。

「技など必要ない。誰でもただ引き金を引くだけで、三十間先の敵を屠る……そんな武器を生み出す。それが団子を買うほど廉価になり、世に満ち溢れればよい」

「そうなれば世は酷い有様になるのでは……？」

「俺はそうは思わない。子どもでも一騎当千の荒武者を容易く殺せる。そんな武器が溢れているのに、野盗が村を襲おうとするか。男が女を手籠めにしようとするか。戦を起こそうとするか。人は己の命が最も愛《いと》おしいのだ」

「確かに……」

職人は得心したように唸った。

「そんな世がいつか来る。その一歩に携わっていると思って仕事に励んでくれ」

彦九郎が職人の肩をぽんと叩くと、職人は頷いて作業に戻った。その表情は先程までより心なしか引き締まって見える。

——誰でも抗える世を作る。それを世に見せつける。

話している最中、彦九郎の脳裏をずっと過っていたのは父の背である。といっても義父の国友三落ではない。彦九郎が八歳の時に死んだ実の父のことである。


彦九郎は永禄《えいろく》九年（一五六六年）、近江守護である六角氏の家臣、吉田《よしだ》家に嫡男として生まれた。吉田家の禄高は五百石と多くはないが、少なくもない。中堅の家臣というところである。母は産後の肥立ちが悪く、彦九郎を産んで間もなく亡くなったので顔を知らぬ。下女の手を借りつつであるが、父に男手一つで育てられたのである。

父の名は吉田宇兵衛《うへえ》と謂う。政向きの性格ではなかったらしい。彦九郎が生まれる前に奉行の補佐に任命されたこともあったらしいが、銭の計算を誤って記するという大きな失敗をしたという。かといって兵を率いての戦はあまり得意ではない。熱戦の中、気が付けば一人で敵中に踏み込んでしまい、配下の兵を置き去りにすることもしばしばであった。戦ののち上役の叱責を受けては、

「申し訳ございません。すぐに周りが見えなくなるのです！」

と、言い訳することもなく両手を合わせて拝むように詫びる。父は身の丈六尺に迫る大男である。そんな父が必死に詫びる姿に一抹の滑稽さと、愛嬌を感じるようで、

——宇兵衛殿ならば仕方ない。

と、苦笑して許してしまう次第であった。

そんな父だが一つ、家中でも一、二を争うほど優れていた特技があった。それが弓の腕である。そもそも六角氏は弓矢の研鑽を行う家であった。六角氏は日置《へき》流と呼ばれる弓術を奨励しており、

当主の義賢《よしかた》も相当な腕前であった。

この日置流は日置弾正正次《だんじょうまさつぐ》を祖とする。元は大和《やまと》の人といわれているが、その足跡はよく解っていない。何の理由があったのか、ともかく近江に流れて来たらしい。

その高弟の一人に吉田重賢《しげかた》と謂う男がいた。六角氏の配下の豪族で、川守《かわもり》城を本拠としていた武将である。吉田氏は主家の六角氏と同じ近江源氏の流れを汲み、古くは源《みなもとの》頼朝《よりとも》に従って活躍した佐々木定綱《ささきさだつな》の弟巌秀《いわひで》に始まる。近江吉田荘を支配してその姓を名乗ったと伝わっている。

この吉田氏の分家、そのまた分家が彦九郎の生まれた家であった。父は幼い頃から弓で天稟《てんぴん》を発揮した。人よりも大柄であったこともあり、齢十二を数える頃には大人でも難しい三十間の遠当てが出来ていたというから、かなりのものである。

「俺は弓と向き合うのが大好きなのだ」

父は相好を崩してそう言っていた。弓を引くには当然力もいる。だがそれ以上に心の構え方が大事だという。弓と向き合うことは即ち、己と向き合うこと。どこか座禅に似ているという。心に迷いがあれば、矢はあらぬ方角に飛んでいく。しっかり向き合えば如何に遠い的であっても、一間の距離に縮んで見えると語っていた。そのような父だから、戦が始まれば配下のことなど眼中から消え去ってしまうのだろう。

だが己一人となれば話は違う。馬に跨《また》がって戦場を駆け巡りながら矢を放つ。いわゆる流鏑馬《やぶさめ》の技も人外に上手かった。父は矢を放った瞬間には、次の矢を箙《えびら》から抜いて番えている。あまりの早業に妖術のようだと舌を巻く者も多かったという。

政は大の苦手、兵を率いることも出来ない。だが弓を取れば一騎当千。そんな戦国の武士を絵に描いたような父を、家中の者はどこか好ましく思っている。

理由は他にもある。六角家には歴とした弓術師範がいる。同じく吉田姓であるが、こちらは本家である。決して腕が悪いという訳ではないが、弓の神に愛されているとしか思えぬ父の足元にも及ばない。家中の子弟は挙《こぞ》って父に教えを請いに来た。それに対して父は嫌がる顔を一切せず、

「もそっと脇を締めるとよいぞ。もそっと、もそっとじゃ」

などと丁寧に教えてやった。そして、

「本家殿には宇兵衛が教えたことは内緒じゃぞ」

と、白い歯を見せて笑う。つまり家中の武士のほとんどが一度は父に弓の手ほどきを受けており、叱る立場の若い上役も例外ではない。出世は全くしないこの隠れた弓の師匠を、

「宇兵衛殿ならば仕方ない」

と、許してしまうという訳であった。

彦九郎は幼い頃より父から弓を教えて貰った。どうも己は父に比べれば才がないようであった。父は七歳の頃には十間先の的を十中八九は射ていたものだが、同じ歳の彦九郎は十のうち一度射貫ければよい程度。

「一、二年足踏みしても、ある日、突然出来るようになることもある。技というものはそのようなものだ」

落ち込む己に対し、父は優しく励ましてくれた。

「それに人には向き不向きもある。彦九郎にはもっと他の才があるやもしれぬぞ」

自身が弓術の才があるからといって、他の技を下に見ることもなければ、息子に押し付ける訳でもない。彦九郎はそんな父が大好きで、だからこそ弓術を身に付けて喜ばせてあげたいと熱心に修行に励んだものである。

一方、彦九郎にとって主家の六角家はとても尊敬出来る存在ではなかった。彦九郎が記憶のない三歳の頃、足利義昭《あしかがよしあき》を奉じて上洛する織田信長に本拠の観音寺《かんのんじ》城を奪われていた。その後、甲賀郡に本拠を移して抵抗するものの、勢いのある織田家には全く歯が立たない。近江守護の名家も見る影もなくなっていた。

いや、織田家と戦う以前から六角家は衰退の一途を辿っていた。庶流である京極家が台頭し、その所領を少しずつ削られていたのだ。六角家はこの京極家を織田家以上に憎んでいた。だが、その京極家もやがて配下の浅井家に取って代わられ、六角家以上に追い詰められている。同族といった意味では、近江国における佐々木源氏の支配が崩壊した時代でもあった。

元亀《げんき》元年（一五七〇年）、彦九郎が弓を握り始めた五歳の頃。六角家は織田家に反攻を始めた。同じく織田家と対立する朝倉家、浅井家と結び、信長の重臣である佐久間《さくま》信盛《のぶもり》と柴田勝家が籠る長光寺《ちょうこうじ》城を攻め立てたのだ。

――宇兵衛の活躍は鬼神の如しであった。

彦九郎は後に家中の人々から聞いた。先陣を切って城に向かうと、土塁の上を守る織田兵を次々に射貫いていったのだという。時には二本の矢を番え、同時に放って二人を射る。そのような人並み外れた技をも見せたらしい。

だが父の活躍も虚しく、城を落とすことは叶わなかった。織田家と六角家の間には、もう如何ともしがたいほどの力量差が生まれていたのだ。

彦九郎の運命を変えたのは、天正元年（一五七三年）九月のことであった。その先月に六角家と同盟を結んでいた、朝倉家、浅井家が相次いで織田家に滅ぼされ、六角義治《よしはる》の籠る鯰江《なまずえ》城も攻撃に晒《さら》されたのである。

六角家は諜報に長けた甲賀衆《こうかしゅう》と昵懇《じっこん》の仲である。織田家の精兵は朝倉、浅井攻めの疲れが溜まっているため休ませており、猛将柴田勝家の麾下《きか》は新兵ばかり。そのような情報が伝わって来ており、六角家としても返り討ちにする気でいた。しかも四月にも織田家の攻撃を鯰江城で撥ね返していたので、追い込まれているとはいえ、六角家中は自信に満ち溢れていた。

だがその自信は脆くも崩れ去ることとなる。鯰江城は僅か一日で陥落したのだ。

前回と比べて何が違っていたのか。しかも相手は新兵ばかり。その違いは単純なことであった。火縄銃の数が圧倒的に多かったのである。

鯰江城は空堀を増やし、土塁を高くする改修を施していたものの、弓を飛び道具の主として考えた城である。火縄銃をこれほどまでに投入される状況は考えていない。高さを活かして投石、弓で守ろうとするものの、織田家の火縄銃の一斉射撃でばたばたと味方は倒されていく。

彦九郎は陥落間際の鯰江城から落ちることとなった。すでに当主の義治が逃げ出しているのだから誰に咎められることもない。ただ父はその当主のためにも時を稼がねばならず、下男下女に己を託して、

「俺は鉄砲などには負けぬ。あとですぐに追いつくからな」

彦九郎の頭を撫でてにかりと笑うと、颯爽《さっそう》と前線へと向かった。

ここで父は己たちを逃がす時を作って果てたとすれば美談にもなろう。だが現実の話はそれほど上手くは出来ていない。父が去って僅かな後、恐らく百を数えるほども経っていないのではないか。

――吉田宇兵衛殿、討ち死に!!

と、本丸に伝わって来たのだ。まだ彦九郎が逃げる支度をしている最中のことである。火縄銃というものは長年積み上げた技をいとも簡単に粉砕する。それは稀代の弓の達人である父とて例外で

はなかった。

――父上は何のために技を磨いたのだ。これでは修行など無駄ではないか。

幼心にそう思ったのをよく覚えている。

彦九郎は前線に向かう父の背を今もはっきりと覚えている。それは勇壮だったからという訳ではなく、その後の顚末も相まって、悲哀にして何処か滑稽なものとして目に焼き付いたのだ。

その後、彦九郎は命からがら鯰江城から落ち、北近江の縁戚のもとに身を寄せることになった。父のような立派な武士になりたかろう。何処かよい家に仕えられるようにしてやる。そう言う縁戚に対し、彦九郎は学びたいことがあると強く言い張った。

「火縄銃を……鉄砲職人になりとうございます」

父がいかに才に恵まれていたか、研鑽を続けていたか、彦九郎は誰よりも知っている。そんな父を瞬く間に屠った火縄銃。それを激しく憎悪すると共に、心のどこかで惹かれている自分に気付いた。また父を殺した火縄銃を遥かに超える火縄銃を作りだせば、それらは世間で無用の長物となる。かなり歪ではあるが、彦九郎なりの仇討ちでもあった。

こうして彦九郎は武士の身分を捨て、身一つで国友衆のもとへ弟子入りした。手先が器用だったこともあり、こちらの才には恵まれていたらしい。人の数倍の早さで技を身に付けていき、彦九郎は齢十五にして頭角を現すこととなる。そんな彦九郎に見込みがあると、子のいない師の三落が養子に迎えたのもその頃のことである。

そして今や三落も隠居し、彦九郎はその工房を任されるようになった。国友衆には他にも工房があるが、他の頭たちにも一目置かれていることを知っている。国友衆として最高の職人の称号である「砲仙《ほうせん》」を継ぐのは、国友彦九郎で間違いないとまで言われるようになっていた。

引き続き工房を見廻っていると、外から一人の男が慌てて駆け込んできた。彦九郎の配下ではなく、他の工房の職人で平吉《へいきち》と謂う年配の男である。

「おお、平吉殿。久しぶりでござるな。そのように血相を変えて如何された」

彦九郎が迎えると、平吉は肩で息をしながら答えた。

「大変でござるぞ……」

それで脳裏に閃くものがあり、彦九郎は近くに寄って声を潜めて尋ねた。

「戦ですか」

「ああ、すぐそこで関所を設け、上杉討伐に向かう軍勢を堰き止めている。治部少輔の手の者だ」

「判った。すぐにこちらも支度を整えます。お報せ頂きありがとうございます」

これは天下を二分する戦になると悟った。鉄砲、大筒の注文が押し寄せてくるのは間違いない。だがすでに上杉討伐に向かう大名家から、大量の鉄砲の注文を受けて納めており、手持ちはもう二割ほどしか残されていないのだ。

「皆の者、よく聞いてくれ」

彦九郎は今しがた平吉から報せて貰ったこと、今後起こりうる見通しを職人たちに語った。

「これが戦乱の世の最後の大戦となるだろう。稼ぎ時ということもあるが……もっと大切なことがある」

息を呑んで見守る職人たちに向け、彦九郎は悠々と続けた。

「我らの鉄砲が最も優れていることを示す最後の機会ということだ」

「他の工房に負けていられませんな」

嗄れた声で応じたのは、義父三落が子どもの頃から工房にいる職人の行右衛門《ぎょうえもん》であった。今では彦九郎の補佐役も務めている。

「もう他の工房には負けぬわ」

この十年の泰平の間に、彦九郎は様々な新しい鉄砲を生みだした。その数は他の工房の追随を一切許さない。国友衆の連中にはその新しい鉄砲を見せることはあるが、見たところで構造を真似出来ないものが大半で、

――彦九郎の頭はどうなっているのだ。

と、皆が舌を巻いている。

「では……」

「穴太衆を完膚なきまでに叩き潰す」

彦九郎が凜然と言い放つと、職人たちの頷きが重なった。

「戦まであと僅か。昼夜を問わずの作業となる。皆、励んでくれ」

職人たちは声を揃えて応じ、一斉に作業に戻った。ここからは家に戻る暇すらない。女中たちに命じて職人の食事の世話をして貰う段取りもつけた。

「頭、参陣の依頼があれば如何致しますか」

金槌《かなづち》の音が激しく鳴る中、行右衛門が尋ねて来た。

新しい鉄砲や大筒が実戦に投入される時、扱いが解らないため国友衆に参陣依頼が来る場合がある。戦場に職人自らが赴いて、砲術専門の軍師のような役割を務めるのだ。

「受ける。が、全ては受けられまい。選ぶことになる」

通常ならば戦がそれほど重なることはない。だが此度に関すれば全国各地で戦が行われることが

予想され、何処か一つの戦場にしか出られないだろう。

「条件は？」

「穴太衆飛田屋の積んだ石垣の城。これを攻める戦に限る」

「承った」

行右衛門はにたりと不敵に微笑んで持ち場へと戻った。彦九郎は一人になると、すでに出来上がった火縄銃を手に取り、ゆっくりと構えた。

——匡介、待っていろ。

先目当の向こうにその顔を思い浮かべ、彦九郎は火蓋を切って引き金を引いた。


彦九郎の見込み通り、国友衆にかつてないほどの注文が来た。東西どちらにでも売るつもりだったのだが、それは目算が外れた。近江佐和山の石田三成が兵を送りつけ、

——今後は内府、それに与する大名に鉄砲を売ること罷りならん。

と、命じて来たのである。

だが徳川家には上杉討伐に入る前にすでに鉄砲を売ってある。それに西軍だけでも、古今未曾有の量だったから却って助かったというものだ。

「大筒の注文が多いな」

行右衛門から受け取った注文をまとめた紙を見ながら、彦九郎は呟いた。これまでも大筒が実戦に用いられたことはあるが、取り回しが難しいため普及しているとは言い難い。此度の戦で石田三成は、これを進んで用いていくつもりらしい。

「新しい大筒があると返事しておけ」

「例の話、来ましたぞ」

「来たか。当然、西軍だな」

今の国友衆を取り巻く状況から鑑みてそれしか答えはない。

「はい。伏見城攻めです」

「やはりそうなるか」

畿内の大半は西軍に味方している。その中で伏見城には徳川家が残した約二千の兵が籠っているのだ。西軍としてはまずこれを落としにかかると彦九郎も見ていた。

「如何なさる」

「まずはこの城を落とさねば始まらん。他の戦と重なることもなかろう……それに何より伏見城は飛田屋の仕事だ」

最新の鉄砲を西軍に売り込み、自らも参陣することを決めて一月。いよいよ伏見に向かうという段になって、義父の三落から呼び出しがあった。

三落はすでに一線を退いており、少し離れた隠居所でゆるりと余生を送っている。彦九郎も三日に一度は顔を見に行っているのだが、こうして呼ばれることは初めてのことであった。

「義父上、お元気そうで何よりです」

ここのところ仕事が忙しく、十日ほど顔を見ていなかった。長年携わってきた鉄砲作りから離れたことで、張り合いをなくしたのだろう。何処か躰が悪いという訳ではないのだが、三落はここ数年ですっかり老け込んでいる。

三落は乾いた咳《しわぶき》を一つして口を開いた。

「彦九郎、伏見には明日発つのだったな」

「はい。行って参ります」

「昨日、甲賀の古い知り合いから、儂の耳に入ったことがある」

「ほう……甲賀の」

形は違えども同じ技を売る者として、三落は甲賀衆とも古くから付き合いがあった。

「まず伏見城に甲賀一団が入ったらしい。気を付けよ」

畿内で東軍に味方する大名はほとんどいない。そこで家康は甲賀衆に、伏見城に籠って欲しいと依頼したらしい。戦場においての敵を攪乱《かくらん》するなどの働きかけを行わせるためである。

「忍びの技は日陰でこそ活きるもの。日向《ひなた》では我らの敵ではござらん。蜂の巣にしてやりましょう」

「ふむ……確かにな。そちらは大した敵にはならぬだろう」

「そちらは……？」

三落の言い回しに含みがあることに気付き、彦九郎は問い返した。

「源斎が入るらしい。『懸』だ」

「何ですと」

彦九郎は思わず身を乗り出した。

「件の甲賀衆から聞いた話だ。間違いない。『塞王』が入城するということで、伏見城の士気も上がっているらしい。今日くらいにはもう入っているやもしれぬ」

「真に……」

伏見城は大軍に取り囲まれることとなり、碌に援軍も期待出来ない状況である。いずれ落ちるのは目に見えている。だがそれは籠城側も重々承知であり、如何に時を稼ぐかが肝要になっている。

そのような死地ともいえる城に、飛田屋の当主が入るなど考えてもみなかったのだ。

「義理の息子……何と言ったか……」

「飛田匡介でござる」

「そう、その匡介に頭の座を譲ったとも聞いた」

「……そうですか」

彦九郎は胡坐を掻いた上に載せた拳を握りしめた。戦国の最後に出来した、前代未聞の大戦。そこで互いに当主として激突することは、彦九郎の望んでいたことである。

だがその前に源斎である。歴代の「塞王」の中でも、随一との呼び声高い男。この国で名城と呼ばれる城の大半の礎には、この男が携わっている。

「彦九郎、儂は恨んだものよ。天は儂に才を与えてくれた。だが源斎にはそれ以上の才を与えたのだ」

「何を。義父上も大いに勝ったではありませんか」

二人の戦いは源斎がやや勝ち越したものの、五分といってもよかった。そこまで己を卑下することはないと本気で思っている。

「初めて言うがな。儂が勝てたのは、軍が勝っている時だけよ。五分五分ならば源斎が、六分四分でも落とせなんだ時が数多くある」

遠くを見つめながら語る三落に対し、彦九郎は何も答えなかった。過去の戦を詳しく調べている中で、それは彦九郎も薄々気付いていたことだったのだ。

「なあ、彦九郎」

「はい」

「儂は一人の命を奪うことで、先々の百人、千人の命を救っていると信じてきた。たとえ人殺しと罵られてもな。だがこうして隠居した今、己は正しかったのかと迷うようになった」

穴太衆は人を守る集団として民にありがたがられる。だが国友衆は人殺しの道具である鉄砲を扱うことで、時として恨みを買うこともあった。人の死で飯を食っているなどと蔑まれることもある。そのような誹謗の中、

――守るだけでは真の泰平は築けぬ。

三落はその信念のもと一心不乱に鉄砲を作り続けたのだ。

三落は宙を見つめているが、そこに何か見えるように顔を歪めて続けた。

「殺めた中に、儂などよりずっと泰平に役立つ者がいたのではないか。優れた才を持つ者がいたのではないかと……お主のようにな」

「義父上は間違ってなどいません」

彦九郎ははきと言ったが、三落は首を横に振った。

「お主の答えを見つけよ。だがその為には源斎を超える必要がある……託してよいか？」

「必ずや」

「その時は、お主が『砲仙』を名乗っても誰も文句は言うまい」

彦九郎が力強く頷くと、三落は少し首を捻って尋ねた。

「ところでその匡介とやら。手強いのか」

匡介は泰平の中、幾つかの城を修復しただけである。三落が知らぬのも無理はなかった。

「手強いと思うております」

「そうか。そちらにも、いや、そちらにこそ負けられぬな。お主ならば心配なかろう」

三落は己を納得させるように何度か頷いてみせた。

「国友衆の力を天下に示して参ります」

彦九郎は三落に向け、腹の底から絞り出すように宣言した。

第六章　礎

源斎が発ってからというもの、匡介は配下の職人を出して伏見の情勢を探り続けた。未曾有の大乱が起こることはもはや誰の目にも明らかである。行商人などはいち早く畿内から逃げ出そうとし、その者たちからも伏見の様子が漏れ伝わって来る。

七月十五日、徳川家家臣の鳥居元忠は旗幟を鮮明にして伏見城に籠城した。

それに対して七月十七日、大坂城の前田玄以、増田長盛、長束正家の三奉行は、家康が大坂城西の丸に残していた留守居役を追放すると、十三箇条に及ぶ家康への弾劾状《だんがいじょう》を世間に向けて発布した。逃げ出した西の丸の五百人は伏見城へと走った。元々籠っていた千八百と合わせても二千三百と幾分心許ないのは確かである。

日に日に新たな話が飛び込んでくる。その中には西軍の数に関するものもある。

「四万だと……」

寄せ手は夥《おびただ》しいほどの大軍であるという。大将は五大老の一人である宇喜多秀家。副将は小早《こばや》川秀秋《かわひであき》。さらに毛利秀元《ひでもと》、吉川広家《きつかわひろいえ》、小西行長《こにしゆきなが》、島津義弘《よしひろ》、長束正家などが加わっている。

「匡介」

同じ場で話を聞いていた玲次が不安げに顔を覗き込んできた。かなりの大軍を相手にせねばならないとは覚悟していたが、これは考えていたより上を行くものであった。しかも西軍は時を追うごとにさらに数を増やし、実質的な大将である石田三成らも間もなく合流する運びらしい。

「心配ない。爺を信じよう」

匡介は力強く頷いて見せた。

西軍としても伏見城をそう容易くは攻め落とせると思っていないようだ。宇喜多らが即刻攻め掛かろうと発言するのに対し、五奉行の一人である増田長盛が止めた。

その訳として、まず一つは城を任された鳥居元忠は絵に描いたような三河《みかわ》武士であり、その配下も名立たる武辺者《ぶへんしゃ》ばかり。相当頑強な抵抗が前もって知れること。

さらにもう一つ。伏見城は亡き秀吉が金に糸目を付けずに堅固に造るように命じた城であること。

――あの塞王が石を積み、しかも今また城内に入ったとの由《よし》。

と、増田は無闇な力攻めを諫《いさ》めたという。すでに源斎が伏見城に入ったことは、西軍諸将にも知れ渡っているということだ。

これに対して宇喜多秀家は意見を翻して同調し、増田家家臣山川半平《やまかわはんぺい》を使者として遣わし伏見城へ降伏を促したという。

「無駄さ」

その話を耳にした瞬間、匡介は短く吐き捨てた。

幾ら鉄壁を誇る伏見城とて、それほどの大軍を相手にいつまでも耐えられるとは誰も思っていない。これは家康が引き返して来るまで、如何に西軍の時を削るかという戦いである。一戦にも及ばず降るということは有り得なかった。

伝わってくる話の中で、匡介が最も注目したものは別にある。世間の大半の者からすれば、西軍の数云々に比べれば、些細なことである。だが匡介にとってはこちらのほうが気に掛かった。

「国友彦九郎が出たか」

国友衆が西軍に大量の鉄砲を供給していることは伝わっていた。その中には未だ誰も見たことがない最新式のものが含まれているらしく、容易く扱うには困難と見た石田三成が、砲術の目付的な役割で職人を派して欲しいと依頼したらしい。

その求めを受け、国友彦九郎をはじめ三十人の職人が西軍の陣に入ったという。恐らく今頃は、その最新式の銃や大筒の扱いを指南している。

この新たな兵器が如何なるものかを知れるか否かは、源斎の活躍如何に掛かっているといっても過言ではない。

――頼むぞ。

匡介は伏見にいる源斎に向けて心中で呼びかけた。

この数日で街道筋の人々は激減している。伏見には兵馬が満ち溢れているといったことしか判らなくなっている。戦が始まってしまえば猶更近づくのも難しく、克明な話を聞き出すのは難しいと予め考えていた。故に配下の若手の職人たちを出し、出来るだけ近づいて状況を読み取るように命じている。

「始まりました！」

職人の一人が血相を変えて穴太に戻って来た。弾劾状が出されてから僅か二日後の七月十九日のことである。

「いよいよか」

匡介は主だった職人に集合を命じると、広間に広げた絵図を覗き込んだ。

穴太衆《あのうしゅう》は縄張り図面を残さない。城は機密の宝庫である。それを守るというのが大きな理由である。故に依頼する側も漏れることを恐れず穴太衆に頼めるという訳だ。これは穴太衆の掟の基本であり、たとえ拷問を受けても吐いてはならない。

だが今回は、少ない情報で相手の兵器を研究しなくてはならない。それを配下と共有するために伏見城の縄張りを描いておいた。無論、戦が終われば焼き払う当座の図面である。

源斎が描き残した訳ではない。匡介は何度か伏見城を訪れただけで頭に叩き込んでおり、それを思い出して描いたのだ。

「凄まじい轟音です。かなりの鉄砲があるようです……」

職人は笠取峠《かさとりとうげ》を越え、木幡で様子を窺っていた。伏見から木幡までは直線にすれば約一里（約四キロメートル）。銃声はまるで一つの幕のように天を覆い、それが伸びて迫って来るような思いになったらしい。あまりの禍々しさに職人は息を吞んでしまったという。

「どこの大名も鉄砲が有り余ってやがるからな」

玲次が腕を組んで吐き捨てた。

この十年間で国内の鉄砲量はさらに倍増したと見ている。泰平の世でも大名は、豊臣家に命じられて諸事の普請などに金を遣いはする。それでも槍は折れ、弓弦《ゆづる》は切れ、馬は死に、鉄砲は奪われ、兵糧矢弾を湯水の如く使う乱世よりはましである。この間に大名は疲弊した軍を整え、大量の鉄砲を抱え込むこととなった。

「連合軍というのが厄介かもしれませぬな」

段蔵がふと思い至ったように口にした。

「そういうことか」

「はい。各大名とも、鉄砲戦で済ませたいのがやまやまなのでしょう」

軍と一口にいっても様々な兵種がある。槍、弓、騎馬、そして鉄砲などである。別に誰かが言った訳ではないが、そこは戦国を駆け抜けた武将たちである。戦をするにおいて最も強い割合というものを肌で知っている。

だが今回は段蔵の言うように連合軍であり、何も己の軍勢で勝負を決する必要はない。むしろ自軍の消耗を減らしたいと考える者が大半だろう。

損害を減らすためには白兵戦を避けるに限る。つまり距離を取って鉄砲で戦おうとする訳である。それぞれの大名が同じことを考えているため、蔵の中から引っ張り出し、あるいは大急ぎで買い集め、ありったけの鉄砲を戦場に持ってきているのだろう。故に常の戦よりも鉄砲足軽の割合が多くなっているという訳だ。

「ああ……だがそれほどの鉄砲があれば、寄られるまではあっという間だろうな」

伏見城の南側には宇治川が流れており、東側には山を背負っている。攻めるとなれば北、西からの二方向に限られた。城下には数多くの武家屋敷が立ち並んでおり、それをぐるりと取り囲むように外堀がある。また伏見城の南、宇治川左岸には向島《むかいじま》という村があり、そこには向島城があった。これは城というよりは砦に毛が生えた程度のものであり、伏見城の後詰め城の役割を果たしていた。

だが四万の大軍に加え、それほど大量の鉄砲が投入されているとなると、武家屋敷などの防御壁があるとはいえ平地での戦いは苦しい。さらに向島城の如き小城ではとても支えきれぬ。城方《しろかた》もそれは承知であり、ただでさえ少ない戦力を失わぬよう、伏見城に兵力を集中するのではないかと匡介は見当をつけた。

次の戦況が伝わったのは、二日後の二十一日のことである。

「伏見から逃れてきた坊主に聞きました」

戻った職人はそう前置きして続けた。

「西軍は難なく外堀を越え、一気に城下に雪崩れ込んだとのこと。城方は一頻り防戦したようですが、城下に火を放って城の中へと逃げ込み、西軍は追って内堀にまで迫った模様です」

「向島城は？」

横から玲次が問いを投げた。

「城方は端から兵を入れていないようです。西軍が接収しました」

「だとよ」

お前の見込みが全て当たっているなと言いたいのだろう。玲次は眉を開いてこちらを見た。

「何か新たな鉄砲が使われたとは聞き及んでいないか」

匡介は職人に向けて訊いた。

「他にも城下から逃れて来た者が数人おり、漏れなく尋ねたのですが……素人にはそもそも判断も付かぬようです」

「まあ、そうだろうな」

「ただ少し気掛かりなことが」

「何だ」

「その坊主の寺のご本尊は相当大きなもので、持ち出すのにかなり手間取ったようです。人手、荷車をようやく手配し終えた時、寄せ手から盛大な鬨の声が上がったとのことです」

「総攻撃が始まる直前に間に合ったということだな」

「はい。坊主は何とか間に合ったと、大急ぎで逃げたのですが、雇った人夫の一人が流れ弾に当たったようで……」

職人は自らの頭を指でとんと叩いた。

「何……」

「まだ西軍は外堀を渡っていなかったのにです」

「その坊主の寺は何処だ。何処で流れ弾に当たった」

匡介は立て続けに訊いて、図面に向けて顎をしゃくった。

「この京橋の近くで、そこから両替町通りに向かって動いているこの辺りとのこと」

「若……いや、御頭」

段蔵は言い直して顔を覗き込んだ。

通常の鉄砲で人を狙って倒せるのは三十間（約五十五メートル）がせいぜいである。とはいえ弾の飛距離はもっと伸び、一町（約百九メートル）から二町先まで届く。だが人夫が流れ弾に当たった場所は、外堀からそれより遥か遠くの地点なのだ。

「少なくとも三町はあるぞ。その人夫が当たったのは、間違いなく頭なのだな」

「はい。顔でも、首でも、腹でもなく」

匡介の問いの意味を職人も理解しているらしく顔を引き攣らせた。鉄砲から放たれた弾はある地点で、天に吸われるように大きく上に逸れる。そしてまた下降して地に落ちるのだ。

頭に弾を受けたということは、弾が下降の途中であったということ。さらに言えばまだ地に落ちるまで五尺（約百五十センチメートル）近くはあったことになり、つまりは今少しは飛距離が出るということだ。

「中筒の一種かもしれません」

戦場では二匁（約七・五グラム）から三匁ほどの鉛玉の口径の鉄砲が最もよく使われており、それを分類して時に小筒と呼ぶ。それに対して中筒の口径は四匁から十匁であり、威力、飛距離とも飛躍的に伸びるのである。

「いや、小筒だろう」

中筒は小筒より扱いが遥かに難しい。故に余程鉄砲に練達した者にあてがわれる。そのような者がたかだか二十間ほどの堀の向こうの城方を外すのは有り得ない。流れ弾になったということは即ち外れたことを意味する。下手な者が放った一弾だと判る。その他大勢の下手な者には、大量に作られる小筒が配られるのだ。

「おいおい……もしそうなら、何て鉄砲だ」

玲次は唇を歯で弾いた。無理もない。小筒で三町以上先まで飛び、なおも人を殺傷するなど、これまでの鉄砲の性能を大きく超えているのだ。

「この程度は序の口だろう。まだまだ出て来る」

皆の顔に不安の色が浮かぶが、匡介は図面に目を落としたまま続けた。

「と……俺が考えているということは、爺も当然考えている」

「左様ですな」

段蔵がふっと息混じりに応じた。安堵させるために言った訳ではない。匡介には確信に近いものがあった。穴太にいながらにして、伏見の光景が思い浮かび、新たな話が伝わる度にそれは鮮明なものになっていっている。

二十三日、またしても戦況の一端が伝わった。もはや逃れて来る者は皆無で、その職人は伏見城の北東、僅か五町の小栗栖《おぐるす》まで近づいたという。

「昼夜問わずに銃声が響き続けております。夜のみならず、昼も凄まじいほどの石鳴きが」

「昼もか？」

報告に対し玲次が訊いた。

銃弾が石に当たって発する音を、穴太衆では「石鳴き」と呼ぶ。石垣の上部には板塀か、塗塀が据えられている。その塀に矢狭間《やざま》、鉄砲狭間と呼ばれる穴が設けられ、城内の兵はそこから弓、鉄砲で応戦するのだ。

昼は視界もはっきりしているため、敵が百の弾を放ったとするならば、そのうち少なくとも六十、熟練の足軽鉄砲隊ならば八十は塀に着弾する。ただ夜になれば狙いは付きにくく三十ほどが塀に当たり、残る七十のうち石垣に当たったものが音を発するのだ。

だが報じた職人によれば、夜は勿論のこと、昼もその程度ではない。百放たれたとすれば七十、いや八十は石に当たっているのではないかというほどの激しい石鳴きが聞こえるというのだ。

「どういうことだ……」

玲次は眉根に皺を寄せて首を捻った。

「伏見城は塗塀だけじゃなく、板塀も用いられている。恐らくこれが貫かれている」

これは推論ではあるが、流れ弾に当たった人夫の場所から考えると、通常よりも飛距離のある鉄砲が使われている。それは即ち威力も増していることを意味する。内堀にまで押し寄せられているため、今、それを至近距離で放たれ、板塀に穴が穿たれているのだと匡介は読んだ。

「それに爺が手を打ったな」

「どうやってだ……」

「板塀の下の石垣を組み替えた。より高くな」

塀の内側に石垣をさらに構築し、それから後に塀を取り除く。すると元来、塀があった場所も石になる訳だ。あるいは塀より高く石垣を組み上げたことも考えられる。幾ら威力のある鉄砲とはいえ、石の壁ともいうべき石垣に穴を開けることは出来ない。

「それじゃあ、狭間はどうするのです？」

ここで段蔵が疑問を呈した。石垣を高く組めれば確かに内側は守れるが、こちら側からも攻撃出来なくなる。そうしようと思えば石垣に上がる必要があり、結局、狙い撃ちにされてしまうのだ。

「造ったんだろうよ。石垣に狭間をな」

「え……」

一同の吃驚が重なった。

「そんなこと出来るか？」

「出来る」

玲次の問いに対し、匡介は即答した。

もし己ならばそうすると考え、頭の中で石垣を組んでみた。実際にやってみないことには確かではないが、今の己ならば能《あた》うと思う。

「平らな石を積み重ね、さらに……」

匡介は皆に向けて簡単な説明をした。段蔵、玲次、熟練の職人はなるほどと手を打って理解するが、まだ若い職人たちは聞いても半信半疑といった様子である。

「これは今後も使えますな」

段蔵が感心の唸りを上げた。

「ああ、早速だ。心配ないだろう？　どうせ嬉々として差配してるぜ」

これまでは攻城戦といっても、城下町での攻防である。ここからが本格的な城攻めで、穴太衆の本領はこちらにある。それが始まった早々に迎え手を編み出して打った源斎は流石といえる。

次の報せが入ったのは翌々日の二十五日のことであった。前回と同じく小栗栖で張っていた者が戻って来た。その者の話によると、

「明らかに銃声が減っています。石鳴きはほぼありません」

と言うのだ。かといって攻撃の手が休んだ訳ではない。喊声はむしろこれまでより大きいという。ならば不思議なことではある。銃弾が貫通しない「石の壁」を構築したとして、さらに仮にそれに鉄砲狭間が造られていたとして、攻め手が銃撃を控える理由にはならない。

攻め手が石垣をよじ登り、あるいは城内に突入するためにも、仮に当たらずとも鉄砲を撃ちかけて援護し続けねばならないのだ。

「何かまた動きがあったな」

直感に近い。敢えて理由を挙げるとするならば、次代の「砲仙《ほうせん》」を嘱望されている国友彦九郎がおり、戦乱を駆け抜けた歴代の中でも随一の「塞王」源斎がいる。戦の中でも技術が育つ。いや、戦の中だからこそより早く育つということを知っている。

その手掛かりは同日に戻ったもう一人の職人からもたらされた。伏見城の南、宇治へ探らせに行かせていた者である。

「西軍の負傷した兵が後方に下がっています。銃弾を受けた者が多いようです」

「城方も撃ち返すのは当然だろう」

「……そうですよね」

段蔵に言われ、若い職人は言葉を呑み込んだように思えた。

「何か気になることがあるか」

「いえ……」

匡介が尋ねても、若い職人は首を横に振る。

「些細なことでもいいし、的外れでもいい。思ったことを話してくれ」

努めて柔らかく問うと、若い職人は何度か自らに確かめるように頷いた後、ようやく口を開いた。

「伏見城に籠っている兵は二千三百とか」

「ああ、内府が伏見に残したのが千八百。大坂城から追われてきたのが五百と聞いている」

「となると、鉄砲の数は六百九十。多くとも九百二十程かと」

「よく学んでいるな」

石積みの修業は栗石《ぐりいし》を置けるようになるまで十五年。たとえ作業がない日でも石を触り続けなければならない。だが飛田屋では十年ほど前から、それ以外に座学も行うようになっている。目まぐるしく鉄砲が進化していく中、それに対抗する理論も学ばねばならないと源斎は考えたのだ。最後は職人の勘が左右することが多いが、それを裏打ちする知識が必要ということである。その中で、軍勢の中の兵種の割合の変化も学ばせている。

例えば織田家が武田家と長篠で激突した時は、全体の約一割が鉄砲足軽であった。大量の鉄砲が投じられたなどと言われているが、この頃はまだその程度である。

その後、信長が本能寺で斃《たお》れた頃になると二割、秀吉の唐入りでは三割、近頃では全体の四割まで鉄砲足軽で揃える部隊も出てきているのだ。若い職人はそれら学んだことを、此度の攻城戦に当てはめて城方の鉄砲数を割り出したということだ。

「間を取って伏見城の鉄砲は八百ほどか。それがどう気になる」

「すでに攻め手は千に近い死人、怪我人が出ているようなのですが、どうも鉄砲傷を負っている者が多いように思えるのです……」

この若い職人は撤退する行列とわざわざすれ違って歩いたらしい。もし何か咎められても、身分を偽ることなく、かつて宇治でやった仕事が長雨で崩れていないかを確かめに来ていると言い逃れるつもりだったという。

「思い切ったな。だが気のせいじゃないのか?」

玲次はくいと口角を上げて訊いた。

「当然、全てを数えた訳ではありません。あくまでそう感じたというだけなのですが……」

「いや、教えてくれ。感じたままでいい」

「十人に四人。いや五人と感じ取りました」

「それは多いな」

鉄砲全盛期の今である。鉄砲で傷を受ける者が最も多いと思われがちだが違う。未だに一番は弓矢によるもので、これは全体の約四割を占める。二番目に鉄砲で二割、槍と刀を合わせて二割、礫《つぶて》で傷を負って落命する者も依然として一割程いる。その割合に照らし合わせれば、鉄砲傷を受けた者が四割でも多過ぎるのだ。

「仮に雑賀《さいか》衆や、根来衆のような飛びぬけて扱いが上手い連中でも、八百の鉄砲でそれだけの損害を与えるのは無理だな」

「やはり私の間違いということ……」

「いや、何か絡繰《からく》りがある。爺が何か仕掛けてるんだ」

これも勘でしかない。だがどう考えても伏見城には千を超える鉄砲があるとは思えない。仮に全員分の二千三百の鉄砲があったとしても無理だ。扱いに長けているとか、将の采配が上手いとかそういう類の話ではない。根底から常識を変えたような何かが起こっている。

「敵はここから攻めるよな……」

匡介は図面を指でなぞりながら独り言ちた。

己は武将のように軍略を修めている訳ではない。ただ石積み職人として、敵がどこを攻めやすいと考えるかは、常に頭に置いて石垣を組んでいる。時にはかつての日野城のように、敢えて攻めやすいように見せて敵を誘導することもあるのだ。

「北東側の弾正丸《だんじょうまる》に比べ、北西側の徳善丸《とくぜんまる》のほうが明らかに広い。大軍の利を活かすならば、やはりこちらを攻める」

呟きながら、匡介はさらに己《おの》が指を滑らせる。

「治部少丸の隅櫓《すみやぐら》からも攻撃が通るこの虎口で、敵は相当に苦戦するだろうな。うん……確かこの石垣は……」

虎口から治部少丸を望む石垣。確か野面積《のづらづ》みではなく、珍しく打込接《うちこみはぎ》を行っていたことを思い出したのだ。それを見た時に匡介は、

――何も打ち込む必要はねえだろう。

と思ってしまった。別に何の変哲もない石垣なのだ。むしろ野面積のほうが強度の面では勝る。通常の鉄砲ではびくともしないが、大砲を持ち出されれば崩される恐れすらあるのだ。打込接のほうが見栄えに勝るため、奉行が、あるいは秀吉本人がそうするように命じたのだろう。その程度に考えていたのだが果たしてそうなのか。源斎が何か意図して、敢えて打込接にしたのではないか。

――よく思い出せ。

匡介は瞑目して、治部少丸の石垣を脳裏に思い描く。大小様々な石の嚙み合いが鮮明に蘇ってくる。素人はそのようなことが出来るのかと疑うが、碁打ちが何十年も前の棋譜を記憶し、その通りに並べるのと同じようなもの。石と語らい、石と戦い、石と共に歩んで来た職人ならば己でなくとも出来ることだ。

「なるほど……そういうことか。何が起こっているのか読めて来たぞ」

匡介が止めていた指を図面に打ち付けた。

「この上は板壁だった。取り払って石垣を上に延ばしたのはここだ。鉄砲狭間付きの石壁だ」

前に匡介が読んだ「石壁」ともいうべきものは、この地点に造られたのだと確信した。

「確かに虎口を突破するため、攻め手も治部少丸を黙らせるために撃ちかけるでしょう。ここが最も激しい銃撃戦になるのは間違いないかと」

段蔵は頷きつつ応じた。だからこそここの石垣を急遽《きゅうきょ》積み上げて守りを厚くした。段蔵をはじめ、皆がそう思っている。だが匡介の考えは違った。

「それなのに板壁っていうのがそもそもおかしい。爺はここの石垣を延ばすつもりだった……いや、状況によっては延ばす必要があると考えていた」

流石の源斎でも全てを見通している訳ではないだろう。だがここが最も激戦となることは明らかで、加えて国友衆の作る鉄砲の威力が飛躍的に増していたとしたら、押し負けることがあると考えていたのではないか。故に石垣を変えることが出来る「余白」を敢えて残していたと思える。

「戦の中で変わる……生ける石垣か」

玲次が喉を鳴らした。

常に完全なものなどない。時代が進めばどんなに優れた石垣でも用を成さないこともある。それをしかと見据えて、終わりなく石垣を進化させる。たとえそれが戦の直前でも、戦の最中であっても。それが飛田屋の、源斎の持論で「生ける石垣」と呼んでいた。

「ここが何故、打込接なのか。どのように石を並べていたのか。はっきりと思い出した。『扇の勾配』をやるつもりだったんだ」

匡介が言うと、一同、えっと声を上げた。

横から見ると反り返り、まるで扇を開いたかのような曲線を描く石垣のことをそのように言う。別名は武者返し、あるいは忍返しなどと言う積み方である。

この積み方をするとき、下から三分の二は緩い勾配で直線に積む。下を直線にするのは、そうしないと上で反りを付けた時にひっくり返ってしまうからである。

そして残る上三分の一から一石ずつ丁寧に噛み合わせ、前へ、前へと押し出して勾配をきつくしていくのだ。すると弧を描いたような反りが出来上がり、源斎の手にかかれば最上部になると、垂直を超えてこちらに突出するに至る。これは流石に野面積みでは出来ず、打込接を用いねば出来ない。

「つまり完成したと思っていた石垣は……」

玲次の頰が微かに引き攣っている。

「下の三分の二。爺は残る三分の一を積んだ」

「戦の最中で『扇の勾配』かよ。化物か」

玲次は啞然とし、さらに段蔵は信じられぬといったように溜息を漏らす。

「しかも鉄砲狭間付き……そのようなことが本当に出来るのでしょうか」

「爺ならやるさ。そんな石垣と銃で撃ちあえばどうなると思う?」

匡介は若い職人たちを見渡す。

「それは……あっ！」

手を鞭のようにしならせ、残るもう一つの掌に打ち付けた。乾いた音が部屋に響き渡る中、匡介は片笑んだ。

「弾は跳ね返り、雨の如く攻め方の頭上に降り注ぐ」

石垣に傾斜がついているから弾が当たっても上へ跳ねるのだ。何より石垣の上の敵を目掛けて撃つことはあっても、石垣そのものを狙って発砲することはない。僅かな鉄砲狭間を狙って撃ち、逸れた弾は全て石垣が跳ね返す。かといって全く抵抗しなければ、一方的に狙い撃たれる。

これもやはり見た訳ではない。だが、

――俺が気付くということは、爺も絶対に考える。

という確信を持っている。

「故にやたら滅多に撃ちかけるのを止め、銃声が落ち着いているという訳ですか」

感嘆の声を上げる段蔵に向け、匡介は力強く頷いた。

「そうとしか考えられねえ」

「なるほど。これはひょっとすると……」

「ああ、内府が戻るまで持ち堪えるかもしれないぞ」

源斎は己がすでに上回っているなどと言っていたが、やはり匡介にはそうは思えない。考えつくところまでは同じでも、激戦の渦中でそれをしてのける胆力、配下の職人に一切無駄なく指示する経験では遥かに及ばないだろう。

果たして匡介の想像通りの報告が続いた。二十六、二十七、二十八日と、城方は四万の大軍を相手取って一歩も後れを取らないどころか、攻め方には甚大な被害が出ているらしい。

その頃には予想を裏付ける証言も得られた。西軍はこれほど長引くとは思っておらず、急遽追加で兵糧を運び込んだ。その荷駄押しに駆り出された人夫に金を渡して戦況が聞けたのだ。人夫は、

――石垣に穴が開いていて、そこから城方が狙って来ているんだよ。

と、身振り手振りを交え、些か狼狽したように話したらしい。そしてさらに、

――こちらが撃ちかけても跳ね返って来るらしい。

と、流石にその光景は見たことがないものの、そう付け加えたというのだ。

「どうやら、本当にお前の言った通りらしいな」

玲次は口元を綻ばせながら言った。

「そうだな……」

「どうした?」

「いや、少しな」

匡介は視線をゆっくりと上げ天井を見つめた。人夫が言ったことは他にもある。

――石田治部少輔様が城攻めに加わるらしい。

ということである。これだけならば当初から思惑の内であった。気に掛かったのは、

「むしろ遅すぎやしないか」

匡介は呟いた。三成にとって伏見城攻略は序の口も序の口、一刻も早く落とさなければならない城である。もっと早くに加わって、諸将を督戦《とくせん》すると思っていた。だが加わるのは二十九日と、戦が始まってすでに十日も経つ時なのだ。

「治部少輔は戦下手というぜ。甘く見てたんだろう」

「だといいんだが……」

　再び小栗栖で様子を窺っていた職人が、息も絶え絶えで駆け込んで来たのは、七月三十日の陽も傾きかけた頃であった。

「城内に火を放ち、敵を招き入れた者がいるようです!!」

「そう来たか……」

「徳川家家臣は一枚岩じゃねえのか。どこのどいつだ!?」

　玲次が荒々しく吼えた。

「甲賀衆《こうかしゆう》のようです」

　戦の前、伏見城に六十人の甲賀衆が入城したという話は耳にしていた。徳川家に奉公したいとたっての願いであったという。他の大名は入れなかった鳥居元忠であるが、甲賀衆は許しを得ていると家康のお墨付きまで持参していたという。故に受け入れられた。

「最初から治部少輔の計略だったんだ」

　匡介が感じていた言い知れぬ不安は的中した。三成としては緒戦を華々しく飾りたかったのだろう。だが万が一に備え甲賀衆を送り込んでいた。結果、事は上手く運ばなかったので、その手札を切ったという訳である。

「甲賀衆め……」

　かつて日野城の戦いの折、飛田屋は甲賀衆を散々に蹴散らすのに大きく一役買った。そのことは近江では今なお語り継がれており、甲賀衆が恨みを持っているということも漏れ聞く。今回のことも、

　——飛田屋に一泡吹かせてやる。

といった思いもあったのかもしれない。

——因果が巡って来る。

あの日、あの時、日野城での源斎の言葉が蘇る。己が「攻める」という決断をしたことが、今になってこのような形で巡ってきたと感じずにいられない。

「もうここまでだ……」

匡介は溜息をついて言った。

幾ら城を堅くしようとも、それに籠る人が崩れれば戦にならない。すでに二の丸には敵が殺到しており、本丸まで迫っているのが遠くからでもはきと見えるという。

だが不幸中の幸い。本丸の南東、名護屋丸から山里丸には西軍の兵は殆どいない。最後の最後まで抵抗されれば味方にも損害が出るため、城の一方を空けて落ちさせるのは攻城戦の常套《じょうとう》であった。

「爺も引き揚げるぞ。受け入れる支度をしろ」

源斎はここから脱出する。そう信じて疑わなかった匡介が驚愕するのは、それから僅か一刻（約二時間）後のことであった。源斎と共に城に籠っていた職人が戻って来たのだ。

「一人か！」

「はい。馬で先に。職人のほとんどはまもなく戻ってきます」

この男は地侍の五男から職人になったという変わり種で、職人にしては珍しく馬に乗れた。城内で都合してもらった馬で一足先に戻ったらしい。

本日は朝から雨がぱらついている。近江はまだ小雨であるが、伏見のほうではなかなかの勢いらしく、濡れ鼠の如くなっていた。

「ほとんど……？」

「はい。源斎様と数人はまだ城に」

「何だって!?」

二の丸には踏み込まれ、本丸でなおも攻防が続いているらしい。そこで源斎はもう残された時は少ないと感じたようで、配下の職人たちに落ちるように命じた。

源斎は眼下に迫る敵、次に雨粒を吐き出す天を見上げた後、

——俺は今少し残る。

と、言い放ったのだという。

「何故だ……早くしねえと……」

死んでしまう。その言葉を口にするのが恐ろしく呑み込んだ。

「銃声が鳴り止まないのです」

「どういうことだ……」

「雨が降っているにも拘わらず、敵勢の中に鉄砲を放ち続ける一団が」

決して弱くない雨のせいで、放たれた火の勢いはそれほどではないという。城が業火に包まれていては、手引きされたとしても西軍は踏み込めない。火を放った当人である甲賀衆まで巻き込まれることにもなりうる。雨が降り出す今日を狙っていたのだろう。

雨が降っていると火縄が濡れて鉄砲は使い物にならない。それなのに押し寄せる敵から、間断なく銃声が響き、目の前を弾が掠めているというのだ。

「油紙で火縄を守っているんじゃないのか」

雨だから即ち使えないという訳ではない。そのようにして無理やり放つということも出来ないで

はないのだ。

「いえ、そのような様子ではないのです……手で覆うことなく、普通に構えて放っているのもこの目で見ました。飛んで来た弾に笹五郎《ささごろう》殿が……」

段蔵とほぼ歳が同じ、最古参の職人の一人である。雨の中でも放たれる鉄砲には何か仕組みがあるはず。そう考えて石垣から身を乗り出して凝視していたところ、飛んで来た弾を額に受けて後ろに飛ばされるようにして絶命した。

「威力も全く衰えぬのです。雨で湿っているはずなのに……」

「何だ、その鉄砲は」

「源斎様も同じように」

天敵ともいうべき雨。それを克服した鉄砲が生まれたなら、今後の戦い方は大きく変わる。何としてもその正体を見極めねばならない。そう言って僅かな職人と共に踏み止まると決めたという。

「馬鹿な……もういい！」

匡介は下唇を噛み締めた。段蔵、玲次も顔を青くしている。ここからはあっという間である。あと半日、いや数刻も経たずして伏見城は陥落してしまう。

一刻後、職人の大半が戻って来た。中には腕に鉛弾を受けた者もおり、巻いた晒《さらし》が赤く染まり、雨で滲んでいた。

さらに半刻後。また職人が二人戻って来た。城に止まった者たちである。だがやはり源斎の姿はなかった。

「城に残るは源斎様を含めあと三人です。今の段階で見極めたことを頭に伝えよと」

本丸は猛攻に晒されているが、鳥居元忠以下、城兵は城を枕に死ぬ覚悟で逃げ出すことはない。

西軍ももはや意味がないと、逃がすためにに空けておいた南東の囲みを徐々に閉じ始めているという。

「これまでとやや形が異なる鉄砲です。後ろの部分にかけて膨らんでいる。銃の横の取っ手のようなものを旋回させ弾を放っているとのこと」

「今は鉄砲のことはどうでもいい……爺はどうなんだ」

喉が震えて声が上擦った。源斎は本丸から身を乗り出し、雨の中でも轟音を放つ鉄砲の行方を追い続けた。そしてそこまで見抜いたところで、

――まずこれを匡介に伝えてくれ。

と、二人を送り出したとのことだ。

「馬鹿野郎……早く逃げねえと」

城内の様子を聞くに、降ろうとする者は誰一人いない。ならば攻め手も修羅になる。俺は職人だから助けてくれと言っても、勢いのままに殺されるのがおちである。つまり、もう逃げ出すしか生き延びる術はないのだ。

それから四半刻（約三十分）も経たずしてさらに二人戻って来た。内一人は、肩に矢が刺さっており、自らそれを折って走ってきている。

「腿に銃弾を受け、歩くのも難しく……」

源斎は銃弾を受け、どっと尻餅をついた。だがそのまま胡坐を搔き、石垣の上からなおも敵勢を眺め続けた。そして小さく、

――なるほど。見えた。

と呟いた後、残ったこの二人の職人に仔細を話して何とか逃げよと命じたという。

「国友の最新銃は……火打ち石と回転の摩擦を利用して放たれております。故に雨の影響を――」

「親父は！」

「源斎様は……」

腿に当たった弾は貫通せず、骨を砕いたらしいとのこと。とてもではないが走るなど出来ず、立つことすら儘ならぬという。職人たちも担いでゆくと申し出たらしい。だが飛び交う弾に晒されながら、その場に胡坐を掻き続ける源斎は、鷹揚に首を横に振り、

——頼む。

そう一言のみ放った。

「今すぐ助けに行きましょう！」

若い職人が吼えたのを皮切りに、数人の血気盛んな者が声を上げる。段蔵が押しとどめようとした瞬間、

「駄目だ。出ることは許さねえ」

匡介が鋭く言ったので、皆がぴたりと動きを止める。本当は己がすぐにでも駆けつけたい。だがもう、間に合わない。源斎は穴太に伝えてくれではなく、匡介に伝えてくれと言った。その意味は痛いほど解る。己のため命を賭し、国友衆の手の内を引き出した。「礎」になろうとしたのだ。穴太衆として、師としてはそれが正しいのかもしれない。だがたとえ誤りであろうとも、匡介は源斎に生きていてほしかった。

——馬鹿野郎。

血が滲むほど拳を握りしめ瞑目する匡介の瞼に、石垣の上に座る源斎の姿が浮かんだ。歳を取ってもしゃんと伸びた背中である。敵の銃の仕組みを見破ったことで、もう眼下を見つめてはいないだろう。東の空を、近江穴太へと続く空を見つめている気がしてならなかった。

伏見城が陥落したのは八月一日のことであった。七月十九日の開戦から、最大四万にも至る大軍を相手に、実に十三日もの間耐え抜いたことになる。

伏見城陥落から時を置かず、まともな休息も取らず、西軍は各地に軍勢を広げ始めた。この半分の日数、いや五日もあれば落とせると思っていたようで、時を取り戻そうと必死になっているのだろう。大幅な戦略の見直しも迫られているに違いない。

徳川家康から伏見城を任されていた城将の鳥居元忠は、落城の際まで指揮を執り続けたが、最後には天守で腹を切った。掻っ捌いた腹から腸を取り出し、投げつけるという壮絶な様《さま》だったとのことで、西軍諸将の肝を寒からしめていると早くも伝わってきている。

一方、東軍贔屓《びいき》の庶民の間ではその精忠振りを称える声も聞こえる。いずれは東軍に伝わり士気を高揚させるに違いない。

元忠をはじめ、武士たちの最期は伝わってくるものの、源斎のその後は杳《よう》として知れなかった。逃れて来た職人が語った、石垣の上に胡坐を掻いて東の空を眺めていたというのが最後である。

決して多い事例ではないものの、飛田屋のように戦に加わる職人が皆無という訳ではない。だがやはり戦の後、その話はあまり伝わらず、残ることもない。今回もまたそうであった。戦の主役はあくまでも武士で、彼らの扱う矛や楯を作りし者は脇役ということが改めてよく解る。

「甲賀衆の件は、ちと込み入っているようです」

善戦していた伏見城が崩れた最大のきっかけは、城内に籠っていた甲賀衆の寝返りによるものである。東軍に付きたいと考え、共に伏見城に籠ろうと言って来た大名家も幾つかあった。だが鳥居元忠はこれを一蹴している。それなのに甲賀衆を城に受け入れたのを不思議に思っていた。その真相がいかなるものか、戦の後、段蔵が甲賀の地侍から話を聞いて来た。

まず甲賀衆などと一口に呼ぶが、規模が様々な地侍の集まりである。同じく穴太衆と呼ばれながら、飛田屋、後藤屋などと分かれているのと同じようなものだ。違いがあるとすれば前者は技能も売りにする地侍であり、後者は完全な技能集団であるということだろう。

甲賀衆の内、代官も務めていた岩間兵庫《いわまひょうご》、深尾清十郎《ふかおせいじゅうろう》は家康とは浅からぬ仲であり、籠城に加わることを願い出た。事前に家康からも、

――甲賀衆の技は頼りになる。この二人が申し出た時は城へ入れてよい。

と話があったらしく、元忠は受け入れたという訳だ。

だが彼らはすでに代官となっていたこともあり、諜報の技能を持った配下を手放していた。そのような時に深尾清十郎のもとに、

――御恩に報いさせて頂きたい。

と、申し出た者がいる。

鵜飼藤助《うかいとうすけ》なる甲賀の地侍である。領地は猫の額ほどと小さく、配下も六十人に満たない。だが率いる集団は甲賀の中ではつとに知られた卓越した技を持っており、鵜飼自身も十年に一人とも言われる逸材であった。この鵜飼の父が戦の最中で討ち死にした時、深尾の手勢が亡骸《なきがら》から髪を切り取って持ち帰った。そのことを恩義に感じており、是非合力したいと申し出たというのだ。

「寝返ったのはその鵜飼です」

段蔵はそう言った。そもそも石田三成は奉行の仲間にして、同じく西軍に加わっている近江は甲賀水口の領主である長束正家に、

――伏見城に埋伏出来る甲賀衆はいないか。

と諮っていたという。そこで長束は面識のあった鵜飼に白羽の矢を立てた。鵜飼は深尾が東軍に加わろうとしていることを知っており、自らを売り込んだという訳だ。そしてまんまと深尾だけでなく、伏見城の城兵全てを騙して寝返りを打った。

「鵜飼は深尾に恩義があったのではないのか……？」

話の流れは解ったが、その点だけが腑に落ちなかった。

「せめて髪を持ち帰ったのは自らの後ろめたさを消すため。深尾は石に埋まる父を見捨てたのだ。恨みこそあれ恩義など片腹痛いと、鵜飼は心を許す者には申していたとのことです」

「石に埋まる……まさか」

「はい。鵜飼の父が死んだのは、日野城の攻防です。先代にも恨みを持っていたとのこと」

「だがあれは俺が仕掛けた」

「それも鵜飼は知っているようで、戦乱が終わる前に必ずや頭の鼻を明かすと」

匡介は鵜飼と面識はないが、一方的に恨みを買っていたということになる。やはり源斎の言葉は正しかった。確かに因果は巡って来たのである。

「俺たちが動けば……その男も相手せねばならないようだな」

その男も、と言ったのは、国友彦九郎のことが頭を過ったからである。

激突がどこの地、どこの城になるか。事態は混沌としており、はきとは見えない。九州であろうが、奥州であろうが依頼さえあれば受けると放言しているものの、すでに各地で小競り合いが始まっているらしく、今から依頼はないだろうし、たとえあったとしても流石に間に合わない。そのような情勢から、あるとすれば畿内、あるいはその周辺であろうかと思う。

「どうだ」

「富田《とみた》家からの問い合わせだけです」

匡介の問いに対し、段蔵は首を横に振った。

伏見城陥落から十日後の八月十一日、伊勢国安濃津《あのつ》五万石の領主、富田信高《のぶたか》の家老から、

――共に籠って頂けぬか。

との働きかけがあった。応じる旨を返したところ、主人に報じるために家老は取って返したが、そのまま戻ることはなかった。

八月二十二日、毛利秀元ら西軍三万の大軍に安濃津城が包囲を受け、翌日には戦いが始まった。さらにその翌々日の八月二十五日。西軍の総攻撃に安濃津城が落ちたという報が伝わって来ている。恐らくあの家老はもう穴太衆に頼る時は残されていないと見て、そのまま戦いに加わったのだろう。もしあの時に主の指示を仰がずに即断していれば、飛田屋は間に合ったということ。あまりに情勢が早く動き過ぎているのを、富田家は見誤ったことになる。

「それにしても……たった三日か」

やはりこれほど兵力に差があればこの程度しか持たない。伏見城がいかに奮戦したか、このことからも判るというもの。このように西軍は軍勢を分け、各地の城を破竹の勢いで落としていた。

「もう出番がないことも有り得ますな……」

「いや……必ずある」

匡介は逸る心を鎮めるように細く息を吐いた。それを確信していたからこそ、源斎は自らの命を擲《なげう》ったのだ。

「ところで……京極家は巻き込まれずに済みそうですな」

「そうだな」

段蔵がふと話題を転じ、匡介は頷いた。己が京極家へ特別な想いを持っていることを、段蔵は見抜いているのかもしれない。

会津の上杉景勝を討つべく大坂を発った家康は、六月十八日に大津城へと立ち寄っている。高次は家康から、

――畿内が不穏ゆえ、そちは大津城に残ってくれ。

と直々に頼まれ、討伐軍に加わることはなかった。

高次とは別に信濃飯田十万石を食む弟の京極高知《たかとも》は同行することが決まっていた。高次は家臣の山田大炊《やまだおおい》に二百の兵を預け、弟の軍勢に合流させている。

その後、三成が家康を討つべく軍を起こした。伏見城などの僅かな例外を除き、畿内、近江などのその隣国は、瞬く間に西軍の旗色に染まった。

たかだか大津六万石、兵力も三千そこらの京極家が単独で抗うことなど出来ない。このような事態は家康も重々承知しているはずである。

「ふざけるな」

高次に大津城に残れと家康が命じたと聞いた時、匡介は憤って吐き捨てた。京極家を捨て石にして、少しでも時を稼ごうとしているのは明白である。従軍して味方になれというならば解るが、西軍だらけの畿内で戦えなど死ねと言っているに等しい。弟の高知を従軍させているのは、

――こちらを取り立ててやるから安心しろ。

ということであろう。伏見城を任された鳥居元忠は家康の家臣だが、京極家はそうではない。独立した大名で豊臣家の家臣である。それを捨て石に出来る立場になど家康はないのだ。

もっとも家康としても、京極家が思惑通りに西軍に抗うとは思っていないだろう。それでも大津

城は要衝であり、万が一にでも味方に付いて玉砕してくれれば儲けものといった程度に考えているに違いない。

高次もそれは解っているらしい。西軍の氏家行広《うじいえゆきひろ》が使者に立って、

――内府こそ天下を騒がす謀叛人である。お味方して頂きたい。

と説かれた時には、家康への体面もあってやんわりと断ったらしいが、同じ近江の領主である朽《くつ》木元綱《きもとつな》が、

――畿内周辺は西軍一色で、その兵は十万を超える。耐えられる訳がない。

と実状を親身に説いたところで、西軍に付くことを表明した。これには石田三成も大いに喜んだようで、大津城を訪れて感謝の意を述べ、今後の西軍の見通しを伝えたという。

――宰相様はそれでいいのだ。

匡介は高次のこの決断に胸を撫で下ろした。

己が見て来た武士の中で、誰よりも心優しい人である。家臣を死なさぬために、大名としての地位も領地もかなぐり捨てた過去を持つほど。此度も家臣の血が流れることを避けたのだ。

それにこれで京極家は安泰ともいえる。東西いずれが勝つのかは誰にも判らないが、西軍が勝てば、高次は己の手柄を捨てて弟高知の恩赦を願い出る。東軍が勝てばその反対である。

「折角の改修も無駄になりましたが」

段蔵の顔は穏やかなものである。使わぬに越したことはないと段蔵もまた解っているのだ。

「いや、少しは役に立てたかもしれない。大津城が堅いと思ったからこそ、東西ともに下手《したて》の交渉に出たともいえる」

「なるほど」

匡介が説明すると、段蔵は納得して頷いた。

「あとは東西の決着までうまくやり過ごすことだ」

「今日の早朝、大津城を発たれたとのこと」

「そうだったな。だがご無理はなさらないだろう」

九月一日、高次は軍勢を率い、他の西軍諸将と共に大津城を発った。北陸方面を攻略する軍勢に組み込まれたということらしい。明日には匡介の故郷である越前国へと入る予定で、東軍に味方している加賀の前田家を牽制するためのものだという。

前田家はすでに寡勢の丹羽家と戦って敗れたとの報も入っており、今後は大きな動きを見せないだろう。そのような方面だからそもそも戦はもうないかもしれないし、高次も決して無理な合戦をすることはないと解っているはず。高次が願っている通り、京極家は無傷でこの大乱を終えることが出来そうである。

だがその二日後、思いもかけぬことが起こった。大津城の改修の折、名目の奉行として匡介と共に仕事をした多賀孫左衛門が穴太の屋敷に駆けこんで来たのだ。

「多賀様、如何された」

匡介は屋敷の入り口まで走って出迎えた。孫左衛門の顔は青く、肩で激しく息をしている。

「飛田殿……」

「水を」

配下の職人に命じ水を持たせる。孫左衛門は貪るように飲み干して息を整えた。この慌てぶりはただ事ではない。匡介の予想が外れ北陸方面で戦が起こり、高次の身に何かが起こったのか。いや、それならば己の元に駆けてくる必要はない。

「大津で何かあったのですか」

他に考えられるのは、大津で留守居をする者たちに何かがあったということである。しかし孫左衛門は首をぶんぶんと横に振った。

「拙者は大津からではなく、東野《ひがしの》から戻って参った」

「東野……軍勢の中におられたのか」

東野とは越前の地名である。てっきり孫左衛門は大津城の留守居かと思ったが、そうではないらしい。そこから馬を走らせて来たとなると、この疲弊振りも納得出来るというものである。

「左様。殿の命で一足先に近江に戻り、飛田殿の元へ行けと」

「一足先に……？」

意味を解しかねて、匡介は眉を顰めた。

「京極家は軍勢を引き返し、大津城で籠城することにあい決め申した」

「何ですと!?」

声を上げたのは匡介だけではない。段蔵や玲次など、主だった職人たちも騒ぎを聞きつけてすでに集まっており、皆が互いに顔を見合わせてどよめいた。

「まず湖賊《こぞく》の残党が、東軍に呼応する動きがあると申し入れた」

湖賊とは、読んで字の如く湖で船を襲う賊のこと。古くから琵琶の湖には湖賊がいたのだ。

「だが今は湖賊など……」

織田信長が安土城を造った頃、湖運の妨げになると討伐を行った。ほとんどがその時に滅ぼされ残る者は僅か。東軍に呼応する力など残ってはいない。

「その通り。大嘘よ」

随分と息の整った孫左衛門は平然と言い切り、さらに言葉を継いだ。

「しかしそれで塩津《しおつ》を押さえ、後顧の憂いを取り除くべきと進言したのだ」

塩津とは琵琶の湖の北岸の地である。湖運の重要な拠点の一つで湊がある。確かにそこを敵に奪われれば、越前に進んだ軍は大きく動きを牽制されることになる。だが孫左衛門の言うとおりそれは虚言で、真の狙いは西軍の軍勢から離脱することであったという。

「京極家は湊を押さえるという名目で塩津へ向かい、そのまま船に乗り込んで大津城を目指している」

実は事前に船を用意させていたらしい。つまり京極家は出立する前から、大津城に戻って戦うつもりだったということになる。

「訳が解らない……何故なのです。京極家は上手く東西に分かれている。それに内府もこの状況ならば宰相様を咎めはしないはずでしょう」

もっともその目算通りに必ず進むという訳ではない。だが少なくとも、すでに西軍一色の中、大津城単独で戦うよりは西軍につくほうが生き残る可能性が高いはずだ。

「大津城に治部少輔が立ち寄ったことは知っているか」

「聞きました」

「あの時、西軍の戦略を聞かされた」

匡介は怪訝に思った。京極家は名家であり、高次も参議と三成よりは官職が上である。だが実態としては石高六万石と三成の三分の一にも満たない小大名。格、実力ともに上で、名目では大将の毛利や、副将格の宇喜多などとは違うのだ。加えて弟が東軍に属しており漏れる危険があるのに、わざわざ戦略を話すというのが腑に落ちない。

「その戦略に大津が大きく関わる。実は……」

孫左衛門は三成が高次に語ったという戦略を滔々と述べ始めた。

三成の思い描いた戦略とはこうである。まず三成は東軍が上杉に気を取られている内に、畿内周辺を完全に制圧し、美濃、尾張、三河へと東征を試みようとしていた。だがこれはあくまで上手くいった場合で、十中八九、家康は上杉に押さえの兵を残して引き返して来ると見ている。

「その場合は尾張、美濃あたりでぶつかるんじゃあないか？」

横で聞いていた玲次が口を挟んだ。

この間、飛田屋としても情報を集めているが、それは玲次が率いる荷方《にかた》の功績が大きい。下手な武将よりも情勢に精通している。

「儂らもそう思っていた。だが……三成は近江、それも大津での決戦を望んでいると知ったのだ」

「何ですと……」

匡介は驚きから絶句した。

「際の際まで引き付けるつもりらしい」

孫左衛門は三つの理由があると言った。

まず一つは、副将格の宇喜多は士気が高いが、大将を務める毛利家は後ろむきな姿勢で大坂城から本隊を動かすのを渋っているという。逆に進んで動こうとしないからこそ、大将に据えて後に退けぬ状況を作ったともいえる。近江大津まで東軍が来れば、流石に毛利家としても本腰を入れて兵を出すと目論《もくろ》んでいるという。

二つ目は兵站のこと。東軍は大軍勢を維持して長途せねばならず、兵糧が厳しくなってくる。一方、畿内を完全に制圧していれば、西軍は兵糧の供給は容易い。長年、奉行として兵站に携わってきた三成らしい考えである。

「三つ目は、大津城が湖に面していることだ」

まず大津城に高次の兵を入れて東軍を引き付け、さらに近辺に西軍の兵を展開させる。攻城戦と野戦が同時に行われるのは珍しくはない。かつて武田家と上杉家が川中島の地で四度目にぶつかった時も同じような図である。

「両軍が睨み合う中、北陸方面軍を船で湖を移動させ、東軍を挟み撃ちにするというのだ」

「中入りになる……」

匡介が声を漏らすと、孫左衛門は頷いた。

敵の領地の奥深くの城を落とす作戦である。上手く行けば敵の背後を取って大いに有利に働くが、失敗する見込みも高く賭けの要素が強い。実際、家康と小牧・長久手で戦った時に秀吉はこの策を取り、しくじって多くの将兵を失っている。

故に家康も当然、中入りが危険だということを知っている。だが三成が思い描いた通りに進めば、家康は気付かないまま中入りに陥ることになる。近江で生まれて、近江を領地に持ち、湖運の重要性を熟知している三成らしい策といえる。

「しかし、佐和山はどうするのです」

三成の領地は北近江の佐和山である。大津まで東軍を引き付けるということは、即ちその時には、佐和山が敵の手に落ちていることを意味するのだ。

「治部少輔はそれも覚悟の上だ。端から佐和山にはほとんど兵を残すつもりはない」

全く兵を入れないと却って怪しまれるので、各地の城に決死の家臣を少しずつ残し、東軍に落とさせて罠に誘い込むつもりらしい。

北陸方面軍は先ほども話に出た塩津から船に乗り、東軍の背後まで移動することになる。故に塩津を奪われる訳にはいかないし、湊を潰されるのも絶対に避けたい。だからこそ高次もそこを突いて、塩津の湊の確保を申し出たということが判った。

「唯一、大津城の守りを危惧していたらしいが……」

「俺が堅くしてしまったということですか」

三成はまだ秀吉が存命の頃から、豊臣家の天下を揺るがす敵は、

――東から来る。

と考えてこの構想を持っていたという。かつて明智光秀の城であった坂本城が破却された後、南近江、琵琶湖畔の城の中では大津城が群を抜いて堅いものの、外堀が不完全なことに不安も抱いていた。それが改修されたとあって三成は自信を強めたらしい。

「どいつもこいつも……」

匡介は口内の肉を噛んだ。家康は伏見城を捨て石にし、大津城もそのように使おうとした。三成もまた同じような考えで策を描いている。いかに落ちない城を造るかということを求めてきた己にとって、敢えて城を落とさせるという考えはどうやっても出てこない。何のための城なのか。その存在の意味さえ疑わしくなってくる。

「殿はこれを聞いて決心された。三成の策通りに進めば……」

「大津一帯は酷い有様になる」

山と湖に挟まれ、それほど広くない土地に数十万の大軍が犇《ひし》めき、攻城戦、野戦、状況次第では湖上でも戦いが繰り広げられる。巻き込まれた領民からは夥しいほどの死人や怪我人が出る。よしんば生き残ったとしても、町は焼かれ、田畑は踏み荒らされ、漁場も潰され、明日の暮らしのめど

も立たない。この規模で戦を行えば、それは一年や二年ではなく、五年、十年先まで尾を引くかもしれない。高次はその事態だけは何としても避けたいと考え、一度は転んだ西軍から再度離反し、大津城に籠って戦う覚悟を決めたということだ。これならば戦は大津城周辺だけになり被害も限られたものになる。

「殿は領民の内、逃げる場のない者は全て城へ入れると仰せだ。儂とは別に先に大津に戻り、兵糧をありったけ運び込んでいる者もいる」

「諸籠《もろごも》りですか」

将兵だけでなく、領民も城に籠ることである。高次の民を守るという確固たる意志が窺えた。

「次第は解りました」

匡介が言うと、暫しの間《ま》が生まれた。

すでに孫左衛門が何故ここに来たのか察しがついている。それは集まって来た他の職人たちも同じである。若い職人は顔を引き攣らせ、中には早くも身震いしている者もいる。

「儂がここに来たのは……」

孫左衛門の口は重かった。これが如何に困難で、いや無謀であるかを解っているのだ。だからこそこの段になっても躊躇いがあるのだろう。

匡介は段蔵、玲次と順に視線を移した。二人が目が合うとすぐに小さく頷くのを確かめると、匡介は静かに言った。

「多賀様、仰って下さい」

孫左衛門は俯いたが、やがて意を決したように顔を上げて言った。

「殿は……穴太衆飛田屋に力を貸して欲しいと」

「承った」

間髪を容れず、匡介は凛然と答えた。孫左衛門が感極まったように口を窄める中、匡介は皆に向けて高らかに言い放った。

「飛田屋は大津城で仕事をする。懸《かかり》だ！」

「時がねえ。すぐに支度だ！　荷車、修羅、全て用意しろ！」

玲次がすぐに続き、職人たちが一斉に動き始めた。

「頭」

「ああ、切り出しておいてよかった。あれを使うぞ」

段蔵は頷くと、こちらは玲次と異なり厳かなほど静かな声で配下に指示を飛ばす。屋敷が祭りのような喧噪《けんそう》に包まれる中、匡介は力強く拳を握りしめて立ち上がった。


配下に細やかな支度の指示を出した後、匡介はすぐに一人で大津城へと向かった。

穴太と大津は目と鼻の先。これまでも近くを通って遠目に見ることはあったが、足を踏み入れたのは改修以来だった。城には夥しいほどの篝火《かがりび》が焚かれており、天守を茫と照らし上げていた。

先刻、高次は軍勢と共に大津城へと戻った。少しでも多くの兵糧、弾薬を運び込むため、夜半にも拘わらず多くの者が慌ただしく動いている。すでに領民の受け入れも始まっており、近くに住む民が誘われているのも散見出来た。

匡介は初めて高次と目通りした大広間へと案内された。その時とは違い、幾つもの蠟燭に照らされた部屋の中、すでに高次が待ち構えており、匡介の姿を見るなり勢いよく立ち上がった。

「匡介……」

高次は丸顔の中心に目鼻を集めたような、今にも泣き出しそうな顔になる。

「宰相様、お久しぶりでございます」

すでに戦時とあって、儀礼は無用と聞いている。匡介は立ったまま答えた。

「すまない」

高次は会うなり、下唇を噛み締めて俯いた。

「何を」

「此度はこれしか道がなかった……」

以前のように城や領地を捨てて逃げることは出来ない。そうしたとしても結局、大津城は西軍に接収されて戦場となるだけである。

「解っています」

「こうなれば内府が戻るまで持ち堪えるしかない」

すでに高次は籠城して西軍を抑える旨、家康の家臣、井伊直政《いいなおまさ》に向けて使者を発たせたという。

「どれほど掛かると」

「すでに東軍の先鋒は美濃に入り、八月二十三日に岐阜城を落とした」

美濃にまで押し寄せていることは匡介も耳にしていたが、岐阜城が陥落したのは初耳である。岐阜城は峻嶮な山城であるため、西軍諸将の中には容易く落ちたことに吃驚する者も多いという。だが匡介は驚かなかった。鉄砲がこれほど広く行き渡った今、山城はそれ以前より遥かに落としやすくなっている。

「内府もすでにこちらに向け進軍しているとのことだ。どこでぶつかるかは判らん……」

高次は唇を結んで口惜しそうに首を横に振った。

大津城での戦略の組み立てが崩れた今、西軍は新たな戦場を求めねばならない。似たような戦術を取ろうとすると、守りの堅い城が必要となってくる。

「大垣城の近くではないでしょうか」

大垣城は鉄砲への備えも十分に取られている。さらにその石垣は源斎が組んだもので、あの近辺ではもっとも堅い城だと匡介は見ている。西軍はこれを拠点にするのではないか。

「となると……九月の半ば頃か」

高次は指を折りながら言った。

「十五日として、あと十一日。西軍の動きは？」

「すでに大坂には知れたらしい……しかも運の悪いことに、近くに毛利兵部大輔《ひょうぶたいふ》の軍がいる」

毛利兵部大輔とは、西軍総大将毛利輝元の叔父、毛利元康《もとやす》のことである。一万五千の軍勢を率い、大津からすぐそこの逢坂の関に陣取っている。今のところ指示は届いていないようだが、それも遠からぬことである。命が出れば、即座に大津に雪崩れ込んで来ることは明白である。

「今から穴太に戻り、明朝から石を運び込みます」

早ければ明日、遅くとも明後日には大津城は囲まれることになる。それまでに少しでも多くの石を運び込みたかった。

「解った。頼む」

匡介は頭を下げて部屋を後にした。緊迫に包まれている城内を足早に行く。城内にはすでに民が逃げ込んでいる。武士は戦の備えに勤しんでおり、民を導いているのは女たちである。

「匡介！」

「御方様《おかたさま》……」

名を呼ばれて匡介は足を止めた。何とお初の方自ら襷《たすき》を掛け、女中たちを差配していた。民の寝床の支度、炊き出しなどを行っているらしい。

「この度は京極家のため、ありがとうございます」

お初が深々と頭を下げようとしたので、匡介は慌てて押しとどめた。

「お止め下さい。仕事です」

「しかし、命を落とすやもしれぬことを仕事などと……」

「我らは常に命を懸けております」

「……よろしく頼みます」

「全力を尽くします」

匡介が行こうとした時、お初に付いている女中の一人に目が留まった。夏帆である。

「飛田様……」

「お久しぶりです」

「この度は京極家の危機にお力添え頂き……」

「もう止めましょう」

夏帆が慇懃に礼をしようとするのを止め、匡介は無理やり笑みを作った。

確かに京極家には思い入れがある。だが他家であっても受けた限りは命を懸けて守る。それが代々受け継いだ飛田屋の掟なのだ。

——震えている。

夏帆の手が小刻みに震えていることに気付いた。顔も紙の如く白い。かつて落城に遭った記憶が蘇っているのだろう。同じ目に遭った己だから痛いほど解った。

「必ずや守ってみせます」

夏帆の表情が若干柔らかくなった気がした。普段ならば絶対にしないのに、匡介は思わず夏帆の手を握ってしまっていた。微かな間の後、このような時なのに気恥ずかしさが込み上げて来て、匡介はさっと手を離した。

「では」

「はい。お待ちしております」

匡介は会釈をして再び歩み出した。

夏帆だけではない。見渡せば皆が顔を引き攣らせている。民だけではなく、それを導く女中たちも、兵糧を運ぶ武士たちも同様である。何処かから子どもの泣き声がし、それが呼び水となって他の子も泣き始めた。城の中に立ち込める不安を切り裂くように、匡介はさらに足を速めた。


匡介が穴太に戻ったのは払暁のこと。丁度、第一陣の荷造りが終わったところであった。

「少し眠られたほうがよろしいのでは」

段蔵はそう言ったが、匡介は鋭く首を横に振った。

「時がない。今日にでも大津城は取り囲まれる」

大坂から、あるいは佐和山から、軍勢を差し向けたとしても大軍ともなれば二日は掛かる。だが間の悪いことに逢坂の関に西軍の兵がいることを言うと、職人たちの顔にさっと緊張が走った。

「今すぐ大津へ向かうぞ!」

高々と匡介が号令を発し、皆が気合いと共に動き出す。後藤屋から移って来た者もいるため、総勢は百五十余人に増えている。その道中、玲次が近くに来て話しかけて来た。

「間に合わねえかもしれねえ」

「ああ」

万全を期すためには、この倍に近い石を運び込むつもりだった。つまり穴太から二往復するつもりだったのだ。だが敵がもし今日攻めて来たならば、二度目の運搬は難しいかもしれない。玲次はそれを解っているからこそ、いつにも増して配下の荷方を急き立てていた。

しかも今朝、通り雨があって道はぬかるんでいる。轍に嵌まって荷車が動かなくなれば、匡介も引き上げるのを手伝った。だがそれでも見込みよりも半刻ほど時を要し、飛田屋が大津城に辿り着いたのは、陽が少し西に傾き始めた時分であった。

「穴太衆だ！」

武士の一人が叫び、城内に歓声が沸き起こる。他国の者ならば、たかが職人風情が加わったところでと鼻で嗤うかもしれない。だが近江に住まう者ならば、それが百人力になると知っている。

「何処に置けばいい!?」

「こ、こちらへ！」

玲次が激しい剣幕で訊き、京極家の武士たちが慌てて案内する。

「急げ！　一刻の猶予もねえ！」

玲次の声が微かに嗄れている。道中ずっと声を張り上げて鼓舞していたのだ。このような時こそ事故は起こりかねない。それを飛田屋の職人は皆知っており、迅速かつ丁寧に荷を解いていく。

荷を八割方下ろし終えた時、辺りがにわかに騒がしくなった。武士たちが鉄砲や弓を手に、血相を変えて駆け巡る。耳を澄ませば遠くから地鳴りのような音が聞こえる。

「頭……」

段蔵が顔を顰めて呼んだ。匡介は舌を打って近場の石垣によじ登った。

「来た！」

匡介が下に向けて言うと、玲次が見上げながら叫んだ。

「どうする!?」

「第二陣は諦める！」

「くそっ……」

玲次は拳を振って悔しがったが仕方がない。戦とは思い通りにいかなくて当然なのだ。今、運び込んだ石だけで対応するしかない。ただ出端《ではな》を挫かれたことで、胸に一抹の不安が過った。

――心配ねえ。やれる。

匡介が心中で己に言い聞かせた時、下から呼ぶ声が聞こえた。甲冑に身を固めた孫左衛門である。

「飛田殿！　物《もの》見櫓《みやぐら》からの見立てでは、敵は二万を超えている！」

「一万五千だったのでは!?」

「新たに加わった軍勢がいるようだ！」

どうやら西軍は背後を取られる恐れがあるため、大津城が寝返ったことを重く見ている。美濃での決戦を先送りにし、まずこちらを始末するつもりらしい。これまでに放った物見の話によれば、各地に散らばった西軍を大津城に結集させている。それが全て集まった時、その数は何と、

「四万……」

匡介はその途方もない数を聞いて絶句した。一方、大津城に籠った兵は三千足らず。攻城戦では攻める側は三倍で同等と言われる。だが敵の数は実に十倍を超えることになる。

「今一つ」

孫左衛門は左右を見渡しながら、匡介のすぐ下にまで歩んで来た。周囲に聞かせたくないことだと察し、匡介は膝を折って耳を傾けた。

「早くも加わった五千の軍勢。かなり厄介な敵だ」

考えてみればそうである。一万五千の軍勢に動くように命じたのは今日であるはず。別の場所にいた軍勢に合流するように命じたのも恐らく今日。それなのにすでに合流を果たしているのだから、その動きはまさに電光石火で、率いているのは只者でないことが窺える。

「いずれの」

匡介が尋ねると、孫左衛門は声低く言った。

「杏葉紋《ぎょうようもん》の旗印」

匡介は武家の家紋に詳しくなく、眉間に皺を寄せた。孫左衛門は喉を動かして続けた。

「立花侍従《じじゅう》だ」

「西国無双……」

立花宗茂。官位は侍従。若い頃から立てた武勲は数知れず、唐入りでも大いに手柄を挙げた男である。自身も名将である小早川隆景《たかかげ》から、

――立花家の三千は他家の一万に匹敵する。

と言われたと聞く。さらに天下人である秀吉からは、

――日ノ本無双の勇将たるべし。

との最大級の賛辞を受けた。孫左衛門が周囲に聞かせないようにしたのも納得出来る。いずれは味方にも知れるとはいえ、名を聞くだけで恐慌をきたしてもおかしくないほどの男である。

「上手くいかねえな」

匡介は零れた前髪を掻き上げた。いつか己の手掛けた城を、この名将に使って欲しいと夢見たこともある。その夢は叶わず、それどころか敵として対峙することになるとは考えもしなかった。

地は湿っているにも拘わらず、濛々《もうもう》と砂塵《さじん》が舞い上がっている。いかに敵の数が多いのか判るというもの。まさしく雲霞《うんか》の如き大軍である。

「来い」

湖上を撫でて来る風に細く息を溶かすと、匡介は敵を睨み据えて小声で呟いた。

第七章　蛍と無双

大津城は瞬く間に包囲を受けた。だがすぐさま、戦端が開かれた訳ではない。西軍から降伏を促す使者が来たのである。要衝の大津を労せず取り戻せるならば、それに越したことはないという西軍の思惑が透けて見える。

寄せ手の大将は、西軍総大将毛利輝元の叔父、毛利元康である。叔父とはいえ元康は、毛利元就《もとなり》の八男と遅くに生まれた子であるため、輝元より七つも若く、当年で四十一歳。

朝鮮出兵では主君輝元の名代として出陣しており、碧蹄館《へきていかん》の戦いでは千余の敵を討ち取って勝利の発端を作るなど、武将としての力量も高いとの評である。使者はその元康の腹心であった。

元来ならば使者を迎える場において、匡介のような職人が陪席するのは許されない。だが高次は共に戦うのだから、全てをあけすけに見て欲しいと訴え、

――飛田某《なにがし》。

と謂う武士として、末席に侍することを許された。

「毛利家家臣、葉山正二郎《はやましょうじろう》と申します」

使者はまず名乗って頭を下げた。怜悧《れいり》な目からは才気が感じられる。それと同時に鼻持ちならぬものも感じた。

世間での高次の評は、閨閥により出世した「蛍大名」といったもの。それ故に侮りの心を隠せぬ

のだろう。

「宰相殿が謀叛とは何かの間違いであろうと殿は仰せです」

張りつめた雰囲気が漂う中、葉山はそのように切り出した。

そもそも敵対したのではないだろうということにし、京極家に逃げ道を作っている恰好である。これは主君である毛利の指示か、あるいは寄せ手諸将の総意か。ともかく軍勢で脅し、少し甘い顔を見せてやればすぐに転んで来ると踏んでいるようだ。

「ふむ」

何と答えるべきか思案しているのか、高次は曖昧に返事をする。

匡介より遥かに上座に座る、京極家家臣の多賀孫左衛門が高次に目配せした。

――先方がそう言うのならば儲けもの。間違いであったと答え、時を稼ぐがよろしいかと。

と、訴えたいのである。

戦うことはもはや決している。だがたとえ半日、いや一刻でも時を稼げるならば稼いでおいたほうがよい。他の家臣たちも同様の考えらしく、期待の目で主君を見つめる。

高次も孫左衛門の目配せには気付いたようで、眉間に皺を寄せて見つめる。孫左衛門が何を言いたいのかまでは理解していない様子である。

「恐れながら使者殿」

孫左衛門の向かいに座る家臣が呼びかけた。

「何でしょう」

葉山がそちらを向いた時、孫左衛門はしめたという顔になる。目配せし続けても埒《らち》が明かぬと考えていたのだろう。何とかして高次に伝えたいと思っていたところ、それを察した他の家臣が使者の気を引き付けた。孫左衛門は声を出さぬように、唇を大きく動かした。

（時を稼ぐのです）

「何でしょうか？」

気付かぬ葉山は、呼びかけた家臣に向けて再び尋ねた。

「いや……殿は何事にも熟考される。暫しお待ちを」

「なるほど。承った」

葉山はその程度のことかと、鼻で微かに嗤うのが判った。皆がそちらのやり取りに気を奪われていたが、今度は一斉に孫左衛門のほうに視線を動かす。すると孫左衛門は額に手を添えて苦悶の表情を浮かべているので、何が起こったのかと皆が訝しむ。

匡介は起こったことを理解していた。皆と異なりずっと孫左衛門と高次の様子を見ていたのである。

——宰相様まで。

このような状況にありながら、匡介は可笑《おか》しさを抑えるのに必死だった。

他の家臣が葉山に声を掛けて引き付けた時、高次もまたそちらの方を向いていたのだ。孫左衛門は懸命に唇を動かして伝えようとするが、高次は一切見ていなかったのである。

「如何かな」

「ふむ。熟考している」

使者の問いに高次は答えた。家臣の言うままの答えのため、葉山が呆れたように息を漏らした。

「ん？」

高次はようやく孫左衛門に気付いて目を細める。

葉山に怪しまれるのも覚悟の上といったところか。孫左衛門は意を決したように再び口を動かす。

(時を稼ぐのです)

しかし高次はやはり要領を得ない。身を乗り出して孫左衛門の顔を覗き込んでしまっている。

もはや葉山も孫左衛門が何か伝えようとしているのには気付き、苦笑している。ただまだ内容までは解っていない様子である。

(何だ?)

今度は高次が口を動かした。

(時を)

孫左衛門ははっきり、ゆっくりと唇を動かし、両手で小さく何かを伸ばす仕草をする。それは流石に使者にも意図が露見するだろうと思うが、孫左衛門も些か動顛していると見える。

「何かちぎるのか?」

「違いまする」

高次が声に出してしまったから、孫左衛門もつられ、あっと口を手で覆う。

「ああ、引き延ばせと」

「殿!」

孫左衛門は悲痛な声を上げた。この滑稽ともいえるやり取りに、ある者は溜息を零し、またある者は噴き出してしまっている。匡介もまた唇を結んで必死に笑いを堪えていた。

葉山もこれには毒気を抜かれたらしい。怒るというより苦々しく言った。

「引き延ばしは御免蒙ります」

「いや……それはな……」

高次は困ったように顔を歪めた。

「如何」

「儂もそう思っている。貴殿らの想いを無にするつもりはない」

高次は鷹揚に頷いて答えた。

「流石、宰相様でございます。では過ちであったと認め、即刻城を開けて――」

「いや、過ちではない」

「ではご自身の意志で、内府の味方をしておられると？」

葉山の様子が明らかに変わる。低い声で迫るので、家臣たち一同の顔も引き締まる。

「左様。だが別に内府の味方という訳でもない」

一方、高次の語調は依然として緩やかである。嬲られたと思ったようで、葉山の顔にみるみる怒気が満ち始めた。

「戯言を申されるか」

「いいや、本心よ」

高次はじっと使者を見据えて、言葉を継いだ。

「治部少輔は大津で待ち構え、東軍を打ち破ると言った」

「左様」

「あれほどの切れ者。確かにそれが最も勝算が高いのだろう。だが大津はどうなる」

「それはご安心を。大津の町は真っ先に豊臣家によって復興されます。殿が軍議で治部少輔様から聞いたこと故、間違いないこと」

一座は暫しの静寂に包まれた。高次は瞑目して細く息を吐いた。そして刮目すると、匡介がこれまで聞いたことのない強い語調で言った。

「ふざけるな」

「何ですと……」

葉山は驚き、目を見開く。

「治部少輔には治部少輔の存念があろう。同じくして内府には内府の存念もある。ならば我らも言わせて貰う。京極にも京極の想いがあると」

語るにつれて高次の声にどんどん熱が籠っていく。

「京極の想い？」

「そうだ。京極家は内府の味方ではない。大津の民の味方よ。決してこの地を戦場にはせぬ」

「先ほど、貴殿らの想いは無にせぬと……そう仰せだったのは？」

「御心配りはありがたい。故に騙して時を稼ごうなどとはせず、正々堂々と迎え撃つ」

「民を守ると仰せだが、その民を城の中に入れて、戦に巻き込んでいるではないですか」

葉山の口元に憫笑《びんしょう》が浮かぶ。東西両軍に大津を戦場にされても死ぬ民が出る。大津城で戦っても同じである。どこへなりとでも逃がせばよいと考える者もいるだろうが、事はそのように簡単ではない。足腰の立たぬ年老いた者もいる。生まれたばかりの赤ん坊もいる。かつて一乗谷の匡介がそうであったように、民に行く当てなどないのだ。己はたまたま運よく源斎に巡り合えただけだ。

「ああ、だが守ってみせる」

高次の視線が己に注がれる。匡介は力強く頷いて見せた。

「いつまで持ちますかな」

葉山はもはや無駄と察したのだろう。あからさまに鼻を鳴らした。

「蛍も二十日は舞うものよ」

高次が微笑みつつ返すと、葉山は何も言わず、衆を睨みつつ広間を後にした。

思いのほか高次が勇壮に振る舞ったので、家臣たちは驚きの眼を向けている。

「ふう。言ってしまった……」

緊張に身を強張らせていたのだろう、高次は息を吐くと、情けない表情で皆を見渡した。感動に身を震わせていた家臣もいたが、常の高次に戻ったことで苦笑する。

「無用に煽ることになったかもしれぬ。まずかったかのう……」

自信なげに小声で言う高次に対し、孫左衛門が応じた。

「確かに敵はこれで昂りましょう」

「そうよな……」

しゅんと肩を落とす高次に対し、孫左衛門は強く首を横に振った。

「しかしそれ以上に、我らのほうが昂っております。民を守り抜きます」

孫左衛門が言い放つと、家臣一同の凜然とした頷きが重なった。高次もまた下唇をきゅっと上げ、一人ずつに応えるように何度も頷いて見せた。

それから間もなく大坂城から使者が来た。秀頼の生母である淀殿は、高次の妻であるお初の実姉である。この戦に高次の勝ち目がないと見て、和議を周旋しようとしたのである。これにはすでに包囲していた西軍諸将も道を空けざるを得ない。

だがこれをお初は一顧だにせず断った。せめてお初と、高次の妹で秀吉の側室となっていた松《まつの》丸《まる》殿だけでも城を出た方がよいとの勧めに対しても、丁重に断ったという。お初もまた、高次と共に最後まで戦い抜く覚悟なのだ。こうして大津の民と、京極家の存亡をかけた合戦の火蓋が切られることとなった。

事前に京極家として何か出来ることがあれば、融通を付けると言われていた。匡介はそれを受け、軍議の場で一つ頼み事をした。

「職人を守る隊をお願いしたいのです」

矢弾が飛び交っている中でも、飛田屋は恐れずに仕事を行う。かといって何の手も打たぬのでは、敵の狙いの的になってまともに働けない。木楯などでそれらを防ぎ、万が一敵に踏み込まれた時には守りつつ、共に城の奥に撤退してくれる部隊が欲しい。

「百でよいか」

「結構です」

孫左衛門は唸りつつ弾き出した。欲を言えば二百と言いたいところであるが、三千の兵しかいない京極家では百が限界だろう。

「さて誰が適任か……」

孫左衛門が思案している最中、居並ぶ家臣の中ほどから声が上がった。

「多賀殿。拙者にお任せ下さらぬか」

巌《いわお》の如き体軀《たいく》をした男である。口周りには虎髭を蓄えており厳《いか》めしい相貌をしている。匡介は眉間に皺を寄せた。男の顔に何処かで見覚えがあったのである。

「お主ならば申し分ないが……珍しい。常ならば手柄を挙げられるように前へ出せというのに」

「この戦の趨勢は飛田屋の活躍に掛かっています。それを守り抜くのが第一の手柄と思いましてな」

虎髭は豪快に笑った。飛田屋を評価していることに驚いたのは匡介だけではなく、孫左衛門も同じらしい。

「飛田屋を知っているのか。横山」

――横山？

やはりどこかで覚えがある。男が身を乗り出し、下座の己を見たところで記憶が蘇った。

「久しぶりだな。匡介」

「横山久内様ですか」

「何だ。お主ら知り合いか」

孫左衛門は驚いて二人を交互に見た。

「多賀殿、拙者が京極家の前、どこの家に仕えていたかお忘れか」

「蒲生家……なるほど。日野城でか」

「左様」

横山は大袈裟に膝を叩いて答える。

横山久内。今から十八年前、匡介にとって初めての「懸《かかり》」であった日野城攻防戦において、形勢を逆転するための方策の実行を助けてくれた侍大将である。

「お久しぶりです。髭を蓄えておられるので咄嗟に気付きませんでした」

「なるほど。十年ほど前から伸ばし始めたのだ」

匡介が言うと、横山はごしごしと髭を擦った。

「今は京極家に」

「おうよ。蒲生家は禄を減らされ、多くの家臣が去らざるを得なかった。俺もその時にな」

蒲生氏郷は今から五年前の文禄四年に四十歳で世を去った。跡を継いだ子の秀行《ひでゆき》はまだ十三歳と幼く、しかも英邁《えいまい》の呼び声が高かった父に比べれば器量も劣っていたという。そのため重臣たちの対立を招き、お家騒動を引き起こしてしまった。

それを秀吉に咎められ、二年前の慶長三年正月、会津九十二万石から宇都宮十八万石に移封された。領地を五分の一ほどに減らされたのだから、家臣を放逐せねば到底やっていけない。

横山は氏郷を慕っていたからこそ蒲生家にいたということもあり、故郷である近江に戻って仕官先を探していた。横山の武勇に目を付け、声を掛けたのが京極家だったという訳である。

「お主らのことはこの目で見た。そこいらの武士よりも勇敢で命知らずよ」

「仕事を全うしただけで」

匡介は照れ臭くなって苦笑した。

「それが出来ぬ者が多いからな」

横山も歴戦の武者である。此度の戦がかなり厳しいものになるのは解っているようで、本心から飛田屋の活躍如何に掛かっていると思っているらしい。

「俺でよいか？」

横山は口角をくいと上げて見せた。

「勿論です。よろしくお願いいたします」

こうして横山久内率いる百の兵が飛田屋を守ることとなった。その間も飛田屋の面々は、一時を惜しんで石垣の点検をし、不安なところが見つかればすぐさま補修を行っていた。

「真によいのか」

高次が声を掛けてきたのは、軍議の最終盤のことである。

「はい。そうでなければ守り切れません」

飛田屋は最前線に出るつもりである。経験の乏しい足軽ならば悲鳴を上げて逃げ出すような、修羅の様相を呈する場所である。

「それに……京極家だけでなく、我らもまた負けられぬのです」

静かに言った匡介の脳裏に浮かぶのは、国友彦九郎の睨み顔。そして澄んだ笑みを浮かべる源斎の顔である。


「ふざけおって」

彦九郎は怒りに拳を握りしめ、大地を踏みつけるようにして歩いた。

「頭。落ち着いて下され」

窘めたのは行右衛門。義父が子どもの頃からいる古参の職人で、武家ならば家老の地位に当たるだろう。

「落ち着いていられるか。呼びつけておきながら、我らを使わぬとは」

先刻、諸将の軍議の場に呼び出された。そこで大将の毛利元康に言われたのは、

——此度は後方で見ていて欲しい。

ということであったのだ。

伏見城の攻防戦では、国友衆は前線に繰り出して兵たちに指南し、時に手本とばかりに自らも鉄砲を扱って見せた。この戦のために作った新式鉄砲は、扱いが極めて難しいためである。

また大筒《おおづつ》ともなれば国友衆の力がより必要となる。まず弾の装填の仕方すら知らぬ者ばかりであるし、仮にそれが出来ても狙いを定めることも難しい。砲身の角度が小指一本分でもずれれば、弾

はあらぬ方向へと飛んでいく。

また飛距離を合わせるために、一つまみどころか、茶杓《ちゃしゃく》一杯ほどの繊細な火薬の量の調節も必要となってくる。さらに加えてその日の風向き、風の強さ、あるいは湿気によっても誤差は生じる。まともに習練もしていない者が扱える代物では到底ない。つまり国友衆を後方に下げるということは、新式銃、大筒は使わないと宣言したに等しいのである。

「何も解っておらぬ」

彦九郎はなおも憤懣を露わにした。

伏見城の攻防戦において、石田三成の求めを受け、千ほどの先遣隊と共に国友衆はおおいに活躍した。射程の伸びた鉄砲で、遠くに離れた敵をばたばたと倒したのである。反対に向こうの弾は届かないか、当たっても大した威力が残っていない。一方的に銃撃を加える恰好であった。

石田家家臣は国友衆の新たな鉄砲の性能の良さにおおいに驚き、後に戦場に現れた三成本人も、

――これで戦が大きく変わる。

と言って、舌を巻いて感嘆していたほどである。

また、大筒の効果も示した。これまでは飛距離があまり出なかったことで、最前線にまで大筒を繰り出さざるを得なかった。しかし、敵が打って出て来た時に、大筒は取り回しが難しいため、容易く奪われたり、壊されたりしてしまうのが難点であった。

彦九郎はこれを克服するために心血を注いだ。十年前とは比較にならぬほど飛距離、威力ともに向上しており、陣中の中ほどからでも城にまで届くようになっている。これで敵が出撃してきても十分に守り、仮に劣勢に陥っても引き下がる余裕が出来る。伏見城の戦いでも、石田家の陣より何度も砲撃を加えて損害を与えた。

当初は国友衆が、圧倒的な「火力」が、伏見城の戦いに決着をつけると誰もが思った。だがそれほど事は上手く進まなかった。

「源斎め。死してなお邪魔をするとは……」

行右衛門は苦々しく口を歪めた。

戦が始まって数日、ここで潮目が変わった。

――敵が石の壁から反撃してくる！

との報告が入ったのだ。石造りの壁が出来、しかもそこに鉄砲狭間まであるというのだ。

幾ら離れたところから狙い撃とうが、城を落とすためには最後には踏み入らねばならない。こちらの弾丸を防ぎ、敵は寄せる兵に銃撃を加えてくる。

銃の性能では圧倒しているにもかかわらず、その優勢が打ち消されたのである。このようなことが出来るのは、源斎率いる飛田屋しか有り得ない。事態はこれだけでは収まらなかった。

――弾が跳ね返って来てとても使えぬ！

という現場からの報せが続々と届いたのである。戦の最中、石垣が新たに積まれた。それがこちらに向けて斜めに突出している。穴太衆《あのうしゆう》が「扇の勾配」などと呼ぶものである。

石壁の隙間から狙って来る敵兵を牽制しようと、こちらが銃撃を加える。逸れた弾がその扇の勾配に当たると、雨あられと降り注いで来た。下からの銃撃の角度を計算しつくした勾配である。

いかな源斎といえども、何の下準備もなしには出来ない。伏見城の縄張りを引いた時から、予め考えていたものと思われる。ならば初めから「扇の勾配」を造っておけばよいではないか。敵味方問わずに皆がそう思うだろうが、それは大きな間違いである。攻め手は戦が始まるまで兵器を隠しておけるが、守り手は全貌を知られてしまう。この欠点を補うため、源斎は敢えて石垣造りを途中で止め、奥の手を隠していたのである。

「甲賀衆《こうかしゅう》は美味いところを攫っていきましたな」

行右衛門は舌打ちをした。源斎が対処した後、彦九郎はさらに新たな鉄砲を投入するか迷った。伏見城で戦は終わりという訳ではない。飛田屋にはまだ匡介が残っており、何処かでぶつかるのは考えられることだった。ここで全て手の内を晒してしまえば、それにも対応されかねない。

その間、三成に応じて戦に加わっていた、国友衆や、穴太衆と同じく近江に住まう、もう一つの技能集団が動いた。甲賀衆である。

甲賀衆は鳥居元忠、さらにはその主君である徳川家康さえも欺き、伏見城に籠っていた。それが一斉に寝返り、城内に火を放った上、西軍の軍勢を招き入れたのだ。

それまでの膠着は一気に破れた。伏見城の城門が開け放たれ、我先にと西軍諸将が雪崩れ込む。ただそれでも伏見城の抵抗はなおも頑強で、雨のように矢を降らせて来た。

あいにく雨が降りだし、甲賀衆が折角放った炎の広がりも悪い。しかも火縄が湿って鉄砲が使えない。弓矢での攻防だと、高所に陣取る城方《しろかた》がまだ圧倒的に有利で、西軍の勢いは大いに鈍った。

――これをお使い下さい。我らも行きます。

そこで彦九郎は三成に進言した。未だ使っていなかった新式銃。今こそ使い時だと考えたのである。源斎もそろそろ落ち延びるはずで、目にされることはないと思ったのだ。

新式銃は雨をものともせず放てるという特性を持っている。これを用いることで、何とか持ちこたえていた伏見城も陥落せしむることになった。

だが結果、第一の功績は国友衆ではなく、落城のきっかけを作った甲賀衆ということになった。そして甲賀衆は此度の陣にも加わっており、

──国友衆ではなく、先陣には我らを御供下《おとも》さい。

と訴えて認められた。さらに先の戦で国友衆も活躍したものの、それ以上に弾が跳ね返されたことが皆の記憶に留まった。並の鉄砲よりなまじ威力が強いだけに、弾の跳ね返る勢いも強く、多くの被害を生んだ。

人というものは相手を害した記憶はすぐに薄れるものの、己が害された記憶は強く留まるものである。弾丸が雨あられと跳ね返った惨状に、

──国友衆の鉄砲は如何なものか。

などと讒言《ざんげん》まがいのことを口にした者も多いという。故にこのような事態を招いている。

「あの男は本気だ。我らの筒を使わねば悲惨なことになる」

彦九郎は唸るように言った。大津城には、あの飛田匡介ら飛田屋の面々が籠ったと聞いている。さらに源斎は最後の最後まで残っていたという。その顔を知っている者が、石垣の上から見下ろす源斎の姿を見ていたらしい。もしかすると雨の中で用いた新式銃の情報を、すでに匡介に報せているかもしれない。

伏見城では国友筒を使ったことで確かに反撃にもあった。だが使わねばその倍、いや数倍の被害が出たと彦九郎は確信している。故に彦九郎は先刻も、呼ばれた軍議の場で、

──国友筒でしか、穴太衆には対抗出来ませぬ。

と強く言い募ったが、誰も聞く耳を持たなかったのだ。

「如何なさる」

行右衛門が窺うように尋ねた。

「我らは職人であって武士ではない。抜け駆けという訳にもいかぬ……一刻も早く目を覚まされる

のを待つことしか出来ぬ」

彦九郎もその分は弁《わきま》えている。歯痒《はがゆ》いがこればかりはどうにも出来ない。

「国友殿！」

背後から大声で呼ばれ、彦九郎は振り返った。

「あれは……」

同じく身を翻した行右衛門は絶句している。

大きく手を振りながら、こちらに向けて近づいてくる男がいる。逞《たくま》しく引き締まった躰に加え、身の丈六尺（約百八十センチメートル）を超える偉丈夫である。凜とした眉、涼やかな目、高い鼻梁《びりょう》と、美男でありながら精悍さも持ち合わせた相貌である。先程の軍議の場で、彦九郎は初めて会った。

「侍従《じじゅう》様」

西国無双との呼び声も高い勇将、立花侍従宗茂である。

「国友殿、ちと待ってくれ」

一介の職人が相手にもかかわらず、待たせては悪いといったように宗茂は足早に近づいて来る。

彦九郎と行右衛門が頭を垂れた。

「そのような真似は無用だ」

宗茂は近くまで来ると快活に言った。

「如何なされたのでしょうか」

軍議の場から己が外された後、後方に下げるだけではなく、陣中から去るようにでも決まったのではないか。それを宗茂は通達しに来たのではないかと疑った。

「当家の陣へ来てくれぬか」

「え……」

「伏見での活躍は聞いた」

「ご存じなのですか」

「ああ」

宗茂は伏見城の戦いには参加していない。その場にいた者に、詳しく状況を聞いたのだという。

「ありがとうございます」

見る者が見れば解るということ。さらにこうしてわざわざ追いかけてまで、褒めてくれたのはせめてもの慰めである。礼を述べる彦九郎に、宗茂は意外なことを言った。

「毛利殿に申し入れた。国友衆を使う気がないのであれば、俺に預けて欲しいとな」

「真ですか。毛利様は何と」

「初めは渋ったがな。押し切ってやった」

宗茂はからりと笑った。

「しかし、何故」

「この城、そう易々とは落ちぬ。お主らの力が必要と見た」

彦九郎は背筋に雷が走ったように身を震わせた。

「違うか？」

宗茂は真剣な面持ちで尋ねる。

「その通りにございます」

彦九郎がはきと言い切ると、宗茂は大きく頷いた。

「湖より高い位置にある外堀にまで水を引き入れておる。穴太衆がやったらしいな」

「はい。そして今も城に籠っております。奴らは戦の最中でさえ、石垣を組み替えます」

「らしいな。厄介なことだ。職人の頭は知っているか？」

「飛田匡介という者」

「どのような男だ」

ここまで矢継ぎ早に言葉を交わしてきたが、彦九郎はここで息を深く吸い込んで言った。

「手強い男かと」

「そうか。俺の陣に来てくれ」

宗茂は改めて頼んで来た。彦九郎としても、己たちを認めてくれた宗茂にすでに好意を抱いている。毛利家も許しているならば断る理由はない。こうして彦九郎ら国友衆は、立花家の陣に入ることとなった。

立花家の陣は諸勢の後方である。元康が宗茂に対し、

――後詰めをお願い致します。

と、強く言ってきたのだという。元康は大津城を落とすのをそう難しくないと考えている。総大将を出している毛利家として手柄を挙げたいのだろう。

宗茂は下手に逆らわずに了承したらしい。一つには、毛利家の面目を一度は立ててやるため。そしてもう一つの理由として、

「容易くはいくまい。必ず出番が来る」

そう確信しているからである。

明けて八日、毛利家の陣から法螺貝《ほらがい》が吹き鳴らされ、遂に総攻撃が始まった。大津城東に位置する浜町口からは筑紫広門《つくしひろかど》ら、西の三井寺口からは小早川秀包《ひでかね》ら、北西の尾花川口は大将毛利元康、加えて甲賀衆らが攻め掛かった。端から全力である。東西の決戦はいつ行われるかも判らず、大津城など一日、一刻も早く落とさねばならない。

立花軍五千は後詰めである。陣取った園城寺《おんじようじ》は、小高い丘になっており、戦況を一望することが出来た。

「彦九郎、始まったぞ」

宗茂は床几《しようぎ》から立ち上がった。職人の中には他にも国友姓を名乗る者がいるため、宗茂は名で呼ぶようになっている。また己の帷幕《いばく》に侍り、共に戦況を把握するようにと言ってくれた。

「あの外堀に水があるのと、ないのとでは大違いだ。上手くやったものだ」

宗茂は顎に手を添えて感心した。大津城の城門は三か所。北は琵琶湖であり、南側には外堀があるのみで城門はない。そのうち三井寺口、尾花川口の二か所は西側に位置しているため、戦場を大きく捉えれば東西から攻める恰好となる。

南側の外堀に水がなければ、堀に入り、城壁に取り付くことも出来る。尤《もつと》も敵もそう簡単には突破させせないが、すくなくとも牽制になり、城方の兵力を分散させることになる。だが水堀に仕立てられたことで、その牽制すら出来ない有様なのだ。

「そもそもどうやって水を入れているのだ」

唇を突き出して宗茂は首を捻った。

「それは……」

彦九郎は事前に大津城を下見して調べている。地中に筒を入れ、水の圧を用いて逆流させせていることを伝えた。

「面白いことを考える。ならば水を止めるためには筒を壊さねばならぬか」

「左様にて。しかしそれは地中、しかも城のすぐ近くです」

「敵の恰好の的だな」

采配を肩に打ち付け、宗茂は苦笑した。そうこうしている内に、小早川勢が城門に肉薄する。しかし城から凄まじい量の矢弾を受けて四苦八苦しているのが判った。

「矢弾の量が多いな」

「はい。それは……」

彦九郎が言いかけるのを、宗茂は手で制した。

「向こうで階段状になっているのだな」

「お見事でございます」

彦九郎は頷いた。塀に覆われているためこちらからは見通せないが、大津城の石垣は上部で三つの段がついている。一段目、二段目は鉄砲。塀には上下に鉄砲狭間がついており、鉄砲を放つことが出来る。三段目は立てば塀から胸より上が出るように計算されており、悠々と矢を放つことが出来る構造となっているのだ。

「筑紫殿は駄目だな」

宗茂は東方に視線を移し、こめかみを手で激しく掻き毟った。

筑紫軍はなんとか銃撃から身を守っているが、腰が引けており城にすら近づけていない。宗茂いわく軍勢から恐れの色がありありと浮かび、少し突けば崩れてもおかしくないように見えるらしい。

「城方も気付く。まずいな……」

そう宗茂が零した直後である。城門が勢いよく開かれ、城から敵が打って出て来た。その数は約五百。騎馬を先頭に筑紫軍に果敢に突撃を掛けた。

「あの旗印は赤尾伊豆守《あかおいずのかみ》です」

平時には京極家の者と親しいという家臣が横から進言した。

「名立たる剛の者だな」

今度は采配を掌に打ち付け、宗茂は戦場を見渡した。寄せ手は東西に分かれているため、毛利軍、小早川軍ともに救援には向かえない。いや、まだ筑紫軍が崩れていることに気付いてすらいない。

「十時《ととき》、五百を率いて筑紫殿を助けろ」

「はっ」

宗茂が命じたのは十時連貞《つれさだ》。立花四天王にも数えられる武将である。筑紫軍が半町（約五十四・五メートル）、一町と押し捲られている中、十時の軍勢が土煙を上げて向かっていく。城方も援軍が現れたことに気付いたらしい。深追いはせず、大きな弧を描くようにして撤退を始める。

「手際が良い。蛍大名のくせにやりますな」

苦笑しながら言うのは、同じく立花四天王の筆頭に数えられる由布惟信《ゆふこれのぶ》である。

「解っておるくせに。京極家は手強い」

宗茂が言うと、由布も大きく頷いた。確かにお世辞にも高次の将としての才は高いとはいえないという。ただその家臣には名だたる侍大将が多く名を連ねている。京極という名家に仕えたいからだと見ている者が多いが、宗茂はそうではないと考えている。

「あの御仁は愛されているのであろうよ」

宗茂は微かに口元を緩めた。高次は己が無力であることを恥ずかしいとは思っていない。皆の力があってこそ己は支えられているのだと憚らず公言しているのを聞いたことがあるという。加えて家臣の才を妬むこともなく、何事も思い切って任せ、それでいて全責任は自らが負う覚悟も決めている。そのような高次のもとならば、遺憾なく才を発揮出来ると優秀な者がこぞって集まって来ているのだろう。しかも家臣たちは皆、

——殿には己がいなければ。

と思っている節がある、風変わりな家風なのだという。

「生半可な大名が治める家より、余程手強いと思え」

改めて宗茂が言うと、家臣一同が一斉に頷いた。

「侍従様！　あちらからも！」

彦九郎が指差す。毛利家が攻める尾花川口の城門も開き、城方から軍勢が打って出たのだ。

「見誤ったか。あれでは押し込まれるぞ」

筑紫軍とは違い、毛利軍は怯む様子はない。そんなところに突撃しても、反対に城内に踏み込まれる契機を作るだけである。

案の定、城方は一当てするも、喊声を上げた毛利軍に押されてすぐに撤退する。さらに城門を閉めるのも間に合わない。毛利軍は吸い込まれるようにして城に雪崩れ込んだ。

「このまま一気に決着がつくのでは……」

彦九郎の胸に複雑な想いが込み上げた。味方の勝ちは喜ばねばなるまい。だがこれで決まれば己の出番はもうない。何より己が強敵と認めた匡介が、このようにあっさりと敗れるのは口惜しいという想いもある。

「いいや、城内に入っても側面の伊予丸から攻撃がある。そう易々とは進めまい」

「なるほど……」

間断なく銃声が聞こえる。伊予丸は硝煙に包まれ、城方が足止めしているのが判った。

「訝しい」

宗茂の目がぎらりと光ったような気がした。その時である。城内から轟音が鳴り響いた。しかも一つではない。二つ、三つと続く。さらに悲鳴が聞こえて、毛利軍の兵が飛び出て来た。

「何か仕掛けたな」

宗茂が呟いた時、さらにもう一つ爆音が響き渡った。せっかく攻め込んだのに、毛利軍の退却は止まらない。味方に肩を貸して逃げる者も散見出来た。

「穴太衆かと」

ここからは城内の様子がつぶさには見えない。だが彦九郎にはその確信があった。

「やはり手強いらしい」

宗茂は宙に溶かすように細く息を吐くと、こちらを見て短く言った。その顔は口惜しそうでもあり、どこか愉快そうにも見えるのは気のせいか。彦九郎はそのようなことを考えながら深く頷いた。

嵐の前の静けさといったように、大津城内は静寂に包まれている。そのような中、敵陣から鈍く何処か妖しい音が響き渡った。法螺貝である。

「来たぞ！」

穴太衆を守る横山久内が叫んだ。各部隊に小姓が一人付いており、戦が始まると同時に高次から受け取った言葉を伝える段取りだと聞かされている。

敵陣から猛々《たけだけ》しい鬨の声が上がり、歳も若く戦の経験もない小姓は恐怖に顔を引き攣らせている。

「お言葉を」

匡介は小姓の気を鎮めるように優しく呼び掛けた。小姓はぎゅっと口を結んで頷くと、飛田屋、横山隊に向けて高次の言葉を高らかに読み上げた。

「我のために戦わずともよい。京極家のために戦わずともよい。降っても民が殺されぬ保証は何もないのだ……」

戦の前の言葉として大丈夫かと眉を顰めるのも束の間、小姓は一気に残りを謳い上げた。

「大津の民のために戦ってくれ。大津の存亡はこの一戦にあり。各々、奮闘せよ！」

横山隊が気勢を上げる。他の部隊にも寸分違わぬ言葉が伝えられたのだろう。各所で次々に喊声が上がり、それはやがて渦の如く城内を包み込んだ。

「どこが戦下手だ」

高揚の声に包まれる中、匡介は呟いて口元を綻ばせた。いや、やはり高次は戦が得意でないのかもしれない。ただ、たとえ兵を率いる将としては二流、三流だとしても、将を率いる器を持っていると確信している。

「匡介」

横山は今にも駆けだしそうな勢いで呼び掛けてきた。

「折角ですが今日はすでに仕込み済み。近くで様子を窺います。形勢が悪くなればいつでも出られる支度を」

「判った」

悔しそうに拳を握るも、横山の頬は緩んでいる。戦場は生きている。敵はどのように動いてくるか判らない。明日からはそれに即座に応じていくが、初日の今日だけは時を掛けて備え終えている。

匡介らが向かったのは二の丸の北西の端。三の丸と二の丸を繋ぐ道住門を越えた先である。そこから三の丸尾花川口を監視する。大津城には三か所の城門があるが、そのうち尾花川口と三井寺口は近く、突破されればここに敵が密集するためである。

「外堀の効きめは覿面《てきめん》のようだな」

移動の途中、横山は感嘆の声を上げた。前回の改修で外堀に水を引き入れてある。これでそう易々と敵は城壁を破れない。しかも塀の手前に石で階段を造っており、より多くの鉄砲足軽が同時に外を狙えるようになっている。

「尾花川口も堅牢のようだ」

持ち場に就くと、横山は手庇《てびさし》をしながら言った。敵方は破砕槌も用意して城門を破ろうとしているが、矢弾の数が多くて思うように肉薄出来ないでいる。他の口でも同じだろう。

「しかし毛利軍は怯んでいないようです」

西軍総大将の一族として、己が手柄を挙げねばならぬと思っているのだろう。毛利軍の士気は頗る高い。

「おっ、東は打って出たか！」

横山が首を勢いよく振った。東側より太鼓の音が鳴ったのだ。寄せ手が崩れた場合、こちらから勢いよく打って出ようと打ち合わせてある。浜町口を攻める筑紫軍が崩れたのであろう。

「筑紫軍が最も脆いと仰っていたはず。横山様にはそのような弱敵は似合いますまい」

匡介は羨ましそうにしている横山を宥めた。

「そうよな。俺が役目は穴太衆を一人も死なさぬことよ」

改めて己に言い聞かせるようにして横山は頷いた。

「あれは……」

南側に砂塵が上がっているのが見え、匡介は目を細めた。

「立花軍だ。筑紫を助けるつもりらしい」

「早いことで」

「立花侍従は別格よ。どうした訳か後詰めをしているが……正面に出て来ぬに越したことはない」

横山の気風ならば、是非とも戦いたいと勇みそうなものである。それがそのように言うのだから、いかに立花宗茂と謂う男が強敵かということが解る。

「引き鉦《がね》。これも段取り通り」

匡介は呟いた。東側から引き鉦が鳴っている。進んで打って出るとは決めたが、決して無理せず深追いはしない。これも示し合わせていること。立花家からの援軍が出たことで、浜町口の突出部隊は城内に引き揚げる。

「どうだ!?」

三の丸からこちらに向けて侍が呼び掛けてきた。尾花川口を守る三田村出雲《みたむらいずも》、吉助《きちすけ》親子の部隊の者である。何処かが打って出て、引き揚げた時、こちらから仕掛ける一つの好機だと、これも打ち合わせていたのだ。

この兵力差である。ただ栄螺《さざえ》が蓋を閉ざすが如く耐えていればいい。多くの者がそう思うことだろう。だが城を動かすのはあくまで人である。守り一辺倒の戦になれば、気が緩むのか、あるいは鬱屈するのか、ともかく必ずといっていいほど綻びが出る。それは幾ら大津城が堅城といえども変わらない。故に出撃策も必要であるし、敢えて誘い込むような一手も打たねばならない。

「やりましょう!」

匡介は口に手を添えると大声で返した。

「解った！」

侍は大きく頷いて去っていく。それから間もなく、尾花川口の城門も開かれ、三田村親子の部隊が出撃した。馬の嘶き、刀槍が打ち合う音が重なる。

「耐えろ！　反対に押し込め！」

毛利軍の侍大将であろうか。戦場で鍛えたであろう野太い声がここまで届いた。三田村隊は退却を始めたが、城門を閉める余裕はない。二の丸に通じる道住門を目指して走る。

追ってくる敵勢の中、一等速く追撃を掛けている集団がいる。

「甲賀衆です」

これまで黙していた段蔵が口を開いた。段蔵は年老いても頗る目が良い。衆の中に見知った男の顔を見つけたという。

「となると、恐らくあれが鵜飼藤助」

馬上で一党を指揮している男がいる。忍びといえば騎乗しないものと思いがちだが、彼らは領主としての顔も持っている。異能を有した土豪といったところである。

「あいつらだけは絶対に許さねえ……」

玲次が歯ぎしりをする。

「いや……」

「どうした？」

恨みはまた次の恨みを生む。鵜飼はあの日の己が生んだ化物なのだ。

「何でもない。俺が受け止める」

匡介は源斎に答えるかのように言った。

「驚いてやがる」

玲次が鼻を鳴らした。城内には石を積み上げた塔のようなものが幾つもある。どこの城でもこのような光景はない。故に甲賀衆の連中も困惑しているのが判った。

「さあ、行け!!」

匡介の叫びが届いた訳ではなかろうが、同時にけたたましい銃声が巻き起こった。ここから見れば石の塔が火を噴いたかのように見える。敵兵が悲鳴を上げてばたばたと倒れる。

石の塔の中は空洞になっており、そこに四、五人の兵が籠っている。そして敢えて設けた隙間、狭間から敵を鉄砲で狙い撃ったのである。

「上手くいきましたな」

段蔵の声がやや弾んでいる。

「改めて……凄まじいことを考えるものだ」

「石積櫓《いしづみやぐら》は我らの工夫ではありません」

匡介は戦の様子を見守りながら答えた。

豊前国《ぶぜんのくに》に長岩《ながいわ》城という城がある。土御門《つちみかど》の頃に築かれた城で、その石垣は実に七町にも及ぶ。いつ造られたものかははきとはしないが、そこに石で造られた櫓が存在し、このように狭間まで拵えられている。

——考えたのは俺たちの遥か先達だろう。

生前、源斎がそう語っていた。技術というものは日々進歩するものである。だがその中において、時代に合わないなどといって受け継がれず、忘れ去られていくものもある。

当時は鉄砲がなく、遠く隔てての攻撃といえば専ら弓矢である。狭い櫓の中での取り回しが難しかったのだろう。石積櫓もあまり広まらなかったようである。だが源斎はこの噂を聞くや、若い匡介を連れてわざわざ長岩城を見にいった。そしてこれは鉄砲が普及した今ならば、大いに役立つものだと復活させたのである。

「ただ石積櫓は石垣に付属してあるもの。城の中にあのように並べるのは初めてかと。危のうございますが……」

このように配置するのは匡介の考えである。幾十、幾百の戦場を経験しようとも誰も見たことがないだろう。

危ないというのは、単独で石積櫓を構築すれば、中に籠った者に一切の逃げ場がないこと。決死の覚悟が必要となる。だが京極家から、どうしても出端を叩きたいとの求めがあり、匡介は想いに応えて築いた。

射手は二人。残る三人は弾込めを担う。とめどなく銃撃が加えられる中、横山は膝を打った。

「まるで三国志演義《さんごくしえんぎ》の石兵八陣《せきへいはちじん》よ」

匡介は目を丸くした。諸葛孔明《しよかつこうめい》が呉《ご》の大軍を惑わせ足止めしたという、石を積み並べた陣形のことである。もっとも眉唾だとは解っている。だがそのような軍記物にも何か、石積みの手がかりがあるかもしれないと匡介も目を通していた。

「横山様は存外博学ですな」

「馬鹿にしおって」

そう言うものの横山の頬は緩んでいる。

一斉に鉄砲を放つと敵の前面しか倒せぬものであるが、櫓が乱立するため敵は四方八方から弾を浴びて為《な》す術がない。

「そろそろです」

混乱している敵に追い討ちをかけるように爆発が起こった。石積櫓の中から、焙烙玉《ほうろくだま》に火を点けて転がしたのである。立て続けに轟音が鳴り響き、爆風を受けて吹き飛ばされる兵も散見出来た。

これも石積櫓だから出来ることである。焙烙玉は威力が強いことから、味方の巻き込みを避けるため、縄などで遠くに投擲《とうてき》せねばならない。だが此度は近くで爆発したところで、石積櫓に守られて無事という訳である。

さらにその間も銃撃は止まず、敵勢は総崩れになって這う這うの体で退却していく。緒戦はこちらの圧勝である。立ち上がって戦況を見つめる匡介を、段蔵が遠くを指さしながら呼び掛けた。

「御頭」

「ああ」

馬上の男、鵜飼藤助が未だ逃げず、こちらを凝視している。どうやら己たちが穴太衆であると気付いたらしい。

「飛田匡介!!」

鵜飼が大音声で叫んだ。確かに声は大きいのだが、加えて特殊な発声の仕方でも習得しているのだろうか。爆音、銃声、悲鳴を切り裂いてここまで届いた。

「必ずうぬらを殺す!!」

鵜飼の全身から殺気が立ち上るのが判った。段蔵は顔を顰め、玲次は舌を鳴らす。匡介は下唇を強く嚙み締めた。誰かを守るということは、時に誰かを傷つけること。そういった意味では、己もまた怨嗟を紡ぐ一人とも言えよう。

「逃げやしないさ」

匡介は迷う己を奮い立たせるように声を絞り出した。

鵜飼が馬首を転じ、混乱で崩れつつあった甲賀衆を何とか取りまとめ城外へと逃げていった。この日、西軍は対策を講じるためか、もう攻めて来ることはなかった。こうして初日の攻防は京極家の優勢で終わったが、まだ戦は始まったばかりである。


九日の早朝よりまた交戦が始まった。互いに示し合わせたかのように銃声の数が増えていく。飛び交う矢もまた同様で、最も多い時は蒼天が黒く濁ったのではないかと見紛うほどである。

払暁、毛利家から立花家の陣に使者が来て、

――立花殿には本日も後詰めをお願い致す。

と、言ってきた。ここまで念を入れるのは、寄せ手の中で宗茂の勇名が群を抜いて轟いていることが原因であろう。皆で城を落としたとしても、

――西国無双がいたからだ。

と、世間に言われるのが落ちである。それを毛利元康は解っているからこそ、ここは立花家に一切手出しをさせずに陥落せしめようとしているのだ。

「毛利殿も気苦労が絶えぬな」

厄介者扱いされているのに、宗茂は元康に同情の言葉を寄せた。

宗茂いわく、毛利家は複雑であるという。当主の毛利輝元は西軍の大将に担がれているが、一族家中は必ずしも一枚岩ではない。中には東軍に付いたほうが良かったと考え、積極的な戦は控えるべきだと考えている者もいる。そんな中、元康は強い西軍支持派である。毛利が武功を立てれば立

てるほど、後戻りは出来ぬようになる。そのためにも大津城は毛利家が中心となって落としたいと考えているらしい。

「彦九郎、如何に見る」

宗茂は脇に控える己に尋ねた。昨日の様子は伝わっている。曲輪《くるわ》の中に幾つかの石造りの塔のようなものが立っており、隙間から絶え間なく銃撃を浴びせられた。さらに焙烙玉まで駆使したという。それがあの爆音の正体であったのだ。

「このまま攻防が続くならば当面は心配ないかと。ただ先ほども申したように、昨日のようなことがあれば……」

常に今日の戦で、匡介が如何に出るかということを思案していた。そして予め危惧するところを宗茂に話してある。

「解った。暫し静観しよう」

宗茂は床几に腰を据え、眼前の攻防をじっと見つめる。凛と背を伸ばすその姿は威風堂々たるもので、今の日ノ本で一、二を争う名将と言われるのも納得出来る。

「今日も筑紫殿は及び腰だ。崩れたらすぐに支えてやれるようにしておけ」

「すでにそのつもりです」

昨日、筑紫隊の敗走を防いだ十時が苦笑しつつ答えた。

「それ、申している間に出たぞ」

宗茂は采配で浜町口を指した。昨日の如く、大津城から一隊が飛び出て筑紫軍に突撃をかけ始めた。すでに十時は馬上の人となっており、すぐさま兵を率いて支援に向かった。

「あちらはよいのだな」

宗茂がこちらを見て尋ねた。

「はい。ただ尾花川口で昨日と同じように敵が出れば危険です」

「ふむ……」

宗茂は顎に手を添えて唸った。彦九郎の言うことに、初めは宗茂も首を捻った。だが彦九郎が、

――寄せ手において、飛田匡介のことは私が最も知っています。

と断言すると、宗茂はじっと己の目を覗き込んで、信じると答えてくれたのだ。

筑紫軍が崩れそうになるのを十時隊が支え、敵の部隊は退却して城の中へと消えた。その直後である。宗茂が低く、それでいて、はきと呼んだ。

「彦九郎」

「やはり来ました……」

まったく昨日と符合するように、尾花川口の門も開き、京極軍が突出してきたのだ。この状況が出来したならば危険だと、彦九郎は訴えていたのである。

「如何にする」

「聞き届けられぬでしょうが……それでも伝えねばなりません。陣を離れるお許しを」

「よし、解った」

宗茂はすっと床几から立ち上がって続けた。

「俺も行く。お主一人よりは、毛利殿も耳を貸すだろう」

「しかし、侍従様が陣を離れては……」

「俺などおらずとも、しくじる家臣ではない。むしろ前に出すぎて、いつも叱られているのだ」

宗茂が戯けた顔を作ると、居並ぶ家臣たちが左様、左様と相槌を打つ。宗茂は高次のことを家臣

に愛されていると評していたが、自身も負けず劣らず信頼を寄せられている。

「お主一人なら毛利殿は門前払いにするかもしれぬ。俺も行かせろ」

朝日に照らされる中、宗茂は純白の歯を覗かせた。

「急ぐぞ」

元は武士の子ということもあり、彦九郎は職人ではあるが馬術もいける。宗茂が馬を用意してくれ、毛利の陣を目掛けて疾駆した。

宗茂が突如現れたことで陣は騒然となる。毛利家家臣の中には組って止めようとする者もいたが、

「大事なことよ」

と、宗茂が静かに言ってそっと手で押しのけると、その威厳に打たれたように後ろに下がった。

「各々方、おはようございます」

帷幕に入ると、元康を中心に重臣たちが居並んでいる。すでに宗茂が現れたことが伝わっていたのだろう。元康は苦虫を嚙み潰したような顔で出迎えた。

「立花殿には後詰めをお願いしたはずだが」

「家臣が備えており、拙者の出る幕はござらん。故にこうして参ることも出来ました」

「それでも万が一の折には――」

「立花には万が一もござらん」

宗茂が鋭く遮った。元康は奥歯を擦るようにしていたが、やがて深く息を吸って落ち着きを取り戻した。

「おい」

「結構、すぐに終わります」

元康が家臣に床几を用意するように命じたが、宗茂は手で制して断る。元康もそれ以上は強く勧めず、本題を切り出した。

「大事なことがあると聞き及びましたが、何のことで？」

「石積櫓のことです」

「あれは石積櫓と言うのか……」

「ご存じないのも仕方ないこと。あれは我が故郷に近い長岩城に備えられたもの。日ノ本は疎か、朝鮮でもとんと見ませんでしたしな」

宗茂は二度、三度頷きながら続けた。

「それに長岩城では石垣に付属しておりました。聞いた話によれば、曲輪内に乱立していたとか」

「……そうだ」

「先ほど尾花川口が開き、城外で激しい攻防が行われている……如何なさるおつもりで？」

「すでに策は講じている」

「止めたほうがよい」

宗茂が藪《やぶ》から棒に言ったので、衆は色めきたった。

「必ず上手くいく」

「そうではござらぬ。この国友彦九郎いわく、すでに石積櫓の中に敵は籠っておらぬと」

一座がざわめくが、元康がそれを鎮めて重々しく口を開いた。

「あれほどのものを築き、しかも成果を挙げているのだ。本日も使わぬなどあり得ぬだろう」

「彦九郎」

「はっ」

宗茂に呼ばれ、彦九郎はずいと一歩前に出て存念を話し始めた。

「造ったのは間違いなく穴太衆の飛田匡介。あの男は一兵たりとも死なせぬことを目指します」

「そのようなこと出来るはずがない」

元康は馬鹿馬鹿しいといったように鼻を鳴らした。

「左様。実際には難しいことでございます。しかし彼の者はそのことを常に追い求めているのです……」

あの男の話をすると、戦で敢えなく散った父の背が何故か過る。それが余計に彦九郎を苛立たせるのだ。だが、今はそれをぐっと堪えて一気に言葉を継いだ。

「此度の石積櫓は中に籠る者には逃げ場はない。こちらが初見と見抜き、必ず成功すると確信してのものでしょう。しかしこちらも策を講じます。それを解りながら二度目の危うい橋を渡るとは思えませぬ」

「櫓の中に人がおらぬならばなお好都合。一気に二の丸まで攻め落としてやる」

「石積櫓の中に人がおらぬとすれば、門を固く閉ざしておればよい。それなのに何故打って出る危険を冒すのか。これは匡介の……穴太衆の罠でござる」

「では、やはり人がいないなどあり得ぬ。手ぐすねを引いて待っておるのだ」

そう言われることはある程度見当がついていた。彦九郎は匡介の考えからすれば、石積櫓を二日使うはずはないと信じている。故に門を開くのが罠に見えるのだ。

だが元康をはじめ殆どの者は、石積櫓を使う思惑があるからこそ門を開くと考える。あるいは誘い込むつもりはなくとも、石積櫓が後ろに控えているからこそ、安心して打って出ているように見えるのだろう。論の起点の部分から大きな齟齬《そご》が生まれ、なかなか受け入れられないとは思っていた。

「この者は泰平の間も、穴太衆、飛田屋のことを誰よりも学んで来た。毛利殿……信じて下され」

宗茂の言に、元康は下唇を噛みしめて言った。

「そうして手柄を横取りしようという算段――」

「そのような気は毛頭ござらん。此度の戦の大将は毛利殿です」

宗茂は途中で遮る。声は低いにもかかわらず、遠雷の如き迫力がある。宗茂は一転、穏やかな口調で話しかけた。

「何が危ういのかははきとは判りませんが、拙者も何か嫌な感じが致します。そして歴戦の毛利殿ならば、それに気付いておられるはずでしょう」

「確かに……訝しさはある」

別にわざわざ敵を招き入れ石積櫓で攻撃する必要はない。三の丸の前でしっかり敵を食い止め、突破された時に使用しても遅くはないのだ。昨日は士気を上げるため、緒戦で何としても戦果を挙げたかったからという理由で説明出来る。だが今日、わざわざ門を開けることに、元康も違和を覚えたのは確からしい。

「だが、鵜飼殿が、斬り込みは甲賀衆が務める、故にやらせてくれと申したのだ」

先ほど、元康があると言っていた策は、どうやら甲賀衆の鵜飼藤助が献策したものらしい。

石積櫓は厄介に違いないが、中から銃を放ち、焙烙玉を出してくる隙間があるのは確か。敵より遥かに多い鉄砲を前面に出し、一寸も覗くことが出来ぬほど乱射する。

そして敵が怯んでいる間に一気に間を詰め、狭間に向けて外から鉄砲を突っ込み、中に籠る者を鏖《みなごろし》にするというものであった。

「我らは銃撃を、斬り込むのを甲賀衆が買って出た」

「鵜飼殿は」

「もう先ほど……」

顎をしゃくった元康の頬が歪んでいる。元康も決して凡将ではないのだ。宗茂と話して冷静になって、やや勇み足であったとすでに思い始めている。

その時、喊声がひと際大きくなった。元康が立ち上がり帷幕の外に出る。宗茂、そして彦九郎もその後に続いた。丁度、寄せ手が尾花川口から侵入したところである。大量の鉄砲足軽が前面に、次いで射撃の後に斬り込む甲賀衆も門に吸い込まれていく。

「遅かったか」

宗茂が口惜しそうに拳を握った時、銃声が一斉に鳴り響いた。第二陣、第三陣と間断なく続く。元康が話していた通り、味方の鉄砲足軽による乱射が始まったのである。

「憂慮だったのではないか……」

昨日は暫くしたら逃げ始める者、担ぎ出される怪我人も散見出来た。だが今日はそのような者は見られない。元康も今は不安を抱いているのだろう。己に言い聞かせるように言った。

「毛利様、味方の鉄砲は全て国友の産のものですね」

「ああ、そうだが……」

「敵からの応射がないようです」

「何……」

「昨日、ずっと確かめていましたが、京極家は日野筒《ひのづつ》を使っています。日野筒の音がしません」

「そのようなことが判るのか」

「聞き分けられます」

彦九郎は断言した。同じ国友筒でも工房によって微妙に銃声は異なるのだ。

産地が違えばさらに顕著である。国友筒と堺筒は鉄芯の基本的な構造が似ていて聞き分けにくいが、作り方が大きく異なる日野筒ならば絶対に間違わない。

詳しく述べると国友、堺は鉄芯に細い鋼を螺旋《らせん》状に巻き付けて筒を作るのだが、日野筒は大きな一枚の鋼を巻き付ける旧来式を採用している。いや、厳密には新式は作り方が秘匿されており、日野はその手法を知らない。故に強度を高めるため、三枚の薄い鋼を筒状に重ねる独自の方法を採っている。故に銃声は低く、どこか籠った印象を受けるのだ。

「ならば――」

元康が血相を変えたその時である。城内から天を揺るがすほどの轟音が鳴り響いた。

「やはり敵はいるようだぞ」

心なしか元康の顔に安心の色が浮かぶ。敵の攻撃を受けて安堵するというのも奇妙な話だが、昨日と同様、敵が焙烙玉を投げたならば、やはり石積櫓の中に人はいたことになり、次なる奇策はないと考えたのだろう。

「いや、どうも様子がおかしいですぞ」

宗茂は形の良い眉を寄せた。

「はい！　爆音が昨日よりも遥かに大きい！」

彦九郎は息を呑んだ。

「何だ!?」

元康が言ったその時、天に赤いものが舞い上がった。紙のようである。それが燃えているのだ。

まるで蒼天に朱をぶちまけたようなそれは、やがて散り散りになって三の丸に降り注いでゆく。

「ぐっ――」

また大気が震えるほどの轟音が鳴り響く。これまでよりもさらに大きく、皆が思わず耳朶《じだ》を手で塞ぐほどである。だが彦九郎は歯を食い縛って音に耐えた。いや、音を追い続けた。爆音に続いて地鳴りのような音、さらにその向こうに喚き叫ぶ声を捉えた。

「何が……何が、起きている！」

白煙、砂塵が入り混じったように三の丸の上空が曇る中、元康は悲痛な声を上げて目を凝らす。

「日野筒！」

彦九郎は叫んだ。ここに来て大量の日野筒が使われているのは、城方が一挙に反撃に出た証左である。悲鳴、怒号、また悲鳴。三の丸で一体何が起きているのか想像もつかなかった。

「毛利殿！　すぐに救援を！」

誰もが茫然となる中、いち早く叫んだのは宗茂である。もはや味方が押しているとは思っていない。間もなく崩れて脱出してくると踏んだのだろう。

「あ、ああ！」

元康は抗うことなく頷き、配下に至急援軍を命じる。果たして宗茂の思う通りになったのはその直後である。尾花川口の門から味方の兵が続々と逃げ出して来る。誰もが己のことで精一杯のようで門で詰まっており、我先にと味方を押しのける兵も見えた。

「どうも甲賀衆の姿が見えぬ」

宗茂の言う通り、逃げ出して来るのは毛利家の兵ばかり。勇んでいたという鵜飼藤助が率いる甲賀衆の兵が見えない。元康の命で送られた新手が、逃げる毛利兵の退却を支援する。

実際は五十を数えるより短い時間であったろうが、彦九郎には半刻にも相当するほど長く感じられた。遂に疎《まば》らに甲賀衆らしき者が数人、這うようにして門から逃げて来るのが見えた。

「何……」

尾花川口の門がゆっくりと閉じ始める。明らかに攻め込んだ数より、逃げ出した数のほうが少ない。特に甲賀衆にいたっては、九割は出てきていないのではないか。

ここで物見の者が駆け込んで来て、悲痛な声で状況を報告する。

「甲賀衆はほぼ壊滅！　鵜飼藤助殿が討ち死に!!」

「なっ――」

元康はもはや声も出ないようで、拳をわなわなと震わせた。

「匡介……」

閉じ行く門を見ながら彦九郎は呟いた。まるで大津城そのものが一個の巨大な獣で、兵たちを貪り終えて口を閉じているかのように見え、得体の知れぬ震えが躰を駆け抜けた。


初日に勝利を挙げた後、夜半にもかかわらず軍議が開かれた。まだ戦は始まったばかり。浮かれてはおれず、気を引き締める意味合いもあろう。

だが、もっと大きな訳は、匡介が発したある意見が家中に波紋を広げたことが大きい。

――明日は石積櫓を使わない。

と、宣言したのである。

その理由を家臣一同に説明するための軍議であった。当初は訝しがる者もいたが、その訳を告げると、皆が得心してくれた。

翌朝、再び寄せ手は猛攻を開始した。匡介ら穴太衆、そして横山ら護衛の隊は昨日と同じ場所で、刻一刻と変じる戦の行方を見守っていた。

「なかなか西軍も必死だ」

横山の言う通り、一夜明けて西軍の攻撃はなお苛烈になっている。彼らとしては大津城など一揉みに潰し、一刻も早く西軍の主力部隊に合流を果たしたいであろう。

「敵は鉄砲を休ませるつもりはないらしい」

遠征ともなれば持っていける火薬の量に限りがある。だが畿内は西軍が掌握していることもあり、兵糧、弾薬の補給には心配がないらしい。となると、こちらとしても気を配らねばならぬこともある。

「玲次」

「ああ、来るかもしれねえな」

言わずとも玲次もよく解っている。ふんだんに火薬を用いて、石垣を崩す戦法を相手が採る見込みもあるのだ。

「まずは心配ないが……な」

己たちが積んだ石垣はそれほどやわではない。近くで爆発を起こされたとしてもびくともしない。

「一部ならあるかもしれねえ」

そもそも石垣は外から掛かる力には滅法強いが、内から掛かる力には存外弱い。下手な者が積むと、大雨が降るだけで中から崩落することもあるのだ。玲次が危惧しているのは石垣まで肉薄し、石垣の隙間に火薬を仕込まれることである。それでも大きく崩れはしないが、戦の中での修復を試みねばならない。

「石積櫓に結構使ったからな。あまり余裕はないぞ」

「そうだな」

あと一日、石を運び込むつもりでいたが、思いのほか早く城を囲まれてしまった。己の考えでは何とか持ちそうであるが、この差が後々響かねばよいがと危惧していた。

「出るぞ！」

横山はがなり声で叫んだ。味方の反攻に敵が一時退いた。その機を逃さずに、これも昨日と同様、門を開いて三田村親子が出撃する。怒号が飛び交う中、三田村隊は縦横無尽に暴れ回ったが多勢に無勢である。やがてじりじりと押し戻されるようになった。

「乗って来い」

敵が石積櫓への策を講じていないならば、深追いはしないだろう。おかしな話だが敵の優秀さを信じるような恰好である。

「来た！」

鉄砲足軽が多数、引き揚げる三田村隊に追いすがる。その後ろにぴったりと甲賀衆も続いている。こちらが考えていた動きそのものである。

「まずいぞ！　出雲殿が――」

横山が顔を歪めた。曲輪内に入った敵の鉄砲足軽の展開が早く、三田村隊はまだ城の奥深くに逃げきれていない。三田村の父である出雲は、殿《しんがり》に残って配下たちに急ぎ逃げるように叱咤している。けたたましい銃声が鳴り響いた。硝煙に視界が遮られる前、馬上の三田村出雲が宙に投げ出されるのが見えた。

「くそっ……」

匡介は下唇を嚙みしめた。全てが思い描いたようにいく訳ではない。すぐに切り替えるべきだと己に言い聞かせる。敵の猛射は止まらない。石積櫓から反撃がないことも、とても顔を出せぬものと疑っていないようである。

――止まれ。

匡介は心で念じた。害意は害意を呼ぶ。これこそが源斎の言った「因果」であろう。一度動き出せば力で断ち切るほかないと覚悟している。だが、甘いかもしれないが、止まってほしいとも願っていた。

「止まれないのだな……」

匡介が呟いたその時である。

轟音が天を衝き、乱立する石積櫓の中を縫うように疾駆していた甲賀衆の一部が削り取られるようになぎ倒された。一つの石積櫓が吹き飛んだのである。

石積櫓には人は一切籠めていない。代わりに中にはありったけの焙烙玉を積み上げてある。甲賀衆が狭間に火縄銃を差し込んで発砲したことで引火して爆発を引き起こしたのだ。内側からの爆風で積まれた石が四方八方に飛散し、敵から悲鳴が巻き起こる。さらに石積櫓の中には、数十枚の紙も入れてある。それらが燃えながら天に舞い上がった。

払暁から、石積櫓に手を加えた。頂の部分、櫓ならば屋根に当たる石を一度取り外し、油にたっぷり浸した後に元通りにしたのである。舞い散る紙が掠れば上部が燃え出し、近くに嵌め込んだ焙烙玉に引火して誘爆を引き起こすしくみである。鵜飼が攻撃を止めれば、攻撃を止めずとも逃げ場の無い石積櫓の中の者を虐殺しようとしなければ、こうはならなかった。万に一つの願いを込めたが、やはり鵜飼は止まれなかった。

「ぐっ――」

段蔵が腕を掲げて顔を背けた。直視していられないほどの凄まじい爆発である。残る七つの石積櫓が立て続けに弾け飛び、曲輪内にいる全ての者に石の弾丸が飛来する。敵は夥しいほどの被害を出して大混乱に陥り、毛利隊は何かに憑《つ》かれたように逃げ出している。ただ奥にまで侵入した甲賀衆はその大半を失い、残る僅かな者も負傷している者が多数である。

「諦めろ！」

届くはずがないと解りながら、なおも叫んだ。匡介の眼下の正面石垣に加え、伊予丸からも一斉に銃撃が開始され、ばたばたと敵は倒れていった。さらに段取り通り、三田村隊が門を閉ざすために引き返して来る。先頭を行くのは、出雲の子、吉助で間違いない。

焙烙玉の煙が濛々と渦巻く中、匡介は立ち尽くす鶏飼藤助を見た。飛散した石で折れたのだろう。右腕を抱えるような恰好である。

鶏飼は茫然自失といった様子で周囲を見渡していたが、やがて匡介とぴたりと目が合った。

「おのれ、飛田匡介ぇ!!」

鶏飼は天に向けて野獣の如き咆哮を上げた。何故か思い出されたのは、両親を、妹を殺され、行き場のない怒りに苛《さいな》まれる己の姿だ。匡介は糸を吐くように息を整えると、戦塵の宙に溶かすように静かに震える声で呟いた。

「もう終わりにしよう」

このような戦を。己たちで。己が石垣で泰平を創ってみせる。様々に入り混じった想いを込め、匡介が言った時、先頭を行く三田村吉助と交錯する。その次の瞬間には三田村隊の波に呑み込まれ、鶏飼の姿は地に吸い込まれるように消えた。

門が閉められ、再び城外との攻防に移る。敵もこれ以上の損害を恐れてか、朝方と異なり果敢に攻めては来なかった。こうして二日目の攻防も京極家の圧倒的優勢のまま、比叡山の向こうに陽が落ちていった。

毛利家の鉄砲隊にも多くの死傷者が出たが、斬り込みを担っていた甲賀衆の被害は特に甚大であった。混乱の中、鵜飼藤助は討ち死に。甲賀衆は壊滅したといってもよい。

この敗報が伝われば、他の攻め口でも劣勢に追い込まれる。全軍を一度立て直すためにも、それからは遠巻きに銃を撃ち、矢を放つ程度で終始した。

日が暮れた後、立花宗茂の提案により急遽軍議の場が持たれることになり、彦九郎もまた末席に座ることとなった。

「敵は相当に手強い……」

毛利元康は忸怩《じくじ》たる思いを押し殺すように歯を食い縛った。宗茂はこのような時でも元康の面目を保つことを忘れず、恨み言の一つも吐かずに頷いた。元康は深い溜息を零して呼んだ。

「立花殿」

「はい」

「明日より前に兵を繰り出してくれまいか」

全軍の消耗が激しいことにも加え、大津城攻略は東西決戦が始まるまでという期限があるのだ。元康は何より背に腹は代えられないと考えているだろうし、我を通したことを後悔しているようにも見える。

「承った。で、如何に攻めるお考えか」

宗茂が訊くと、元康は迷いを吹っ切るかのように答えた。

「それも……立花殿の存念を聞かせて頂きたいと思っている」

事実上、采配を任せるということである。宗茂はその言葉を聞いて、ようやく己の考えを皆に話し始めた。

「蛍大名などと揶揄されていますが、京極家には戦巧者《いくさこうしゃ》が多数おり、結束も頗る固い……」

宗茂は一息おいて続ける。

「さらに穴太衆切っての実力を有する飛田屋も籠っています。一筋縄ではいきませぬ」

誰ももはや異論を挟むことはなかった。軍議は宗茂の独壇場で進む。

「現在、東軍はすでに美濃まで来ております」

西軍本隊からは矢のように伝令が来ている。すでに東軍の本隊が結集しつつあること。家康の子秀忠が率いて中山道《なかせんどう》を進む別働隊が合流しようものならば、すぐさま決戦が行われる見込みであること。それは恐らく十五日から二十日の間になるのではないかということ。故に、

――大津城を一刻も早く陥落せしめ、此方に合流を果たせ。

と言ってきているのだ。

「駆けに駆けるとしても、遅くとも十三日のうちには大津城を落とさねばなりません。そして明日は十日」

「あと四日か……」

元康は事態の重さを改めて得心したように唸った。今のままでは一月掛かったとしても落とせそうにないのである。

「何も尾花川口に拘わらねばよいのではないか？」

浜町口を担う筑紫広門が口を挟んだ。石積櫓は尾花川口を突破した先、三の丸の北端に設けられている。飛田屋はここを中心に罠を張っており、様子を窺っていると見てほぼ間違いない。僅かに生き残った甲賀衆も、鵜飼藤助が二の丸から穴太衆がこちらを見ていると言っていたという。

「いや……浜町口にも、三井寺口にも策は講じていましょう。城の造りからして、その二つはそもそも守りが堅い。最も守りにくいのは尾花川口だからこそ、そこに奴らは特に気を配っていると見るべきです」

「最弱であった尾花川口が、穴太衆によって堅くなっているならば、猶更……」

他の二つの口に兵力を回せばよい。筑紫はそう言いたいのであろう。だが宗茂の考えは違うようで首を横に振った。

「一月、二月時を掛けてもよいならばそれも一手。しかしあと四日となれば、敵の講じた策を悉く破り、戦意を根こそぎ削ぎ落とさねば城は落ちませぬ」

敵が最も頼りとしているものを打ち破る。今の京極家にとって、それは穴太衆飛田屋であると見ている。宗茂は正面から対峙する覚悟を決めているらしい。

「まず大津城の外堀が厄介です」

宗茂は立ち上がると、広げられた図面を指でなぞった。これが空堀であったとしても、渡って塀を乗り越えるのは容易ではない。だがその構えを見せて圧力を掛けることで、敵の兵力を分散することが出来る。しかしこれが水堀にされてしまったことで、城方は常に最低限の兵力で守れるようになっている。

「これを打ち破ります」

「そのようなことが出来るのか」

元康の声に不安の色が浮かんでいる。

「国友衆をこのまま預けて下さい」

宗茂はそう言うと、彦九郎のほうをちらりと見た。

「それは構わぬが……」

「まずは大津城を丸裸にしてみせましょう」

宗茂は自信に満ち溢れた凜然とした声で言い放った。


戦が始まって三日目。十日の朝が明けた。昨夜、篝火《かがりび》も焚かず、小舟が一艘大津城に入った。東西の戦況を探らせている京極家の手の者である。

——早ければ十三日。遅くとも十四日には決戦の見込み。

実際に東軍、家康の陣まで行って聞いてきた目算である。戦とは相手があるもので、完全にその見込み通りに進むとはいえないものの、少なくとも家康はそのように考えているらしい。

「あと三、四日か。そこまで必ず守り抜くぞ」

匡介は手庇をしつつ、囲む敵軍を見渡しながら言った。

どういった訳か立花軍が後方に回っている。またもっとも警戒していた国友衆も前線に出て来ていない。このまま時が過ぎれば、大津城を守り抜けるという確信があった。

——彦九郎。

敵陣の何処かにいるはずの宿敵に、匡介は胸中で呼び掛けた。確かにこのまま出てこなければありがたい。だが心の片隅で気にかかっているのも事実であった。

戦のない国という理想は同じ。だがそこに行きつくまでの道程は大きく異なる。どちらが正しいのか。彦九郎との戦いの果てに、その答えが落ちているような気がしていたのだ。

「匡介!」

頭ではなく、玲次は思わず名で呼んで敵軍を指さした。敵陣に動きが見られたのだ。まるで一匹の大蛇がうねるが如く、整然と動く集団が目に入った。

「出てきたぞ」

立花軍である。浜町口の筑紫軍と入れ替わるように陣を布いていく。

「我らも向こうに移るか」

横山久内が尋ねてきた。

「そもそも浜町口はそう簡単に落ちない。立花軍は囮《おとり》で、尾花川口がやはり本命ということもある。大半はここに残す。段蔵」

「お任せ下さい」

段蔵は力強く頷いた。

「玲次、付いて来てくれ」

「ああ」

飛田屋の職人、警護の横山隊はそのまま尾花川口に残し、匡介は玲次とともに浜町口に入った。こちらを守る将は、河上小左衛門《かわかみこざえもん》と謂う。歳は二十五。好ましい若者という風情だが、軍議の場で何としても殿を守ると気を昂らせていたのをよく覚えている。

「河上殿!」

「飛田殿! 来ましたな!」

快活に答えた河上であったが、その手が微かに震えているのが判った。それを悟られたことに気付いたようで、河上は無理やり笑みを作り続けた。

「なに、武者震いです。西国無双ならば、相手にとって不足なしというもの」

「狙いが見えません。ここは——」

「解っています。逸らず慎重に守り抜きます」

「安心しました」

そのようなやり取りをしている間に、立花軍と筑紫軍が入れ替わっている。

「来ます」

匡介が呟いたその時、立花軍から鬨の声が上がった。幾多の声が一塊となり、鼓膜を震わせ、肌が一瞬で粟立った。

「何だ……これは……」

この気勢は想像の遥か上をいったようで、河上は愕然としてしまっている。立花軍の喊声は全軍を鼓舞したようで、波を打つように鬨の声が広がっていく。

「寄らせるな！　矢弾を浴びせろ！」

河上は我に返って配下に指示を飛ばす。その時、立花軍の前衛がさっと左右に分かれると、青々とした色が帯状に広がっていく。

「た、竹束《たけたば》か!?」

河上が吃驚する。竹束とは読んで字のごとく、青竹を紐で固く縛って束にしたものである。五尺から六尺ほどに切り揃えた竹を七、八本で纏める。さらに纏めたもの三つほどを紐で固く結んで弾除けの楯とするのだ。

武田家家臣であった米倉丹後守重継《よねくらたんごのかみしげつぐ》と謂う兵法に通じた者が考案したとされている。竹は軽いことに加え、分解して運びやすい。それでいて弾を撥ね除けるほど強靱である。

だが近年になって、竹束も貫通するほどの鉄砲も出回っている。そこで粘土や小石を布で包んだものを作り、竹束の間に仕込んで強度を上げるのが主流となっていた。

そのせいで結局、竹束がかなりの重さとなり、数人で運ばなければならない。加えて様々な角度から射撃を行えば、持ち運んでいる者を狙えぬでもないのだ。

だが今、眼前に並んでいるそれは、通常の竹束とは様相が異なっている。

「車竹束……」

「あれが」

匡介が思わず零すと、河上は勢いよく振り返った。耳にしたことはあるが、若いこともあり、見るのは初めてだという。

車竹束はこれもまた字の如く、竹束を車輪付きの台に取り付けたものである。立花軍が使っているのは、竹束四つを正面に並べて台車に付けているもの。竹束の後ろの台座部分には五人は乗れるだろう。それがざっと見るだけで二十台。びっしりと隙間なく壁のように迫って来ている。

「昨夜のうちに作ったたか」

匡介は唇を噛みしめた。立花宗茂がいかに名将とはいえ、駆り出されるかどうかも判らない攻城戦のため、車竹束を用意してきたとは思えない。裏を返せば用意してきたというならば、やや台数が少ない。考えられるのは昨夜のうちに、竹を切り、台車を作り、出来るだけ多く完成させたということである。そして急拵えにしてはよい出来である。

——なるほど。

確たる証はないが、そう考えれば腑に落ちることがあった。遥かに仕組みが精密な代物を難なく作る集団である。あの程度のものは朝飯前といってよかろう。

「そこにいるんだな」

彦九郎率いる国友衆は立花軍の中にいると感じた。

「幾ら長大とはいえ、向こうから攻撃する時には顔を出す。そこを狙うのだ！」

河上が下知《げじ》し、鉄砲隊が狙いを定めて待ち構える。しかし敵は一向に車竹束から顔を出さない。さらに近付くにつれ、門の正面から北へと振れていっている。つまりは琵琶の湖に近付いているということになる。そこには門もなければ、城を守る櫓さえもない。皆が訝しむ中、匡介だけは息を呑んだ。皆の目には触れないが、その地点には重要なあるものがあった。

「河上殿、敵は顔を出しません！　矢を射掛けて下さい！」

「何故です!?」

「奴らの狙いは門ではありません！」

「どういうことで――」

「お願いします！」

河上は要領を得ないまま、こちらの剣幕に弓隊を前に出した。

「放て!!」

無数の矢が大空に翔《か》け上がり、山なりに車竹束の頭上に降り注ぐ。その刹那、台車を押す者たちが一斉に板を掲げた。小気味よい乾いた音が戦場に響く。無数の矢は板に突き刺さるのみである。

近くまで迫ったところで、車竹束から降りた者たちがいる。その手には鍬や鋤《すき》が握られているのが見えた。

「やはり……黒鍬者《くろくわもの》だ」

戦場において土木を専門に行う者たちのことである。抱えている大名家は珍しくないが、立花家のそれは驚くほどに統制が取れている。黒鍬者は車竹束から一斉に飛び降りると、数人で一組となり鍬や鋤で地を掘り始めた。

「そういうことか！」

河上もようやく解ったようで、弓隊、鉄砲隊を交互に繰り出し、

「鍬鋤を持っているものを狙え！」

と、何度も下知を飛ばす。だが弾は車竹束に、矢は板に防がれて思うように効果を発揮しない。城門を破るために車竹束を繰り出したのならば、接近したのち必ず飛び出て来る時がある。そこを狙い撃つことも出来よう。

また城門に架かる橋まで車竹束を進めれば、油を掛け、枯れ木を撒いて、火矢で焼き払うことも出来るかもしれない。だが外堀の際まで進むのみで、工作する黒鍬者の守りに徹せられれば、手も足も出ない。

事態に気付いた侍大将もいたらしい。浜町口の出撃隊を担い、この二日でも戦果を挙げている赤尾伊豆守が駆け込んできた。

「河上！」

「赤尾様……」

「飛田殿もご一緒か。これは……」

「はい。立花は外堀の水を抜くつもりです」

匡介は喉を鳴らした。

「赤尾様の隊で蹴散らせませんか」

河上が訊くが、赤尾は顔を歪めた。

「あれを見よ。すでにこちらが突出してくることも考え、手ぐすねを引いて待っておる。流石、侍従よ」

敵陣の両脇に騎馬を中心とした隊がある。こちらが車竹束を追い散らそうとすれば、その二隊がすぐさま動き、挟み撃ちにして来る。そうなれば赤尾隊は壊滅の憂き目に遭う。宗茂はそこまで計算し尽していた。

「では……」

「とにかく矢弾を浴びせ邪魔するしかない。儂も加勢する」

赤尾隊も出撃を諦め、槍を弓矢に持ち替えて防戦に当たった。だが敵が掲げた板が針山の如くなるだけで、大した成果を挙げられない。粛々と黒鍬者は工作を続ける。

「頭、どうも立花は全て解っているようだ」

些か落ち着きを取り戻したようで、玲次は眼下を見ながら静かに言った。

「やはり余程の男だ」

立花勢が何故、浜町口に来たのか。こちらが念入りに待ち構えている尾花川口を避けたためでも、脆弱な筑紫軍を助けるためでもない。浜町口付近の「あるもの」を狙っているのは明白であった。

「加えて俺は立花軍に国友衆がいると見ている」

匡介が続けると、玲次は忌々しそうに舌を打った。

「あの野郎なら、外堀に水を入れた仕組みも解るか……」

そのようなやり取りをしている時、防戦を督戦していた河上が再び駆け寄ってきた。

「飛田殿、どうにも止められそうにない。あれは何を……」

「土を掘り返し、地中の木枠を壊すつもりです」

「なるほど。水が止まれば、徐々に干上がっていく……しかし四、五日の戦には何の障りもない」

喜色を浮かべかけた河上であったが、こちらの浮かぬ顔を見て訝しんでいる。

「いえ、正面の水嵩は一気に半分に。東西の外堀はほぼ空になります」

外堀の南側正面は擂り鉢状に掘削し、東西の堀は湖に向けて緩やかな傾斜で下っている。木枠の中を通って正面に流れ込んでいたからこそ、水は溢れ出て湖に向けて流れていく。そして湖の波打つ点とぶつかって均衡を保ち、全ての堀に水が満ちているのである。木枠が壊されれば均衡が崩れ、正面こそ擂り鉢状の部分には水が残るものの、外堀の東西は全て湖に流れ出て空になってしまうのだ。

「そうなのか」

河上は愕然とした。京極家家臣といえども、外堀に水を引いた仕組みを熟知している訳ではない。もともと外堀正面は土地が高く、水を引き込むためには大土木が必要であった。それをぎりぎり抑えた作事、費用で行うために、地中に木枠を通して水の圧によって水を引き上げた。当然、水は高きところから、低きところに流れる。木枠を破壊すれば琵琶の湖に向けて一気に逆流し、外堀の大半の水が失われることになるのだ。

「出撃して蹴散らすしかないが、それも手立てを講じられた今……残念ながら手はありません」

残る手は少しでも圧を掛け、作事を遅らせることだけである。河上、赤尾両隊は絶え間なく銃撃を加え、矢を射掛け、礫《つぶて》を投げて懸命に妨害したが、車竹束や木楯に守られた黒鍬者は少しずつ作事を進めていく。

三年前、ここに水を引き入れようと奔走した日々、成功した時の皆の笑顔が脳裏に蘇った。まるで思い出が削られていくかのようで胸が締め付けられる。

陽が中天を過ぎた頃、遂にその時が来た。地中の木枠が露わとなり壊されたのだ。濁流が起きる訳ではない。静かに、静かに、水が湖へと還っていく。立花軍はこちらが修復することを懸念しているのか、その間も車竹束を退けることはない。籠城しているにも拘わらず、今日に限ってはこちらが寄せ手であるような錯覚さえ受ける。

そして陽が稜線に隠れる頃、遂に外堀正面の水嵩は半分以下となり、東西の水が抜けきった。湖から波打つ水音が虚しく響く。外堀に水が張られたことで消えていた湖の声が戻ったのである。

空堀としての防御力は残るため、敵も軽はずみに乗り越えて来るという訳ではない。だがそれ以上に、あれほどの月日と努力が、たった一日で無に帰したということは、籠城する皆の心を激しく揺さぶっているのは確かである。

「こうなれば明日以降、敵はさらに苛烈に攻めて来るだろう。三の丸に入られることは考えておかねばならないな……」

匡介は苦々しく玲次に話しかけた。

「あり得るな。石積櫓はもう駄目だ。次は何でいく？」

「埋めるか、曲げるか。一方を行えば、残る一方は出来ないな」

「明日は乗り越えられても、明後日はどうする」

「その時は二の丸で時を稼ぐしかない」

「決戦が三日後ならばともかく、五日となれば持ちこたえられないぞ」

ここからは一日、一時の細かい計算が必要になってくることを玲次もよく解っている。

「石が足りないのだから仕方ない」

匡介は腕を組んで零した。二の丸を敵に占拠される間際、石垣を自ら崩して石材を集める手を考えていた。それを二の丸、本丸で用いるのである。だがかなり危険かつ、難しいことである。

「石があればもたせられるな？」

細く息を吐くと、玲次はふわりと尋ねた。

「そんなものどうやって——」

「どうなんだ」

「お前まさか……」

「俺が運ぶ」

玲次は射貫くようにこちらを見て、凜然と言い放った。

「馬鹿な。敵に囲まれてるんだぞ」

「三方はな」

「何……」

「湖から石を入れる」

本拠である穴太にはすでに切り出した石がある。今日の夜半のうちに湖から脱出し、一両日中に戻ると玲次は言うのである。

「駄目だ。封じ込められて戻れなくなる」

西軍も城攻めに船を用意していない訳ではなく、戦の初日には用いようとする動きも見せた。だが大津城は湖上からの攻撃にはさらに強く、近くに攻め寄せることも出来ない。兵糧攻めにするならば封鎖せねばならないが、西軍の戦法は力攻めである。湖上に余計な兵力を割くことを避け、陸上のみに絞っているのが現状であった。だが石を運び入れようとすれば、西軍も船を出してそれを阻もうとするだろう。軍船でない石船は城に辿り着く前に沈められてしまう。

「沈めさせやしねえさ」

玲次の考えを聞き、匡介も唸った。確かにそれならば船が沈められることはないかもしれない。だがそれと城に運び込めるかどうかは別の話である。加えて船を操る者は命を落とす危険も伴う。

「やはり駄目だ。危険過ぎる。今ある分でどうにかする」

匡介が拒むと、玲次は暫し黙り込んだ。風がびゅうと駆け抜け、湖面に縞《しま》のような紋様が浮かんでいる。

「匡介……お前が来た日のことを今もはっきりと覚えている」

何を話すのかと眉間に皺を寄せる匡介に対し、玲次は湖上に目を移して頰を緩めた。

「陰気な野郎だなってさ」

「うるさい」

「でも石積みの才は憎らしいほどあった。初めは負けねえと意気込んだが、いつの日か違いを思い知らされた……腹立たしい反面、俺はお前の全力が見たいと思ってしまったんだよ」

玲次は零れた髪をかき上げて言葉を継ぐ。

「それで荷方《にかた》の仕事を全うしてきた。いつか来るこんな日のために。そのいつかは今だ」

「玲次……」

「てめえ一人の勝負じゃねえ。荷方を舐《な》めるな」

玲次はけっと喉を鳴らして不敵に片笑んだ。

「解った」

「絶対に届ける。だから負けたら承知しねえ」

「当たり前だ」

匡介は下唇を噛みしめると、腹に力を込めて絞るように言った。

「玲次、頼む」

「任せとけ」

京極家の船を借り受け、玲次は配下の荷方四十三人と共に城を抜け出した。幸いにも夕刻から曇天が広がっていた。月明かりが遮られ夜陰に紛れることが出来たのである。西軍も気付いたようであるが、その時にはすでに玲次の乗った船はかなり遠くまで進んでいた。

脱走した者が出たと考えたのか、それとも後の祭りであったからか、西軍の軍船は後を追うことはなかった。だが何かの策であることも考えたのか、大津城から約十町の湖面に留まり続けた。思った通り湖上も鎖《とざ》されたのである。

——明日はさらに苛烈に来る。

玲次の乗った船が見えなくなり、匡介は振り返った。西からまだまだ暗い雲が流れて来ている。明日は雨となるかもしれない。そうなれば敵も火縄銃を思うままに使えない。崩れてくれと祈りながら、匡介は濃淡の違う墨をぶちまけたような夜天を見つめた。


十一日の夜明けから雨が降り始めた。豪雨へと変わることもないが、弱まることもない。ほぼ一定を保っており、今日一日はこの調子が続くものと思われる。

無数の細かい波紋が浮かんでいるのだろう。遠目に見ると湖面に霞《かすみ》が掛かったように見える。大津と国友村、南北の違いはあるとはいえ、近江に長く暮らしている彦九郎にとっては見慣れた光景であった。彦九郎は目を手前へと移し、尾花川口の城門を遠目に見つめた。昨日の交戦が終わった

後、

——尾花川口へ陣を移す。

と、宗茂が命じたのである。

浜町口に陣取ったのは、敵の外堀の水を抜くことが目的であった。そしてそれを成すため、車竹束を徹夜で作らせたのである。城門を破ろうとすればいくら竹束があろうと被害が出るが、地中を掘り起こして木枠を壊すだけならばこれほど適当なものはない。国友衆も参加して出来るだけ多くの車竹束を作り、そして見事に外堀の力を大きく削ぐことに成功したのだ。これで四方八方から圧力を掛けられる。敵の備えも薄くなるはずだ。

「いよいよだ。二、三日の内に決める」

宗茂は昂る訳でもなく平素と変わらぬ調子で言い放った。

この城を十三日までに陥落せしめ、他の大津攻城軍が間に合わずとも、立花軍だけは美濃へと向かい十四日に西軍本隊と合流を果たす。そして近く行われるだろう決戦にも加わるつもりでいるのだ。

尾花川口を攻めると考えたのは、そこを最も用心している穴太衆を打ち破り、城兵の気勢を挫くためであるが、もう一つ理由がある。

「甲賀の死も無駄ではない」

思うように手出しが出来ない中でも、そう言える宗茂の器はやはり大きい。

先般の甲賀衆の策で行われた戦は寄せ手の負けであったが、一定の戦果もあった。撤退が間に合わない城兵を攻め立て、殿を務めていた三田村出雲を討ち取ったことである。宗茂はこれに着目し、ある策を練った。

「十時、いけるな」

「選び抜いております」

宗茂が訊くと、立花家宿将の十時が応じる。特に馬術に優れた百余騎を選抜し、尾花川口の城門をこじ開けるや三の丸に乱入する。城兵は二の丸に向けて撤退を始めるだろうが、それへ猟犬が獲物を追うが如く肉薄し、三の丸と二の丸を繋ぐ道住門まで付いていくのだ。

城方はそこで迷うことになるだろう。味方を収容するために門を開けば、十時隊も勢いのまま二の丸に雪崩れ込む。かといって門を開かねば、味方を見殺しにすることになるのだ。

「宰相殿は見捨てぬ」

そう断言した。京極高次は慈愛に溢れている男。それが京極家の結束を生んでいるともいえる。が、戦国武将としては甘いともいえる。強みと弱みは表裏一体だと宗茂は言う。

「それだけではない。百程度なら中に入れてすぐに殲滅出来ると考えるだろう」

宗茂は顎の辺りを指でなぞりながら続けた。

二の丸には城兵が満ち溢れ、高所から鉄砲、弓矢で十時隊を狙う。立花軍の本隊が駆け付けるまでに殲滅し、再び城門を閉められると考えるに違いない。

それを防ぐためには、十時隊が耐え忍んでいる間に、立花本隊が駆け付けて援護する必要がある。それは十時隊を狙う鉄砲兵、弓兵を、こちらの鉄砲で狙撃するということである。

「残された時が少ないのは確か……しかし、わざわざ今日を選ぶことはないのでは？」

十時は掌を天に向けて訝しんだ。今も篠突く雨が頬を濡らしていた。

雨でも火種を油紙で守ることで発砲は出来る。だが取り扱いが難しく、不発もかなり増えるのが実際のところである。だが火縄銃が仮に使えずとも、城方は雨のように矢を降らせてくるだろう。

十時隊が踏ん張っている間に、後続の鉄砲、弓隊を二の丸に入れ、城方の射手を倒さねばならぬ。だが一所に留まって守る城方に対し、動き回るこちらのほうが縄の火種が消えやすい。弓と弓の戦いでも、高所に陣取る城方が有利。それを十時は危惧しており、口辺をなぞりながら首を捻った。

「明日には雨も上がるでしょう」

宗茂が目配せをし、彦九郎は櫃《ひつ》から一丁の銃を取り出した。

「十時様の隊にこれを」

「短筒か」

短筒とは筒の短い鉄砲のこと。命中精度はやや下がるものの、持ち運び、取り回すのが容易である。発砲音を馬に慣れさせさえすれば、馬上からも撃つことが出来る。

「確かに当家の馬は鉄砲の音に慣らしてある。それにしても、えらく太いな……」

十時は受け取ると地板の辺りを見ながら言った。

「我らの新式銃は雨でも撃てる代物です」

「何と」

これまで宗茂以外には秘匿していたため、十時は驚きで目を剝いた。

「俺も初めて聞いた時は眉唾だと思ったもの。だが物を見て納得した」

宗茂が言うと、十時は改めて銃をまじまじと見つめた。これまでの鉄砲に比べ地板の辺りが太くなっているのは、中に絡繰りが仕込まれているからである。

「本当はもう少し小さく、軽くしたいのですが、今はこれが限界です」

「で、火縄はどこに挟むのだ？」

十時は銃を逆様にしたり、銃身に目を添わせたりしながら尋ねた。

「火縄は使いません」

えっと吃驚の声を上げる十時に、彦九郎は銃の地金を指さして続けた。

「発条《ばね》の回転をもって火を熾《おこ》すのです」

この新式銃は、これまでの火縄銃と大きく仕組みが異なる。地金の内部に発条が仕込んである。

「まずこれを巻き上げねばなりません」

彦九郎は銃を受け取ると、十時が見向きもしなかった別の部品を手に取った。木製の取っ手で、先が細く六角形になっている。同じ形の穴が鉄砲の地金にある。そこに差し込んで回転させることで、梃子の力を使って発条を巻き上げるのである。

「これでよし」

回転に抵抗を感じるようになったところで止める。これ以上は発条が巻き上がらないという意味である。

「あとは火縄銃と同じく弾を込め、引き金を引けば飛び出します」

彦九郎は宙で指を曲げながら続けた。

引き金を引けば発条が戻る力で鋼輪《こうりん》が回転する。それと火打ち石が擦られて火花を発し、火薬に点火されるという仕組みである。火種の心配はいらず、雨の中でも存分に使える。伏見城の戦いにおいて、城兵は最後まで頑強に抵抗していたが、通り雨で敵は鉄砲が使えぬと油断していた。そこにこの新式銃を投入し、城を陥落させるに至る大打撃を与えた。

「このようなものをお主らが生み出したのか……」

「いえ、これは南蛮の職人がすでに生み出していました」

舌を巻く十時に対し、彦九郎は首を横に振った。

「では何故、広まっておらん。雨でも撃てる鉄砲など垂涎《すいぜん》の的であろう」

「まず一つに作るのが至極難しいのです。我らでも自前で作るのに五年を要しました」

南蛮の商人によればこの鉄砲は九十年ほど前に生み出されたという。だが、これまでの鉄砲に比べ複雑な仕組みであるため、模倣出来る者がかなり限られている。日ノ本にも未だ辿り着いておらず、彦九郎は伝聞だけで作ったので、かなりの苦労と時を要した。

「五年もか……」

「はい。さらに二つ目は手間が掛かりすぎること。大量に作るには向かず、そのため値もうんと張るようになります」

そのせいで作られてから百年近い時が経っているのに、南蛮でもほとんど浸透していない。身分の高い貴族など、一部の者の愛玩銃になっているようなのだ。

「得心した」

十時はまだ珍しそうに銃を見つめながら頷く。

「短筒は五十あります」

「なるほど。飛び込んで……こうだな？」

十時は銃を構えて、筒先を上に弾く真似を見せた。

「左様」

「いけるな。十時」

やり取りを見守っていた宗茂が口を開いた。

「鬼に金棒です」

「この新式銃、彦九郎は長筒も百ほど用意している。すぐに追いかけ助ける」

合わせて百五十。この戦に間に合った全てである。立花家の鉄砲足軽五十、国友衆が自ら五十、合わせて百の新式長筒が雨の中を駆け抜け、二の丸に入った十時隊を助けて城兵を狙撃するという段取りであった。

「使い方をお教えします」

彦九郎が言うと、十時は頷いた。新式銃は使い方もこれまでとは異なる部分があり、やや戸惑うこともあるだろう。だが立花家の鉄砲足軽は勇敢なだけでなく、相当な訓練を積み、何より銃を丁寧に扱っているのを見ている。その土台があればすぐに扱うことも可能だろう。

「して、この銃の名は？」

「我らは鋼輪式と呼んでいます」

十時の問いに、彦九郎は深く息を吸い込んで鋭く言い切った。

長年の研究、試行錯誤によって苦心の末に模倣した新式銃である。あの男が如何なる手を打って来ようとも、彦九郎はこれで二の丸まで落とせると信じて疑ってはいない。

——見てろ。

彦九郎は尾花川口の向こうにいるはずのあの男に腹で呼び掛け、一向に雨を止ませそうにない曇天を見上げた。

明日は雨が降る。別に天候を読むに長けている者でなくとも、皆が判るほど夜天は曇っていた。時折覗く月の輪郭も茫と滲んでいる。

「恐らく明日、敵は勝負に出る」

匡介は配下の職人たちを集めて言った。

「伏見城のあれですな」

段蔵は眉間に皺を寄せる。匡介は無言のまま大きく頷いた。

伏見城陥落の間際、源斎は逃げようと思えば逃げられた。だが雨の中にも拘わらず、異様に敵の銃声が多いことに気が付き、ほとんどの配下を先に逃がして自身は残った。そしてその目で銃を確かめようとしたのである。

源斎はその銃を見た。だがその間に鉛弾を受け、逃げることは叶わなくなった。そして残していた最後の職人に、

——匡介に伝えてくれ。

と、銃の造形、己の意見も添えて送り出したのである。

彦九郎は源斎が落城まで残っていたことは知っているかもしれない。だがそれは城と最期を共にしようとして残ったと思っているはずで、こちらに銃のことを伝えたとまでは思っていないだろう。明日が雨となれば、彦九郎は新式銃を用いて欲しいと願い出るはずだ。

「先代は……歯輪《しりん》式の銃だと」

匡介は皆を見渡して改めて言った。

源斎は雨の中で発砲出来るという事実だけでなく、銃の仕組みが如何なるものかも予測を立てた。弾が発射される瞬間、地金の辺りから激しい火花が散るのを見たらしい。

「雨となれば鉄砲はかなり使いにくい。こちらがそう思っていることを逆手に取って来るでしょう」

匡介は横山のほうを見た。雨でも使える鉄砲を用いて来るとは解っても、それをどう有効に戦術に組み込むか。これは己たち職人より、横山のほうが見通せるだろう。

「そうさな。短筒もあると思ってよいか？」

「点火の方法が違うだけ。あり得るかと」

「ならば騎馬兵に持たせるだろう」

三の丸の攻防では敢えて手の内は見せない。尾花川口を突破した時、騎馬隊を先行させて逃れる味方の兵に追い縋る。そして撤退する味方と共に二の丸に飛び込み、立花本隊が駆け付けるまで道住門を閉じるのを防ぐ。己ならばそうすると横山は語った。

「しかし馬上で鉄砲など放てば、馬は驚いて棹《さお》立《だ》ちになってしまうのでは……」

段蔵の疑問を、横山は手で制した。

「二の丸に入れば馬を捨て徒歩《かち》になるだろう。それに立花家の騎馬武者ならば馬上でも撃てるかもしれぬ」

唐入りの時、明軍の大砲が轟音を鳴らす中、立花隊は錐《きり》を揉むように突撃したという話がある。余程、馬の調教を念入りにしている証だという。

「雨の中でも鉄砲を撃てるなら、二の丸で先行する隊は耐えて戦う。そこに本隊が来れば……」

横山は拳を掌に強く打ち付けた。

「つまり二の丸に敵を入れれば負けるということですか」

匡介は顎に手を添えて唸った。

「再び石積櫓……という訳にはいかぬのだな？」

「ええ」

匡介は思案しながらであったため生返事となった。取り残された者が必ず死んでしまう石積櫓は、もう二度とやらぬと横山も解っている。

「騎馬を足止め出来ればよいのだが……柵でも作るか」

「それでは味方の足も止めます」

匡介は首を小刻みに振った。徒歩の者にはさして邪魔ではなく、騎馬だけを足止めする方法。一つ思いつくのは、日野城でやったように、石垣を交互に並べる方法である。これならば騎馬は旋回に手間取るかもしれない。

だが横山が言うには、立花家の兵は訓練が行き届いており、騎馬を先行させるとなればその中でも選《え》りすぐりの練達者ばかりになるという。馬首を巡らすなど朝飯前かもしれない。とはいえそれ以外に思いつく手段はない。

だがそもそも一晩であれほど高い石垣を築けるのか。何か時を短縮する方法は。そのようなことを自問自答している匡介の脳裏に、いつかの源斎の言葉が蘇った。

――低いから易しいってもんじゃねえ。

あれは確か、匡介が栗石《ぐりいし》を来る日も来る日も並べるという下積みを終え、初めて石垣を積む現場に出た時のこと。城の石垣を積めるものと意気込んでいたが、源斎が与えた仕事は田畑を仕切るというもの。それは、膝の高さほどの、石垣とも呼べぬ代物であった。棚田というほど段差はないが、若干の高低差が入り組んだ土地であり、畔で切るのが難しかったのだ。不満を言う匡介に、源斎が放った一言こそそれだった。

実際、低い石垣というものは、噛み合う箇所が少ないために脆く、石を高く積むのとは別の技が必要だった。それを入り組んだ土地に積んでいくのに、未熟な己は苦労したのをよく覚えている。

「そうか」

匡介ははっとして立ち上がると、職人たちに向けて閃いた手法を説明した。全てを聞き終えた段蔵は嬉々として手を打つ。

「確かに徒歩の邪魔にならず、騎馬を完全に足止め出来ましょう」

「やるぞ」

一斉に飛田屋の面々が動き出す。これならば一晩で間に合うという確信もあった。横山隊の者が篝火で手元を照らして助ける。

「これは立花家の精鋭といえどもどうにもなるまい」

横山は次々に築かれる「石垣」を見て、快活な笑みを見せていた。匡介の目算通り、寅《とら》の刻（午前四時頃）には全てを積み終えることが出来た。

――間に合ったな。

皆が仮眠を取る中、匡介だけは石垣を今一度念入りに見て回った。

十一日、西軍はこれまでより動くのは遅く、陣太鼓、法螺貝が吹き鳴らされたのは巳《み》の刻（午前十時頃）のこと。敵も若干なりとも疲れている証左だろう。昨日までと同様、西軍は三つの口に猛攻を加える。水がなくなった外堀を乗り越えてこようとする者もおり、そちらにも応じねばならない。ただでさえ寡兵なのだから、自ずと門の守りも弱くなり肉薄されるようになった。

中でも陣を移して尾花川口を攻める立花軍の猛攻は凄まじい。破砕槌を何度も打ち付けられ、城門は悲鳴を上げる。

「もう持ち堪えられんぞ！」

横山が唾を飛ばした。尾花川口の城門の門がささくれ立ち、内側から味方が押さえているが半ば開き掛けている。案の定、次の衝撃で城門が打ち破られた。

「来た！」

立て続けに横山が叫ぶ。破砕槌がすぐに下げられ、入れ替わるように騎馬隊が雪崩れ込んで来たのだ。支えきれぬと逃げる兵にすぐに追いつくが、騎馬武者たちはその背を突こうとはしない。むしろ逃げるに出遅れた者は抜き去り、泥を撥ね上げて、ぐんぐんと曲輪の中を疾駆する。こちらが思っていた通りの動きである。

雨の影響で、側面を守る伊予丸からの鉄砲が疎らである。そもそも射程に入って来ないし、同時に昨日から出てきた敵の水軍も圧力を掛けて邪魔をしている。

「道住門は!?」

「開けています！」

三の丸に入られたら、迷いなく道住門を開け放って味方を収容する。追い縋る騎馬隊は、己の成した仕事で必ず止める。

「逃げろ！」

聞こえることはないだろうが、眼下を逃げる味方に向け匡介は叫んだ。嘶きがあちらこちらから巻き起こり、棹立ちになっている馬もいる。

「よし」

匡介は拳を握りしめた。昨夜のうちに己が造ったもの。それは、

――障子堀《しょうじぼり》。

であった。障子堀とは堀底に土手状の畝と障壁を掘り残すもののことを言う。単列で梯子状になっているものは田畑の畝に見えることから「畝堀」と、複数列で障子の桟のように見えるものを「障子堀」などと分けて呼ぶこともある。この堀は小田原北条氏がよく使ったもので、中でも山中《やまなか》城の障子堀は見事なものであった。

だが一晩で土を掘ることなど出来るはずもない。匡介は掘るのではなく、反対に腰ほどの低い石垣を積むことで、それを畝の代わりに障子堀を築いたのである。もし名づけるならば「障子積み」というところだろう。

腰ほどの高さで、徒歩ならばすぐに乗り越えられる。馬でもそれは同様なのだが、飛び越えたら次の石垣には助走が足りずに嵌まる。それを見積もって石垣を積んだのだ。

「味方が抜けたぞ！」

横山は匡介の肩を叩いて歓喜を露わにした。撤退する兵は石垣をよじ登り、次々に道住門を潜っていく。一方、敵の騎馬隊は足止めを食らっており、後続も止まれずに混乱をきたし始めていた。

「落ち着けぇ！　追うのは諦める!!」

騎馬隊の中に、大音声で一喝する将がいた。

「十時連貞。立花四天王の一人だ」

横山は唐入りの時に知己を得たらしく知っていた。十時は自らの隊を鎮める。障子積みに遮られ、もはや初めの策は霧散したと悟ったのだろう。後続の立花軍を待っているようである。その間に味方の退却が済み、道住門が閉められたとの報が入った。

やがて匡介の視界に、鉄砲を手にした多数の兵の姿が飛び込んで来た。立花家の兵だけではない。胴丸などの簡素な具足に身を固めた者も交じっている。国友衆と見て間違いない。

「彦九郎……」

その中に彦九郎の姿をしかと見た。簡素な鎧《よろい》は身に着けているものの、兜も、陣笠も被らず、ただ鉄砲を手にしているだけである。彦九郎が十時に近づいて何かを報じる。すると十時は馬上から配下に命じた。

「石を奪え！　運び出すのだ！」

足軽たちが障子積みの石を崩し、一つ、また一つと持ち出していく。それを十時率いる騎馬隊が守るように立ち塞がり、さらに鉄砲隊も周囲を警戒している。

「頭！」

「まずいぞ……」

一転、振り返った段蔵の表情が強張っている。己も頭から血が引くのを覚えた。顔も蒼白になっているに違いない。

敵が障子積みのもっと奥に踏み込んだところで、弓を一斉に放ち、味方の反攻により、今日も三の丸を保ち続けるつもりであった。故に障子積みに用いた石も回収するつもりでいたのだ。だが敵はいち早く危険を察知して被害を最小に留め、石を奪うことに重点を置いているのだ。

敵の戦術に合わせ、幾ら多種多様な石垣を講じようとも、そのもととなる石がなければ何も出来ない。穴太衆にとっては、鉄砲の弾にも等しきものである。

ただでさえ見積もった量を運び込めず、玲次が抜け出して取りに戻っている今、障子積みに使っている石が全て。これを奪われれば、新たに石垣を組むことは出来ない。

「三の丸を押さえられれば、大津城で取れる石垣はない」

匡介は口内の肉を噛んだ。

既存の石垣を崩し、新たな石垣に使うという道もある。だが大津城は水城であり、伊予丸をはじめとする石垣は湖の中に積まれている。唯一の例外が三の丸内側の石垣だが、これも押さえられては取りようがない。

三の丸に入られた時、速やかに他の口からも撤退する段取りになっている。三井寺口、浜町口を守っていた城兵たちもすでに二の丸に退去していた。

「撃てぇ！」

「早く放つのだ！」

立花隊が石を取るのを防ごうと、あちらこちらから物頭《ものがしら》の声が上がる。だが幾ら油紙で守ろうとも火種が消える鉄砲が続出している。一度消えてしまえば、雨の中で再び火を点けるのは熟練の者でも容易ではない。

「駄目です！」

鉄砲足軽が泣くように叫ぶ声があちらこちらから聞こえてくる。

「おい！」

「どうしてくれるんだ!?」

何とか火を点けようと慌てて身を動かし、甲冑からの飛沫で隣の足軽の火を消してしまう者。ずぶずぶに濡れた火縄を交換しに走り、足で撥ね上げた泥を被せてしまう者。消された者は怒りをあらわにして罵り、消してしまった者も言っている場合かと吐き捨てる。落ち着いていればまた話は違ってくるのかもしれないが、焦りが人の心を激しく揺さぶり不和を呼び、全てが上手く嚙み合っていない。

「矢を浴びせよ！」

疎らにしか発砲出来ない鉄砲では埒が明かぬと、物頭が弓隊を前に繰り出した。次々と矢を射かけるものの、敵方は間合いを上手く取っているのに加え、例の板を用いて巧みに防ぐ。守るだけではない。十時隊に追いついた鉄砲隊が広がり構えると、二の丸の弓隊に向けて一斉射撃を行った。数人が弾を受けたようで、悲鳴と共に倒れるのも見えた。

「あれか……」

源斎が歯輪式と呼んだ鉄砲である。雨脚は先ほどよりも強まっている。通常ならば十に七、八まで不発になりそうなものだが、見る限り全ての筒が火を噴いていた。

弓隊も負けじと応戦しようとするが、二組に分けているようで再び銃声が鳴り響く。これではとてもではないが石を奪うのを防ぐことは出来ない。

横山は銃声に顰めた顔を近付けた。

「匡介、俺が行く」

「しかし――」

「他に方法はない」

匡介の制止を振り払い、横山は配下を率いて道住門へと向かった。暫くすると横山を先頭に、百ほどの軍勢が三の丸に見えた。障子積みに足を取られぬよう、横山を含めて全員が徒歩である。

「来たぞ！　防げ！」

これも予め考えてあったらしく、十時が槍を振り回して叫ぶ。十時隊、横山隊が眼下でぶつかった。刃の打ち合い、弓弦のしなり、雨を切り裂く銃の声、それらが混じり合って戦の音と化す。

「蹴散らせ！」

横山は配下を叱咤しつつ、自身も馬上の敵を目掛けて槍を繰り出す。だが立花家に加え、昨日まで主力を務めていた毛利家の旗印を背負った兵も見え、寄せ手は時を追うごとに漸増していく。やがて横山も無理だと判断したようで、味方を取りまとめて二の丸へと退却を始めた。幸いにも障子積みはまだ大部分が残っており、追撃されることはなかったが、状況が変わることはなかった。

「くそっ……」

また矢を番えた城兵が一人狙撃された。撃ったのは国友彦九郎である。国友筒は射程も並を遥かに超え、狙いも正確。遂には、城兵は頭を上げるのも難しくなっていった。

自らが築いた障子積みが崩され、石が運び出されていくのを、匡介は身を伏せてただ見つめることしか出来なかった。その日、西軍は二の丸を窺うことはなかった。だが障子積みに用いた石は、夕刻までには全て運び出されてしまった。

第八章　雷の砲

雨脚は弱くなることはなく、夕刻には風も強くなってきて、暗く濁った琵琶の湖がうねるように波立っている。近くに寄れば雨粒が落ちた波紋だと判るが、遠目には湖面が荒い鑢《やすり》で削られた木板の如く見えた。

一日中続いた雨のせいで、頭から足の先までぐっしょりと濡れている。立花家の陣へと戻ると、宗茂はいち早く休むどころか、床几《しょうぎ》に座って待つでもなく、一人一人の将兵に一々労いの言葉を掛けていた。

「彦九郎、見たぞ。凄まじいものだ」

宗茂は彦九郎に向けて、興奮気味に呼びかける。その頰にも雨が伝い、いつの間にか撥ねたであろう泥の粒が付いている。立花家の家臣たちは、このような宗茂のために死んでも良いと奮起する。この男が名将と言われる所以が、改めて解った気がした。

「ありがとうございます」

彦九郎もまた心惹かれており、返事は弾んだものとなる。

「だが敵も見事。石で即座に障子堀を造るとは驚いた」

「あれが穴太衆《あのうしゆう》……いえ、飛田屋です」

彦九郎にとっても飛田屋は敵である。だが敵が褒められたのに、嫌な気持ちはしなかった。己が宿敵と認める匡介ならば、これくらいのことはしてくるだろうと思っていた。

「しかしこれで飛田屋は封じられました」

彦九郎は濡れた頬を手の甲で拭った。先刻、障子堀に用いた全ての石を搬出し終えた。それを切っ掛けに三の丸から退去したのである。飛田屋が次に何か手を打とうとしても石がないはずだ。これは鉄砲にとって弾が尽きたのにも等しいのだ。

「ああ、明日……遅くとも明後日には落とさねばならない」

宗茂は暫し黙考した後に言った。この若いにもかかわらず経験豊かな武将には、大津城陥落までの道筋が全て見えているらしい。

明後日ということはつまり十三日。東西の決戦は美濃で遅くとも二十日、早ければ十五日に行われるのではないかと、これも宗茂は見ている。最速で行われることを想定し、一両日掛けて向かって間に合う際である。大津城を攻めている四万。中でも西国無双との呼び声高い宗茂の合流は、西軍の士気を否が応でも高くするだろう。実際、立花家一家で戦局を左右するということは、今日の一戦からでも解る。

「だが気になるのは、昨日に出た船だな」

宗茂は目を細めて荒れる琵琶の湖のほうを見た。

「玲次ですな」

昨日、大津城を何艘かの船が出た。恐らくは飛田屋の荷方《にかた》であり、組頭の名も宗茂には告げてある。十分な量の石が運び込めなかったと見え、戦がさらに長引くならと思い切って補給に向かったのだろう。

それを宗茂に伝えると、即座に他の諸将にも諮り、大津城を湖側からも包囲させた。来る決戦に

向けて兵糧を運ぶため、近江の船を徴発していたのである。加えて石が少ないという見込みから、

——今ある石を奪う。

と、決断したのも宗茂であった。そして本日、それが決行された訳である。

「そもそも石を取りに戻ったのではなく、全滅を恐れて一部を落ちさせたという筋はないか？」

宗茂の問いに対し、彦九郎は首を横に振った。

「飛田屋に限ってはないものと」

「飛田屋の肩を持つな」

宗茂がからりと笑い、雨粒が口辺をなぞるように落ちる。

「申し訳——」

「いや、お主が申すからにはそうなのだろう」

宗茂は手を軽く振りつつ重ねて訊いた。

「で、見通しに変わりはないか？」

「はい。並の荷方ならば明後日。しかし飛田屋の荷方ならば明日中に戻るかもしれませぬ」

と、昨日の段階でこれも宗茂には伝えていた。

「だが飛田屋は職人であり、武士ではない。何時戻ろうともこの囲みを抜けられぬであろう」

徴発した船には、西軍の各将から出された兵を満載している。鉄砲に加え、火矢の準備もしてある。石を積んだ足の遅い船が戻ってくれば、火達磨《ひだるま》になることは明らかであった。流石の飛田屋といえども、ここに戻って来るとは考えにくい。次の決戦に向けて兵糧を積み込む支度を進めていたのを、急遽取りやめてこちらへと回したのだ。城方《しろかた》はこちらがこれほどの数の船を徴発していると は、どうも知らなかったのではないかと思う。

だが彦九郎は一抹の不安を拭いきれなかった。これは匡介の石積みの才、如何なる悪路であろうとも幾度となく石を運び込んだ玲次の経験によるものではない。

――あいつらは……。

守る。その一点で何でもやる。その飛田屋の意志の強さである。

そしてそれは現実のものとなった。日が変わって間もなくの子《ね》の下刻（午前一時前）、周囲にけたたましい銃声が響き渡ったのである。何故、その時刻だと判ったかというと、やや雨脚が弱くなっており、雲間から十日あまりの月が見えていたからである。

彦九郎は飛び起きるや否や、立花家本陣へと向かった。すわ夜襲かと思ったのであろう。他の諸将の陣でも慌ただしく人が動く気配が感じられる。だがすぐに夜襲ではないことが判った。銃声は湖から聞こえて来るのだ。

「彦九郎、真に来たぞ」

宗茂は早くも甲冑に身を固め床几に腰を掛けている。寝ぼけた様子などは微塵も感じられない。この勇将は摩利支天《まりしてん》の化身で、一睡もしないと言われても違和は感じない。だが実際、宗茂も人である限り眠らねばならない。あと一押しのところで宗茂が倒れてしまえば、大津城を攻め落とすことは覚束《おぼつか》なくなる。しかもその後、東西決戦にまで向かわねばならないのだ。このようなことで最後まで持つのかと、彦九郎は些か不安になった。

「心配するな。半刻ほど眠った。俺は子どもの頃から、寝起きが滅法良い」

驚くこちらの心の動きを鋭敏に察し、宗茂は悪戯っぽく笑って続けた。

「それに全ての戦でこうだ。力を残すなどは毛頭考えぬ。ましてや此度の敵は、その余裕など与えてくれぬと改めて痛感したぞ」

ぐっと采配を握る宗茂の躰から、闘気が立ち上っているかのように見えた。

「弱まったとはいえまだ雨が続いている。これでは鉄砲も火矢も上手く使えまい。そこを衝いたという訳だ。夕刻のうちに、お主の鉄砲を幾らか船に回しておいてよかった」

彦九郎がこの戦に間に合わせた新式の鋼輪銃《こうりんじゅう》は百五十丁。飛田屋の荷方が戻って来る時も雨が続いている場合に備え、そのうち二十を立花家の船に回していたのだ。

「ご慧眼《けいがん》でございます。それにしても……」

「早いな」

宗茂は顎に指を添えて唸った。戻るとしても明日の昼は確実に過ぎると思っていたのだ。予め石は切り出していたとはいえ、修羅で石を曳いて船に積み込まねばならない。どれほど急いでも無理があった。いや、唯一やり遂げる方法がある。

「あやつらも一睡もしておらぬものと」

彦九郎は低く言った。日を跨《また》いだとはいえ、脱出から帰還までおよそ丸一日。不眠不休で荷を仕立て上げたとしか考えられなかった。その前日も、前々日も、飛田屋の連中は夜のうちに石を積んでおり、荷方の者たちもほとんど眠っていないだろう。それにもかかわらずである。

「ふふ……この戦、まともに戦う者は、寝惚《ねぼ》け眼《まなこ》を擦った者ばかりか」

宗茂が愉快げに片笑んだ時、また銃声が聞こえた。音で判る。これは鋼輪銃ではない。雨が続いているとはいえ、それを凌げる艫屋形《ともやかた》のある船もあるのだ。通常の火縄銃も陸よりは使える。

湖上に展開する船は各大名の混成軍である。最も多いのが毛利家の船で、次いで小早川家、立花家、筑紫家と続く。百を超える船で封鎖しており、隠密裏《おんみつり》に運び込むならばまだしも、こちらが気付いた今、数艘の船で突破するなどは出来ぬことである。

飛田屋荷方も恐らくは夜陰と雨に紛れて運びこむつもりだっただろう。が、こうなっては諦めて退くものと、彦九郎も含め誰も疑わなかった。

「船が三艘！　退くことなく大津城に向かって参ります！」

岸辺まで様子を窺いに出させていた物見が戻って来て報じた。

「何……」

彦九郎は下唇を嚙んだ。

已も玲次を数度見たことがある。仕事には熱心だが、決して無理はしない冷静さも兼ね合わせた男だと感じた。玲次を知る者から聞いた話もそのように符合している。九割九分失敗するという今、決してこのような無茶をする男とは思えなかった。

――死ぬ気か。

そうとしか思えなかった。であれば、玲次の生い立ちに因があるのかもしれない。玲次は源斎の親類であり、子のない源斎の跡を継ぐものと思われていた。だが已もまたそうであったように、源斎が匡介を養子に取って跡取りとした。以後、玲次は荷方へ転身したという。匡介の無謀な命に従って死ぬ。そのことで匡介への最後の反抗を示そうと、やけっぱちになっているのではないか。

「その覚悟、受けて立とう」

宗茂が言った直後である。空が一瞬のうちに明るくなった。火矢が放たれたのだ。用意していた量に比べれば些か心もとないが、それでも辺りを明るくし、細かな雨粒も照らされている。その中、彦九郎ははきと飛田屋の船を見た。

「本気か……」

彦九郎は喉を鳴らした。何と船の縁をぐるりと取り囲むように石垣が組まれているのだ。

「石垣を積めるのですか！　城を出たのは荷方では!?」

配下の若い職人が険しい顔で訊いた。穴太衆は石を切り出す山方《やまかた》、石を目的地まで運ぶ荷方、そして石垣を積む積方《つみかた》の三組に分かれている。昨日、城を抜けたのは荷方と見て間違いない。

「荷方の頭の玲次は、積方で匡介と切磋琢磨した職人だ」

そう答えたのは古株で、己の補佐をしている行右衛門である。とはいえ行右衛門も半ば唖然とした表情で続けた。

「しかし運ぶ石に加え、石垣まで組めば、重過ぎて船足が鈍るはずです」

そもそも穴太衆の船は石の運搬に使うため、通常のものよりも浮力が強く、喫水線が浅くなるように造られている。だがそれでも運搬する石に加え、薄めとはいえ石垣まで組んでしまえば、かなり船が沈みこんで遅くなるはずだと行右衛門は言った。

「あれが遅いか？」

彦九郎は湖の方へ向けて顎をしゃくった。

「確かに……」

「考えれば解る。他に石など積んでおらん」

「なるほど」

行右衛門はうっかりしていたというように自らの額を手で押さえた。積載する石の量は変えていない。運び込む石で石垣を組んでいるのだ。

「それにしても、あれを操るとは」

石を積んだ船はただでさえ操るのが難しいと言われている。それで百隻を超える船団の隙間を縫って行こうとするなど、正気の沙汰とは思えなかった。

「どいつもこいつも本気だ」

彦九郎は玲次を舐めていた己を恥じた。死ぬことで匡介へ抗おうなどとは微塵も考えていない。城を守るために、自身の仕事をやり切る。その揺るぎない覚悟を感じた。

「飛田屋、小野《おの》は手強いぞ」

宗茂は不敵に頬を緩めた。

小野鎮幸《しげゆき》。石の搬出で活躍した十時連貞と同じく、立花四天王の一人に数えられる男である。宗茂の父である道雪《どうせつ》から、

——剛勇にして智謀あり。

と評され、これまでに五十枚以上の感状を受けた歴戦の武将だという。立花家からは、この小野が湖上からの大津城の囲みを担っている。

「来い」

彦九郎は周囲に聞こえぬほど低く唸った。飛田屋は匡介だけではない。だからこそ手強いのだ。無理だとは思うものの、心の何処かで成し遂げてみろという思いもあり、己でも知らぬうちに微かに口元が綻んでいた。


宙で入り混じる雨と飛沫を、雲間から差し込む月明かりが白く照らす。水煙の中、玲次は腕で目の辺りを拭うと、大音声で叫んだ。

「備えろ!!」

声を合図に、己の乗る一番船の職人は、石垣の陰に伏せた。近くを航行する二番、三番の船の者も同様に続く。次の瞬間、大津城を囲む船団から大量の火矢が夜空に放たれた。朝が来たかと勘違

いするほどに空が赤く変じる。

「上等だ」

夜空に浮かぶ無数の赤点に向けて言うと、玲次も石垣に張り付くように身を低くした。風切り音、水に落ちて火の消える鈍い音が周囲から次々に巻き起こった。

「死人、怪我人は!?」

玲次は立ち上がって他の船に向けて訊いた。

「いません！」

「こちらも」

「よし。このまま突っ切るぞ！　飛田屋荷方の意気地を見せろ！」

「応!!」

帆はないため櫓《ろ》を使わねば進まない。一斉に再び櫓を取って漕ぎ始める。息はぴったりと揃っているが、それでも帆船ほどの速さが出る訳ではない。ただ今のこの条件ならば、

——こちらが勝る。

と、玲次は考えていた。いや、この条件を揃えようと思っていたのである。

まず一つ目に時刻は夜。夜陰に紛れて近づくことが出来る。ここに来るまで闇に目が慣れているし、そもそも荷方は夜目が利く。戦時ならば篝火《かがりび》を焚かず、細い月の光だけで石を運ぶなどは間々あることなのだ。

二つ目は風。夜になれば近江は陸から湖に向けて風が吹く。しかも夏になればこれは顕著である。帆船は風を取ろうとすれば沖へ沖へと流されていく。すれ違わねばならないのは覚悟の上。それよりも陸に張り付かれているほうが余程厄介である。

最後は雨。雨中ならば鉄砲は使いにくいし、新式のものは別として数はそこまで多くない。明日になれば暫し続いたこの雨も止むだろう。つまり三つの条件が揃うのは今宵《こよい》しかなく、不眠不休で石を積み込んでこうして戻って来たのである。

もっともこれらの条件が揃っても気休め程度。かなり厳しい仕事であることは間違いない。それこそ死を覚悟せねばならぬほどである。

「掛かった！　来るぞ！」

大津城の周りに停泊していた小型の帆船が動き出す。夜、風、雨、この条件の中、帆を使って船を動かすのは相当難しい。船どうしがぶつかってまともに動けるものは半数と見た。そして半数が向かってきても、近くですれ違って乗り込まれることを最も警戒し、次に鉄砲や矢での攻撃を防ぐことに気を付けてやり過ごすつもりである。逆に最も取られたくない行動は、碇《いかり》を下ろしてその場に留まられることであった。

「身を低くしろ！」

間もなく一隻とすれ違うというところで、玲次は割れんばかりに叫んだ。

船縁をぐるりと取り囲んだ石垣には、櫓を通す穴が開いている。そのようなことが出来るのかと素人ならば首を捻るだろうが、石橋さえ拵える穴太衆ならば決して難しいことではない。だがそれでも石垣はそれほど高くなく、身を起こして漕げば肩より上が隠れない。故に敵の攻撃がある時は伏せねばならないのだ。

けたたましい銃声が湖上に鳴り響く。が、あきらかに船で鉄砲を構えていた数より音が少ない。雨で火縄が湿って不発になったものがあったのだ。だがそれでも石に弾が当たり、甲高さと鈍さの混じった不気味な音を立てる。

「しかし、またすぐに鉄砲が――」

「漕げ！」

「そうそう、当たるもんじゃねえ！」

嘘ではない。存外鉄砲の弾は当たりにくいし、仮に当たっても即死することはさらに稀である。ましてや闇雲に撃っている今ならば命中率はさらに下がる。それに危険なのはここだけでなく、城の中も同じである。今更、再び怯みを見せた配下を叱咤した。

「腹を括れ！」

皆が奮い立って動きが活発となる。耳の近くを弾丸が掠めて玲次は顔を顰めた。だが、背けることはない。己たちが戻ったことに気付き、灯りの数が増え続ける大津城をしかと見据えている。

「悪いな……」

玲次は小声で呟いた。己には妻と男女二人の子どもがいる。器量がとびっきりいいとはいえないが気立ての良い妻。己の膝の上に座るのが大好きな娘。そして腕が曲がって生まれた息子。己が死ねばきっと困ることは目に見えている。そうなれば人を守るため、自らの家族を守れなかったことになるとも言えるだろう。

だが今、もしここから逃げ出してしまえば、皆が大好きでいてくれる己ではなくなる。これから幾多の苦難に直面するだろう息子に、胸を張って励ますことが出来なくなる。

「塞王を支える……これがおっ父《とう》の仕事だ」

穴太で帰りを待っている家族に届けと念じながら、玲次は雨に煙り、戦火に荒れる近江の空に向けて言った。

敵船の波が途切れればまた漕ぎ、近づけば石垣に伏せてしのぐ。中にはこちらの船に飛び移ろうとする勇敢な敵もいたが、ある者は目算を誤って湖に落ち、あるいは石垣にしがみついても職人が棒で突き落とす。一つ、二つ崩れて落ちる石もあったが、それくらいでは己の組んだ石垣はびくともしない。

鉄砲の轟音、弾が宙を行く風切り音、弾や人が落ちる大小の水音、様々な音が入り混じる中、船は確実に大津城へと近づいて行く。

「馬鹿、伏せろ――」

玲次が若い配下の頭を手で押さえた時、敵の船で鉄砲が火を噴いた。後ろに弾かれた肩に熱さが走って玲次は歯を食い縛った。

「ぐっ……」

「組頭！」

「掠り傷だ。何ともねえ」

出来る限り力強く言うと、玲次はすっくと立ちあがって周囲に向けて高らかに吼えた。

「城も気付いた！　助けが来るぞ！」

大津城に籠った味方もこちらに気付き、敵の船に目掛けて鉄砲や矢での援護が始まっている。本丸と伊予丸の間、堀に繋がる水門が開き、数隻の船が出撃しているのも解った。背後からの敵の出現に、西軍の船は混乱して散らばっている。その中央を玲次たちの船は割るように突き進んだ。

「あれは……また立花か」

目を凝らしつつ玲次は呟いた。碇を駆使して大津城近くに張り付き、なおかつこちらの水軍と交戦しても一切引かぬ数隻の船がいる。朧気に見える旗の家紋は立花家の者たちである。

「そっちも腹を括ってんだな」

玲次は身震いしながら片笑んだ。大津城からの攻撃の射程に敢えて入るのは幾ら何でも無謀である。それでもなお水門の近くへと思うのは、全滅してでも己たちを止める覚悟の表れ。相当な覚悟を決めた将が率いているのだろう。

「突っ切るぞ」

玲次は周囲を見渡して静かに言った。他の石船の者たちも含め、一斉に頷くのが判った。

「耐えろ！」

立花家の船から鉄砲が放たれた。石垣に隠れて避けたが、その後にも鉄砲は鳴りやまず、まともに身を起こすことが出来ない。不発がほぼないのは、新式銃をこっちにも回したとみてよい。一組は大した数ではないが、六組ほどに分かれて間断なく撃ち込んで来る。

「匡介……構わねえ。頼む……」

玲次は零した。これでは櫓を漕ぐ間がない。城兵も味方に当たることを懸念し、放つことを躊躇っているのだろう。背に腹は代えられぬから、矢の雨などでは怯まぬから、援護が欲しい。

「組頭、無理です！」

配下が頭を下げつつ叫んだ。

「俺の想いを、あいつ以上に知っている奴はいねえ。信じろ！」

玲次が言い放った次の瞬間である。夜空を矢が翔けるのを見て拳を握った。伊予丸と本丸から無数の矢が降り注ぐ。想いが届いた、いや匡介が頼んでくれたのだと確信した。

「これが最後の機だ。行け！」

一斉に櫓を漕ぎ始める。中には味方の矢を肩に受けて倒れるも、すぐに立ち上がって櫓を摑む者もいた。二番船、三番船へ先に水門へ入るように命じ、玲次の乗る一番船が水門へと近づく。あと十間（約十八メートル）、五間、三間――。

　矢が降り注ぐ僅かな間、立花家の船からこちらに向け、鉄砲を構える集団を玲次は目の端に捉えた。敵も矢を受けている。中には無数の矢が躰に刺さったまま、それでもなおこちらに銃を構える者もいた。

「伏せろ！」

　皆が家守のように船床にびたっと伏せた刹那、今日一番の轟音が鳴り響いた。これまでの勢いで船が進むのを感じた。その直後、割れんばかりの歓声が巻き起こった。恐る恐る顔を上げると、すでに水門を潜っていたのだ。出撃し援護してくれた味方の船も次々に戻って来る。水門を潜った先は大津城の内堀であり、入れば一斉攻撃を受けてしまうため、流石に敵の船も追って来ない。湖上の敵船は恨めしそうに揺れている。

　鳴りやまぬ歓声の中、篝火に照らされた堀の中を船は進む。二の丸と奥二の丸を繋ぐ桜門の近く、船着き場には多くの人が集まっており、飛田屋の面々、匡介の姿もあった。

「玲次、その怪我……」

　匡介が震えた声を詰まらせた。

「掠り傷だ。他にも怪我人はいる。すぐに手当てを頼む」

　堀を進んでいる中で、配下の職人の怪我を確かめていた。十数人が大小の怪我をしたが、奇跡的に誰も命に別状はなかった。

「その前に……」

　玲次は細く息をすると、船着き場の匡介を見上げて続けた。

「荷方、三艘に載せられるだけ載せて運んで参りました」

再び割れんばかりの歓声が上がった。敵の猛攻に気が沈みかけていたのだろう。その反動もあって初日以上の士気の高さである。

「よくやってくれた」

「当然だ」

匡介は引き上げようと手を差し出し、玲次は不敵に笑って手を摑む。

石垣というものは大小様々な石によって成り立っている。形もまた様々である。幾ら丸く整った石でも場所によっては役に立たず、歪で不恰好な石でも要として役立つこともある。それぞれに最も力を発する、意味のある場所があるのだ。それを手掛ける穴太衆自体もそうではないか。今ならば心からそう思えた。

「あとはお前の仕事だ。頼むぜ、塞王」

何故か、玲次と初めて会った日のことが思い出された。あれからどれほどの歳月が流れたか。匡介は苦笑しつつ答えた。

「馬鹿。まだ誰も認めてねえさ」

「じゃあ、一人目は俺だ」

「任せとけ」

匡介は低く、力強く言いながら、ぐっと引き上げた。玲次は今日も小さく鼻を鳴らす。しかしその口元は満足げに綻んでいた。

甲冑に身を固めた壮年の男が立花家の帷幕に入って来た。右肩に一本、左肩に二本の矢が突き立っており、銃弾が掠めたか頬からも血が流れている。立花家からの湖上警備を任されていた立花四天王の一人、小野鎮幸である。小野は宗茂の前に膝を突いて唸るように言った。

「申し訳ございません……止められませんでした」

先刻、突如として現れた石船三艘は、猛攻を受けながらも遂に一艘も沈まずに水門を潜ったのである。

「いや、仕方がない。あそこまで覚悟を決められれば、こうなることは見えていた」

大津城包囲軍に加わっているどの大名もここに水軍を連れて来ていない。いや、海と異なり湖に自家の船を運ぶなど、驚くほどの手間や金が掛かるので、そもそも考えもしなかった。故に近くの漁船を徴発して急造の水軍を仕立てた。しかも予め多くの漁船が京極家に徴発されており、草津や守山などの湖東まで出向いて何とか数を揃えたのである。

さらに一家が取り仕切っている訳ではなく、複数の大名家の船が並んでいる。陸上の戦でも足並みが揃わぬと崩れるのは当然だが、水上の戦ならばそれがより顕著になる。しかも敵はそうなりやすい時、風向きを読んで突っ込んで来たのだ。

水門さえ潜らせなければ勝ち。つまりその近くに停泊し、一切動かないのが正解である。ただそうなると城方からの鉄砲や弓矢での攻撃に晒されたり、敵水軍に背後を衝かれたりもする。事実、そのような結果となった。全ての大名が足並みを揃えてそれに備えるならまだしも、幾ら勇猛とはいえ立花家一家で全てに対応するのは無理がある。飛田屋が命を擲って突っ込む覚悟を決め、立花家以外の大名の船が誘われて動いた時点で、勝負はついたといっても過言ではない。

「しかし……」

小野は口惜しそうに唸った。

「明日、十時と共に先手《さきて》を命じる。それで挽回すればよい」

「承った」

宗茂が命じると、小野は力強く頷いた。小野には長々とした慰めなど無用で、次の機会を与えたほうが良いと知っているのだろう。宗茂が家臣一人一人を熟知していることが窺えた。

「侍従《じじゅう》様、お役に立てず申し訳ございません」

帷幕の脇でそのようなやり取りを見ていた彦九郎も詫びた。水の影響を極めて受けにくい新式銃は、雨降る湖上では一定の効果を上げた。だがやはり数が心もとなかった。もう少し多くを作り間に合わせられたらという悔いはあった。

「いや、十分だ。明日も活躍してもらう」

宗茂はそう言うと、家臣に命じて大津城の図面を持って来させた。この夜更けに評定を行う気力にはもう驚かされない。主だった家臣たちが広げられた図面を覗き込む。雨脚はかなり弱くなっており、細かい霧雨の如くなっている。それでも紙の図面には時を追うごとに斑点が浮かんでいく。

「さて……」

宗茂は床几から立ち上がって図面のすぐそばまで来た。

まず大津城の縄張りは知れている。これは討ち死にした甲賀衆《こうかしゅう》の鵜飼が作ったものである。泰平は城の構造を丸裸にする猶予を生む。彦九郎も戦が起こる前に大津城を見て回ったので知っているが、鵜飼の作ったこの図面に誤りはなかった。

「二の丸の造りはまた厄介なものだ」

すでに外門は破り、三の丸までこちらの手の内にある。次に目指す二の丸に続く門は東西の端に二つ。片方が破られても、残る一方の門を内側から開くためには、ぐるりと回り込まねばならない。その間、湖上に浮いたように造られた「奥二の丸」からの攻撃に常に晒され、なおかつ二の丸に残った敵勢も反攻をしてくる。一度中に入られても、城方は再奪還しやすい構造になっているのだ。

「そこで内側から開けるのを止める」

訝しがる皆をよそに、宗茂は続けた。

「まず破るのは東門。破れば二の丸を占拠しようとせず、そのまま本丸に攻めかかる」

「それは……」

彦九郎は思わず言葉が漏れた。その策は定法《じょうほう》ではない。二の丸に敵勢が残っている中、本丸に攻めかかっては挟み撃ちを受けて殲滅されてしまうだろう。

「まず聞いてくれるか」

宗茂は皆を軽く制し、図面を采配でなぞりながら続けた。

「東門を破るとほぼ時を同じく、西の道住門も破る」

東門を担っていた味方が本丸に向かうと、二の丸の敵はこぞって背後を衝こうとする。その敵勢にさらに西の道住門を破った味方が後ろから攻めかかるというのだ。

「それしかないですな」

皆が得心しているのが、彦九郎には全く理解出来ずに唖然となった。

「恐れながら……そのようなことが出来るのでしょうか」

計ったように門をほぼ同時に破るというのが条件である。机上では幾らでも言えるが、実戦でそのように上手くいくとは思えなかった。この戦ですでに活躍している十時が宗茂に代わって答える。

「国友彦九郎。これは当家……いや、殿が得意の戦術よ」

先代道雪がまだ健在の頃、宗茂はこれを初めてやってのけた。その武勇の凄まじさから雷神とも呼ばれた道雪だが、

——婿は儂よりも上手《うわて》よ。

と、苦笑するほどだったという。以後、宗茂はこの戦術を重宝し、特に唐入りの時には多用してその全てを成功させたという。

「どのように……」

「簡単なこと。耐えるのよ」

城門を破れると思ったところで敵に気付かれぬ程度に手を緩める。敵が息を吹き返して来たらまた削る。常に「あと少し」で破れるという状態を維持する。ではその程度をどう見極めるかというと、兵の消耗、士気、矢弾の量、門の破壊の程度、それらを総合的に加味して判断する。元より神懸かった戦才を有していながら、さらに若くして数多くの戦場で磨き上げた勘としかいいようがない。

破れる際の際を維持するということは、その分こちらは兵も士気も消耗することになる。故に宗茂は耐えるという表現を使ったのだ。

「唐入りは日ノ本中の大名が駆り出された。ある者は手柄を挙げんとし、またある者は自家の兵が損じることを恐れ、足並みが揃わぬことが多かった。此度のようにな」

宗茂は嚙んで含めるように続けた。立花家が城門を破っても、他家は猛攻を掛けるどころか、安堵して手を緩めるようなことも間々あったという。

「故にこちらが合わせてやるしかない。そう考えてこの戦術を多用したのだ」

「なるほど」

「此度はお主の鉄砲もある。必ずやれるだろう」

ほぼ同時に城門を破れば、二の丸の敵兵には逃げ場がない。最後まで戦おうとする者もいるかもしれぬが、降って捕虜となる者も続出しよう。大津城の兵の半数以上が二の丸にいる。それを失えばもう大津城は守ることが出来ず、次の本丸を攻めるまでもなく降伏するかもしれない。そうならずとも、その勢いのまま本丸を落として見せると宗茂は言った。

夜が明け、巳の刻（午前十時頃）から攻撃が再開された。未明のうちに宗茂は総大将の毛利元康のもとに行き、件の策を打ち合わせした。元康も唐入りで立花家がいつも時を同じくして城門を破っていたことを知っていた。その絡繰りを知って舌を巻くと共に、

――それならばいける。

と、一も二もなく賛同した。西軍本隊から決戦が起こりそうだと、矢継ぎ早に書状が届いており、一刻も早く向かいたいと焦っていたこともあろう。

「頃合いだ」

攻め始めて二刻（約四時間）ほど経った時、宗茂は攻めている西の道住門を見ながら呟いた。つまりいつでも破れる段階に入ったということである。立花家の鉄砲足軽と国友衆からなる鉄砲隊による射撃の間隔が短くなる。石垣の上の城方は碌に反撃出来ないどころか、顔を出すのも困難になっている。

一進一退の攻防が繰り広げられる。これら全てが立花軍によって仕組まれたものだと、城兵は気付くよしもないだろう。そこから四半刻（約三十分）と少し。城の東側から激しく陣太鼓が鳴らされた。

「掛かれ」

宗茂は厳かに命じた。東側城門を破ったという合図である。陣より法螺貝が吹かれた次の瞬間、立花軍が一気呵成に道住門に攻撃を掛ける。

――これが西国無双……。

これまでも立花軍の勇猛さ、統率の取れた動きには驚かされた。だが此度は段違いの勢いである。銃弾を眉間に受けて倒れる者を払いのけて突き進み、降り注ぐ矢で針鼠のようになっても破砕槌から手を離さない。この修羅の如き戦いぶりに彦九郎は息を呑んだ。

「小野が入った。十時も続くぞ。俺も入る」

昨夜、湖上封鎖を成し遂げられなかった小野隊が、汚名返上とばかりに破った城門に雪崩れ込んだ。この機を逃すまいと旗本まで繰り出すつもりである。

「何だ……」

馬も曳かれて来て、今や跨らんとした時、宗茂は微かに首を捻った。

「如何されたのでしょう」

「何かがおかしい」

宗茂は遠く西側を見渡した後、欹《そばだ》てるように耳に手を添えた。

「やはり飛田屋が何か仕掛けたものと」

石は補給されたのだ。己も、宗茂も、飛田屋が何も手を打たぬはずはないと思っている。これまでの石積櫓《いしづみやぐら》、障子堀は警戒して策を立てている。だが二の丸の人馬の気配から、そのいずれでもないと判った。

その時である。小野隊から血相を変えた伝令が走り込んで来た。

「何があった」

「進めません！」

伝令は悲痛な声を上げた。

「奥二の丸からの横槍か」

立花軍が進むのを、奥二の丸の城兵が銃撃で邪魔をする。宗茂はそう取ったのだ。だが不思議なことにそれほど銃声が多くは鳴っていない。

「み、道がないのです！」

「何……どういうことだ」

広げたままになっている図面に伝令が駆け寄り、ある箇所を指し示した。

「縄張りが変わっています。ここに石垣が」

南北に高石垣が延びており、二の丸の東西を真っ二つに分断しているというのだ。

「城兵は!?」

「それが一兵もおらず……」

「何だと……」

宗茂はじっと図面を眺めて低く呟いた。

「ここか」

道住門を潜って挟み撃ちをするために右に折れた。左に行けば行き止まりであるが、その行き止まりの二の丸の端と本丸は僅か三間ほど。そもそもこの近さは奇妙である。

「隠し橋だ」

珍しく感情を露わにし、宗茂は舌打ちをした。隠した門や、橋などを用いて、踏み込んだ敵の背後を衝ける城がある。北条家五代を支えた小田原城などはその最たるもので、あちらこちらに隠し門があった。この隠し橋を反撃のためではなく、逃走のために使ったものと見える。

「ならばそこから」

「いや、もう遅かったようだ」

丁度、宗茂が図面を指したあたりから、煙が立ち上っている。二の丸の兵が逃れた後、火を放って落としたものと見える。

「引き鉦を打て！　毛利殿にもお伝えしろ！」

すぐに東側の毛利隊に向けて伝令が走る。暫くすると引き鉦も鳴らされた。

「たった一晩で出来るのか」

宗茂の顔にはもう笑みはなかった。伝令の話によると、石垣の高さは二丈（約六メートル）を超え、その長さは一町（約百九メートル）にも及ぶ。二の丸の東西を見事に断ち割っている。

「積方だけでなく、山方、荷方まで加わっても厳しいかと……京極家の者、城に逃げ込んだ民百姓も使ったのでしょう」

多くの人手があればよいというものではない。素人を使えば作業が滞ることは多々ある。匡介の采配が余程冴えており、なおかつ城に籠る者全員の心が一つになっているという証左である。

「戦の最中に縄張りまで変えるとは」

「ただ……」

彦九郎はあることに気付いた。宗茂もまた同様らしく頷く。

「気付いたか」

まず隠し橋を焼き払ったということは、もう二の丸は放棄したということ。恐らくは東側を守っていた兵も間もなく退去するだろう。つまり残すところは本丸のみとなる。

幾ら本丸の守りが堅かろうとも、この大軍の攻撃を受けては三日と持たないのは城方も解っている。それを承知で本丸のみにしたということは、裏を返せば、

「あと数日ほど、耐え忍べばこの決戦が終わると知っているということになる」

宗茂は采配を掌に打ち付けて言った。外の情報を得る方法は幾らでもある。対岸のほうで不審な狼煙《のろし》が上がることも幾度となくあった。

「内府が仕掛けるということでもある」

西軍本隊からの報せでは、そう遠くないとだけで、詳しい日取りは伝わっていない。つまり東軍の家康から何かしら仕掛けるということまで宗茂は推察した。

「ちと厳しいか」

「え……」

「いや、まずは軍議となるだろう」

兵の喊声、馬の嘶き、鉄砲の鳴り、戦場を染める様々な音が浮かぶ空を見上げ、宗茂は細く息を吐いた。


全ての寄せ手の一時退却が済んだ後、その言葉通りに毛利元康から軍議の要請があった。各大名とその家老級が参加し、彦九郎もまた宗茂の計らいにて末席に連なることとなった。

誰もが沈痛の面持ちであり、場に重苦しい雰囲気が流れる中、まず宗茂が口を開いた。

「毛利殿、申し訳ござらぬ」

かねての打ち合わせ通り、小早川隊は東門を破るとすぐに右に折れ、本丸御門に猛攻を仕掛けた。二の丸に残る敗残兵は、西から立花隊が総ざらいする予定だったが、件の石垣に邪魔されて叶わない。故に背後から逆襲されて大混乱に陥り、這う這うの体で三の丸へと退却したのである。

「いや……誰が二の丸が断ち割られていると思おうか」

元康は苦虫を嚙み潰したような顔で首を横に振った。

「城方のことですが」

「ああ、決戦の日取りを知ったな」

元康もけして凡愚な将ではなく気付いている。

「どういうことです？」

一方、筑紫広門はわけが解らないようで吃驚している。

「通常、この時点で城方は千ほどに減っていてもおかしくないはずなのです」

宗茂は状況を整理しつつ語った。

通常の攻城戦の場合、今のように本丸を残す段階で、城方は少なくとも二、三割の者が討ち死にするか、捕らえられるか、あるいは逃げ出している。多い場合だとそれが七割に至ることもある。怪我人も含めればさらに数が増えるだろう。

だが城方は三の丸、二の丸と鮮やかに退いたことで、ほとんど兵を損じていない。多少の誤算もあったようだが、それでも失った兵は百程度である。京極家は当初、三千の兵とともに大津城に籠った。つまり戦の開始当初とほぼ変わらぬ二千九百ほどが未だに残っている。大津城の本丸をしっかりと固めるには二千ほどの兵でも十分過ぎる。士気も下がるどころか上がっている有様である。

「これを一日や二日で落とすのは至難というもの」

さすがの宗茂にも焦りの色が見える。一座に深い溜息が広がり、重苦しい雰囲気に包まれた。

「確かに……何か方法は……」

元康が鬢を掻き毟ったその時、思わず彦九郎は口を開いた。

「あります」

皆の視線が一斉に集まる。

「聞かせてくれ」

宗茂が低く応じた。

「大筒《おおづつ》を使います」

此度の戦に、彦九郎は一門の大筒を持ってきているが未だに使っていない。

「馬鹿な」

そう鼻を鳴らしたのは筑紫広門であった。元康も以前のように小馬鹿にはしなかったが、その表情には落胆の色が滲んでいる。百戦錬磨の武将たちにとって大筒とは、

――その程度のもの。

ということである。大筒の人を殺める力は些少である。まず狙ったところに飛ぶことがほとんどないし、仮に当たったとしても一人、二人を倒す程度である。城門などを壊すために用いることは出来るが、確実に当てるためには砲台をかなり前線に持っていかねばならず、敵の反撃を受ければすぐに奪われたり、破壊されたりしてしまう。しかも撃つために極めて難しい技が必要とあれば、わざわざ使おうとする者は殆どいない。

むしろ守る側のほうが効果的に使える代物である。此度、石田三成の要請で十門の大筒を納めたが、これも野戦陣営を作ってそこを固めるために使用するのだろうと思っている。ともかく、そのようなことから武将の大筒への評価は頗る低いのである。

筑紫の発した言葉はまだましで諸将の中には、

「鉄砲鍛冶風情が戦に口を挟むな！」

と、罵声を飛ばす者もいた。大筒という武器の性能如何ではなく、そもそも鉄砲鍛冶のことを下《げ》

賤《せん》と見ている者もまだ多くいるのだ。次々と上がる不服の声が途切れた時、彦九郎は腹に力を込めて低く言い放った。

「大筒はこの戦を……いえ、乱世を終わらせることも出来る代物です」

「何……」

この男は何を言っているのだといったように、諸将の多くは顔を顰める。

彦九郎は深く息を吸い込むと、ほんの僅かな間だけ瞑目した。どんな城をも落とす砲があれば、真の泰平を築ける。そう信じてやってきた。そのためには一度はそれを示す必要がある。それが今だと信じている。彦九郎は刮っと目を見開くと、凜と言い放った。

「天守を崩します。城に籠る全ての者の心の拠り所を破るのです」

一座からどよめきが起こる中、彦九郎は続けた。

「城兵のほとんどが残ったのは幸い。恐れは人を介すほど大きくなります」

決死の百人だけならば如何なる恐怖にも耐えるかもしれない。だがそこに百人の心弱い者が加われば、瞬く間に恐怖は伝播して二百人が慄くようになる。ましてや今の大津城の本丸には、逃げ込んできた膨大な数の領民がいるのだ。一度、恐れが蔓延《まんえん》してしまえば、如何なる良将でも鎮められないだろう。

「何処から撃つ」

ずいと元康は身を乗り出した。

「皆に……天下に示さねばなりません。長等山《ながらやま》から狙います」

大津城の西。園城寺、通称三井寺を擁する小高い山である。ここから大津城本丸に向けて大筒を放つつもりである。

「届くのか……？」

先程よりもさらに諸将が騒めく中、元康は喉を鳴らした。長等山から大津城まで約十町と少し。幾ら高所からとはいえ、通常の大筒ならば三町が限界。仮に天守まで届いても崩すほどの力はないのだ。石田三成に渡した大筒もこれである。

だが、ここに持ってきたものは違う。砲身の長さを一寸、一分の単位で、厚さを指の感覚でしか解らぬほどに調節して仕上げた特注である。鋼輪式銃と同じく熟練の職人が必要なことで、あまりに製造に手間がかかり、大量に造るには向かない代物である。

「雷破《らいは》ならば」

天に轟く雷さえも貫く。という意を込めて名付けた渾身の作である。

元康は細く息を吐き、腕を組んで唸るように言った。

「だが……それだと力攻めが出来ぬぞ」

本丸を目掛けて大筒を撃ち込み続けるのだ。幾ら精度が高いとはいえ、逸れることもあろう。仮に皆無でも寄せ手の兵は信じない。頭上を弾が通っていれば浮足立つし、指揮を無視して逃げ出す者も出よう。そうなれば反対にこちらが崩れることもある。つまり残り僅かしかない日数を、大筒に賭けてもらわねばならないのである。

「この大事な局面を、国友衆に賭けるのは如何なものか」

「やはり大筒で城を落とすなど無理だ」

「死に物狂いで本丸を目指すべきではないか」

などと諸将から再び反対の声が上がり、軍議が策を打ち消す意見に傾きかけたその時である。宗茂が厳かに口を開いた。

いだ。

「よろしいか」

水を打ったように一座が鎮まった。宗茂は何処を見ているのか。宙の一点を見つめつつ言葉を継
「正直なところ、三日で落とすのは厳しいと存ずる」

「侍従殿でもか……」

諸将の中から囁く声が上がる。宗茂はこちらを見つつ訊いた。

「彦九郎、民に当たることもあるか」

「有り得ます」

彦九郎は正直に答えた。綺麗事で取り繕う気は毛頭なかった。

「だが……これで最後になると申すのだな」

「その為に造りました」

もう泰平はそこまで来ている。戦をしようなどと愚かな考えを二度と起こさせぬよう、この大筒の力を示す。その為の犠牲がいる。彦九郎は何度も心中で繰り返し、己に言い聞かせた。

「そうか……」

宗茂は天をまた見上げ、静かに続けた。

「ならば、この汚名、我が背負おう」

「な……」

「これは立花家が命じたこと。皆々様にはご迷惑はおかけしません。何卒……お頼み申す」

宗茂はそう言うと、皆に向けて深々と頭を下げた。

そこまでされれば、誰ももう口を開かない。元康は口を真一文字に結んで瞑目している。やがて

細く息を吐いて目を開くと、真っすぐに宗茂を見つめて凜乎《りんこ》として言い放った。

「解った……大津攻めの総大将として命じる。大筒にて大津城を撃つ」


明朝、即座に大筒を運び始めた。国友衆に立花隊の者たちも加わり荷台を押す。当初、毛利元康には当てにされず、大筒を使うどころか案を出すことさえも出来なかった。布にくるんだまま、荷台に乗ったままの状態である。屈強な男たちが声を揃えて長等山への坂道を押し切った。彦九郎は荷台を押すのには加わらない。時に振り返って大津城を見ながら、目算で距離を測り続けた。

「ここに据え付ける」

長等山を七分まで登ったあたり。十五坪ほどの平らな箇所で彦九郎は命じた。皆が肩で息をしていたが、一切の休息を挟むことはない。運び上げるだけですでに半日が過ぎ、陽は中天を過ぎている。宗茂を始めとする諸将の見立てでは、本隊どうしの決戦まで時はもう僅かしか残されていない。

悠長に構えている暇はなかった。

荷が解かれ始めた時、兵を二の丸より退かせる頃合いを相談していた宗茂が追いついた。

「滞りはないか」

「はい。急いで支度に入ります」

「頼む」

宗茂は手庇《てびさし》をして大筒を見ながら頷いた。

「侍従様……」

「む？」

「良かったのですか」

己に、国友衆に、大筒に賭けてもという意味である。大筒に勝負を託す流れを作ったのは、間違いなく宗茂であった。

「真に無理だと思ったのよ」

宗茂は片眉を上げて苦笑した。この歳にしては尋常とは思えぬほど多くの戦場、死線を潜ってきたからこそ解るという。このままでは残された時の内に本丸を陥落せしめるのは極めて難しい。よしんば出来たとしても、城方の数倍の被害が出るし、兵の疲弊も著しい。どちらにせよ決戦に間に合わず、それでは意味がない。

「それに俺は多くの死を見てきた。日ノ本のみならず異国でもな。俺一人、悪人となって止まるならばそれでよいと心から思う」

宗茂は遠くより視線を戻すと、厳かに続けた。

「あれだけ大口を叩いておいて、出来ぬとは言うまいな？」

「お任せを」

彦九郎が答えたと同時、布がさっと引かれて大筒が姿を現した。立花隊の者から感嘆の声が上がる。

「これが雷破か……」

陽の光を受けて鈍く黒光りする大筒を仰ぎながら、宗茂は嘆息を漏らした。

全長は九尺九寸（約三メートル）。太さは一尺一寸。口径は二寸九分二厘。発する弾は一貫五十匁（約三・九キログラム）。これほど巨大な大筒である。口径の大きさを寸分違わず造るだけでも難しい。これを成し遂げるためには鋳造《ちゅうぞう》のほうが遥かに容易い。いや、むしろ鋳造する以外には無理だと思われた。

だが、鋳造だとどうしても鉄が軟らかくなり、発射の衝撃に耐えきれず、砲身が裂けてしまう恐れがある。故に彦九郎は鍛造《たんぞう》することを決めた。刀鍛冶が行うものと全く同じ。金槌で叩いて鉄を鍛え上げるのである。厚さ三分の鉄の板を同心円状に十枚重ねて接合して砲身を造った。

鍛造は古来の手法であるが、職人の技術に出来が大きく左右される。この雷破と名付けた大筒を完成させるまで、約三年の歳月を要した。

「台座に据えろ」

彦九郎が命じると、国友衆が雷破を荷台から滑らすように下ろす。そしてこれも予め作った台座の上に据え付けるのである。台座には車輪がついており、発射と同時に後ろに動くことで衝撃を逃がす造りとなっている。

「火薬を」

彦九郎は自ら火薬を込めた。この塩梅が極めて難しい。鉄砲の数倍の量を用いるため、一つ間違って暴発すれば周囲の者を巻き込んで甚大な被害が出る。また量を誤れば飛距離が出ずに弾が失速する。配下に手伝わせるものの、細かな調整は己がやらねばならない。

火薬を桶から柄杓で掬《すく》って渡す若い職人の手が震えていた。職人になってまだ一年と少し。今は下積みで工房でも雑務ばかりを担っている者である。これほどの火薬を扱うのだから、万が一のことがあってはならぬと緊張しているということもあるだろう。だがそれだけではないと彦九郎は感じた。

鉄砲、大筒というものは所詮、物でしかない。ただこうして火薬、弾を装塡していく中で、そこに息吹が宿っていくと思わざるを得ない異様な気配を放つ。普通の者でもそう感じるというのだから、幾ら経験が浅くとも職人ならば確実に感じるはず。そして雷破の息吹は、並の鉄砲とは明らかに違う。臥竜《がりょう》が飛翔を窺っているが如き圧倒的な威厳がある。

「心配ない。任せておけ」

彦九郎が優しく語り掛けると、若い職人ははっとし、弾けるように頷いた。

次に弾を込める。砲弾は大量に用意している。普通に撃つならば五日は持ちそうなほどで、此度の戦に限っていえば尽きる心配はなかった。

着々と支度が進められる中、親指と人差し指だけを伸ばした手を眼下に見える大津城天守に向ける。距離と角度を測る独自の手法である。指の形を幾度か変えてこれを続けた。

「小指一本分砲身を上へ、半本分右へ振れ」

「はっ」

古参の行右衛門が応じて配下に指示を出す。

「南南西の向かい風か……砲身を二厘上へ。毛一本分左へと戻せ」

何度か雷破、大津城を交互に見て調整し、彦九郎は遂に静かに言った。

「よし」

彦九郎はゆっくり身を翻した。

「いけるか」

宗茂の問いに頷くと、彦九郎は言った。

「万全を尽くしております。しかし万が一ということもございますので、侍従様、立花家の皆々様は二十間ほど離れて御覧下さい」

言葉の通り。製造から撃つ支度まで一分の隙もないといえるが、砲というものに絶対はない。完璧なものでも神の怒りを買ったとしか思えぬ暴発があることを、彦九郎はよく知っていた。

「彦九郎」

「はっ……」

「苦しいな……」

宗茂は息を呑むほど儚い笑みを見せた。この御方は、己の心の奥に秘めた葛藤も、全て見透かしているらしい。

「はい……」

「お許しを……これが私の答えです」

宗茂は天を見上げた。実父と養父、名将と呼ばれた二人の父に向けて語り掛けるように。宗茂は眼差しをこちらに下ろし、真っすぐに己を見つめて厳かに言った。

「共に戦うぞ」

「承った」

彦九郎は凜然と頷くと、配下に向けて高らかに命じた。

「支度にかかれ！」

一間半の長さの篝火が灯される。皆が少しばかり距離を取る中、彦九郎は間近に留まった。風は刻一刻と流れを変える。発射の直前に風向きや強さが変わればまた調整が必要なのだ。

これから切り裂かれることを知らぬ風は、先程から何も変わらずに笑っているかのように見えた。

——飛田匡介。

遠く大津城にいるはずの宿敵に呼び掛けた。

己たちは時に死を作り、死を売るかのように言われてきた。だがそれは刀鍛冶もそうではないか。槍の柄《え》を削り出す者も、弓の弦を張る者も、さらに言えば馬を飼う者も、米を売る者も、この乱世において戦に関わりのない仕事を探すほうが難しい。ただ、ある仕事は芸術だと称えられ、ある仕事は戦以外に用いるのが本来だと嘯《うそぶ》く。ただ砲だけが工芸、愛玩の域に達せず、戦がなければ無用の長物だと言われる。乱世の業の全てを背負わされてきたとさえ思える。

　砲と対極にあるように思える石垣もそうである。元来、戦のためだけに存在していながら、美しさを称賛されるようにもなりつつある。だが飛田源斎は、その跡を継ぐ匡介は、あくまで美しさではなく本来の石垣の意義を追い求めて来た。

　己たちは何のために存在しているのか。そのような男との戦いの先にならば、その答えが落ちているような気がしてならない。

「行くぞ」

　彦九郎は小さく呟くと、己の半生の中で恐らく最も大きな声で叫んだ。

「雷破、放て!!」


　天の底が抜けた。そう思わすほどの轟音である。続いて高低入り混じった不気味な音がして、その後には悲鳴が本丸中から湧き起こった。

「何事じゃ！」

　穴太衆に与えられた小屋の中、今後の攻撃に備えて本丸の何処を強化すべきか。主だった者で相談していた最中の出来事である。段蔵が立ち上がった時、すでに匡介は飛ぶように小屋の出口に差し掛かっていた。

「玲次、数を！」

「解っている！」

先の運び込みで負傷し、腕を布で吊った玲次もすでに続いている。外に出ると、多くの足軽たちが右往左往している。それを指揮すべき侍大将も茫然自失といった有様である。

離れたところで寝起きをしているため、領民たちの姿はまだ見えないが、その代わりにそちらの方角から異様な音が聞こえる。悲鳴のはずである。膨大な人の悲鳴が重なるとこのような音になるのか。当然、耳にしたことはないが、鵺《ぬえ》の鳴き声とはこのようなものではないか。

「あぁ……」

顎が外れたように、侍大将があんぐりと口を開けて天守を見上げている。大津城天守は五層四重。そのうち下から二番目、入母屋破風《いりもやはふ》の近く辺りの屋根に直径三尺ほどの大穴が開いており、その周りには瓦が飛散。天守の下まで削げ落ちていた。

「頭」

遅れた段蔵が追いついて呻くように呼んだ。

「大筒だ……」

匡介は歯を食い縛った。

「二の丸から兵を退いたのもこのため」

二日の出から間もなく、寄せ手が二の丸から引き揚げ、三の丸に陣を移した。血を流して奪った二の丸を放棄したのだ。京極高次は即座に主だった家臣を集めて軍議を開き、これが何を意味するのか議論が交わされた。

議論は紛糾したものの答えは出ず、敵に振り回されることなく、今は本丸を堅く守ることに専念するということで落ち着いていたのだ。

だがこの砲撃で寄せ手が二の丸から退いた答えが解った。流れ弾に巻き込まれぬようにするためと見て間違いない。

「何処から撃ってやがる……」

匡介は天守に当たった箇所を見た。角度から見て三の丸から撃ったというわけではない。塗り塀に邪魔されて天守を狙うのは難しい。仮に当たったとしても下からで、この角度で着弾するということはない。さらに三の丸から撃っているならば、兵を退かせた意味もない。つまりより遠くから撃っているのは明らかであるが、大津城の周囲には小高い丘のようなものはないのだ。

匡介が周囲を探っていたその時である。再び強烈な爆音が響き渡った。

「頭！　あそこの――」

若い職人が叫ぶ声も掻き消される。匡介も音に引っ張られたように、頭を勢いよく向ける。ゆっくりと景色が流れ、時が圧《お》されたような感じがした。蒼天に黒点が浮かんでおり、それが徐々に大きくなっていく。思わず見とれるほど、糸を引くような美しい線を宙に描いている。熱を受けてやや鈍い赤色に変じていることまで見て取れた。

「退がれ！」

匡介は手を振って吼えた。

弾丸が再び天守に命中する。丁度、比翼の入母屋破風の間に落ち、まるで紙吹雪かのように瓦が舞い散る。さらに悲鳴が大きくなった。二発目にして何とか我に返ったらしく、逃げろ、伏せろなど、京極家家臣の者と思しき声も混じっている。

「三百二十六！」

吊っていないほうの手で片耳を押さえた玲次が叫んだ。

一度目の轟音が聞こえた時、大筒であろうとすぐに解った。玲次に向けて数をと言ったのは、次弾が来るまでの時を測らせるためである。南蛮から大筒が持ち込まれ、それが如何なる武器かを知ってからというもの、飛田屋では一定の調子で数を繰る訓練も行うようになった。これも源斎が始めさせたことである。

——大筒の放たれる間隔が判れば、その間に修復も能うやもしれぬ。

という理由からである。

「早い……」

匡介は喉を鳴らした。

これまで大筒が用いられた戦は決して多くはない。源斎はその少ない機を逃すまいと、時に九州まで渡って実際に大筒が使われるのを検分した。そして源斎は、

——大筒が次弾を撃つまで凡そ五百ほど。

そう一つの目安を導いたのだ。

当然ながら誤差はあり、四百ほどで放たれることもあれば、六百を過ぎても撃つことがない場合もある。次弾を放つためには砲身の掃除も行わねばならず、慣れぬ者が撃ち方を務めると、熟練者の倍ほどの時を要することもある。だがどれ程、訓練を積んだ射手であっても一定以上の早さを超えることは出来ない。

そのわけも実際に大筒を間近に見て、源斎は答えを導き出していた。理由は鉄砲と同じ。火薬の爆発によって砲身が熱を持つためである。熱せられた砲身は撓《たわ》む。人の目では気付かぬ程度の些細なものだが、砲弾が曲がって発射されてしまう。また火薬が爆発する威力にも微かな違いが出て、飛距離にも差が生じてしまうのだ。さらに砲身が熱を持ち続ければ、最悪の場合、暴発する恐れす

らあるのだ。

だが玲次が言った数は、割り出した目安よりも遥かに短い。

「気負っているのでしょう」

段蔵の言葉に、匡介は首を横に振った。

「いや、あいつが見誤るはずがない。それに耐えうる大筒ということだ」

咄嗟に考え得るのは鍛造であること。鍛造で大筒を拵えるなど無謀にも思えるが、あの男ならばやりかねないと感じた。

「匡介……」

玲次は指を腿に打ち付け、依然として数を数えつつ顎をしゃくった。

「長等山からだ」

音を聴いてから見たため光は見えなかったが、長等山に煙が立っているのは見えた。あの距離から撃ってくるとは考えてもいなかった。火薬の量を増やせば届かぬ距離ではないが、命中させることは至極難しい。だが発射された二つの弾丸は、二つとも天守の一部を捉えている。とんでもない精度である。

「飛田殿！」

肩で息をしながらこちらに駆けて来たのは、多賀孫左衛門である。

「多賀様、宰相様は」

「ご無事だ。他にも死んだ者はおらぬ。ただ女中が一人、階段を転げ落ちて怪我をした」

天守は戦時において指揮を執ったりはするものの居住の場所ではない。天守近くの御殿にて高次やお初は寝起きしている。そして高次は天守に上ることは滅多になく、日夜家臣たち、諸籠《もろごも》りした民たちの元に足を運んで励ましている。それを知っているため恐らく無事だろうと思ったが、万が一のこともあるため、こうして無事を聞いて安堵した。

「敵の狙いは天守に絞っているように思いますが、変えて来ることも十分にあり得ます。西側の塀に張り付くように」

「西？　東ではないのか!?」

「西です」

吃驚して仰け反る孫左衛門に、匡介は断言した。

より大筒から遠ざかるため、東側に逃げようとするのは砲術に詳しくない者の考えである。あの大筒がさらに飛距離を出せるならば、あるいは弾が逸れたならば、東側に逃げるほうが危険である。

一方、砲弾の弾すじから、西側塗り塀のすぐ側に着弾させることは難しい。唯一の危惧は塗り塀を突き破ることである。これまで見た大筒と比べても凄まじい威力ではあるが、天守の壊れ方から見るに一発で塗り塀を貫通することはないと見た。

「解った。皆にそのように伝え――」

孫左衛門が身を翻した瞬間、長等山の頂近く、今度は確かに陽射しをも喰らう光を見た。

「伏せろ！」

匡介の声は、大筒の咆哮と重なって掻き消される。烏《からす》の断末魔の如き高き音が近付いて来て、天守の鯱《しやち》を吹き飛ばして越えていく。頭上を弾が越えていくのだ。此度の絶叫が最も大きかった。

「越えた……」

匡介は立ち上がって目を細める。弾は城を越えたと確信した。とてつもない射程に皆が絶句する。

「多賀様」

「わ、解った。西側だな」

　孫左衛門は戻っていく途中も、ちらちらと落ち着かぬように長等山の方角を確かめていた。砲撃に晒されれば、こうなるのが当然である。

「三百八だ」

　玲次も立ち上がって舌を打った。

「さらに早くなるか」

　もはや国友衆が、いや国友彦九郎がこの大筒を造ったと信じて疑っていない。実際、長等山から放っているのも彦九郎であろう。ここで敢えて間隔を狭めたのは、こちらに焦りを与えるために無理をしたからか。それともまだこの大筒の本領を見せていないのか。勘でしかないが、匡介は後者ではないかと感じた。

「今で三十だ。続きを数えろ」

　玲次は荷方の古株に数を繰るのを引き継ぎ、近くまで寄って来た。匡介、段蔵、玲次、今の飛田屋の頭とその両腕で相談を行う。

　いつ何時、弾丸が飛んで来るかもしれぬという中である。並の者が見ればこのように落ち着いているいることが信じられないだろう。それは百戦錬磨の武士でも同じ。大筒というのはそれほどよく知られておらぬものなのだ。

「何を考えているのでしょう」

　段蔵が顎に手を添えた。

「そうだな。これじゃ城は落ちねえ」

　玲次が引き取って頷く。

大筒の威力は確かに凄まじい。だが、それだけでは決して城は落ちないのだ。

仮に弾丸が人の密集する箇所に落ちたとして、実際に殺められるのは二、三人で、多くとも五、六人というところ。人を殺めるという点においては、鉄砲のほうが遥かに恐ろしい。

大筒が鉄砲より勝るのはその破壊力である。城門を易々と撃ち抜いて破り、その間に兵を雪崩込ませるといったような使い道をするのだ。

「だがそれはない」

様々な声が錯綜する中、匡介は断じた。

寄せ手はすでに兵を二の丸から退かせている。それを狙っているとは思えない。仮にそうしようとも、城門を石垣で防ぐという策で応じるつもりでいた。京極家としてはもう打って出るつもりはなく、亀が甲羅に首を窄めるように、堅く守ることだけを考えている。

「そろそろか」

なかなか向こうの思惑が見えない中、匡介は玲次が託した荷方に向けて訊いた。

「は、はい。今で二百九十三。二百九十四、二百九十五……」

「来た」

長等山に閃光が走る。もう耳を劈《つんざ》く音に驚きはしなかった。風が震えるのを感じる余裕すらある。匡介が促すまでもなく、飛田屋の者たちは退避の態勢を取る。

着弾と同時にこれまでで最も鈍く低い音が響いた。土台となる石垣のすぐ上。天守一段目の漆喰《しっくい》壁に当たったのだ。弾丸が壁にめり込み、中の土がはらはらと零れ落ちていた。弾丸は薄い弁柄《べんがら》色を帯びていたが、すぐに鉄色《くろがね》へと戻っていく。

「怪我はないか!?」

大音声と共に駆け付けたのは、飛田屋を守る役目を担っている横山久内であった。過日の戦で数か所の槍傷を受けた。いずれも傷は浅いが、膿《う》まぬようにと晒を取り替えにいっていたところ、この砲撃が始まったということである。

「御覧の通り。怪我人もいません」

「そうか。ともかくあれを止めねばならぬ」

横山は早口で捲し立てる。やはり勇猛な横山でも、大筒には慣れぬようで頬が引き攣っている。

「止めるのは難しいでしょう」

「何……」

「だがご安心を。皆を西側に導けば、死人どころか怪我人も一人も出さず……」

「馬鹿な。大変な騒ぎだぞ！」

横山が血相を変えて背後を指さした。

初めの砲撃で京極家臣団、籠る民の全てが震撼《しんかん》した。二発目から皆の行動に差が生まれ出した。膝を抱え込むが如くして怯える者、当てもなく右往左往して走り出す者、京極家の武士、女中の中には民の元へ駆け付ける者も出た。三発目でそれがさらに顕著となったが、新たな行動を取る者が出始めたという。

「門を開けですと……」

匡介は唖然としてしまった。

「そうだ。その声はあちこちに広がり、一塊となって連呼されている」

横山は下唇を強く噛みしめた。

民のうちの誰かが言い出した。

――もう駄目だ。城から出たい。

平常心を失ったのだろう。何度も繰り返したらしい。すぐに駆け付けてきた京極家臣が宥めたが、また別のところから異口同音に声が上がった。続く者が出たことで、初めに言い出した者はさらに声を大にする。すると三人目、四人目が続き、老若男女の境なく瞬く間に数十人もの数になったという。中には京極家が降伏すれば、すぐにでも止む。殿様に訴えさせろと家臣に詰め寄る者まで現れ、このままだと一揆さながらの状態になりかねない。

「これが狙いか」

匡介は拳を握りしめて長等山を見た。

城に籠った民たちも全く戦に加わっていないわけではない。男は兵糧、弾薬を運んだり、女は煮炊きや怪我をした者の手当てを行ったりしている。だが戦場に立つことはなく、鉄砲の弾、矢に晒されることは皆無である。そのような中、この大筒の衝撃は凄まじい。

「宰相様は」

高次ならば、この事態を見過ごすわけがないと思った。

「民に話をすると仰った。だがこのままでは殿の命にもかかわる。家老殿たちで引きずって、御殿の中に押し込めたところだ」

「そこまで……」

早くも民の不満が高まっているということである。

「ともかくあの大筒を止めねばならぬ。そのために軍議を開こうとしているが、民たちを抑えるのが精一杯で、なかなか集まることも出来ぬ有様だ」

「何か……何か手を……」

匡介は呻くように言った。即座に妙案が浮かばない。この戦で今、最も焦りを覚えていることを自身でも感じながら、間もなく火焔を噴き出すであろう長等山を睨み据えた。

持ち場を離れられる者だけでも参集して欲しい。そう孫左衛門より要請があったのは、六度目の轟音が鳴り響いた直後のことである。

「動くようだ。行くぞ」

何か手を打たねばならない。独断でも動き出しそうだった横山が大きく招くように手を振った。

「段蔵、付いて来てくれ。玲次」

「ああ、任せておけ」

この状況での急ぎの軍議となれば、即決即断が求められるため、相談役としてもう一人連れて行きたい。それと同時に、この場に残って職人たちを取り纏める者も必要である。前者を段蔵、後者を玲次にと考えた。

「頭、玲次を」

これからの飛田屋を担う者で方策を決めるべきである。己はそれに付き従う。段蔵の言葉は短いが、その意図を察することが出来た。

「解った」

匡介は頷くと、前言を翻して玲次と共に孫左衛門の下《もと》へと走った。本丸の西側、先般、玲次が石を運び込んだ水門の近くである。松の木の近くに蹲《うずくま》るようにして武将が集まっている。これまでの軍議ならば三十人程度はいるのだが、今は己たちや横山も含めて十人余である。

多賀孫左衛門の他、尾花川口の攻防で父出雲を失った三田村吉助、浜町口で車竹束を共に防いだ若き侍大将の河上小左衛門の姿もあった。高次は押し込めるようにして避難させたと聞いているので、当然ながら姿は見えない。皆が声を荒らげて侃々諤々《かんかんがくがく》の討議がなされているのが判った。

「あれをどうにか致さねばなりません！」

そう懸命に訴えるのは河上小左衛門である。

「大筒などたかが知れておる。放っておいても問題はない」

三田村吉助は低く制した。

「今は何とか皆で宥めて食い止めていますが、それでは民の動揺を抑えきれませぬ……長等山まで攻め入って止めましょう」

「無茶を言うな！　四万の敵を突破して大筒まで辿り着けるはずがあるか」

河上は長等山の方を指さすが、三田村は激しく首を横に振った。

「では、三田村様は如何しろと!?」

「何度も言うが、大筒ではそう易々とは死なぬ。西側に張り付けば猶更。理路整然と説いて民を鎮めるほかない」

「馬鹿な……人はこのような時、理屈では動かぬことは重々承知のはず」

三田村と河上が睨み合う中、孫左衛門が両者を交互に見ながら口を開いた。

「二人とも熱くなるな。このような時こそ落ち着かねばならぬ」

「多賀様」

横山が名を呼んで割り込むと、孫左衛門は振り返り、皆の視線も一斉に集まる。

「おお、横山。飛田屋も来てくれたか」

「三百……」

その時、玲次がぼそりと耳元で呟いた。

「皆々様、間もなく大筒が放たれます！」

その時、また腹の底にまで響くような爆音が轟く。侍たちも頭を下げる恰好となった。

飛来した弾丸は、ちょうど本丸の石落としに当たって跳ねるように転がった。幸い近くには誰もおらず怪我人も出ていない。だがまるで大筒が放たれるのが合図かのように、遠くから聞こえる民の声がまた一層大きくなった。

「これ以外に手立てはありません。乾坤一擲《けんこんいってき》、長等山を目指します」

河上が昂然《こうぜん》と立ち上がると、数人もそれに倣って頷く。

「ま、待て！　河上、落ち着くのだ」

孫左衛門は肩を摑むが、河上はさっとそれを振り払った。

「民を斬るくらいならば……敵に向かうほうがましです」

河上は唸るように言う。三田村も自重を訴えていたとはいえ、打つ手がある訳ではない。下唇を噛みしめて俯いていた。

「共に向かう者を募ってきます。御免」

三人を引き連れてその場を離れようとした河上は、横山の前で足を止めた。

「横山様……」

「止めはせぬ」

「共に戦いませぬか」

河上は熱の籠った声で訊いた。

「そうしたいのは山々だが、俺は殿より飛田屋を守るという役目を仰せつかっている。これが俺の戦いだ」

先刻より横山は固く拳を握りしめ、爪が食い込んで血が滲んでいる。本心では河上と共に一縷の望みに賭けて長等山を目指したいのだ。

「解りました。ご武運を」

「ああ」

短いやり取りの後、河上は走り去っていった。暫くすると民の悲鳴が少しばかり和らいだ。己たちが長等山を目指して大筒を止める。故に安心して欲しいと説いたのだろう。

「このようなもの……どうすればよいのだ……」

孫左衛門は頭を抱え込むようにして呻いた。何一つ代わりの策が浮かばないのだから、孫左衛門や三田村としても強く止めることが出来ない。

さらに匡介はここに来て、高次の存在の大きさに改めて気づいた。個としての高次は一見すれば茫洋とも取れ、戦もお世辞にも上手いとはいえない。それこそ敵軍にいる立花宗茂の足元にも及ばないだろう。だが高次がそこにいるだけで、家臣たちは何故か固く結束する。まさしく石垣における要石《かなめいし》のような存在なのだ。その高次が姿を見せることが出来ない今、家中はばらばらで、向かう方向さえ定まらないでいる。

「ぐっ――」

匡介は頰を引き攣らせた。またもや大筒が撃ち放たれたのである。弾丸は千鳥《ちどり》破風のすれすれを掠め、またもや湖のほうへと消えていった。

「丁度、三百。言おうとした矢先だ」

玲次も忌々しそうに舌打ちをする。

「どこまで早くするつもりだ……」

ある程度連射してから、大筒を冷ますために長めの間合いを挟むつもりかもしれない。ここまで思いのままに撃たれていながら、まだ相手の大筒の真価すら定かではないのだ。明らかに劣勢に追い込まれている。

「支度が整ったようだ」

横山が顎をしゃくった。

軍勢が少し離れたところを横切っていく。その数は約五百。騎乗の人となった河上は、民たちからの懇願に似た声援に応じていた。一人の武士が列から離れ、こちらに走り込んで来た。

「伊藤《いとう》……お主まで行くのか」

孫左衛門は口を窄めた。伊藤と呼ばれた若い侍は力強く頷く。

「この混乱の最中です。いなくなれば変心したと民は思いさらに動揺が走るかもしれぬ。故に私が出撃する者の名を多賀様に伝えるようにと」

伊藤はそこで大きく息を吸い込んで、出撃する者の名を一気に告げ始めた。

「河上小左衛門、石黒又兵衛《いしぐろまたべえ》、新保喜左衛門《しんぼきざえもん》、中次角兵衛《なかつぎかくべえ》、山田三左衛門《やまだみざえもん》、山田平兵衛《へいべえ》、磯野八左《いそのはちざ》衛門《えもん》……」

一つ一つの名に残る者たちは微かに応じていく。あの者ならば行くだろうという納得。その者が行くのかという驚愕。特に親しくしていた間柄、あるいは一族なのかもしれない。伊藤は様々な様子を見せる残る者たちに向け、さらに名を読み上げ続けた。

「石川久右衛門《いしかわひさえもん》、篠原宗兵衛《しのはらそうべえ》、篠原右兵衛《うへえ》、小関甚右衛門《こせきじんえもん》、三浦五右衛門《みうらごえもん》、香川又右衛門《かがわまたえもん》、小川左《おがわさ》近右衛門《こんえもん》、藤岡《ふじおか》又右衛門、林五郎兵衛《はやしごろうひょうえ》、馬淵隠斎《まぶちいんさい》……そして拙者、伊藤角助《かくすけ》。皆々様、殿のことをお頼み申す」

「解った」

やはり誰も何も止める言葉を持たない。孫左衛門は苦悶を押し殺したように頷くと、伊藤という若侍は抜けるような笑みで返した。

「全力で止めてみせます。御免」

それから間もなく、大津城本丸の門が開かれる。それと同時、出撃の発起人である河上の大音声が聞こえた。

「大津城を、殿を、民を守るため、我らこれより修羅に入る！　西国無双、相手に申し分なし。いざ――」

そのような河上の堂々たる口上も、大筒の雷音に掻き消された。大筒が放たれた直後、僅かな間、世の音が全て消し飛んだような思いに陥る。その一瞬の無音の中、河上ら五百余騎が門に吸い込まれるように消えていった。そして再び門が鈍い音を立てて閉められ、慌ただしく太い門が通される。

皆が鉄砲狭間、矢狭間を覗き込んで河上らの行方を追った。すぐ左隣には玲次である。ただ狭間から見える範囲は狭く、すぐに軍勢の姿が見えなくなってしまった。

「二の丸を出た」

声が落ちてきて、匡介ははっと見上げた。そこには城壁によじ登り、仁王立ちする横山の姿があった。鬢から零れ落ちた髪が風で揺れている。

「横山様……」

「百五十五だ」

匡介が言葉を止めると、すかさず玲次が今の数を告げる。

「見届けねば次の手が打てぬ。そうそう当たるものではないのだろう？」

「……解りました」

匡介も城壁によじ登ろうとした。玲次は止めても無駄だと思ったのだろう。怪我のないほうの手で押し上げて手伝ってくれた。城壁の瓦の上、匡介と横山は並び立った。

その時にはすでに河上隊は三の丸にまで到達していた。城より退去した寄せ手によって、門は全て開け放たれている。門に差し掛かる手前で河上隊から喊声が上がり、勢いそのままに城外へと飛び出した。

予め考えてあったのであろう。城外に陣取っていた敵軍は包み込むように動き、一斉に矢を射かけた。同士討ちを避けるためか鉄砲は使わないらしい。

だが降り注いだ矢の数は凄まじいもので、蝗《いなご》が群れて襲い掛かっているかの如く、河上隊の頭上が黒く霞《かす》んで見えた。

河上隊がさらに加速するのが判った。狙いが追いついておらず、黒雲を突き抜けるように突破した河上隊は、そのままの勢いで敵軍に突き刺さった。

喊声が一層高くなる。四方八方から敵勢が攻めかかるが、河上隊は錐を揉みこむように割って猛進する。

「行け……」

横山が祈るように呟いた。

半町、一町、二町、三町。河上隊の勢いは緩むどころかさらに速くなる。だが進む度に少しずつ錐が細くなっていった。斃れる味方も顧みずさらに突き進んだ。

僅か五百の河上隊に、敵の大軍が地鳴りにでも遭遇したかのように小刻みに揺れている。

「河上殿」

匡介も思わず声が零れた。ついに河上隊は長等山の麓まで突き進んだのである。

だがそこで急激に進撃が鈍った。麓に布陣していた敵勢は、これまでと違って頑として動かない。河上隊は何度も再突撃を繰り返すが、その全てを撥ね返されている。砂塵の中に揺れる旗印、またしても立花隊であると判った。

「行け、河上！」

横山の咆哮に応えるように、河上隊は幾度目かとなる突撃を敢行した。立花隊が初めて押し込まれる。だがその直後、河上隊は左右から横槍を受けて瓦解し、波濤《はとう》に呑み込まれるかのように消えていった。

もはやこれまでと、踵を返して城へと逃げようとする足軽も続出している。敵は追撃の姿勢は見せない。無用に命は取らぬという余裕か。いや、出撃の目的が潰《つい》えたことを、より城内に伝わるように見逃しているのだろう。

「四百」

玲次が下から数を伝えた。これまで砲撃の間隔は遅くとも三百台。四百を超えたのは初めてのことである。彦九郎は緩急を付けているのか、それとも連射の限界が来たのか、あるいはまた別の思惑か。

次の砲撃は五百三十五。砲弾は顔を顰めた匡介の遥か頭上を飛び越え、天守二段目の屋根に当たって瓦を吹き飛ばした。丁度、その頃には眼下で抵抗する者の姿は消えている。敵に捕らえられている兵の姿も散見出来た。まるで出撃は無駄だと告げんばかりの砲撃であった。

「これが伝われば……民はさらに狼狽するだろう」

横山も随分と砲撃にも慣れたか、それ以上に眼下の無残な光景に意識が奪われているのか、砲撃の瞬間も片耳を手で押さえるだけである。

「どうすれば……」

匡介は裂けんばかりに唇を嚙みしめた。

何かをしなければならないのではなく、ただ砲撃を避けて耐えるだけでこの戦は勝てるのだ。ただ民がそれを納得してくれればよいだけである。故に有効な手立てが何も思いつかない。

多賀孫左衛門、三田村吉助が城に逃れて来た者を数える。その数は二百足らず。百人ほどが敵に捕らわれたようだが、残る二百人は討ち死にしたと見てよい。

足軽たちの目撃を擂り合わせると、出撃前に報せて来た主だった侍大将、その全てが討ち死にしたとのこと。名を読み上げた伊藤角助も含めて全てである。

中でも河上の奮戦は凄まじかったという。矢を受けて暴れた馬から振り落とされ、立ち上がったところを槍で腹を貫かれた。だが河上は即座に刀を抜いて柄を切り落とし、敵を斬り伏せると、

――誰か一人でも辿り着いて止めよ！

と、咆哮してまた駆け出したという。だが十歩ほど進んだところで敵に囲まれ、四方八方から槍を受けて絶命したのを見た者がいた。

民にも出撃隊が壊滅したことが伝わったのだろう。再び雷雲が発する音に酷似したどよめきが城内に響き、その合間に甲高い悲鳴も聞こえて来る。その間もなおも砲撃が続き、声はどんどん大きく、狂気を孕んだものになっていく。

「多賀様！」

こちらに男が血相を変えて駆けて来る。小倉心兵衛《おぐらしんべえ》と謂う、河上と同年の若い家臣である。

「如何した」

「もう民を抑えきれませぬ！　立ちはだかっていた本郷《ほんごう》殿は民に踏み倒され……」

民の誰かが遂に己たちで門を開こうと煽り、京極家の家臣たちと衝突した。家臣たちは諸手を広げて遮るだけだが、そのうちの本郷左衛門《さえもん》と謂う者が倒され、多くの民に踏まれて意識を失う重傷を負ったという。そこに新たに他の隊の者が駆け付けて何とか抑え込んでいるが、時を追うごとに民の凶暴さは増し、あと四半刻抑えるのがやっとという見立てである。

「本郷殿が……」

三田村は顔を歪めた。京極家でも指折りの勇猛な家臣で、三田村親子が活躍した時に共に戦い、多くの敵を薙《な》ぎ倒していた。そのような男が倒された。それも敵の武士ではなく、味方のはずの民にである。

「門を開けられれば終わりだ！」

孫左衛門は焦りを隠すことなく悲痛な声を上げた。

先刻より匡介の脳裏に蘇っている光景があった。それは遥か昔、己が幼い頃、故郷が潰えていく光景であった。迫る織田軍の喊声、焔で染まる夜天、猿の叫びにも似た悲鳴、恐慌をきたし他人を押し退け踏みつぶしていく人々。

父と妹とは混乱の中で離れ離れとなり、途中まで共に逃げた母も人波から己を押し出して別れた。以後、家族とは一度も会っていないし、すでに誰も生きていないと解っている。今、ここで、あの時と同じようなことが起ころうとしている。

ただあの時と違うのは、いずれにせよ己らが織田軍に蹂躙《じゅうりん》されていたのに対し、今は耐えてさえいれば城は守り切れるということ。そして己が落城を防ぐ技を持っていることである。

ただそれをすれば、如何に非難を浴びることか重々解っているつもりである。匡介はそれを甘んじて受ける覚悟を決めた。

「一つだけ、これを鎮める方法があります」

「ま、真か!?」

孫左衛門は藁《わら》にも縋るといったように身を乗り出す。

「はい。門の内に石垣を」

「それは……」

「石垣で門を塞ぐのです」

匡介の一言に皆が唖然となる。玲次はその方策に気付いていたのだろう。だが口には出来なかった。故に頭を掻き毟って深淵にも届きそうな溜息を漏らす。匡介は得体の知れぬ、高まる動悸《どうき》を抑えて一気に話した。

「外に出れば即ち死。しかしそれを説いても耳を貸さないでしょう。反対に逃げられぬと知れば、かえって人々も落ち着くはず。落ち着きさえすればこの城は落ちません」

「そのようなこと殿がお許しになるはずがない……」

「故に多賀様に覚悟を決めて頂きたい。多賀様と我ら飛田屋の独断にて」

一瞬の無言の間、またもや大筒が咆哮した。だが誰も身じろぎ一つしない。弾丸は切妻《きりづま》破風の中央に当たり鈍い音を立てて地に落ちた。

「解った。頼む」

孫左衛門が言うやいなや、匡介は頷いて駆け出した。そこに玲次、飛田屋警護の横山も続く。

「匡介」

玲次が呼んだ。その声が微かに震えている。

己たちは間違っていない。出て助かる保証など何もないのだ。

だが、人を守る為の石垣をこのように使うのは初めてのこと。真にこれは穴太衆として為してよいことなのか。匡介は今もなお自問自答しており、答えは出ていない。それでも匡介はやると決めた。

「俺はたとえ鬼と罵られても皆を救いたい」

それが匡介の出した結論であった。

「俺も共に背負う」

玲次ははきと言い切った。

「皆、仕事だ」

段蔵が取り纏めていた穴太衆のもとに辿り着くなり匡介は言った。段蔵だけは早くもこちらの異変に気付いているようで顔が険しくなる。

「天守台を直すので!?」

「西側の塀を石垣で補うほうが先だと思います」

配下の職人たちが口々に話す中、匡介は絞り出すように命じた。

「今から四半刻以内に、本丸と二の丸を繋ぐ唯一の門を内側から塞ぐ。やりたくない者はやらずともよい……全て俺が責を負う」

職人たちが衝撃に息を吞んだのも束の間、次の瞬間には弾かれるようにして一斉に動き始めた。細かな指示を出すまでもない。互いに声を掛け合って修羅と呼ぶ橇に石を積み込み、満載したものから門に向けて曳いていく。門の付近まで来ると石を下ろして並べていった。

匡介は積方を率いて門へと行くと、並べられていく石を大きく見渡した。全てが出揃うまで待つ余裕はない。並べられた石の中から最善のものを順に指差し、

「あれを甲《きのえ》の一、乙《きのと》の一、丙《ひのえ》の一、甲の二、丙の二」

と、指示を出していく。別に図面を諳んじているという訳ではなく、飛田屋独自の伝達法である。碁盤の目のようなものである。ただ碁盤と違うのは平面ではなく立体であること。これだけで何処に組み上げていくのか指示が通る。

「栗石《ぐりいし》を敷き詰めろ。次に丙の三。丁《ひのと》の一、戊《つちのえ》の一、丁の二、庚《かのえ》の一……違う！　庚の一だ」

誤って石を置こうとした者がいたので声を荒らげた。次々に積まれて石垣の土台が出来上がる。その間も新たに石が運び込まれて並べられていき、その都度、匡介の脳裏に出来ている石垣の完成形は変わっていく。息継ぎも惜しんで匡介は指示を飛ばし続けた。

「辛《かのと》の六、しっかり嚙ませろ」

横から段蔵が補った。己が門を塞ぐといっても、段蔵は何一つ言わなかった。己が決めたことならば、たとえそれが穴太衆の本分とずれていようとも、付き従う覚悟なのだと解った。

「乙の十一、栗石を七つ敷け。次は甲の十二、丙の十三、庚の十二、丁の十二は遊びになる。次は辛の十三……うるせえ!!」

また砲が天を穿ったのである。身を一切竦《すく》めることなく一瞬振り返った。弾丸は初めて天守の最上階に当たって高欄《こうらん》をえぐり飛ばした。

「急げ！　壬《みずのえ》の十二、乙の十二、甲の十三……」

匡介は手と舌を弛みなく動かし続けた。城門の七割程を埋める石垣が出来れば、もう決して素人には崩せない。出られないと諦めさせるにも十分であった。石垣は六割を超え、間もなく完成しよ

うとした時である。背後から喊声と多くの人々の跫音が近付いてくるのが判った。

「横山様！」

「ああ……飛田屋を守れ！」

横山は配下の五十余の兵に命じて態勢を整える。振り返らずとも判った。民が制止する家臣を振り払い、城門に押し寄せているのだ。すでに石垣も目に入ったのだろう。化鳥《けちょう》のようなけたたましい悲鳴、海鳴りのような怒号も耳朶《じだ》に届く。

「止まれ！　出ることは罷りならぬ！」

横山は大音声で叫ぶ。石垣を見ただけで諦め、中には膝から頽れる者も半数ほどはいた。だが残る半数はいきり立っており止まらない。横山の配下をかき分けてなおも向かおうとする。

「何故、門を塞いでいる！」

「お前らも侍の味方か！」

民から凄まじい罵声が浴びせられる。

「もうあんたらの戦に付き合うのは懲り懲りさ！」

「子どももいるんだよ。この人でなし！」

男だけではなく、女たちも怯むことなく痛罵する。逃げるようにと訴える母の姿が、また匡介の頭を過るのを必死に振り払った。

匡介は何も答えない。ただ黙々と仕上げの指示を出した。横山たちも懸命に止めるが、さらに増す民の圧力にもう長くはもちそうもない。

「飛田様！」

聞き覚えのある声で呼ばれたので、思わずはっと振り返ってしまった。大津城外堀の掘削の時、言葉を交わした徳三郎である。長男が田畑を継ぎ、次男が分家、三男の徳三郎には田が残っておらず長兄のもとで手伝いをしつつ、よい働き口があれば出稼ぎをしていると言っていた。

徳三郎は宇佐山城に程近い村の出身。母は宇佐山城に諸籠りさせられ、その時に「塞王」が、つまり先代の源斎が助けてくれたということを、死ぬまでずっと感謝していたと話していた。

――もし塞王が守ってくれなかったら、あんたはいなかったんだよ。

そう母は徳三郎に何度も言い聞かせていたという。

「徳三郎……」

匡介から零れた声が聞こえたか。口の動きを見たか。こちらが覚えていると解った徳三郎はなおも叫んだ。

「飛田様！　これは何ですか！　どうなっているんです!?」

「大筒に合わせて、敵が攻めて来ることを考えて塞いでいるのだ！」

横山の配下の一人が大声で応答する。機転を利かせたつもりのようだが、大筒という言葉が飛び出したことで、思い出した民たちから悲鳴が上がった。それほど大筒はすでに民の心を穿ち、崩している証左である。それに民たちも馬鹿ではない。これがそのようなためのものでないことは判る。

「そんな馬鹿なことがありますか！　これはどう考えても、おいらたちを逃がさないためでしょう!?」

匡介はぐっと奥歯を噛みしめる。混乱を極める中、また別の侍が諸手を突き出して吼えた。

「城の西側に逃げれば、まずは当たらぬ！　ここで問答している暇があれば行け！」

「まずはって……もし当たったらどうするんです……それで取り返しがつくのですか!?」

何も答えず、答えられず拳を震わせる匡介に、徳三郎は顔を歪め、喉がちぎれんばかりに悲痛に喚いた。

「塞王ってそんなもんかよ！　飛田匡介！」

「丙の十五、丁の十六……それで仕舞いだ」

匡介は荒れる息を整えようともせず、静かに最後の指示を出し終えた。即座に職人たちが石を積み上げる中、また長等山から咆哮があった。民たちは金切り声を上げて地に伏せる。今度の弾丸は最上階、花頭窓《かとうまど》を貫いて天守内に飛び込んだ。中には人はいないので誰も傷ついてはいないだろう。だが大筒の精度が一発ずつ上がっているのを感じずにはいられない。

「押し倒して行け！」

立ち上がって民の誰かが煽る。皆の目に何とか残っていた正気が消え、狂気で占められたと思ったその時である。民たちの背後から凛然とした声が飛んだ。

「お待ち下さい！」

「夏帆……殿……」

匡介は啞然となった。人波の隙間から見える。数人の女中がおり、その先頭に夏帆が立っている。他の女中が袖を引くのを夏帆が柔らかく振り払うのも見えた。その様子から夏帆が一人で駆け付けようとし、他の女中が止めに走ったということのようだ。

「邪魔をするな――」

「私が門を開けるように説得します」

百姓らしき男が声を荒らげようとするのを、夏帆はぴしゃりと遮った。誰に促されるでもなく、自然と人だかりが開く。夏帆がゆっくりと、それでいて力強く歩を進める。五間、三間、一間、そして息が掛かるほど近くまで来ると、夏帆は静かに言った。

「門を」

「駄目だ」

匡介は首をゆっくりと横に振った。

「もう止められません。人を押し倒し、石垣を崩してでも皆さんは出て行くでしょう」

「今しがた石垣を築き終えた。こうなれば素人ではどうやっても崩せない」

その言葉に反応し、息を呑んで見守っていた民がどよめく。

「ならば飛田様が取り除いて下さい」

「敵は大筒に慄いて、内側から開くのを待っている。その瞬間、再び軍勢が波濤のように押し寄せる。そうなればこの城は一巻の終わりだ」

「それでも構いません」

「自分が何を言っているのか解っておいでか……そのようなことを我々が勝手に――」

「御方様《おかたさま》も同じお考えです」

「何……」

お初もまた高次と同様、皆を鎮めるために奔走しようとした。だがこれもやはり高次と同じく、女中や家臣たちに制止されて避難させられたという。その時のお初は髪を振り乱して暴れ、高次より連れていくのに苦労したほどらしい。

夏帆もお初の側にいた。大筒が放たれる度に女中たちからも悲鳴が上がる。夏帆はぐっと口を結び、震える手で、震えるもう一方の手を押さえて必死に耐えていた。

――城を開くことに賭けましょう。殿も同じお考えのはずです。

お初はそう家臣たちに訴えた。だが家臣たちも易々と首を縦に振る訳にはいかない。そんな時、飛田屋が石垣で門を塞いでいるとの話が飛び込んで来た。開く、開かぬを論議する前に、それをされてしまえば道は一つしかなくなってしまう。お初は周囲を固められて身動きが取れない。顔面蒼白の夏帆を気遣うふりをして、

——行きなさい。

と、こっそり耳打ちしたというのだ。家臣、女中たちの目はお初に集まっている。ほんの僅かな隙を衝き、夏帆は駆け出した。家臣たちはお初から目を離せず、女中たちが追って来たという訳である。女中たちもまた意見が分かれている。いや、この状況でまともに考えることなど出来ずにいるのだろう。

「開けて下さい」

夏帆は再び訴え掛けた。

「駄目です。城が落ちるということは……」

「それが如何なることか。私は痛いほど解っているつもりです」

夏帆の声に初めて震えが見られた。幼い頃に夏帆も落城を経験している。恐ろしいのは変わらないのだ。それを乗り越えようとする夏帆の真っすぐな眼差しに耐えきれず、匡介は一気に捲し立てた。

「仮に民が殺されずとも、宰相様は腹を切らされる。御方様にも累が及ぶことは明白。この先、東軍が勝とうとも、内府様から不甲斐《ふがい》なさを咎められ京極家は断絶するかもしれないのです」

「それでももはや、そちらに賭けるしかありません」

「ならば、俺に賭けてくれ。誰も出さない」

急激に苛立ちが込み上げた。夏帆が聞き分けないからではない。これを言わせている己に怒りを

覚え、それが声を荒らげさせた。

「城の西側に身を潜めれば百中九十九までは当たらない。耐えさえすれば勝てるのです！」

夏帆はきゅっと口を結んで俯く。そして消え入るような声で呟いた。

「当たるかもしれないではないですか……」

一瞬、ここが戦場であることを失念するほどの静寂がやって来た。風の啼《な》き声《ごえ》、琵琶の湖のさざめきさえ聞こえるほど。夏帆は勢いよく顔を上げて言い放った。

「百中一は当たるのでしょう！　中にいるほうが危ないでしょう！　殿も御方様もそう望んでおられるのです！」

夏帆の頬に止めどなく涙が伝う。落城を真に恐れているのは夏帆か、それとも己か。いや互いに恐れつつも、夏帆は民を守ろうとする京極家の想いを守るため、それを乗り越えようとしている。

「来るぞ！」

玲次が叫ぶと同時、再び大筒が慟哭を発した。皆の顔が天を向く。ただその中、匡介と夏帆だけは見つめ合っていた。

「どういうことだ!?」

横山が長等山の方角を見ながら叫んだ。弾丸の軌道がこれまでと違う。天守からは大きくそれ、皆の頭上を越えて琵琶湖へと消えていったのである。飛距離がまだ伸びている。そのせいで目算が狂ったのか、それとも別の狙いがあるのか。頭の上を弾丸が越えていったため、悲愴な声を上げたのは民だけでなく、それを押しとどめていた兵たちも同じであった。

「頭……これはもしや」

段蔵が顔を近づけた。

長等山からこの石垣が見えているのか。遠目の利く者ならば、色合いの違いで門に何か施されていることは判るかもしれない。

そうでなくとも長年の宿敵である国友衆ならば、国友彦九郎ならば、己が次に如何なる行動を取るのかを読み切っていることもあり得る。

「ここを離れてくれ！」

匡介は手を振って周囲に呼び掛けた。

「だからそこを通せって言っているんだ！」

「いい加減、石垣を除けろ！」

大筒に身を竦ませていた民たちも、再び一斉に痛罵を始める。

「違う！　大筒が――」

匡介は懸命に訴えるが、もう誰も耳を貸さない。夏帆に任せても無駄と思ったのか、我先にと押し寄せる。遂に横山の配下を突破し、石垣の前にまで辿り着く者もいる。飛田屋の面々も止めるが埒が明かない。

石垣を上ろうとして足を滑らせて落下する者。人波と石垣に挟まれる者。この場は芋を洗うが如き密集。怒号と悲鳴の坩堝《るつぼ》と化した。

「夏帆」

男に押されて蹌踉めく夏帆の腕を取り、匡介は残る手で抱き寄せた。

「早く……門を開くと。このままでは圧し潰されて死ぬ人も！」

夏帆は胸の中からこちらを見上げる。

「だがその前に離れさせねばならない。大筒はここを狙っている！」

「えっ――」

夏帆が絶句した次の時、また大筒が気炎を吐いた。

「二百五十四だ!!」

人込みの中から玲次の声が聞こえた。これまでで圧倒的に間隔が短い。ここが切羽だと思い、暴発の率が高まるといえども手順を省いているに違いない。弾丸は石垣の最上部に掠るように当たり、跳ねあがって門の屋根を下から吹き飛ばした。木っ端と瓦が雨の如く降り注ぐ。

ここを狙っていることが判ったのだろう。阿鼻叫喚が渦巻き、一転して皆が我先にと門から離れようとする。だがこの密集の中、身を翻すのも容易ではない。

押すな、止めろ、前は何をしているなど、皆が口々に喚き、混乱と恐慌の度が増すのは留まるところを知らない。横山は顔を真っ赤にしながら、人込みをかき分けて己のもとに辿り着いた。

「怪我はないか」

「はい。しかし……」

「もう誰も耳を貸さぬ。配下に離れろと。俺も命じる！」

「解りました」

匡介、横山はそれぞれの配下にこの場からの退避を命じた。それがあってようやく兵や職人も逃げ始める。

「俺たちも離れるぞ！」

横山は人の隙間を縫うようにして先導する。密集はやや和らいだが、それでも牛の歩みほどの速さでしか進めない。

その時、再び天地が慄いた。

「馬鹿な――」

匡介の叫びも掻き消される。まだ前の砲撃から三百を数えるほども経っていない。この弾丸の軌道。人込みの中に落ちると判断した。しかも己から三間と離れぬ場所ではないか。泣き喚く子ども。それを両手でしかと抱きしめる母の姿が、人の隙間より目に飛び込んで来た。

「離れろ！」

咄嗟に匡介は飛び出していた。景色がゆっくりと流れる。耳朶は天魔の風を切る音を捉えている。匡介は振り返らない。ただ片手を伸ばして母子を突き飛ばす。その瞬間、泣きじゃくる子どもの顔が、遠く昔の己の顔と重なって見えた。

「匡介！」

誰かが己を呼ぶ声が聞こえた瞬間、これまでに感じたことのない衝撃が走り、まるで要石を抜かれた石垣が崩れるように、足元からはらはらと躰が崩れていく。そんな気がした。

黒々とした土が見えたかと思うと、次の瞬間には蒼天が映る。もしかしたらこれは夢で、目を覚ませば穴太の屋敷でまた修業の日々が始まるのではないか。そのようなことを考えたのを最後に、視野が黒い影に覆われて何一つ見えなくなった。


――やはり夢だ。

匡介は周囲を見渡しながらそう思った。

気が付けば河原に立っていたからである。穴太ではない。見たこともない河原である。大小の石が犇めき合っており、遠くのほうは霞が掛かってよく見えないがどこまでも続いているように思えた。

河原だと判ったということは川もある。流れは速い訳でも、遅い訳でもない。対岸は草原か、いや砂地か、そこにも靄が漂っておりはきとしないが、こちら側と違って河原ではないようである。

朝はまだか。早く目が覚めろ。匡介はそのようなことを考えた。近江八幡にある寺社の石垣の修繕、大溝の庄屋が屋敷を建て替えるのに伴う石垣造り。他にも様々な、実に泰平らしい仕事がここのところ同時期に舞い込んでおり、猫の手も借りたいほどだったのだ。

――何だったか……。

もう一つ、大きな仕事、それも急ぎの仕事があったような気がするのだが、どうも思い出せない。普段、己は歩きながら思案する癖があり、そうすればふっと妙案を思い付く。夢の中でも効果があるのかは疑わしいが、試してみようと河原を歩き始めた。それでも思い出せねば、小言を零されるが、目を覚ましたら段蔵に訊けばよい。

穴太の河原とはやはり違う。だが何処がと訊かれれば困るが、似ているところもある気がする。敢えて言うならば転がっている石たちの囁く声であろうか。俺を使え、私を用いろと訴え掛けているように思える。

暫く行くと、匡介ははっと足を止めた。靄の中に小さな影が見えたのである。得体の知れぬ獣か、はたまた妖《あやかし》か。夢だと思えば何でもあり得るし、夢だと思うからこそ恐る恐る近付くことも出来た。

影は動いている。さらに近付くとそれが人の影だということが判った。河原に蹲って何かをしているようなのだ。

「まさか」

思わず口から零れた。

一歩、また一歩と近づいていく。足に踏まれて石の擦れ合う音が生々しく、とても夢には思えなかった。

人影は少しずつ鮮明になっていく。どうも屈んだ子ども、それも女の子のようである。

「花代……」

匡介は息を呑んで足を止めた。

靄の中に浮かんだ人影の正体は、三十年近くも前に生き別れた妹の花代だった。花代はこちらの声に気が付いて振り向いた。だがそれも僅かな間で、花代はまた目を元に戻す。

「それは」

花代の前に数段積まれた石の塔がある。そしてまた一つ、花代は小石を摑んでそっと上に載せた。この光景は知っている。

――賽の河原。

幼くして死んだ親不孝な子どもは、死んでも業を落とすまで極楽浄土には行き着かない。その業を落とす方法というのが石を積み上げること。それを為す場所が賽の河原である。

今、はっきりと思い出した。己は「懸《かかり》」を発し、大津城に籠っていたこと。数日の攻防の後、寄せ手は大筒を用いだしたこと。弾丸から母子を救おうと身を挺《てい》したこと。そして今、ここが賽の河原だとすれば、

「俺は……」

死んだのか。不思議と恐ろしくはなかった。己の死よりも大きく頭を占めることがあったからである。

「何処だ！」

匡介は勢いよく首を振って周囲を確かめた。賽の河原ならばあれがいるはず。子どもたちが石を積み上げ、あと少しで完成するという間際に現れて崩してしまう。鬼が。

ぱんと乾いた音がして匡介は振り返った。花代の前に積まれた石の塔が、弾けるようにして飛散した。己と花代のほか誰もいない。鬼というものは目に見えぬものなのか。

一瞬、苦悶の表情を浮かべた花代だったが、すぐに何事もなかったかのように再び石を積み始める。

「花代、俺に任せろ」

匡介は花代の手から石を取ろうとした。が、するりとすり抜ける。花代の手にも、石にも、触れることが出来ない。すぐに足元の石を拾おうとするが結果は同じである。

「俺が大人だからか……」

匡介は我が手を見つめながら言った。

「違う。その横の石だ。それを礎にして、その二つ左の――」

かくなる上は指示を出すしかないと呼び掛けたが、聞こえていないのか花代はなんの素振りも示さない。そんなはずはない。先ほどは振り返ってくれたではないか。なおも懸命に訴えたがやはり届かない。

そこで、あることに気が付いた。花代の目は絶望に染まってはいない。しっかりと前を見据え、歯を食い縛り、石をまた積み上げていく。これを何百度、何千度、何万度繰り返したのかと想像して嗚咽が込み上げる。だが花代は未だ懸命さを失っていない。

「花代……花代……」

匡介は何度も何度も呼んだ。己は死んだはずなのに、止めどなく涙が流れ頬に温もりさえ感じた。

また一つ、石を積み上げた時、花代は微かに口を綻ばせて言った。

「諦めないで」

その瞬間、躰が天に吸いこまれるかのように思われ、辺りは闇に包まれた。やがて茫と光が滲み、それは時を追うごとに強く差し込んで来る。

辺りが騒がしいことで、先程まで無音の中にいたことに気付いた。人が激しく動く気配がした後、誰かが覗き込む。

「花代……」

呼んではみたものの、すぐに違うと判った。そこにあったのは目を潤ませて口を窄める夏帆の顔である。


噎《む》せ返るほどの硝煙の臭いが、辺り一帯に漂っている。大筒を続けて放ったことはあるものの、ここまで休むことなく撃ったことはない。しかもまだ半日足らず、これから狙いが利かなくなる夜まで、明日も、明後日も、丸一日休みなく撃ち続けるつもりである。一発放つ度に、砲の中、火薬を載せる火蓋をしっかりと清め、砲身が熱によって曲がっていないかなども確かめねばならない。渾身の大筒「雷破」は、心血を注いで鍛造したものの、これほど酷使すればやはり暴発の恐れが頭を過った。

「次、行くぞ」

彦九郎は配下の職人たちを急かした。職人たちは己の役目を滞りなくこなす。実戦の中で弾込めの速さは着実に上がっているが、それでも丁寧さは失っていない。

――あいつは何をやっている。

その間、彦九郎は大津城の方角を見つめて舌打ちをした。

長等山からでも人が激しく動いているのは見て取れた。無数の黒い点が時に右往左往し、時に固まる様は蟻を彷彿とさせる。

本丸の東側に続々と人が溜まりつつある。京極家の制止を振り切って、民たちが大門を開いて逃げようとしているのであろう。砲の特性上、砲弾が極めて落ちにくい西側の塀の側に誘導している者もいるようだが、それも全体から見ればごく一部である。人の心を撃つという狙い通りである。

すでにあの数が殺到していれば、京極家の家臣がいくら止めようが突破されていておかしくない。だが実際にはそうなっていない。それが飛田屋のせいだということに、彦九郎はほぼ確信を持っていた。少し前、数十人が東側に石を運んでいるのが見えた。この位置からは見えないが、恐らく大門の内側に石垣を築いたのだろう。これで本丸と二の丸を繋ぐ唯一の道が塞がれたことになる。

行右衛門が手を上げて支度が整ったことを告げると、彦九郎は苛立ちを紛らわせるように鋭く叫んだ。

「放て！」

轟音が鳴り響く。噴き出した弾丸は天地の間を切り裂いて翔ける。

「よし」

彦九郎は下げたままの拳をぐっと握りしめたものの、また別の苛立ちが込み上げてきて下唇を噛みしめた。初めて天守最上階に命中したのだ。だが高欄の一部を噛み千切っただけだったのである。

――このままでは埒が明かぬ。

まず長等山からの砲撃ではなかなか狙い通りには命中しない。距離のことに加えて、比良から吹き降ろす風の影響も大いに受けてしまう。さらに天守に命中したとしても、今のように致命的といえるほどの破壊には至らないのだ。

彦九郎が次の弾込めを命じた時、麓から人が走って来て立花宗茂に何やら告げた。宗茂は真剣な面持ちで何度か頷く。

「何かありましたか」

人が立ち去った後、彦九郎は宗茂に向けて訊いた。宗茂は若干の躊躇いを見せたものの、意を決したように口を開いた。

「今日、内府が岐阜へ入ったらしい」

「すでに……」

「いつ決戦が行われてもおかしくないところまで来た」

西軍の主力は大垣、東軍は岐阜。もう目と鼻の先の距離まで接近している。宗茂の見立てでは、流石に今日ということはないだろうが、明日以降、いつ戦が始まってもおかしくない状況だという。

「難しいところだ」

宗茂は唸るように言い、軍議のため山を下りていった。

決戦に確実に間に合うためには、もう出立しなければならない。だが大津城を落とさねば追撃を受けることも十分あり得るし、万が一決戦に敗れた時は退路を塞がれてしまう。

宗茂いわく決戦とはいうものの完敗することさえ避ければ、大坂城に籠って十分巻き返しが出来る。大津城をそのままにしていくということは、その道が完全に断たれてしまうことを意味するのだ。

――今日落とせば、万事解決するのだ。

彦九郎は口内の肉を噛んだ。

大津城が落ちるか否かが、天下の趨勢の一つの鍵を握っているのは間違いない。正直、石田三成がどうなろうと彦九郎にはどうでもよかった。己を信じてくれた宗茂を始めとする、四万の将兵の命がかかっているのだ。

――俺たちは何のためにここまで来た。

彦九郎は瞑目して自らを責めた。

死を生み出す武器を作り出してきた己たちを、悪の権化の如く語る者もいる。鉄砲や大筒で身内が死んだ者などが特にそうだ。一人も殺さずに戦が終わるならば、何とよいかと心から思う。それがこの乱世の結びともいえる一戦ならば猶更である。

「認めるさ……」

本心では、誰も殺したいなどとは望んでいない。一人の命を生贄《いけにえ》に百人を救う。百人の魂を生贄に千人を救う。国友衆は、義父は、己は、そう信じて心ない罵声を受けてきたのではないか。あと一度、それを受けれぱ、皆は救われるのだ。だが、かつてないほどに胸がざわついて仕方ないのだ。

――あいつもそうかもしれぬ。

時を追うごとに、城門から逃げ出そうとする民が集まり、遠目にも人だかりが出来ている。石垣で逃げ道を塞ぐなど、やはりあの男らしくない。だがそのような甘いことを言っていては、より犠牲が増えるのは己から見ても明らかである。掲げた高い志と、戦の現実の狭間で葛藤した故か。

「悪と呼ぶならば呼べ」

小声で漏らした相手は匡介ではない。戦というものから目を逸らして漫然と生き、大層に非難だけを浴びせる世間という化物にである。今ならば、宗茂は山を下りていてこの場におらず、その威名に傷を付けることもないと思い至ったところで、彦九郎は腹を決め、間もなく弾込めを終える配下の職人たちに向けて静かに命じた。

「本丸城門を穿て」

「大門は目では捉えられませんぞ」

「凡そ判れば十分。当てるぞ」

「多くの民が押しかけております。死人が出ることも……」

「覚悟の上だ」

彦九郎が絞るように言うと、行右衛門は全身を震わせて頷いた。砲身の向きを自ら調える。若い職人の中には動揺を隠せない者もいる。

――よいのか。

夕陽に照らされて光沢を放つ雷破が尋ねて来たような気がし、

「ああ、これが国友衆だ」

と、彦九郎は小さく答える。続けて行右衛門に向けて低く命じた。

「撃て」

火が点けられ、雷破がけたたましく吼えた。その声は先刻よりも悲痛に聞こえたのは、彦九郎の聞き違いであろうか。飛翔する弾丸は大門の辺りを越えて湖へと落ちた。

「今が切羽よ。次々に撃ち込め」

彦九郎は命を重ねる。再び雷破が鳴り響く。弾丸は先ほどよりも手前、手応えはあった。屋根瓦が飛散している。

「次」

迷いを振り切るように、すぐに次の弾込めを急がせた。

放たれた三度目の弾丸が空を行く。逃げ出そうとしてごった返す人込み。その中に弾丸は落ちていった。

己はこれまで数多くの人殺しの道具を世にばらまいて来た。それが世に真の泰平を齎《もたら》すと信じていたから。そして眼前で己の作った武器で人が死ぬのを見たこともある。だがこの時ほど鮮明に見えたことは一度たりともなかった。
四、五、六と間隔を短くして雷破が咆哮する。己に必死に訴えているような気がしてならず、彦九郎は堪らずに呻いた。
「許せ……」

その時である。男が馬を駆って猛然と山を上がって来た。他の諸将と打ち合わせを行っているはずの宗茂である。いずれ戻って来ることは判っていたが、あまりに早い。恐らく気付くや否やすぐに戻って来たのだろう。宗茂は颯爽と馬から舞い降り、吐息が掛かるほどに詰め寄った。

「彦九郎」

「城が落ちればもう悩むことはないのです」

彦九郎が声を上擦らせると、宗茂はこちらの意を全て汲み取ったように細く息を吐いた。

「止めよ」

「全ては私の一存。侍従様の威名に傷は――」

「そのようなものはどうでもよい」

威厳の籠った声に彦九郎は気圧されたが、なおも首を横に振った。

「勝たねばならぬのです。そうでなければ国友衆が乱世を生き抜いた意味がありません」

純粋に鉄砲のより良い機巧を求めて精進した職人もいた。己たちが励めばそれだけ早く世に泰平が来ると信じていた職人もいた。だがどんな想いを持とうとも、十把一絡げに己たちがどれほどの怨嗟を受けて来たことか。

「真は殺したくなどないのだろう」

核心をいきなり突かれ、彦九郎は言葉に詰まった。

「俺が背負うと申したであろう。人を殺すのは武器を生み出すお主たちではない」

「え……」

「常にそれを使う者たち。つまり俺たちよ」

宗茂は彦九郎を真っすぐ見据えながら続けた。

「幾ら綺麗ごとを申せども所詮、戦とは人殺し。西国無双などは、西国で最も人殺しが上手いという称号に過ぎぬ」

「それは違います……」

彦九郎は絞るように言った。

「違わぬ。戦に巻き込んで無辜の民を殺してしまったことは何度もある。家を守るため、家臣を守るため、泰平の世を続かせるため、何度言い訳して来たか解らぬ……」

このようなことを言ってくれる人も初めてであった。だからこそ負けさせたくはないと強く思う。

彦九郎は消え入るような声で言った。

「しかし……もう今更……」

「今からでもよいではないか。人はそう思った時から歩み始める」

これまで投げかけられた数々の心ない言葉が蘇る。宗茂の言葉に、彦九郎は唇を噛んで俯くことしか出来なかった。

「しかし……それでは……」

間に合わなくなってしまうかもしれない。それでも宗茂は首を横に振った。

「聞け、彦九郎。戦がある限り人は死ぬ。だが、お前が救いたい民を狙うのは違う」

無言を答えと取ったのだろう。宗茂は彦九郎の肩に手を置いて頷くと、城門への砲撃を禁ずることを達した。

「元通り天守を狙うぞ。それで勝つ」

宗茂は先ほどの厳しい語調を一転させ、慈愛溢れる声で語り掛けた。その時、行右衛門が近付いて来て囁くように言った。

「御頭、雷破に破損が」

鉄砲でいうところの火道が変形してしまっている。これでは火薬の爆発が上手く伝わらず、狙いが狂ったり、最悪の場合は弾が飛び出さず暴発したりすることもあり得る。

途中、砲撃の間隔を縮めたとはいえ、そうそう壊れるはずはない。宗茂と同じく、雷破もまた己にこの砲撃を止めさせようとしていたように思えて仕方がなかった。

「直させて下さい」

彦九郎は声を震わせた。大津城下に鍛冶屋があることは知っている。一部の部品を分解し、そこで形を元に戻すのである。砲身は分解することは出来ないため、火道に関しては金槌で細かく叩き、あるいは鑢を使って整えるしかない。神経を研ぎ澄まし続けると共に、根気のいる作業であるのは間違いない。

「どれほど時が掛かりそうだ」

「並ならば三日というところです……しかし、明朝までにやってみせます。故に――」

「解った」

全てを言い終わるより早く宗茂は答えた。

「もう一つ……お願いがあります」

もう迷いはしない。天守を完全に壊し、雷破の名を天下に轟かす。だがこのままだと時が足りない。これを解決する最も良い方法は一つ。

至極単純、城の近くまで大筒を寄せて放つことである。だが一つ大きな懸念がある。大筒は一度据えてしまえば、軽々と動かすという訳にはいかず、敵の襲撃を受けて奪われるという危険が伴うのだ。今は三の丸、二の丸まで手中に収めているが、敵が先程のような乾坤一擲の出撃をしてくれば、あっという間に横奪、あるいは破壊されてしまうだろう。

「尾花川口しかないかと」

彦九郎は目算を付けていた場所を宗茂に告げた。

尾花川口は大津城の北西。当初、己も鋼輪式銃で攻めていた場所である。尾花川口から天守までの距離は僅かに三町半。浮島の如き曲輪《くるわ》の伊予丸の上を越して撃つ。あそこからならば十分に天守を貫くことは叶うだろう。

本丸から敵が出撃した場合、二の丸を横切って道住門を潜って三の丸に出た後、尾花川口に至るのが最短。だが二の丸は飛田屋が石垣で分断してしまっている。これが裏目に出て大きく回り込まねば、尾花川口には到達出来ない。ここしかないと彦九郎は見定めていた。

「伊予丸は未だに敵の手の内にある。向こうからの鉄砲も届く距離だぞ」

「お願いします」

彦九郎は腹の内から湧き上がる熱をそのまま声にした。これでも確実に勝てるとは言い切れない。

だが己を信じてくれたこの人のために全力を尽くしたかった。迷いを取り去ってくれたこの人の期待を裏切りたくはなかった。

「よかろう。ただし我らも再び二の丸まで手勢を入れる」

「それは……」

大筒を最前線に持って来れば、どうしても敵の反撃で奪われることが考えられる。それを防ぐためには軍勢を寄せるほかない。そのほうが早く城が落ちやすいのも当然である。それをしてこなかったのは大筒の流れ弾が味方に当たるのを避けるため。長等山からの遠距離射撃ともなれば、その危険はかなり高かった。

「誤って味方に当たってしまうか？」

宗茂は不敵に口角を上げた。

「いえ、あそこからならば百発百中です」

「よし。夜のうちに動かすぞ」

残る時を考えても、恐らくこれが最後の勝負になる。己と宗茂のやり取りを聞けるはずもないのに、まだ熱の残る雷破がまるで微笑んでいるような気がし、彦九郎は今一度頼むと心の内で呼び掛けた。

第九章　塞王の楯

「夏帆……殿」

匡介は呼んだ。まるで己の声でないような気がするほど声が掠れている。

「目を覚まされました！」

夏帆が周りを見渡しながら声を上げると、続々と己を覗き込む顔が増える。段蔵、玲次を始めとする配下の職人たちである。誰もが顔をくしゃくしゃにしている。

「ここは……」

「ここは西の館です」

夏帆が目尻の涙を指で拭いつつ答えた。

「何が……あったのです」

匡介は起き上がろうとしたが、全身に痛みが走って顔を歪めた。

「飛田様は逃げる母子を突き飛ばして庇《かば》われたのです」

そう言われてようやく記憶が蘇って来た。涙で顔を濡らす子どもの顔もはきと思い出す。

「母子は？」

「掠り傷を負っただけで無事です」

「よかった……俺は……」

覚悟を決めて顎を引いた。砲弾が直撃していれば四肢を失っていてもおかしくないからである。幸い全てが無事である。右手、左手、右足、左足と順に動かすが、どうやら痺《しび》れもない。

丁度、そこへ女中の一人が椀に入れた水を持ってきてくれ、夏帆はそれに布を浸して拭うように唇を、次に絞って喉を潤してくれた。幾分、喉の痛みが和らぎ、匡介ははきとした声で訊いた。

「今は？」

皆が顔を見合わせ、その意を汲んで段蔵が話し始める。

「まず頭は一刻半（約三時間）ほど気を失っておられました。すでに日が暮れました」

「大筒《おおづつ》は……？」

「あれから凄まじい早さで立て続けに三発。だがそこで嘘のように鳴りを潜めております」

「そうか」

大筒に不具合が出たのか。あれより間隔を縮めたならばそうなってもおかしくない。今思えばあの連射も、そもそも門に狙いを変えたのも彦九郎らしくはなかった。

「そのせいもあり、民も何とか一応は落ち着きました」

飛田屋の頭である己が負傷したことも民は見ているし、日が暮れてもはや石垣を取り除くのが難しくなったこともある。さらに殿が今晩中に判断を下すので、今暫し耐えてくれと皆に伝えたことが最も大きかったという。

「宰相様は何と」

「人目に付かぬ夜の内に御方様《おかたさま》が宰相様のもとへ。今、お二人でお話をされているとのことです」

「それはつまり」

「開城することになりそうです。城に籠る全ての者の命を救うことを条件に、宰相様自らは切腹されるおつもりです……」

段蔵は後ろに行くにつれて声を潜めた。

「宰相様にお会い出来ないか」

匡介は腹に力を込めて身を起こした。職人たちが心配して手を伸ばす中、夏帆の顔色がさっと変わった。

「まさか……まだ」

匡介は歯を食い縛って首を横に振る。

「門の石垣は崩して取り除くと約束します。その上で……」

続きを話そうとした匡介であったが、ふとあることが気に掛かって周囲を見渡した。

「横山様は外に？」

大津城に籠ってから、飛田屋を守るという役目を担った横山はずっと側にいてくれた。この西の館の外を固めているのか。ならば己はすでに目を覚ましたのだから、報せてやったほうがよいのではないか。そう考えて訊いたのだが、皆の顔が悲痛なものに変わっていることに気が付いた。

「まさか……」

言葉を選んでいるような素振りを見せた段蔵を差し置き、口を開いたのは玲次であった。

「あの時、頭は母子を突き飛ばして守った。さらにその頭を横山殿は守って……討ち死にされた」

弾丸は己の顔の辺りに直撃するはずであった。これは己が弾丸の落ちるところに飛び込んでいったのだから、別に偶然ではなく当然といえるだろう。匡介が咄嗟に動いた時、もう一人、横山もまた瞬時に動いていた。そして母子を突き飛ばした匡介の襟を摑み、剛腕でもって後ろに引き倒したという。

「流石、乱世を掻い潜った猛者だ」

玲次は愁いを帯びた声で続けた。

弾丸は横山の左の大袖を直撃し、真横に五間（約九メートル）も吹き飛ばされた。丁度、匡介を後ろに引いた直後である。匡介も僅かに巻き込まれて、強かに頭を打ったというのが気を失った真相らしい。

横山は頭から地に突き刺さるように落ちた。駆け寄った者によると、ほんの僅かな間は息があったらしいが、その呼吸は激しく乱れており、その後すぐに止まったという。

後に判ったことだが、頭から血は流れていたものの、何と弾丸を受けた肩は骨すら折れていなかったとのこと。弾丸が肩の上部に当たり、軌道を変えて跳ねるように上に逸れたのが原因かもしれない。それでも弾丸を受けてなお耐える頑強な躰を、玲次は猛者だと言い表したのだろう。そして逸れた弾丸が地に落ちたところにも幸い誰もおらず、他に死人は疎か、怪我人も出なかったらしい。

「横山様が……」

「最期、僅かに息のある時……横山様は頭の名を呼んだとのことだ」

玲次はそう言うと唇を強く結んだ。

「会わせてくれ」

匡介は布団から身を起こした。先程まで躰にあった鈍い痛みはいつの間にか霧散している。誰も止めなかった。

横山が眠っている場所は屋敷ではない。建物ですらなかった。本丸の隅、地に筵《むしろ》が敷かれており、そこに横臥《おうが》させられている。民も含めれば大勢の人がおり、生きている者ですら建物から溢れているのだから仕方がないのかもしれない。

付き添ったのは段蔵、玲次のほか、横山隊にいた武士が数人。あと夏帆も止めることこそしなかったが、心配をして付いてきている。

横山以外にも多くの人々が横たわっている。上にも筵、破れた陣幕などが掛けられている。匡介は教えられた場所に立ち、そっと布を取り去った。

そこにはまさしく横山がいた。玲次が教えたように頬が微かに擦れてはいるものの、他には目立った外傷はない。まるで眠っているようで、揺り起こせば目を覚ますのではないかとさえ思えた。

「横山様……」

ありがとうなどという言葉さえ陳腐に思え、名を呼ぶ他に何も言葉が出て来ない。耳朶《じだ》に蘇るのは、戦場での猛々しい咆哮ではなく、快活な笑い声である。

動悸こそ速くなるものの、涙も零れず、嗚咽も込み上げてこない。やはり、とても死んだとは思えなかった。

――ずっと解っていた。

人の世とはこのようなものだということを。父や母、花代、そして源斎ともそうであった。人の別れはこの世の何処にでも落ちてきて、往々にして突然訪れるということを。横山と最後に交わした言葉は何だったか思い出せないほど、呆気なく別れはやって来る。その別れを必要以上にばら蒔《ま》く、戦というものをずっと終わらせたいと願っていたはずなのだ。

全てが終わってからでいい。横山がそう言っているような気がして、匡介は手を合わせることもなく再び布を掛け、長等山の方角へと目をやった。

――やはりそうか。

ここに来る時から気付いていた。長等山に無数の松明が蠢いている。それが意味していることは何か。すでに予想はついている。

「飛田屋」

己が目を覚ましたことを聞きつけたのだろう。篝火《かがりび》に照らされた城内を孫左衛門が小走りに近付いて来た。

「無事だったか」

「はい。横山様のおかげです」

孫左衛門は今にも泣き出しそうに唇を窄めて頷く。

「今、敵に動きが――」

「二の丸に兵を入れ始めたのでしょう。しかも東側だけに」

孫左衛門が全てを話し切るより早く、匡介は言った。

「何故、それを……」

「そう来るだろうと」

己の推量通りならば、軍勢を入れて来るのもまた考えられることだった。

「宰相様の元へ」

怪訝そうにする孫左衛門に向け、匡介は再び言った。石垣を取り除くことも付け加えると孫左衛門は深く頷いた。

「一つ、お願いがあります。夏帆殿もお連れ願えないでしょうか」

夏帆は驚きの顔を見せる。

「見届けて頂きたいのです」

匡介が続けると、夏帆は戸惑いを払いのけるように強く頷いた。

「御方様もおられる。侍女のお主がいても差し支えあるまい」

孫左衛門はそう応じてくれた。今しがたようやく聞いたのだが、高次は北西の端、馬場の脇にある厩舎《きゅうしゃ》に付随した建物にいるという。やはり建物に収まりきらず外で寝る者も散見出来た。いずれもあまり寝つけないらしい。不安そうな目で夜天を眺めている者もいる。数日前まで慟哭していた空は皮肉なほど晴れ上がり、間もなく満ちる大きな月が茫と城内を照らしている。

「横山は悔やんではいないだろう」

嚮導《きょうどう》する孫左衛門がふいに言った。何も答える間もなく、いや答える間を与えないようにしてくれたのだろう、すぐに目指す建物の前に到着した。

孫左衛門が戸を叩いて合図を送ると、戸がすっと開いて男が顔を覗かせる。男は辺りを確かめた後、手で招き入れた。行灯《あんどん》を先立てて暗い廊下を行き、奥の一室へと通された。

幾つかの燭台《しょくだい》に火が灯されており、それほど広くない部屋の中に押し込まれたように人がいた。高次、その傍らにお初の姿もあった。

「来たか」

皆の眼差しが一斉に集まる中、高次は日頃と変わらぬ鷹揚な調子で言った。

「はい」

「躰はどうだ」

「横山様のおかげで」

「惜しい男を亡くした」

高次は口惜しそうに唇を巻き込んだ。

「殿」

孫左衛門が声を掛けると、高次は深く頷く。

「石垣を除いてくれるのだな」

「はい。差し出がましいことをして――」

「いや、それは拙者が命じたこと。飛田屋には何の落ち度もありませぬ」

匡介が詫びようとするのを、孫左衛門は遮った。

「解っている」

高次は己と孫左衛門を交互に見て言った。

「開城なさると、お聞きしました」

「そのつもりだ。初も得心してくれている。が……まだな」

高次はそう言って、部屋にすし詰めになっている家臣たちを見渡した。未だに反対している家臣たちが多くおり、なかなか納得しないのだと解った。

「石垣を除くということは、お主は賛成してくれるのだな」

高次は続けて儚い微笑みを浮かべた。反対する者たちへの説得材料になると思ったのだろう。

「いえ」

「何……」

高次を含め、その場にいる者全員が怪訝そうな顔になる。匡介の頭に夢の中の花代の声が蘇る。それに応えるように小さく頷くと、匡介は揺るぎない、はきとした声で言った。

「城を守り抜きましょう」

感嘆の声を上げたのは戦の続行派だろう。その目を輝かせてこちらを見る。それとは逆に吃驚の顔に変じたのは開城派。中には怒りを滲ませている者もいる。高次はというと哀しげに目尻を垂れる。背後に立つ夏帆の息遣いも荒くなるのを感じた。

「匡介、もうよいのだ。戦は――」

「よくありません」

大名の言葉を遮るなど不敬極まりないだろう。だが匡介の目には名家を継いだ大名ではなく、皆のために命を擲たんとする一個の男として映っている。匡介は昂るでもなく静かに続けた。

「城が落ちるということは、生殺与奪の権を敵に与えるということ。命を懸けて約定《やくじょう》を取り付けても、それが守られなかった例もごまんとあります」

「大筒が近くまで来れば、これまで以上の混乱に至る。内側から崩れる……そうなればどちらにせよ終わりだ」

「お気付きだったのですか」

長等山の幾つもの松明は麓に向けて移動している。あれは恐らく大筒を移動させているのだ。本日の攻撃で幾ら国友衆の大筒といえども、そう簡単に天守が崩れぬことが解った。それで敵もこちらの射程に入るのを覚悟で、大筒を近くまで持って来ようとしているのだ。これに高次も気付いていたらしい。

「何処かは判らぬが……」

「いえ、判ります。尾花川口です」

匡介ははきと断言した。

理由は三つ。一つ目は二の丸を分断したことが裏目に出て、こちらは尾花川口にはなかなか近付けないこと。二つ目は天守までの最短の距離となること。そして極めつきが軍勢の動き。敵は二の丸に満ち始め、本丸の大門を破らんとする構えを見せている。それだけならば二の丸全体に兵を入れてもよさそうなものだが、敵は東側のみに満ちているという。これまでの攻防で己たちが石垣で二の丸を分断したということもあるが、これには今一つ意味がある。示し合わせて攻める軍勢が、大筒の射線上に入らぬようにしているのだ。つまり東側からの砲撃はないということである。

「ならば猶更、開城を急いだほうがよい」

「私に……飛田屋に賭けてはくれませぬか」

「それは……」

「砲撃を止めます」

これには全員が落胆を隠さなかった。河上小左衛門ら五百余騎が、砲撃を止めようと長等山を目指して玉砕したのは今日のことなのだ。

匡介のすぐ近くから声が上がった。河上を止めようと言い合っていた三田村吉助である。

「河上は文武に優れた武士だった……泰平でもきっと役に立つ。俺などよりも生き残るべきだった。あの時、もっと強く止めていれば……悔やんでも悔やみきれぬ」

三田村は肩を震わせて続けた。

「河上以外も一騎当千の兵。それで成せなかったのだ。今の当家にはそれを成し遂げられる者は残っていない」

「匡介、もうよいのだ」

高次は静かに言って首を横に振った。

「河上様たちの死を無駄にしてもよいのですか」

三田村はすっくと立ちあがり、匡介の胸倉を鷲掴みにした。

「おのれ、今一度言ってみろ」

「何度でも申します。皆様は宰相様を、御方様を、大津の民を守るため、たとえ勝ち目が薄くとも抗ったのではないのですか」

「そんなことは解っている。だがどうにもならんのだ……」

三田村は口惜しそうに声を震わせて俯いた。

「皆様は思い違いをされています。大筒を狙う訳ではありません。弾丸を止めるのです」

「何だと……」

三田村がするりと手を下ろした。一座がざわめく中、匡介は細く息を吐いて言い切った。

「尾花川口に大筒が来るのに備え、伊予丸に石垣を造ります」

一座の者があっと声を揃える。

「そのような石はもうないと聞いて――」

誰かが声を上げようとしたが、途中でこちらの意図を察したようで言葉を途切らせた。

「城門前の石垣を崩して用います」

「待て。尾花川口と伊予丸は目と鼻の先。あの威力に耐えられるのか!?」

「撃ち込まれれば崩れてゆくでしょう」

通常、野面《のづら》積みの石垣は大筒などではびくともしない。だがあの大筒の威力は尋常ではない。撃たれれば徐々に崩れていくことになるだろうと見ていた。

「ならば無駄ではないか」

「いえ……崩れれば積み直します」

「なっ――」

茫然とする皆をゆっくりと見渡しながら、匡介が言葉を重ねた。

「賽の河原の如くに。何度でも、何度でも、崩されても諦めません」

砲弾が飛び交う中で石を運び、直撃されて揺らぐ石垣に上り、向こうが音を上げるまで、決戦が行われるその時まで、修復を続けるのである。

「だが伊予丸は……」

三田村が喉を鳴らした。

「解っています。渡れば最後、終わるその時まで戻りません」

匡介が迷わず答えると、場が嘘の如く静まり返った。

伊予丸は浮島の如き曲輪《くるわ》。城と繋ぐ橋はすでに落としてある。舟で渡ることは出来るが、大筒の攻撃が始まってしまえばもう戻っては来られない。

「匡介、訊きたい」

高次が声を発し、皆の視線が一斉に集まる。

「はい」

「石垣を除けば、民を遮るものはなくなるが」

京極家は力ずくではもう止めないという意味である。

「民は宰相様を信じ、そのお言葉を待っています。その宰相様は私を信じて下さい」

知らず知らずに匡介も声に熱が籠った。もう誰も死なせたくはない。同じことを考えている高次も含めて。その一念である。高次はゆっくりと瞑目する。

「皆の者、よいか」

誰も意見する者はおらず、皆の頷きが一つに重なる。

「孫左衛門、ただちに民たちを集めてくれ。儂から話す」

高次が決然と言うと、それを合図に皆が互いに手を取り合い、肩を叩き合った。この部屋に来た時に漂っていた沈痛な雰囲気は霧散し、いずれの者の顔にも確固たる決意が滲んでいた。

「匡介殿」

俄《にわ》かに活気が戻った一座の中から己を呼ぶ者があった。これまで高次の横で黙していたお初の方である。お初はすっと立ち上がり、衣擦れの音を立てながら家臣たちの間を縫って近付いて来る。

「ありがとうございます」

お初は深々と頭を下げたが、匡介は驚くことはなかった。お初がこのような人だということは重々知っている。

「夏帆」

お初は己の後ろに眼差しを移して優しげに呼び掛けた。振り返ると、背後に立っていた夏帆は俯いている。

「御方様は……」

「夫の命を差し出せば民は助かるかもしれません。しかし本当は……夫を死なせたい妻などいましょうか」

お初の声は後ろにいくにつれ潤みを帯びていった。

「あなたはどうなのです」

お初の問い掛けに、夏帆は俯いたまま肩を小刻みに揺らしていた。

「私は……」

「心を偽るのはもう止めなさい」

「私は……もう……二度と嫌です……」

音が消えたのかと思うほどの静寂の中、滴り落ちる小さな音だけが響き、薄暗く照らされた床に影が滲んだ。夏帆はさっと顔を上げると、滂沱たる涙を流したまま声を震わせた。

「守って下さい……」

「約束します。今度は真に」

頬を濡らす夏帆の肩に手を添え、匡介は凜然と言い切った。

それから間もなく、天守から様子を窺っていた者から新たに、

――松明は尾花川口へ。

との報せが入った。何やら人が慌ただしく動く気配もあるとのこと。敵も隠すつもりはないらしく、もはや九分九厘間違いない。

刻一刻と緊張が高まる中、天守前の大広場に城に籠る全ての者が集められた。無数の篝火が焚かれ、煌々《こうこう》と夜天を焦がしている。老若男女問わず皆が不安げな顔をしている。

「あっ、殿様」

母に抱かれて寝ぼけ眼を擦っていた男の子が天守を指差す。高欄に高次、お初が揃って姿を見せたのだ。衆からどよめきが上がった。

「混乱の中、話が纏まらずに長く待たせたことをまず詫びる」

高次は大音声で叫ぶと、大きな頭を深々と下げた。お初もまたそれに倣う。多くがこの夫婦の人柄を知っており、匡介がそうであったように驚く者は見られなかった。

「先刻、ようやく話が纏まった。これより城門前の石垣を取り除くこととする」

安堵の嘆息が広がる。歓喜の声を上げる者もいた。それが鎮まるのをじっくりと待ち、高次はさ

らに民に呼び掛けた。

「だが儂はまだ戦おうと思う」

これほどはきと聞こえるものかという高次の声と、吃驚の声が見事に重なった。

「飛田屋が門に石を積んだのは皆の命を守るためだ。出ようとするのは咎めぬが、ここにいた方がよいのは真だ」

降伏すれば苛烈な仕置が行われることもあり得ると正直に話した。降るとはそのようなことで、最後の最後の手段であるということも話した。

さらに、門を開けば敵は雪崩れ込もうとすること。その時も無闇に民を殺そうとはしないと思うが、それでも巻き込まれて怪我人、死人が出るかもしれない。

一切を包み隠さず話した後、

「嘘は吐かぬ。儂はもう誰も死んで欲しくない」

と、高次は訴えるように叫んだ。その真心が伝わったのだろう。しかと頷く者や、口を押さえて涙を浮かべる者が続出する。高次は大きく息を吸い込み、強く言い放った。

「飛田屋が伊予丸に石垣を積む」

また揺れるようなどよめきが起こった。石垣は弾を受ければ崩れ落ちる箇所も出るかもしれない。だが次の弾丸が来ようともまた積み上げて修復する。敵の弾丸が尽きるまで、精魂が尽き果てるまで、これを続けることを話した。

「城を……天守を守りたいだけだ！　おいらたちの命なんてどうでもいいんだ！」

民の中から声が上がったので、一斉にそちらの方を皆が見る。喚いたのはあの徳三郎である。余程、勇気がいったのだろう。それこそ死を覚悟するほどに。徳三郎は顎をがたがたと震わせ、それでも射貫くように高次を見上げた。

「儂とお初はここを動かぬ」

再び地鳴りの如く騒めく。天守の下にいた匡介もそれは聞いておらず、唖然として高次を見上げた。高次は微笑んでいる。

「目を引き付けるのは大の得意じゃ。何と言っても蛍大名故な」

高次が尻をぱんと叩くと、皆の中からくすくすと笑う声まで聞こえた。幼子がぱあと顔を明るくして蛍と声を上げ、母と思しき者が慌てて口を塞ぐ。しかし高次は怒ることもなく、蛍じゃ、蛍じゃと幼子に向けて笑い掛けたものだから、遂にどっと笑い声が沸き上がる。この光景に家臣たちは苦笑しつつも好ましげに見つめている。

「治部少は大津を決戦の地に使う腹積もりであった。儂はそれがどうしても許せず、このような仕《し》儀《ぎ》となった」

一転、高次が静かに話し始めると、誰もがぴたりと口を噤む。静寂の中に高次の声はよく響いた。

「飛田屋はそのような我らを助けるために城に入ってくれたのだ……」

そこで言葉を切ると、高次は胸いっぱいに息を吸い込んで、今日一番の大音声で言い放った。

「儂は塞王を信じる。皆もその儂を信じてくれぬか」

歓声が上がるようなことはなかった。だが民の頭上に熱気が一気に立ち上り、風が揺れたように見えた。虚《うつ》ろであった民たちの目に生気が戻っている。もう誰も文句を口にしないどころか、動揺も消え去って一つになるのを感じた。京極家から失われていた要石《かなめいし》が、今一度がちりと嚙み合うかのように。

高次がこちらを見下ろして頷くと、匡介は目一杯の声を絞って叫んだ。

「仕事に掛かるぞ！」

高らかに応じ、飛田屋の面々が一斉に動き出した。残された時はあと五刻足らず。尾花川口に大筒が来ないとは微塵も考えなかった。必ず来ると感じている。匡介はこれが戦国を席捲した矛と楯の、最後の戦いになるだろうと感じ取っていた。


匡介の指示で飛田屋はすぐに城門の石垣を崩し始めた。素人では石垣をどう崩してよいかも思いが及ばないだろう。だが穴太衆《あのうしゆう》に掛かれば、やはり組むより崩すほうが容易く、総動員で掛かれば半刻ほどでただの石の群れに戻っていた。

取り除いた石から順に、玲次の差配でまた修羅に載せて船着き場まで運び、さらに船へと積み替えていく。その間、孫左衛門を中心に、京極家の家臣たちが誘導する民の中には、

「お願いします」

「頼むぞ！」

などと、飛田屋の職人たちに励ましの言葉を掛けてくれる者もいた。

幾艘かの舟で何度も往来して石を運んだ。あと一艘で全てを運び終えるという時でも、月はまだ東の空に留まっている。石垣を崩し始めてから二刻も経っていないということで、これは玲次の荷《に》方《かた》としての秀抜な手腕によるところが大きい。

元来、橋で繋がっていた曲輪であるため、伊予丸には船着き場はない。先着した者が滑車の付いた櫓を構築し、それで舟から石を引き上げていく。これは険しい崖からも石を切り出す山方《やまかた》の得意とするところで、指示を飛ばす段蔵の声も張りで満ちている。

全ての支度が整った時、月は中天を越えていた。おそらく子の刻（午前零時過ぎ）あたりになる。

匡介は全ての職人を集めた。若い職人たちが掲げる松明の灯りで、闇の中に精悍な顔がずらりと並ぶ。

「俺が迷ったせいで、辛い仕事をさせてしまった。すまなかった」

匡介はまず詫びて頭を下げた。命じられれば従う。皆それが当然だと思っているが、唇を噛みしめる者もおり、やはり苦しかったことが窺える。

「だがもう迷いは晴れた。至極明白なこと。城を、宰相様を、民を守り切る。そしてこれが乱世において、恐らく最後の仕事になるだろう」

匡介が言うと、銘々が頷いた。玲次は皆を見渡した後、一歩進み出て己に向けて言った。

「改めて命じてくれ」

「ああ……」

匡介は息を思いきり吸い込むと、静かに、それでいて凛然と言った。

「懸《かかり》だ」

「応！」

職人たちが勇んで持ち場に就く中、匡介は石の群れの中を歩み始め、西の方角を見やった。ここから目と鼻の先である尾花川口に多数の篝火が蠢いている。やはり国友衆は、彦九郎はもう隠すつもりはないのだ。

また向こうからも伊予丸に篝火が増えたことは見えており、こちらが何を考えているか解っているに違いない。互いに解りつつ、互いに退こうとはしない。時に日を示し合わせた決戦がしばしば行われたようなもの。真正面から矜持を懸けての戦いとなる。

「甲の一、乙の一、丙の一、丁の一、甲の二、戊の一、乙の二、甲の三、庚の一、辛の一……」

次々と淀みなく石を指差して、積む場所を示していく。

匡介の脳裏には、すでに完成された石垣の図が出来上がっている。

まず彦九郎が狙っているのは、

――十中八九、天守。

と、匡介は見ている。

尾花川口のやや北の地点から、天守までは約三町半（約三百八十メートル）。天守の高さは約八丈（約二十四メートル）。直線の弾道を防ぐためには、伊予丸でも出来る限り尾花川口に近いほうが望ましく、大筒まで約一町の地点と匡介は定めた。そこで弾丸を防ぎえる石垣の大きさは、

――高さ二丈七尺（約八・二メートル）、幅二十間（約三十六メートル）。

と、導き出していた。

「己《つちのと》の八、庚の八、辛の九……違う。それは乙の七だ」

匡介は流れるように指示を出しながら、石を積む職人の誤りも見逃さない。頭が冴えわたっていた。さらに特に難しいところや、衝撃を逃がすために重要な栗石《ぐりいし》などは、

「俺がやる」

と、五感を最大限に研ぎ澄ませ、自らの手で並べもした。

月の輪郭が滲んでいたため、予め心づもりもしていたが、夜が深くなるにつれ、どこからともなく霧が立って漂い始める。尾花川口の篝火はやはり消えてはおらず、灯りは茫と霞みながら揺れている。

「もっと早く動け」

「手が休んでおるぞ」

玲次、段蔵が皆を叱咤する。これほどの石垣、しかもあの大筒に耐えるほど頑強なものとなれば、ぎりぎり間に合うかどうかというところである。水を飲む間も惜しみ、飛田屋全員が夜を徹して懸命に働き続けた。

やがて、東方の空が白みを帯び始めた。朝が迫っている。天空と霧の境が曖昧になり、時を追うごとに菫色《すみれいろ》が辺りに広がっていく。

「それを三の組、丙の三十へ……仕舞いだ」

匡介が最後の一石の行き場を示すと、皆が感嘆の声、安堵の溜息を漏らす。すでに払暁と呼べる時刻であった。朝日を覆い隠すように、夜半から立ち込め始めた霧はさらに濃くなっている。

だが安心してばかりはいられないと、職人たちの顔はすぐに引き締まったものに変わる。ここからが真の戦い、いや、戦はまだ始まりもしていないのだ。

「頭、多賀様が」

石垣を築いて間もなく、段蔵が駆けよって来た。伊予丸の東、石を引き揚げた地点に、多賀孫左衛門の乗った舟が来ているという。

「暫し休め」

匡介は皆に命じて、自らは玲次、段蔵と共に向かった。堀を見下ろすと、小舟の上の孫左衛門がこちらを見上げつつ言った。

「おお、飛田殿。終わったか」

「今しがた。何とか間に合いました」

「流石よ」

松明に頬を照らされた孫左衛門は微笑んだ。

「何かありましたか」

石垣が完成すれば、松明を振って合図する段取りであった。この霧で見えにくいとはいえ、それでも難なく伝わるだろうから訝しんだ。

「怪我人は出ていないか」

作事奉行を務めた孫左衛門には、平時でも石積みの途中、石が崩れて怪我をする者が出ることを話したことがある。それを覚えており、此度もしそのようなことがあれば、今の内に本丸に引き取ろうと思い至ったらしい。

「ご心配ありがとうございます。無事でございます」

匡介が答えると、

「それはよかった」

と、孫左衛門は取り敢えず安堵の顔となり、二度、三度顎を引いた。

「二の丸の兵は」

「今のところ動きはない。恐らくこちらも大筒に合わせて動くつもりと見てよかろう。民もすでに身を潜めた」

「宰相様は……真に？」

高次は突如、お初と共に天守に残ると言い出した。匡介たちが伊予丸に渡る直前まで、孫左衛門も含め、多くの家臣たちは止めていたのである。

「全く聞き入れられぬ。頑固なご夫妻じゃ」

孫左衛門は呆れたように言った。

高次は頑として天守に籠ると主張した。お初にも止めてくれと頼んだらしいが、

——私も同じ想いです。

と、むしろ高次の後押しをして、家臣たちは困り果てたという。

高次は家臣たちを逆に説得した。こうでもせねば民を納得させることも出来なかっただろうし、一度口にしたからには裏切る訳にはいかない。そもそも降伏すれば切腹は決まっているのだから同じであろう、と。

聞き入れられぬならば共に天守に入ると申し出る家臣もいたが、高次はこれも民の側に付いていて欲しいと断った。二の丸に敵兵が再び満ちており、一兵でも多くで守らねばならぬからである。

最後には、

——たまには恰好を付けさせてくれ。

と、家臣たちに向け、笑みを浮かべたらしい。

「とは仰りつつ、その手は震え、頬は引き攣っておられた。恰好を付け過ぎなのじゃ」

孫左衛門は溜息を漏らすが、そんな高次が心底好きだというのが伝わった。

「必ずや」

守る。匡介は力強く頷いた。

「飛田殿」

孫左衛門は改まった様子で呼ぶと、老いに乾いた頬を引き締めて続けた。

「作事奉行として貴殿らと共に働けたこと、誇りに思う」

「我らも」

「頼む」

孫左衛門は一礼すると、船頭に本丸へと戻るように命じた。もうこれで戦が終わるまで、飛田屋は本丸へ戻ることは出来ないことを意味する。

匡介は孫左衛門の乗った舟を見送ると、暫しの休息を取る職人たちを横目に、積んだばかりの石垣に上った。細やかな水の粒が眼前を泳いでいる。やはり霧が深く、すぐ先であるはずのそれも見えない。松明もすでに消されているため猶更である。

だが、確かにいる。押し殺してはいるが、確かに息遣いを感じるのだ。

――どちらが正しいのだろうな。

霧の奥を覗き込みながら、匡介は心中で問いかけた。

返事は当然なかった。だが今、あの男も同じことを問うている気がしてならない。そしてこの戦の先に、一つの答えが落ちている予感がしているのも、また同じではないか。

石垣の上、匡介が身じろぎもせず霧の奥を見つめ続けて四半刻。かすかに風が吹き始めた。霧は流れ、宙に溶け込むようにして薄くなっていく。

「そうだよな」

匡介は静かに呟いた。

斑《まだら》となった霧の合間、尾花川口がはきと見えた。こちらに向く一門の大筒。想像していたものよりも遥かに大きく、湿気により妖しく黒光りしている。周囲にはそれを守る百ほどの兵、支度に動く数十の国友衆、そして砲の脇に立つ、国友彦九郎の姿が見えた。その距離は僅か一町。見つめ合う眼差しまで見える。やはり狙いは天守で間違いない。

伊予丸に誰が入り、何をしているのか。彦九郎もまた察していたと確信した。霧が晴れる前から己がいることを知っていたかのように、彦九郎はこちらを真っすぐに見上げており、視線が宙ですぐさま絡み合っている。

彦九郎の口が微かに動いた。何かを言ったようである。声は聞こえない。が、これで嚙み合っているはずと確信して応じた。

「来い」

匡介は身を翻すと、下で束の間の休息を取る配下に向けて呼び掛けた。

「案の定だ」

皆が一斉に立ち上がり支度に入る。梯子を使って石垣から降りた匡介に、玲次が話し掛けて来た。

「いるんだな」

「ああ」

「どんな砲だ」

「自分の目で見たほうがいい」

入れ替わりに玲次は、怪我をしていない片手だけで器用に梯子を上り、尾花川口の方角を確かめた。

「見るからに凄そうだ」

玲次はすぐに降りて来ると苦々しく零した。

「何たって長等山から届く砲だ」

「それが一町の距離か……改めて恐ろしいな」

玲次は舌を打った。

「いよいよだ。今日守り切れば勝つ」

「他の穴太衆なら、二刻ともちそうにねえ」

「他の穴太衆なら……な」

匡介がはきと言うと、玲次は眉を開いて息を漏らした。

夢幻からあっという間に覚めるかのように、霧が刻々と薄くなっている。二の丸に見える敵方の無数の旗指物《はたさしもの》の動きが激しくなるのも見えた。視界が晴れ切った時こそ、最後の戦いの火蓋が切られると見て間違いない。

人が全て失せたのではないかという静寂が辺りを包む。足元に雲雀《ひばり》が降り立ち、愛くるしく左右を見渡す。次の瞬間、雲雀は何かを察したように空へ飛び立った。一羽だけではない。城内の鳥という鳥が飛び立つ。

「皆、力を貸してくれ」

匡介が職人たちに向けて言ったその時、矛の鳴動が耳朶を劈いた。鉄と風が奏でる音が聴こえたのも一瞬、鈍い轟音が鳴り響き、石垣が大きく撓んだ。

「これほどか……」

石垣へと上り、崩れた場所がないかと確かめた匡介は下唇を噛みしめた。野面積みの石垣は遊びの部分が衝撃を逃がすため、正面からの攻撃には滅法強い。それなのに石垣の一部、数個の石が崩れ落ちている。さっと首を振って尾花川口を見ると、早くも大筒には次弾が込められているところであった。

「あちらも始まりました！」

段蔵が叫んだ。二の丸から雄々しい鬨の声が上がり、西軍の総攻撃が始まったのである。

京極家も負けていない。ほぼ同等の大きさの鬨の声が上がり、塀から兵が顔を出し、鉄砲の一斉射撃が行われた。悲鳴が上がるのも一瞬のこと、怯むことなく塀に取り付く敵兵の姿も見えた。

「来るぞ」

匡介が呟いた時、再び天を貫くような轟音が立つ。大地が揺らぎ、石垣が軋み、砂が震え落ちる。この強烈な威力を近くで目の当たりにし、職人の中には身震いをする者もいた。

「百五十も数えてないぞ」

玲次が顔を近づける。狙いを付ける暇が省かれるので、長等山から放っていた時より間隔が縮まるのは想定の内であった。だが予想よりも遥かに早い。三弾、四弾、五弾と撃ち込まれたが、やはり間隔は短いまま。国友衆もこの最後の決戦に臨み躍動している。

六弾目で、石垣から鈍い音が零れた。見ずとも判る。石垣の向こうで大きく崩れたところが出たのだ。

「行くぞ！」

匡介の号令と共に、飛田屋百二十余人が即座に動き出した。数本の梯子が一斉に掛かり、積方が次々に駆け上がっていく。石垣の上に着くとすぐさま振り返り、用意した別の梯子が下から渡される。それを今度は上から下ろし、向こう側へと降りていくのだ。

「そこは問題ない。あそこに当て込め」

匡介は上から指示を飛ばした。見た目には大きく崩れていても、石と石ががっちり嚙み合っている場所は心配ない。反対に一見何も壊れていなくても、弾が当たれば崩落するという箇所がある。そこを瞬時に見抜いて補修に当たらせるのだ。

「百を超えた！」

玲次が下から呼び掛ける。修復作業はまだ終わらない。匡介が尾花川口を見た時、ちょうど弾の装塡が終わり、火が近付けられようとしていた。

「来るぞ！」

職人たちがさっと散り、地に飛ぶようにして伏せるのを確かめた後、匡介も石垣の上に腹這いになった。低い爆音が鼓膜を叩いた。

次の瞬間、石垣が激しく揺らぐ。石にぴたりと付けた匡介の耳朶は、石垣の呻きをはきと捉えた。

「早く仕事に戻れ！　またすぐに来るぞ！」

匡介は跳ねるように立ち上がり、職人たちに命じた。威勢の良い声で応じ、職人たちが石の修復に戻った。先ほどの一弾が掠めて梯子が折れている。代わりを用意させようと思った時、すでに玲次が下から梯子を差し出していた。見てもいないのに音だけで解ったようである。

「長くなるな」

「ああ」

匡介は受け取った新たな梯子を、側にいる職人に託すと、再び尾花川口を見た。慌ただしく国友衆が動き、大筒に新たな息吹が込められていく中、彦九郎はじっとこちらを見つめていた。

「幾らでも受けてやる」

東の喊声が大きくなる。敵軍の攻撃の手がさらに強まっている。味方も一歩も退かず、本丸から放たれた無数の矢が、煌めく朝日の中、降り注いでいた。

篝火に囲まれ、雷破《らいは》はゆっくりと長等山を降ろされた。城方《しろかた》から察知されることを危惧する声も上がったが、

「どうせ気付く」

と、彦九郎は即座に答えた。

二の丸東方に兵を戻すのだ。あの男ならば、それが如何なる意味か、何処から撃ってくるのか、

必ずや見抜くはずだと思っている。

雷破を運んでいる間、彦九郎は城下の鍛冶場に向かった。雷破を改めて念入りに確かめたところ、幸いにも火道近くの部位の一つ、栓が飛び出て曲がっているだけであった。これならば国友に帰らずとも直せる。

彦九郎は自ら槌を握った。予め炉には火を入れて貰っていたため、ここでも時を短縮することが出来る。

作業を始めて二刻、行右衛門が報告に現れた。

「頭、雷破が尾花川口に――」

「しっ」

彦九郎は息を鋭く吐いて制する。四方八方から栓を見て、最後の確認を行っていたのである。

「よし。雷破は移ったか」

彦九郎は振り返った。

「はい。すでに尾花川口に」

「向かう」

直した栓を布で丁寧に包み、彦九郎は尾花川口へと向かった。

いつの間にか霧が立ち込めている。松明の灯りを頼りに進むと、しっとりと湿った雷破が目に飛び込んで来た。

――終わったのか。

と、雷破に訊かれたような気がして、彦九郎は小さく頷いた。直した栓は寸分違わずぴたりと嵌まった。前よりもむしろしっくり来ているほどである。

「動きがあったか」

彦九郎は行右衛門に訊いた。

「はい。伊予丸で松明が動いているのが。ただ兵を入れただけかもしれませんが……」

「いや、来ている」

彦九郎は断言した。人は見えない。滲んだ灯りもたまに見える程度。ましてや石垣などは皆目見えない。だが彦九郎は伊予丸に宿敵がいると確信していた。

全ての支度が整っても、彦九郎は休むことなく伊予丸の方角を睨み続けた。やがて東の空が茫と明るくなり、徐々にではあるが霧も薄くなってきた。

矛と楯、どちらが上か。

——間もなく答えが出る。

彦九郎は心の中で呼び掛けた。

朝日が差す頃、薄くなった霧の中から伊予丸の姿が浮かび上がって来る。

「支度に入れ。間もなく始めること、侍従《じじゅう》様にもお伝えしろ」

配下の職人たちが慌ただしく動き始める中、霧はさらに薄くなり、伊予丸の全貌まで露わになって来た。伊予丸に、昨日まではなかったはずの石垣が眼前に立ちはだかっている。高さ三丈弱はあろうか。ここから見えたはずの天守が完全に遮られている。

彦九郎は事前に、

——伊予丸に石垣を造るはずだ。

と配下に言っていたものの、実際に目の当たりにして、俄かに信じられぬようで職人たちは吃驚の声を上げている。

彦九郎が凝視する石垣の上、まるでここに己がいることを知っていたかの如く、あの男、飛田匡介がこちらを見下ろしていた。

匡介が不敵に笑うのまではきと見えた。言いたいことは何となく解ってしまう。

「始めるぞ」

彦九郎が小さく告げると、匡介は身を翻して石垣の向こうへと姿を消した。それから間もなく、行右衛門が傍に進み出た。

「頭、整いました」

すでに職人たちも持ち場に就き、己の号令を待っている。彦九郎はぐるりと皆を見渡し、焼けるような朝日を受けた頬を引き締めた。

「終わらせよう」

この戦乱の世か。己たちの因縁か。はたまた同じ近江で生まれ、育まれた矛楯の存在の決着か。あるいはその全てか。彦九郎自身もはきと判らぬが、思わず口を衝いて出た。

職人たちが一斉に頷くのを確かめ、彦九郎は大音声で下知した。

「放て!!」

雷破が咆哮した。天に向けて微かな弧を描き、弾丸は石垣の中央に嚙み付いた。石垣は僅かに揺れ、石が一つ転がり落ちると、職人たちから感嘆の声が上がった。

知らぬ者から見れば、たかが石一つで大袈裟だと思うだろう。だが衝撃を逃がす野面積みの石垣の堅固さは並大抵ではなく、石を一つ崩すのにも数弾を要することもある。ましてやこの石垣は並の穴太衆が造ったものではなく、塞王の名に相応しい者が築き上げたものだから猶更である。

「次、急げ」

「早く清めよ」

「火道を確かめろ」

その間、彦九郎が指示を飛ばすまでもなく、職人たちは連携を取って次弾の装塡を急いでいる。雷破ならば塞王の楯をも穿つことが出来るという自信が、職人たちをさらに勢いづけた。

「あちらも動き出したか」

二の丸から喊声が上がり、本丸目掛けて総攻撃が始まった。まさしく戦再開の合図を担ったことになる。城内からの銃撃に続き、無数の矢が天から降り注いだ。

味方の軍勢に怯む様子はない。中でもある家紋が染め抜かれた旗指物が特に肉薄している。杏葉紋。立花家の家紋である。

「侍従様」

彦九郎は東の方を見ながら呟いた。

この戦において、宗茂は初めて自ら前線に出ている。この後、決戦に出ねばならぬため控えたほうがよい。そう止める家臣もいた。だが宗茂は断固として考えを翻さなかった。己に賭けてくれているということもあろう。だがそれとは別に、

——あの蛍は俺でなければ狩れぬ。

と、余力を残せるような相手ではないと考えているらしい。

「頭、済みました」

「撃てぇ！」

行右衛門の報告と同時、彦九郎は用意した棒を揮《ふる》った。

雷破が再び雄叫《おたけ》びを上げる。石垣が食い込んだ弾丸に撓むのが判った。苦しそうな鈍い声を上げ

た石垣から、砂埃《すなぼこり》がはらはらと落ちるのが見えた。効いているのは間違いない。

「次」

彦九郎は鋭く命じた。すかさず三、四、五とそれほど時を置かずに連射し、六弾目が直撃したその時である。一部が崩落して数個の石が剝がれるように落ちた。

「よし。このまま一気に――」

「いや、来るぞ」

柄にもなく興奮して拳を握る行右衛門だったが、彦九郎は被せるように遮った。

次の瞬間、石垣の向こう側から、わらわらと人が姿を見せた。飛田屋の職人どもである。石垣に上るなり、下から差し出された梯子を受け取る。そして今度は反対側に立て掛けて降りていく。石垣を乗り越えるような恰好である。どの者も流れるような足捌きで、滑るような恐ろしい速さである。

石垣の上、再び匡介の姿もあった。匡介は指を差しながら指示を与えており、乗り越えた職人たちは早くも石垣の修復に取り掛かっていた。

「奴ら正気か……」

行右衛門が喉を鳴らした。

「これが飛田屋だ」

彦九郎は身震いをして零し、

「急げ。すぐに撃ち込むぞ」

と、配下を叱咤した。

棒の先に布を巻いたもの、大振りのたんぽ槍のようなもので筒を清める。そして予め量ってある火薬、次いで弾丸を込め、別の棒で強く押し込んで固める。それと同時に別の者によって、これも事前に量った火薬が火皿に盛られている。人が雷破を操っているというより、雷破が己の手足の代わりに人を操っていると思えるほど、淀みなく作業が進められていく。

支度が整ったところで、長い松明を持った者が進み出て、他は雷破から距離を置いて耳を塞ぐ。石垣の上の匡介は指示を出しつつも、常にこちらの動向を確かめており、職人たちに何かを叫んだ。職人たちは作業を中断し、身を屈めるようにして視界から消える。匡介自身も石垣の上に滑り込むようにして見えなくなった。

「放て！」

彦九郎は鋭く吼えて棒を揮った。硝煙が立ち上る。陽の光を受け、弾丸はより黒く、石垣はより白く光っている。黒に殴られた白は音と共に震え、同時に飛田屋の職人たちの悲鳴も聞こえた。

「どうだ」

この一撃で石垣が崩れるなどとは思っていない。現に一つ、二つ石が崩れた程度。

彦九郎が問うたのは心である。幾ら「懸」を行う飛田屋とて、目の前で、しかもこの距離で大筒を放たれたことはあるまい。恐れが心を支配し、二度と立ち上がれないのではないか。

それで決着がつくのだから、少なくともお前たちは死なずに済むのだから、

——もう立ち上がるな。

という思いと同時に、その程度で怯むお前たちではないだろう、

——立ち上がって来い。

という思いもまたある。彦九郎は己の胸の中にも矛楯を感じつつ、風に揺れる硝煙の向こうに目を凝らした。

「頭、飛田屋が！」

行右衛門が指差した先、まるで示し合わせたかのように飛田屋の職人が起き上がって石垣の修復を始めた。その時、彦九郎は不覚にも頰が緩んだ。答えを探しているのは己だけでない。奴らもまたこの戦の先に一つの答えがあると確信しているのではないか。

「いくぞ」

彦九郎が呼び掛けたのは配下たちではない。石垣の上で再び指示を飛ばし始めた、宿敵に向けてである。

匡介は石垣の上を足早に歩きながら、直すべき箇所を、補うべき箇所を、嵌める石を指し示して
いく。それを受けて積方《つみかた》の職人が動く。が、石垣に寸分違わず同じというものはない。崩れてしま
うと、瞬時に別の石どうしが嚙み合う。見た目には然程《さほど》変わらずとも、中で力の釣り合いが大きく
変じるのだ。故に単に落ちた石を嵌め込めばよいわけではないし、何より石が締まって差し込めぬ
場合もある。このような時は、新たな石を継ぎ足してやらねばならない。

「段蔵」

匡介は石垣の内側の段蔵を呼んだ。

石垣に用いていない石は、南北にかけ、小さいものから順に地に整然と並べられている。石の大
きさごとに一から十までの番号を振っているのだ。こうして予備の石を内側に置いているのは、時
と場合によっては石頭《せっとう》で割って加工せねばならぬから。加えて大筒の角度を出来る限り「消す」た
め、石垣を伊予丸の際の際まで持ってきており、積方が激しく動くのも苦労するほどだからである。

「三番石、角あり、流れは緩やか」

「承知」

匡介が言うと、段蔵はすぐに配下の山方に向け、あれ、これと二つ三つ石を用意させる。

三番は赤子の頭ほどの大きさ。角があるのが望ましく、石の曲線が緩やかという意味。ここはもはや経験によるところが大きく、阿吽《あうん》の呼吸である。

「右だ。角一つ」

匡介は一瞥して即決すると、それに覆いかぶせるように玲次が鋭く叫んだ。

「行け！」

荷方の一人が山方から石をさっと受け取り、立て掛けられた梯子のもとへ走り込む。そして股を大きく割って、両手で下から放り投げる。

梯子の途中にも荷方が張り付いている。足だけで器用に自身の躰を支えており、両手でしかと受け取り、気合いを発してまた上に向かって放る。

「落とすぞ！」

石垣の上の荷方がそれを受け取ると、次に待ちわびた積方に向けて落とした。

「その隙間に嵌め込め」

匡介が指示を飛ばし、積方が来たばかりの石を捻じ込むように差した。ぴたりと隙間が埋まったことで、作業を施した積方の者すら、

「おお」

と、思わず感嘆の声を上げる。

「来る！　伏せろ！」

大筒の弾込めからも目を逸らしていない。職人たちがぱっと散らばり、転がるようにして地に伏

せる。匡介は片膝を突くのみ。火を噴くその時を初めて見んと凝視した。

腹を抉《えぐ》るような轟音と硝煙。砲弾が飛び出したのは判ったが、速すぎて肉眼で追うことも出来ない。何とか捉えたのは石垣に当たった瞬間である。衝撃が石垣全体に走って行くのを膝で感じる。改めて驚くべき威力である。砂粒が鼻先の高さまで舞い上がって震えている。

「恐ろしいな」

思わず口から零れ出た。耐えられると自信は持っているものの、恐怖の念がぐっと込み上がって心を掻き乱そうとする。大筒の真の恐ろしさとは、その威力よりも、いとも簡単に人の心を挫くところであろう。

「崩れたところはありません！」

積方の職人がこちらを見上げ、怯えを振り払うように叫んだ。皆、恐ろしいのだ。それでも懸命に己の仕事を全うしようとしている。匡介は敢えて微笑みを浮かべて頷いた。

「飛田屋の石垣がそう容易くもっていかれるか。一度、退くぞ」

職人は弾むように頷く。他の者も梯子を上って内側へと退去する。数発くらえばまた何処かが崩れるだろう。その度に外へ出て修復する。この繰り返しである。ただ元の形から遠のくため、直すほどにそれが難しくなる。さらにこれが、

——いつまで続くか。

と、いうことである。半刻、一刻、半日と続けばこちらの体力は削られて、やがて間に合わなくなるかもしれない。国友衆としては暴発だけは絶対に避け、弛みなくこちらの限界まで撃ち続けるつもりと見て間違いない。

再び砲撃があり石垣が揺れる。三、四、五発目の当たり所が悪く、角から一部がどっと崩れた。

「塞ぐぞ！」

喊声が渦巻く戦場に、再び積方が一斉に梯子を駆け上がる。少しでも早くと、下りの梯子は猿の如く途中で飛び降りる者もいた。

匡介は淀みなく指示を飛ばし、積方はそれに応えて躍動した。向こうもまた同じで配下を急かす彦九郎とずっと目が合っていた。

「どこまでも付き合ってやる」

匡介は硝煙の中の彦九郎に向けて呟いた。


大筒が叫喚し始めてどれほど経ったか。陽は中天に差し掛かっている。

「それではない。気を尖らせて聞け」

と、指示ではない石を運ぼうとする山方を段蔵が叱責する。

「孫八《まごはち》、久吉《ひさきち》に代われ！」

疲労に朦朧《もうろう》とする荷方に対し、玲次が叫ぶ。

「それは俺がやる」

あまりに繊細な作業ならば、匡介は石垣の外側に降り立って自らの手で積んだ。組み上げては崩され、崩されては組み上げの繰り返しがひたすら続いた。目に見えぬものに囚われ、まるで何度も同じ時を過ごしているかのようである。

時を追うごとに激しい動きに躰は火照り、職人たちの額は光り、背にも紋様の如く汗が滲んでいる。砲撃までの僅かな間に柄杓で水を飲み、塩を舐めて倒れぬように備えるのが精一杯で、飯を食う間などは皆目なかった。

一刻ほどすると、さらに疲れの波がどっと押し寄せ、意識が飛びそうになる。朝の時分に比べれば、遅れも目立ち始めた。

「皆、離れろ！」

積方がぱっと散ると、大筒から閃光が走った。修復の途中でも、当然、国友衆は構うことなく撃ってくる。むしろそれを邪魔するのが目的である。

「くそ……」

匡介は拳を握った。鈍い音を発して石垣が毀《こわ》れた。これまで崩れたところを直して、また崩されるという繰り返しであった。だが遂に今の箇所の修復が済む前に、別のところが崩落したのである。

「急ぐぞ！」

皆に絶望の気配が漂うのを払拭するべく、匡介は渇いた喉を絞るように鼓舞した。積方を二手に分け、同時に修復していく。匡介も外側へ降り立ち、先ほど崩された箇所に近付いて心で呼び掛けた。

——何処にいる。

相手は人ではない。何処かにいるはずの、たった一つの石である。

石垣には均衡を保つ要石と呼ばれるものがあると言われていた。だがこればかりは如何に熟練の職人といえどもはきと解らないし、そもそも存在するのかどうかさえ怪しいと思っていた。

だが今、匡介は要石があるのではないかと思い始めている。先ほどより、石垣の中に籠った力が、何処か一点に集中しているような気がしてならないのだ。

組み上げた石垣は、数百年は当然のこと、時に千年は「中」を開かない。このように組んだ端から崩されるような局面は生涯初めてで、だからこそ感じたことでもある。

――言っていた通りだな。

源斎のことが頭を過った。石積みに生涯を捧げてきた源斎だが、晩年になっても新たな発見があったと言っては嬉々としていた。職人は己が成長しきったと感じた時が辞める時。だが技の追求を続ければ生涯を懸けても足りない。いつの日かきっと、己にも未だ穴太衆の誰もが気付かなかった発見があるはず。そう源斎が語っていたのだ。

「見つけてやる」

匡介は陽射しで輪郭が白濁した石たちに向けて呟いた。今はまだ要石がどれか解らない。だがそれが、勝負の行方を左右するような気がしてならないのだ。

それからも大筒は等間隔で火を噴き続け、その度に職人たちは退き、また修復に戻る。当たり所がよかったために、新たに大きく崩れるところはなく、何とか四半刻足らずで二か所ともに修復を終えることが出来た。

「頭、本丸が！」

石垣の下から段蔵が後方を指差して訴えたのは、未の刻（午後二時頃）を少し過ぎた頃であろうか。敵勢の中には堀に飛び込んでいる者も続出し、すでに本丸の塀に無数の兵が家守のように取りつき、今にも乗り越えられそうになっていた。

「耐えてくれ」

祈るように呻いた匡介の目に飛び込んできたものがある。

「宰相様……」

天守の高欄に人の影が見えた。高次で間違いない。流れ弾ならば当たってもおかしくはない中、皆を鼓舞しているのだろう。遠目に見ても大袈裟なほど手足を動かしている。何を言っているのか、ここからは聞き取れない。だがその直後、本丸から割れんばかりの喊声が上がった。

塀からはすでに弓足軽が身を乗り出して射ているが、さらに柄杓を持った者も姿を見せた瞬間、悲鳴の量が倍増した。熱湯を浴びせたのである。敵兵がぱたぱたと塀から剝がれ落ち、堀に飛沫が舞い上がった。そこへさらに弓足軽が攻勢を強めたところで、敵勢から引き鉦が鳴らされた。

「もちましたな」

段蔵は安堵の溜息を漏らした。

「ああ、俺たちも絶対に守るぞ」

高次が迷いなく高欄に出て来たのは、己たちを信頼してくれているからこそである。匡介は改めて決意を固めて、全く疲れを見せぬ雷神の化身が如き砲を睨みつけた。

陽は西に大きく傾き、茜色に蕩《とろ》けている。飛田屋の職人たちは疲労困憊の様子であるが、それでも互いに励まし合って働き続けた。

轟、轟、轟と、その間もほぼ一定の間隔で大筒は咆哮する。空を行く雁の群れは、驚き逃げるように急に羽ばたく向きを変える。鳥たちにはこの光景が如何に見えているのか。賢しらにしている人間だが、結局のところは餌を奪い合う己たちと何ら変わりないと蔑んでいるかもしれない。

「なっ――来るぞ!!」

匡介は早口で叫んだ。

暴発を防ぐためだろう。時折、国友衆は念入りに砲を清める作業を行っていた。今もその時だったのだが、突如として国友衆が砲に弾を入れるや、大筒からぱっと離れ、入れ替わるように長柄の松明が近付けられたのだ。隠れて砲撃の用意を進めることで、こちらの油断を誘ったのである。

「急げ!」

積方は地に伏せたが、石を運び終えた孝六《こうろく》と謂う若い荷方が梯子を上っている途中だった。孝六は慌てるがあまり踏み桟から足を滑らせて手間取る。孝六の顔は恐怖に凍り付いている。

「摑め！」

匡介が手を伸ばす。孝六が摑んだ瞬間、匡介は両手で思いきり引き上げた。風切り音が迫り、乾いた音と共に梯子が粉砕され、二、三の石も崩れ落ちた。

「頭……ありがとうございます……」

孝六は真っ青な顔で声を震わせた。引き上げるなり、頭を押さえて伏せさせて間一髪で間に合った。あと少し遅れていれば息をしていないだろう。

「孝六、すまない……俺が見誤った。退がって休め」

「い、いけます」

孝六は立ち上がろうとするが、膝ががたがたと震えて足腰が立たない。

「あ、あれ……心配いりません……」

孝六は無理やり笑みを作るが、足の震えはさらに酷くなり、全身を駆け巡っている。

「無理だ。玲次！」

「解った」

玲次はすでに血相を変えて駆け寄っており、石垣の下で安堵に胸を撫で下ろしていた。すぐに他の荷方に命じて孝六を引き取らせる。

「匡介」

「ああ……向こうも焦り始めている」

間もなく日が暮れようとしている。闇がやってくれば正確に狙えないだろう。それまで耐えれば乗り切ることが出来る。

「もう少しだ！　気合いをいれろ！」

「応！」

匡介の呼び掛けに、飛田屋一同が高らかに応じ、気力を振り絞って動く。

――早く沈め。

刻一刻と陽は落ちていき、ついに叡山に半ばが隠れるまでになっていた。錯綜する幾つもの長く伸びた影も徐々に薄まり、藍を少しずつ宙に溶いたように辺りが暗くなってくる。

今日ほど夜を焦がれた日は生まれてこの方なかった。

「来るぞ！」

こちらからも大筒が見えにくくなっている。微かに見える彦九郎の影に加え、松明の動きを頼りに匡介は大声で注意を促した。爆音と共に砲弾が来る。が、黄昏色に馴染んで弾丸も見えない。石垣に衝突した音を合図に、伏せていた積方が立ち上がった。

「耐えています！　どこも崩れていません！」

積方の嬉々とした声が聞こえ、匡介は細く息を吐いた。その次の瞬間である。松明の位置に違和を覚え、匡介は叫んだ。

「もう一発、来るぞ！」

向こうも残された時が少ないと感じているのだろう。清める手間を省いて立て続けに撃つつもりなのだ。刹那、夕闇に光が煌めき、重厚な音が鳴り響く。

「早く!!」

まだ伏せていない積方が見えて、匡介は続けて吼えた。はっとして目を前に戻す。真っすぐに弾が飛んで来ている。時が歪んだようにゆっくりと景色が流れた。

足の下に消えた。鉄の貫きと、石の弾きが重なる音は、これまでとは異質のやや高いものであった。石垣の角にでも当たったのだろう。

下から上に、ふっと目の前を影が通った。弾丸が石垣に当たって真上に跳ね上がったのだ。やがて大地に吸われるように戻ってきた弾丸は、熱せられて赤黒く、恐ろしいほどの速さで旋回していた。地に落ちる鈍い音、地を擦る高い音が鳴り、やがて弾丸はようやく息絶えたように動きを止めた。

「匡介、四百を超えた」

背後から玲次の声が聞こえた。もう目鼻もなかなか判別出来ぬほど辺りは暗くなっている。まだ油断出来なかったが、五百を超えても何事もなく、遂に千を過ぎたところで玲次も数を繰るのを止めた。

「終わった……」

職人の誰かが呟くと、皆が一斉に歓喜の声を上げる。互いに肩を叩き合う者もいれば、疲労困憊でそのまま座り込む者もいる。いつの間にか喊声もぴたりと止んでいる。山方の一人が言うには、少し前には止まっていたという。日没以降の攻城は被害が大きいと見て、中止の命が出たのだろう。先ほどの大筒は諦め切れずに放った一撃だったということかもしれない。

「頭、勝ちましたな」

段蔵も石垣の上に来て、嘆息を漏らした。歳を重ねても矍鑠《かくしやく》としている段蔵だが、流石に疲れの色が濃く、一日で頬がこけたように見える。

匡介は何も答えず、尾花川口から目を離さなかった。玲次もまた上がって来て外の様子を窺っている。

「玲次」

「ああ。おい、今のうちに水を飲んで休んでおけ」

玲次は配下に向けて言った。喜びに沸いていた職人たちは一瞬で鎮まった。深い溜息を零しながら項を掻き毟るのは古参の職人、きょろきょろと左右を見渡すのは比べて新参の者だろう。

恐らく大筒には車輪が備えられている。撃てば後ろに下がるし、砲身の向きも微かに動く。幾ら近いとはいえ射撃の度に大筒の向きを整えねばならないようだった。この暗さでは向こうからも天守は見えておらず、普通ではとても出来るとは思えない。だが匡介は、

——まだ来るのではないか。

そう感じていた。勘働きといってよい。敢えて理由を求めるならば、立ち込めた殺気が消えていないように思えるのだ。

「頭、これを！」

荷方の一人が梯子を上って来た。外の様子を注視している匡介のためと思ったのだろう。その手には松明が握られている。その瞬間、玲次は驚いて声を詰まらせ、匡介は嗄れた声で鋭く叫んだ。

「馬鹿——」

「離れろ！」

同時に、尾花川口に朱点が浮かぶ。油と松脂をたっぷりと塗った松明。種火を残しておいてそれに火を点けたのだ。もう聞き飽きた鈍い音が響き、夜空に瞬き始めた星も震えた。

「これは……」

荷方は頭を抱えるようにし、恐る恐る立ち上がった。放り出された松明が地を茫と照らす。

「申し訳ございません！」

荷方の職人は悲痛な声で詫びた。

「息を殺していただけ。遅かれ早かれ一緒だ」

匡介は呻くように言った。恐らく当初から闇の中でも撃つつもりであったのだろう。だがそこに松明が近付いて石垣が照らされたことで、急いで狙いを定めて放ったのだ。

また石垣に崩れた場所が出た。こうなれば組み直すため、こちらも辺りを照らさなくてはならない。さすれば敵も石垣が見える。また鼬《いたち》ごっこの始まりである。

「急いで辺りを照らせ！」

こうなっては闇の中にいるほうが不利である。ありったけの松明、篝火を灯すように命じた。匡介は転がったままの松明を手に取って、石垣の外側へ降り立つと、削り取られたところに翳す。そして散らばった石の間を歩み始め、周囲の積方、石垣の上の者に向けて静かに言った。

「仕事だ」

「若い衆、音を上げるのは早いぞ」

段蔵は手を叩きつつ捲し立てた。

「まったく、あいつらもいい加減に寝ろ」

玲次は忌々しげに舌打ちをして動き始める。

尾花川口にも次々に火が灯る。向こうも息を潜めるのを止め、灯りを用いて作業に当たるらしい。こちらも急いで篝火に火を灯す。己が石積み職人だからであろう。闇の中に茫と浮かぶ石垣は何処か夢幻のようで、色気さえ感じた。

再び、大筒が喚叫する。次の弾は石垣が難なく弾き返したが、二弾目は篝火に命中した。木の折れる乾いた音と共に火の粉が舞い上がる。

「火の始末には気をつけろ」

玲次が呼び掛けた。燃えるものは周囲にないものの、すぐに水をかけて消火する。運悪く石の嚙み合うところに当たったのだろう。三弾目で七、八の石が転げ落ちた。

「来るぞ！」

すぐに修復に当たる積方に向け、匡介は呼び掛けた。尾花川口の松明の動きを見てそう言ったのだ。が、弾は飛んで来なかった。

「何かあったのか……」

三十を数えるほど時が経っても大筒は撃たれず、積方の者たちも訝しそうに腰を浮かせかけたその時である。夜空が歪んだ。大筒が放たれたのである。

影が飛来して篝火に当たった。辺りがふっと暗くなったため、影が光を食ったような思い違いをしてしまう。

「来たぞ！」

「ずらしてきやがった！」

職人たちが口々に叫ぶ。実際にその通りであるが、匡介はそれよりも重大なことに気が付いていた。

「あいつらの狙いは篝火だ！」

匡介が吼えた直後、大筒もまた咆哮した。掠めただけと安堵する間もなく、弾は跳ね篝火が吹き飛んだ。ふっとまた石垣が闇の中に溶ける。

「匡介、まずい」

　玲次が石垣に上って来た。

「ああ、こちらの灯りを削り、修復出来ないようにするつもりだ」

　何としても勝つためというより、

　――これでもやれるか。

　と、試そうとしているかのように感じた。匡介は玲次に訊いた。

「代えはあるか？」

「山方のところと、荷方が運ぶ道を照らすものだけだ。これ以上壊されれば、そちらを回すしかない。俺たちはともかく、山方は石の判別も出来なくなる」

「急いで多賀様に松明、篝火を回して貰ってくれ」

　伊予丸の東端、本丸の西端は二十間ほどと、声を張れば会話も通る距離である。故にそこに常に人を配し、互いに連絡を取る段取りになっている。

「組頭、俺が」

　玲次に向けて言ったのは、先ほど間近で砲撃を受けた孝六である。未だに震えが止まっていない。せめて何か力になりたいという想いが溢れ出ていた。

「頼む」

　玲次が応じると、孝六は伊予丸の東へと走っていった。砲撃は続く。流石に百発百中という訳ではないが、それでも三発も撃たれれば篝火が宙を舞った。

「くそっ……」

　篝火は当初の約半数となり、匡介は自身の腿を殴打した。その次の瞬間、また大きな動きがあった。二の丸から鬨の声が上がり、続いて大筒とは異なる轟音が鳴り響いたのである。これが意味することは一つである。

「鉄砲……夜襲か」

偶然か、いや予め打ち合わせしているのだろう。方角と距離から察するに、敵勢は本丸に続く城門を破らんと攻め寄せている。

——どうする。

匡介は頭を掻き毟った。

かなり厳しい状況である。今のところ積方の作業は何とかやれているが、これ以上篝火を狩られれば修復は確実に滞る。石垣内側に配した篝火を回して応じれば、山方は石の形を一目で見分けられず、荷方は足元が覚束ないため、やはりこちらも大きく作業が遅れる。

至急、本丸に繋いで篝火を持ってきて貰うように求めた直後、この敵勢の猛攻である。こちらに人を回す余裕などはないだろう。

「また来る！　篝火から離れろ！」

匡介ははっとして呼びかけた。職人たちが闇に紛れるように逃げる。また大筒が放たれ、西側の篝火が宙を舞って地に激しく叩きつけられた。

「篝火はどうにかする。灯りがあるうちに直せ！」

と言うものの、策がある訳ではない。だからといって何もしない訳にいかず、今出来ることを指示しただけに過ぎない。

「違う、逆に据えろ」

闇が深くなる中、匡介は目を擦りつつ言った。やはり手元が暗くなると間違える者も多いし、己もかなり見え辛いのは確かである。これ以上の闇は命とりになると悟った。

もたついている間に、また大筒が紅《くれない》を噴いた。今度は篝火ではなく石垣を狙った模様である。弾の当たり所が悪かったか、大きな音を立ててまた別の箇所が崩落する。

——まずい。

崩れたところは二か所。篝火もどんどん減っていく。何から手を付けてよいのか判らない状況である。

「まだだ！　まず一か所ずつ直す！」

それでも諦める訳にはいかず、匡介は迷いを振り払って声を張った。

刻一刻と篝火は数を減らし、四半刻も経った時には辺りはほぼ闇へと近づいていた。月明かりがあるのがまだ幸いだが、それも厚い雲に遮られている間は、足元さえ覚束ない有様である。もうこれまでかと思い始めた矢先である。伊予丸の東が茫と明るくなっているのが見えた。敵に堀を渡られて背後を衝かれたのか。いや、昼の京極家の奮戦もあってか、敵勢は堀を渡ろうとしている気配は見えない。

「あれは——」

匡介は目に手を翳しながら見た。建物の角を折れ、松明の群れがこちらに向かって来る。玲次、段蔵、ほかの職人たちもすでに異変に気付き、固唾を呑んで見守っていた。彼らが何者なのか。早くも気付いて身震いをする者、若い職人の中には咽《むせ》び泣く者もいた。匡介も嗚咽が込み上げるのを抑えるので必死だった。

「石を照らせ！」

「穴太衆を助けろ！」

衆は口々に言う。松明を掲げているこの者たちは京極家の侍ではない。百姓、商人、大津に暮らす民たちであった。その数は五十近く、その全員がもれなく松明を手にしている。

「お主ら何故……」

段蔵は口を掌で押さえつつ訊いた。

「実は……」

百姓の一人がいきさつを説明した。

篝火の求めは本丸に伝わった。だがやはり夜襲に応じるのが精一杯で、とてもではないが人手を回せる余裕がない。断るという苦渋の決断をしようとした時、少し待って欲しいと止めた者がいる。匡介の胸倉を摑んだ、あの三田村吉助である。

三田村は大津の民がいるところに走り込んだ。穴太衆は朝から一度も休まずに動いている。何度崩されても組み上げ、疲労でふらつきながらも立ち上がり、皆と交わした誓いを守ろうとしている。だが夜の暗闇で組むのが難しくなっており、松明で照らしてやらねばならぬが、己たちは守りに付かねばならない。

――どうか助けてやってくれ!!

最後にはそう悲痛に叫んだらしい。

これに一人の若い百姓が立ち上がった。続けてある商人は不安げな女房に向けて頷き、またある百姓は子どもの頭をそっと撫でて、その後に続く者が次々と出た。

幸いにも敵軍も夜に堀を越えようとはしていないため、今ならば渡ることが出来た。ただ伊予丸に渡れば、飛田屋と同様、戦の決着がつくまで本丸には戻れないと見てよい。即ち、負ければ死も覚悟せねばならない。そのことを重々承知で、小舟を用いて五十余名が大量の松明と共に伊予丸に渡って来たという訳だ。

「飛田様！」

己を呼ぶ者があった。徳三郎である。あの者が最初に立ち上がったと誰かが教えた。徳三郎は火の粉が舞い散る松明を掲げ、万感の想いが籠った眼差しを向けている。

――塞王ってそんなもんかよ！

石垣で城門を塞いだ時、徳三郎はそう己に向かって訴えた。その時は何も答えられなかったが、心の決まった今ならばはきと言える。匡介は真っすぐ見つめながら答えた。

「塞王はこんなもんじゃあない。見ていてくれ」

徳三郎は唇を固く結び力強く頷いた。

「穴太衆飛田屋の懸を見せるぞ!!」

煌々と照らされた中、匡介は石垣に上り、夜天に向けて咆哮する。ここに来て職人たちは大音声で応じる。これまで消沈していた皆が見事に息を吹き返した。驚異的な速さで石を運び、石垣を修復していく。

大筒はまた篝火を狙い撃つが、すぐに百姓たちによって代わりのものが立てられる。それが暫く続いたことで、国友衆も異変に気付いたのだろう。篝火への狙い撃ちから、再び石垣への砲撃に切り替わった。

――俺たちだけじゃあない。

皆に指示を飛ばしている間も、自ら石を据える間も、匡介の胸にずっとその言葉が繰り返されていた。

――何としても家族を、この地を守りたいという人の心が、石垣に魂を吹き込む。

いつの日にか源斎が語っていたことが思い出された。

本丸を守る者の喊声、民の励ましの言葉、そして飛田屋の職人の気合いの声、全てが入り混じって躰に沁み込むような感覚を受け、得体の知れぬ力が湧いてくる。

源斎は奥義は「技」ではないと言っていた。言葉で伝えても意味がないとも、そしてすでに伝えているとも。一つだと何の変哲もない石も、寄せ合い、嚙み合って強固な石垣になる。人もまた同じではないか。

大名から民まで心一つになった大津城。それこそが、

——塞王の楯。

の正体ではないか。

匡介は見えない力に背を押されるように叱咤激励を続けた。

円《まどか》な月が、幾多の星が、夜が頭上を駆け抜けていった。大筒はほぼ等間隔の律動を刻み、そのままにまに石が躍動する。もう誰もが躰はぎりぎりのところに近付いているはずだが、俯く職人は一人としていなかった。

「よし、次に移るぞ！」

匡介が昨日から数十度目の修復を終えた時、東の空が薄い白みを帯び始めていた。吐いた息を払う湖風には微かに懐かしい香りが含まれていた。秋の終わりはもうそこまで来ているのだ。

突然、本丸内の離れたところからどよめきが起こった。何事かと訝しむのも束の間、すぐに段蔵が原因を突き止めた。

「御頭！　あれを！」

段蔵が指さすのは東北東の方角。琵琶の湖の対岸、草津の辺りか。暁天に向けて一筋の煙が立ち

上っている。

「今日か……」

匡介は朝焼けに言の葉を漏らした。

高次は弟、伊奈侍従こと高知のもとに、家臣から選り抜いた者たちを送っていた。高知は家康と行動を共にしている。そこから東軍の動きを、狼煙で対岸から報せる段取りとなっていた。これまでも何度か狼煙は上がっており、すでに決戦が近付いていることは判っていた。そして次の狼煙は、皆が今か今かと心待ちにしていたもの。

——東軍と西軍の決戦は間もなく。

という意味なのである。本日、あるいはどれほど遅くとも明日といったところである。

「来るぞ！」

これまでよりも特に声高に玲次が報じた。ほぼ一両日続いているこの砲撃の中、この早さで撃って来たのは初めてのこと。恐らく敵も狼煙を目撃しており、如何なる意味のものかも察している。残された時がもう皆無と知り、ここで勝負を仕掛けて来たのだ。

すでに辺りは明るくなり松明を焚く必要もない。伊予丸の東に移るように勧めたが、民たちは離れようとはしなかった。近くに身を潜めて拳を握りしめ、時に声援を飛ばしてくれる。

そして今二人、こちらに熱い視線を送っている人たちがいることに気が付いた。天守最上階の廻縁《まわりえん》に、朝日を背負う高次とお初の姿があった。高欄に置いた高次の手に、お初が手を重ねている様は、戦国大名らしいとはいえぬが、人の夫婦としてはこれが正解だと妙に腑に落ちた。

「匡介！」

砲撃、喊声の一瞬の隙間、高次の声が届いた。今にも泣き出しそうな声である。もはや情けないなどとは微塵も思わない。ありのままで生きる高次の姿に心が震えた。匡介は凜として頷くと、嗄れきった声を絞り出した。

「宰相様を……大津を守れ！」

直しても、直しても、時を置かずに砲撃がある。最後の最後で突破されぬように必死に指示を飛ばし続けた。民は助かる可能性もある。だが負ければ高次は確実に死ぬ。お初も後を追うのは間違いない。

「頭、これ以上は」

段蔵の顔が真っ青に染まっている。決戦が始まって初めて四か所が崩され、石垣の均衡がとれずに悲鳴を上げている。あと一発、当たり所が悪ければ、全体が崩落する恐れすらある。

破損の箇所を確かめ、必要であれば山方に石を用意させ、荷方に運ばせ、積方によって嵌めさせる。難解な修復ならば自ら石を据えねばならない。幾ら急ごうともこの工程を踏まねばならぬことは変わらず、ここまで連射をされればどうしても追いつけない。

「まずい！」

玲次の声も掻き消された。砲弾と石垣が嚙み合うような甲高い音が鳴り、続いて低い音が急速に追い立て、すでに崩れた二か所の間を直撃し、大きく石垣が崩れたのである。

匡介は降り立って破損の具合を確かめた。これで国友衆は尾花川口から天守の一部でも望めるはずである。急いで修復にあたるが先か、あるいは高次に天守から退くことを促すのが先か。

——諦めるな。

絶望的な状況の中、己自身を叱咤した匡介の耳朶に蘇ったのはまたしても源斎の声であった。

——石の聲を聴け。

何十、何百、何千と言われて来た。穴太衆にとっての原点である。

「今、超えてやるよ」

匡介は天に向けて囁くように答えると、一転、皆に向けて大音声で叫んだ。

「玲次、砂利を！　段蔵、全ての石を持ってこい！」

大半の職人は何が始まるのか解っていない様子であるが、段蔵は咽ぶのを必死に堪え、玲次は不敵に片笑んでいる。

「頼む」

玲次は砂利を一握り手渡して言った。

匡介は目を細めて深く息を吸う。崩れた箇所の形を脳裏にまざまざと思い描き、石垣の外側に飛散した石、内側に並べられた石を交互に見た。それに集中すればするほど雑音が消え、己と石を天から見下ろしている光景が脳裏に喚起される。

「それを甲の十四へ」

砂利を一粒投げた。石に当たってぴしりと乾いた音が立つ。

「乙の十五、丁の十四、丙の十四」

一所にいながら、手だけを動かして次々に砂利を石に当てていった。職人の中には感動に身を震わせる者もいた。これは生前、源斎がやっていた指示の出し方なのだ。

「とっとと動け。まだ速くなるぞ」

玲次に促され、職人たちも動きを速める。その通り、匡介はさらに神経を研ぎ澄まし、口と手の動きを速めた。

「戊の二十二、己の二十一、庚の二十三、辛の二十一、戊の二十三、丁の二十二」

石の一つ一つが、次は俺だ、私を使えと呼び掛けて来る。それに即座に応えていくと、満足げな顔で運ばれ、積まれていく。

「丙の三十三」

匡介が言った時、それまで止まっていた時が動き出したように、一陣の風が吹き抜け、見渡す限りの木々が、水面が、さざめいた。

「化物か」

土塁に身を潜めた横に、玲次も張り付いて新たな砂利を手渡す。興奮にその頬が緩んでいる。

「玲次、まずい」

「流石に国友もこの速さには付いて来られぬはず――」

「違う」

匡介は首を細かく横に振ると、玲次は訳が解らないようで眉間に皺を作る。匡介は少し離れたところにいた段蔵を呼び寄せた。

「見つけた」

「まさか……」

それだけで察しがついたのだろう。二人が息を呑む中、匡介は力強く頷いた。

「要石だ」

初代塞王のみが看破したという要石。己もずっと眉唾だと思っていた。だが先ほど、耳を欹てている最中、はきとその聲を聴いた。

「その要石が悲鳴を上げている」

そしてその要石に薄く罅《ひび》が入っていたのだ。恐らく先ほど甲高い音が鳴った時。あれは国友衆にとっては会心の一撃だったことになる。

「それが割れればもう石垣は組めない」

厳密に言えば、石垣らしきものは組める。だがそれは弾丸を弾き得る強さもないし、防ぎ得る高さも出ないのだ。目の下に深い隈の浮かんだ玲次は息を漏らす。

「直に当たらないことを……」

「ああ、こればかりは祈るしかない」

匡介は頷くと、玲次に向けて続けた。

「本丸に伝えてくれ。要石が割れたならば次はない。その時には合図を出すので、お二人を連れて天守から逃げてくれと」

「ここまで来てか……」

口惜しそうに玲次は顔を歪めた。

「ここまで来たからだ」

匡介は決然と言い切った。石垣が組めぬようになり、天守が崩落すれば皆の動揺は凄まじいものとなるだろう。だが大津城の真の姿は、皆の心の支えは天守などではない。京極高次その人である。皆を再び励ましたならば、必ずあと一日くらいは耐えられると信じている。

「解った」

玲次はぐっと口を結んで頷き、天守に向けて駆け出していった。砲撃はその直後のこと。石垣は震えながらも弾き飛ばした。やはり修復したばかりの箇所を狙っている。要石の存在は判らずとも、彦九郎にも何か臭いがするのだろう。

「今のうちに他も直すぞ」

匡介は再び砂利を手に指示を放ち続けた。国友衆の砲撃は数を重ねるごとに間隔を縮めていく。やはり要石の辺りを集中的に狙っている。

「頭！」

また石が転げ落ち、職人が悲痛に叫んだ。

「うろたえるな」

弾丸が次々に飛んで来て、修復はたびたび中断する。彦九郎もこれまでの己の一生を懸けて臨んでいると確信した。

——攻めるが先か、守るが先か。

爽やかな陽射しが頰を照らす中、匡介の脳裏に浮かんだのは、かつて彦九郎と交わした会話であった。

世に矛があるから戦が起こるのか、それを防ぐ楯があるから戦が起こるのか。いや、そのどちらも正しくなく、人が人である限り争いは絶えないのかもしれない。

だが、それを是とすれば人は人でなくなる。ならば矛と楯は何のために存在するのか。人の愚かしさを示し、同じ過ちを起こさせぬためではないか。

誰も手を出さない。いや、出せない。ただ息を吞む中、匡介は自ら、一つ一つ丁寧に、そして流れる如く石を積んでいく。

様々な人の顔が、過ごして来た日々が、石に浮かび、中に籠ってゆくような気がした。己は一人ではない。いや、ずっと一人ではなかった。

全てを積み終え、尾花川口を見る。その先に百年の泰平が、千年後の人々の笑みがあると信じて。

「来い」

その声は己でも驚くほど、優しいものであった。

大筒が火焔を噴いた。ここに来て最速。そしてさらに火薬の量を増やしたのか、これまでの砲撃と音が明らかに変わっていた。例えるならば雷を破るほどの轟音である。風を巻きながら弾丸が飛来し、衝突と共にけたたましい音が響き渡った。

本丸を攻防する喊声、怒号が渦巻く中、匡介は梯子を下りて石垣を確かめた。石が数個落ちている。そして赤く熱された弾丸が石垣に食い込み、何かを炙《あぶ》るような鈍い音と共に白煙をくゆらせている。

弾丸が食い込んだ箇所、それは件の要石の場所であった。要石は真っ二つに割れており、嚙み付くが如く弾丸を止めている。痛々しさは感じず、むしろ誇らしげに笑っているように見えた。

「解っている」

匡介は要石に向けて呟いた。それを口にすれば負けを認めることになる。ずっと諦めはしなかったが、それよりも大切なことが何か、今はよく解っているつもりである。

天に向けて細く息を吐くと、匡介は石垣に再び上った。すでに察して唇を嚙みしめる玲次に、匡介ははっきりとした口調で言った。

「本丸へ。すぐに宰相様と御方様に、天守からお離れになるようにと」

声が震えるのを必死に堪え、匡介は絞り出すが如く言った。

この石垣は抜け殻も同然。時間の問題で崩れる。天守から離れて貰わねばならない。玲次は口惜しそうであったが、それでも素直に頷いて再び伊予丸の東へと走り去った。

不思議と砲撃が止まっている。流石の連射で大筒が熱を帯び過ぎ、冷ましている最中なのか。あるいはこちらに何か大きな動きがあったことを察し、様子を窺っているのかもしれない。どちらにせよ砲撃が再開すれば、先ほどまでの頑なさが嘘のように石は剝がれ、崩れ落ちていくだろう。

――申し訳ございません。あとはお任せいたします。

匡介は天守を見つめながら心で詫びた。

己たちは伊予丸に取り残される。もう数刻もすれば、ここにも敵が雪崩れ込み、己たちも無事では済まないだろう。だが本丸はまだ激しく抵抗を続けており、まだ一両日ほどならば耐えられるかもしれない。そろそろ伊予丸の石垣が崩落することも伝わっただろう。己たちも伊予丸東に退こうとしたその矢先、どういった訳か高次が逃げることなく高欄に姿を見せた。高次もまたこちらを見つめている。遠すぎてその表情までは見えないが、匡介には何故か微笑んでいるように思えた。

「え……」

高次の発した大音声での一言。はきと己の耳朶にも届いた。一瞬、匡介はその意味が解らず茫然としてしまったが、すぐに絶望の念が押し寄せてきた。本丸から嘆息にも似た声が起こる。敵方にも聞こえたらしく、どよめきが伝播していくのが判った。

両軍から矢弾が止まり、一瞬、戦場に不思議な静寂が訪れた。高次はなおもこちらを見据えている。やはり高次は笑っていると今度は確信した。己が初めて逢った時に惹かれたあの笑みである。

高次は二度、三度頷くと、先程よりもさらに大きな声で戦の終わりを告げた。

終

見上げれば碧い天が広がっており、見下ろせば東風にさざめく青い湖が煌めいていた。この光景を見ていると、近江は蒼の天地に挟まれた国だと改めて思う。

「こっちに持って来てくれ」

匡介は手拭いで額の汗を押さえつつ呼び掛けた。

昨日、野分がやってきて、この一帯は凄まじい雨風に晒された。そのせいで近郷の村の棚田を支える石垣が崩れてしまった。故にこうして修復をしているのだ。他に職人は連れてきていない。匡介ただ一人である。

「ここで？」

この棚田の持ち主は半吉《はんきち》と謂う三十路《みそじ》の百姓である。半吉は両手で西瓜《すいか》ほどの石を抱えてやってきた。

「ああ、もう少しで終わる」

「飛田様……お代ですが、少し待って頂くことは……」

半吉は身を縮めながら言った。

「いらないさ」

「しかし、そういう訳には」

半吉は決して豊かな暮らしではない。分家してもまともな田畑が貰えなかったため、こうして棚田を開いたのである。それを仕切り支える石垣も自前で造るしかなく、故にこうして野分で崩落してしまった。飛田屋が積んで崩れたのならばともかく、己が造ったものを修復して貰って銭を払わないのは申し訳ない。半吉はそう言いたいのであろう。

「自前だとここらが出来るぎりぎりだ。安くするから次からうちに頼めばいい。銭はその時にな」

「ありがとうございます」

半吉は膝の前で手を揃え、深々と頭を下げた。

もう八割方まで修復は終えた。一つ一つ、石と語らいつつ残りの作業を進めていく。少し離れたところであっと声が上がった。半吉の六歳の息子で全太《ぜんた》と謂う。半吉の女房は産後の肥立ちが悪く、全太を産んで間もなく逝ってしまった。半吉は男手一つで育てており、畑仕事にも連れてきている。

匡介は危ないから離れているように諭していたが、何事も真似したい年ごろである。全太は見様見真似で小石を積んでいた。それがちょっとした拍子に崩れてしまったのだ。

「全太、俺がやってやろうか?」

匡介が言うと、全太はぶんぶんと首を横に振った。

「ううん。やる」

「そうか」

匡介が口元を綻ばせた時、己を呼ぶ声が聞こえた。棚田に遮られて見えなかった姿がやがて露わとなり、半吉がそちらにも頭を下げる。

「おう」

「何が、おうだ」

玲次である。ここまで駆けてきたのだろう。額から汗を流しており、その表情は苦々しい。

「どうした？」

「馬鹿野郎……こんな日に仕事かよ」

玲次は項をがしがしと掻き毟った。

「少しでも早いほうがいいだろう」

「そりゃあそうだが……もうすぐだな。手伝うから早く終わらせるぞ」

「頼む」

匡介は微笑みながら頷く。飛田屋の頭、副頭が揃って棚田の修復を行うことに、半吉は恐縮しきって必要以上に頭を下げている。二人掛かりになって作業は一気に捗り、どんどん完成へと近づいていく。

「なあ、匡介」

石積みの最中、玲次は改まった口調で呼んだ。

「ん？」

「ずっと言おうと思っていたんだが……俺はお前が勝ったと思っている」

「どうだろうな」

「あの時、要石《かなめいし》が割れていなければ――」

「負けたとも思っていないさ。そもそも勝ち負けなんてない。今はそう本気で思っている」

なおも玲次が言おうとするのを、匡介は遮って笑みを浮かべた。

季節が一巡りし、大津城の攻防から約一年の時が流れていた。あの時、国友衆が放った弾丸は見事に要石を捉えた。これ以上の石積みは無理と判断し、匡介は高次らに天守からの退避を促した。

終

その時、高次が言い放った一言というのが、

——これにて大津城を開城する。

と、いうものであったのだ。

皆が唖然とする中、高次は孫左衛門に向けて即刻支度を進めるように命じる。石垣が組めずとも、今ならば民の心も揺るがない。戦は続けられると大半の家臣が訴えたが、高次はこれを柔らかに退けた。

天守が蜂の巣になっても心が折れず、なお戦う姿勢を見せれば、敵もいよいよ民を狙って砲撃するかもしれない。今はそのような真似はしないであろうと敵のことも信じているが、万が一が起こるのが戦というもの。ならばここで終わりとするが最善だと高次は主張したのだ。

降伏を決めてからの高次の行動は早かった。陽が高くなる前には、城からほど近い園城寺に赴いて剃髪《ていはつ》した。

この時点で高次は死を覚悟していた。だが意外なことが起こった。

——京極宰相の戦いぶり、真に見事なり。

と、一命を許されたのだ。これは攻城の将、全員の総意だという。代わりに大津から離れることを命じられた。

そこで多賀孫左衛門、三田村吉助など七十余人の家臣と共に高野山に向かったのである。見送りに出た匡介に対して高次は、青々と剃り上げた頭をつるりと撫で、

「どうだ？　似合うだろう」

と、にしししと白い歯を覗かせた。涙を堪えきれずに俯く己に対し、

「お主らのおかげよ。見事だった」

と穏やかに言った。己たちのおかげで、殺すに惜しいと敵将たちに思わせるに至ったと言いたいのだ。

高次はその一言を残して大津を去った。

秋風に冷えたのだろうか。豆粒ほどの大きさまで遠くなった時、高次が大きなくしゃみをして頭を撫でる。その姿が何とも高次らしく、匡介は涙を流しながらも頰が緩んでしまったのをよく覚えている。

その日、美濃国関ヶ原で東西両軍の決戦が行われた。結果は徳川家康が率いる東軍の勝利である。毛利元康、小早川秀包、筑紫広門、そして立花宗茂の率いる四万の精強な兵は、遂に決戦に間に合わなかったのである。

――大津宰相が足止めしてくれねば、西国無双が加わっていたことになり、儂も危うかったかもしれぬ。

と、関ヶ原の戦いの後、家康はこの足止めを激しく称賛した。家康は家臣の井伊直政を通じて使者を派し、高次に高野山を下りるように伝える。高次は初め断っていたものの、山岡道阿弥《やまおかどうあみ》、続いて弟の高知も説得に加わったことで、山を下りる決断をする。この辺りも意地を張らない高次らしい。

高次は大坂で家康に面会を果たした。そこでも家康は手を取らんばかりに褒め称えたが、

――拙者は蛍大名にて。皆の力を借りねば耐えられませなんだ。

と、高次はけろりと言い放ち、流石の家康も面食らって苦笑していたという。

高次は功績を認められ若狭一国八万五千石、加増転封をされ、大津の地を去った。明けた今年、さらに近江国高島郡のうち七千石がさらに加増され、合わせて九万二千石を食むまでになっている。

「侍従様《じじゅう》は京におられるらしいぞ」

玲次の口調には敬意が籠っている。侍従とはあの西国無双、立花宗茂のことである。開城の後、匡介は立花家の陣に呼ばれた。

「どうしてもお主の顔を見てみたかった」

決戦にまだ間に合うかもしれないという時である。大急ぎで出立の支度が進められる慌ただしい陣の中、宗茂は会うなりそう言った。

「何故、石垣が崩れなかったのに降伏したのだ」

宗茂は訝しげに訊いた。敵方から見れば、まだ石垣は用を成すように見えたのだから不思議に思うのも無理はない。匡介はどうしても必要な要石が、あの一撃で割れたことを正直に話した。

「驚いた」

宗茂は凜々しい眉を上げた。実はあの時、国友衆側でも予期せぬ事態が起きていた。狼煙を見て決戦までの時が残されていないと判断し、彦九郎は清めの手順を省いての連射を選んだ。みるみる砲身が熱を帯びていく中、最速であの一撃を放ったと同時、大筒《おおづつ》の火蓋が弾け飛んでしまったのだ。つまり国友衆にとっても、あれが最後の砲撃だった。

確かにあの後、幾ら経っても次の砲撃はなかった。こちらの降伏の動きを察知したものだと思っていたが、どうやらこのような真相が隠されていたらしい。宗茂としては大筒がもう撃てぬとなったことで、己が残るので、他の者たちで美濃に向かって欲しいと進言するつもりだったという。そこに大津城から降伏の申し入れがあったため、何が起こったのか訳が解らなかったらしい。

「偶然が……神仏の悪戯としか思えぬな……」

宗茂は感嘆した。国友衆としても要石を狙った訳ではないし、狙おうと思っても狙えるはずがない。そもそもその存在すら知らなかった。それに見事に的中し、また国友衆の大筒も渾身の一撃を放って力尽きた。偶然というより奇跡というに相応しいだろう。

「偶然でしょうか」

匡介の言に、宗茂は眉間に皺を寄せた。

「それは……？」

「どこか腑に落ちた気がします。今は必然と思えるのです」

「なるほど、確かに長く戦をしていれば、このように奇跡としか思えぬ出来事に邂逅することがある。それは概して互いに死力を尽くした時に起きるものよ」

戦とは突き詰めれば意志の衝突だという。大軍が寡兵に勝ちやすいのは、寡兵の側が心を折ることが多いから。稀に寡兵でも意志を貫き大軍を屠ることもある。そして両者が最後まで意志を折らず、全力でぶつかり合った時、誰もが考えもしなかった結末を迎えるものなのかもしれない。

「人の達するところは、一つということでしょうか」

「そうかもしれぬな。さて……明日だと良いのだが……恐らく今日だ。間に合うか怪しいぞ」

そう言うものの、宗茂の顔は晴れやかであった。何と返答すべきか迷う匡介に対し、宗茂は思い出したように続けて尋ねた。

「大坂城の石垣も穴太衆《あのうしゅう》だな。飛田屋も加わっているか？」

「はい。先代の頃に。私も加わりました」

「そうか。ならば今度は味方か。心強い限りだ」

「それは……」

「決戦に間に合わず、たとえ敗れていようとも、俺は大坂城に籠って最後の最後まで戦い抜くつもりよ。故に……な？」

宗茂は香り立つような爽やかな笑みを残し、軍勢を取り纏めて美濃を目指していった。

結果、宗茂の願いは叶うことはなかった。美濃の決戦には間に合わず、敗報を聞くや引き返して大坂城に入った。徹底抗戦を主張したものの、総大将の毛利輝元は降伏を決めて曲げようとしない。輝元の年下の叔父で、宗茂と共に大津城攻めに加わった毛利元康は、

――心一つになれば難攻不落。今こそ毛利も心を一つに。

と、涙ながらに訴える一幕もあったらしいが、それでも結局は容れられることはなかったという。宗茂はまだ諦めることはなかった。大坂城を出て自領の柳川《やながわ》へ帰り、なおも東軍へ対抗した。また大津城で陣を共にした筑紫広門も、

――ここまで来れば、もう野となれ山となれじゃ。

と、立花家と行動を共にすることになる。

宗茂は東軍に加わっていた黒田孝高《よしたか》、加藤清正、鍋島直茂《なべしまなおしげ》らの大軍と、度重なる激戦を繰り広げ、一歩も退くことはなかった。西国無双の面目躍如といえよう。

だが最後には力尽きて降伏することとなる。それが十月二十五日のこと。大津城陥落から実に一月と十日、宗茂の戦がようやく幕を閉じることとなった。

宗茂は領地を没収された。加藤清正や前田利長から家臣にと誘われたものの、宗茂は丁重にこれを断って浪人となった。豊臣家への恩は返した。あとは己を支えてくれた家臣のため、今度は助命してくれた徳川家の恩に報じ、今一度大名に復帰すると憚らず宣言しているらしい。そして近頃、十時連貞ら付き従う家臣を引き連れて京に上り、その機会を窺っているとの話が伝わっていた。

「難しいだろうな」

玲次は石を渡しながら言った。西軍に与した大名は悉く改易された。生き残ったとしても大名への復帰はおろか、明日の飯にも困る有様だろう。

「あの方ならばあり得るかもしれない」

宗茂がいなければ、決してあの結末はなかった。宗茂が西国無双と呼ばれる所以は、その武勇でも、采配でもなく、鉄の如き意志だと、敵として対峙した己だからこそ解る。

「彦九郎は国友村を出たらしい」

ふいに言った玲次に、匡介は小ぶりの石を噛ませつつ答えた。

「ああ、聞いた」

大津城の戦いから三月後、彦九郎は義父三落に、暫し諸国を見て回りたいと申し出た。一年になるか、三年になるか判らない。ただ必ず戻ることを約束し、旅に出たという。

「また厄介な砲を造る為、手掛かりになるものを探してやがるんだろうな」

玲次は吐き捨てるように言う。だが匡介は少し首を捻った。

「どうだろな」

宗茂と言葉を交わした後、彦九郎とも顔を合わせた。

「楯と矛。どちらも必要だったということらしい」

そう彦九郎が言ったのは意外であった。いや、違う。己たちは戦いの中で幾度となく言葉を交わした。その中で徐々に、彦九郎に変化が起きているような気がずっとしていたのだ。

泰平の形、泰平の質は矛が決める訳でも、楯が決める訳でもない。決めるのは人の心であると気付いた。人は誰かを傷つけた手で、別の誰かを守ろうとする。人の心の矛楯の象徴こそ、己たちなのだろう。人の愚かさ、醜さ、哀しさを気付かせ、そして人の強さ、美しさを思い出させる。その為に決してどちらかが突出せぬよう切磋琢磨する。そういう意味では、己たちもまた矛楯の存在ではなく、行き着くところは同じではないか。

どちらが勝ったとしても気付けなかった。共に全てを出し尽くしたからこそ、彦九郎もそのことに気付いているように思えて仕方なかった。

その証左に、別れ際に匡介が、

「お前だから……」

と、言いかけるのを、

「俺も同じことを考えている」

と、彦九郎は遮るように言って去っていった。

きっと今も、どこかの空の下、彦九郎は泰平の国友衆の答えを探しているのだろう。そしてそれこそが、彦九郎にとっても、己にとっても答えそのものではないか。そのようなことを考えながら、匡介が最後の石をそっと据えた時、全太が嬉々とした声で呼んだ。

「飛田様！」

「おお、上手いじゃないか」

全太が見事に石を四つ積み上げている。

「崩しちゃ駄目だよ」

匡介が近付くと、全太は石塔を手で守るようにして言った。

「そんなことはしないさ」

「まだ積める？」

そよ風から石塔を守るように少し躰を動かし、全太は上目遣いに尋ねた。

「いいのか？」

「うん」

「よし」

聲が聞こえた。それは今、摘まみ上げた石の聲だったのか。何処か懐かしい香りが鼻孔に広がった。

「匡介、まずいぞ」

石を据えようとした瞬間、玲次が呼び掛けて遠くを指差す。

湖となだらかな稜線の間、細く曲がりくねった道を、こちらに向かって来る人の群れが見えた。陽の光の加減で人は黒く見えるのだが、ただ一人だけ、雪の一粒を落としたように純白に輝いている。

京極家が大津を去る日、匡介は大津城へと赴いた。高次は大坂から直に若狭に入ることになっていたのでいなかったが、お初に別れを告げるためである。

あと一つ、匡介は伝えたい人、伝えたい想いがあった。

——約束します。今度は真に。

その言葉の続きである。お初はすぐに察して悪戯っぽく早くしろとせっつく中、匡介は想いを伝えた。

——少しだけ待っていて欲しい。

京極家が新しい国で礎を築くまで。それが答えである。

そして、季節は巡りその時が来た。今日が輿入《こしい》れの日であった。高次やお初の方が気を回したのだろう。過分なほどの煌びやかな行列である。

終

「だからこんな日まで仕事するなって言ったのに……」

玲次は額に手を添えて深い溜息を零した。

「きっと」

こんな己のほうが良いと言ってくれる。そう口にしかけて照れ臭くなって止めたが、玲次は片笑んで小さく鼻を鳴らした。

「全太」

匡介は柔らかに石を置いた。

わあ、と全太の上げた声を、近江の風が巻き上げてゆく。

草木は揺れ、白雲は流れ、水面は波立つ中、石塔はすうと天を仰いで揺るがない。

湖西路を此方へと近づいて来る花嫁行列を見つめながら、匡介は明日の聲に耳を欹てた。

初出

「小説すばる」二〇一九年八月号～二〇二〇年一二月号
二〇二一年三月号～八月号

単行本化にあたり、加筆・修正を行いました。

装画　森田　舞
装幀　鈴木久美

今村翔吾（いまむら・しょうご）

一九八四年京都府生まれ。二〇一七年『火喰鳥　羽州ぼろ鳶組』でデビューし、二〇一八年に同作で第七回歴史時代作家クラブ賞・文庫書き下ろし新人賞を受賞。同年「童神」（刊行時『童の神』に改題）で第一〇回角川春樹小説賞を受賞、第一六〇回直木賞候補となった。二〇二〇年『八本目の槍』で第四一回吉川英治文学新人賞を受賞。同年『じんかん』で第一一回山田風太郎賞を受賞、第一六三回直木賞候補となった。二〇二一年、「羽州ぼろ鳶組」シリーズで第六回吉川英治文庫賞を受賞。他の文庫書き下ろしシリーズに「くらまし屋稼業」がある。

塞《さい》王《おう》の楯《たて》

二〇二一年一〇月三〇日　第一刷発行
二〇二二年　二月一九日　第九刷発行

著　者　今村《いまむら》翔吾《しょうご》
発行者　徳永　真
発行所　株式会社集英社
〒一〇一-八〇五〇　東京都千代田区一ツ橋二-五-一〇
電話　〇三-三二三〇-六一〇〇（編集部）
〇三-三二三〇-六〇八〇（読者係）
〇三-三二三〇-六三九三（販売部）書店専用
印刷所　凸版印刷株式会社
製本所　加藤製本株式会社

ISBN978-4-08-771731-0 C0093

集英社単行本

安部龍太郎
十三《とさ》の海鳴り
蝦夷太平記

ときは鎌倉末期。蝦夷管領《かんれい》、安藤又太郎《あんどうまたたろう》季長《すえなが》の三男として生を受けた新九郎《しんくろう》は、出羽の叛乱を鎮圧せよと命じられた。出陣を前に、叛乱について調査をした新九郎は、ことの首謀者が叔父の安藤五《ご》郎《ろう》季久《すえひさ》であることを突き止める。天皇方と手を組み討幕を目論む父・季長。あくまで幕府方を標榜する叔父・季久。二人の間で揺れる新九郎だったが、やがて大きな時代の流れが押し寄せ——。蝦夷、奥州を舞台にした本格歴史小説。

天野純希
もろびとの空
三木城合戦記

戦国末期、三木城当主の別所長治《べっしょながはる》は、信長に反旗を翻す。織田勢を率いる秀吉の猛攻に耐え、籠城戦が続くなか、飢えに苦しむ領民は、究極の選択へと追い込まれ……。米十俵のために握った薙刀《なぎなた》で、家族を守るため、戦う覚悟を決める娘。「死に損ない」と罵られ、次こそ死のうと、敵軍を斬りつづける武士。「女らしさ」の呪縛に悩みながら、女武者組の指揮を執る別所家の妻。華々しい合戦絵巻の裏側に存在した、ひたむきな生の物語。